那人 那情 那命运

黄建华　主编

上海遠東出版社

图书在版编目(CIP)数据

那人那情那命运/黄建华主编. —上海：上海远东出版社，2019
ISBN 978-7-5476-1470-9

Ⅰ. ①那… Ⅱ. ①黄… Ⅲ. ①回忆录—作品集—中国—当代 Ⅳ. ①I251

中国版本图书馆CIP数据核字(2019)第074517号

特约编辑 丁是玲
责任编辑 殷卫星
封面设计 李 廉

那人那情那命运
黄建华 主编

出 版 上海远東出版社
(200235 中国上海市钦州南路81号)
发 行 上海人民出版社发行中心
印 刷 上海锦佳印刷有限公司
开 本 850×1168 1/32
印 张 13.25
字 数 331,000
版 次 2019年5月第1版
印 次 2019年5月第1次印刷
ISBN 978-7-5476-1470-9/I·339
定 价 58.00元

那人那情那命运

主　　编：黄建华
副 主 编：韩自力　林云普
编　　委：盛文秀　钟德津　朱怡冰
周路明　费凡平

目　录

一

二

三

四

序

韩自力

这本书是2004年出版的《那山那水那嘎达》续篇。

如果说,《那山那水那嘎达》由一百二十多位知青记录了自己如何来到并融入那片黑土地的故事;那么,《那人那情那命运》则是由六十多位知青记录了自己如何离开那片黑土地的真实经历。

相比之下,"离开"的征稿要比"来到"难了很多。知青来到黑土地的原因和经历基本相似,而离开黑土地的原因和经历却各不相同。书中提到广灵中学六九届试点"一个方向,一种形式,一个班级,一个集体",八个班317名同学集中到爱辉县插队,后来陆陆续续各自离去的调查,即是一个典型的案例。

此书的编者准确地将所有插队知青的"离去"分成了四个阶段,有上山下乡运动还处在早期激情时就通过推荐当兵、上学、招工或因独生子女、家庭特困而结束插队生活的知青;有激情跌落回归现实后通过投亲靠友"转点"而离开边陲农村的知青;有最后大规模通过病退、顶替离开黑土地的知青;当然,此书并没有忽略那些在黑土地收获了爱情并为此坚持、留守到退休后返回上海的知青。

并不是每一个人都愿意把"离开"时与人不同的感情和命运写出来的，所以，这本续篇的征稿艰难地进行了好多年，终于基本收齐了插队爱辉五千多名上海知青"离去"的各种类型。

读完这本书，不仅能让人知道中国知青大返城是在当时政策的渐进松动下，从插队知青开始的；更能让人真实地感受到知青在拐弯"回家"时，令人唏嘘不已的不同命运和感情：有的急拐，激扬跌宕；有的慢拐，随波缓淌；有的连拐几个弯，上了高坡；有的用力向前冲，一泻千丈……

不同的拐弯，发出了不同的回响。

悔与不悔、怀念与忘却、自豪与沮丧、欢乐与沉痛……甚至赞美与诅咒！

生命就如同河流，谁能在这世界上找到一样的呢？

现在，曾经的"知青"，被称作"老知青"或者被称作"知青人"，就像小溪江河，到了最终去的地方就被称作"大海"一样。

大海在潮起潮落之间，倾听着各种诉说，显示出它无比宽阔的容量。

既然弯都拐过来了，来到浩瀚的大海，那就让悔与不悔并存，怀念与忘却相联，自豪与沮丧共有，欢乐与沉痛互通，赞美和诅咒同在。

此书取名为《那人那情那命运》，不仅表明与《那山那水那嘎哒》是相连的姊妹篇，也喻示了知青这个群体从"来到"时的相同境遇，到"离开"后的不同命运。其中有当兵后"从黑河走向柏林"担任中国国际战略学会的高级顾问、有推荐上学后再留学定居国外的医学博士、有留守黑土地干了一辈子退休回沪在街道里弄的志愿者、有大返城退休后再回农村帮农民建合作社的法人代表……更多的则是返城后一边安家立业一边为改革开放做出奉献，现在已经颐养天年的退休者。他们用"小白鸽""小木屋""匕首""松木家具""最后十三枪"等不同的故事，还有对"孩他姑""东北婆婆""木匠师傅"长眠于黑土地知青战友的不同思念，展示了一代知青在命运跌宕起伏中的共同点：对美好生活的执着追求。

每一个人的生命和感情，无论曾经拐了什么样的弯，现在看到的，都有令人感悟的精彩。

留下真实，待后人评说，此为序。

二

或许是一种幸运?

在大多数人嘻嘻哈哈仍然“少年不知愁滋味”时，已有一些知青离开了生产队，其中有独生子女、家庭特困的，还有当兵、上学、招工的。

其实，幸运回家的只是其中的一少部分。大多最早离开插队生活的知青，直到二三十年后才辗转曲折回到儿时生活的城市。他们的“回家”路与大返城知青相比，拐了一个更大的弯。

夜深人静，在外孤寂的他们，少不了对插队生活的回忆。只是在他们的印象中，永远是早期还充满了激情的知青点。

或许这更是一种幸运?

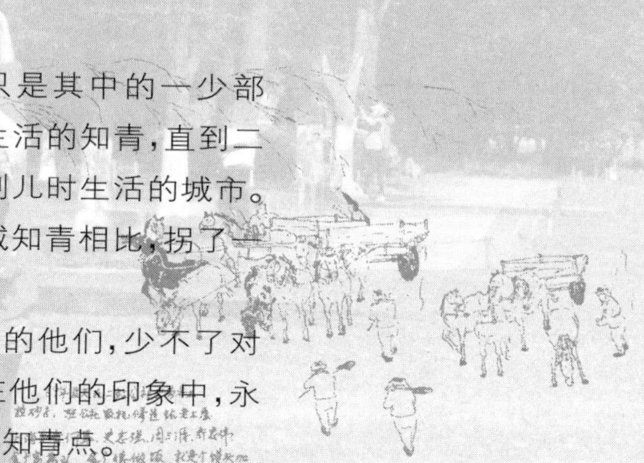

出劳务拉沙子

图作者：原二站公社三站生产队上海知青　何军

从黑河走向柏林

原四嘉子公社大乌斯力大队
上海知青　王建政

1973 年，摄于北京

从 1969 年 11 月 5 日抵达爱辉县插队，到 1972 年 12 月 23 日当兵离开，我在黑龙江的插队生涯总共 1 142 天。时隔 45 年猛然回首，峥嵘岁月恍若隔世。

1969 年 11 月 1 日，15 岁的我扛着铺盖卷，懵懵懂懂地跟随成千上万的知青大军登上北去的列车。周围其他人都哭得稀里哗啦，自己非但哭不出来，内心反而带着几分兴奋，或许是因为生平第一次出远门，对外面的世界一无所知，充满着各种色彩的幻想和憧憬。

1966 年"文革"初期，很多高班同学去外地串联，但是父母不让我去，理由是年纪太小。如今，这么多同学一起出门，而且一下子跑到几千公里以外的北大荒，心里自然充满了新鲜感。

来到冰天雪地的黑龙江，才真正尝到了人间的甜酸苦辣。

爱读书惹出了大麻烦

我从小就是一个书虫，喜欢看书。“文革”期间，家里仅有的一书架藏书全部翻遍了，连竖版繁体字的《红楼梦》也看了好几遍。买不起新书，能够从同学那里借来的书寥寥无几，所以对各类图书充满了饥渴。来到黑龙江，读书就更是一种奢望了。那时候，见了各类小说眼睛都会放光！

有一次，随公社劳力上山干活，晚上住在半地下的地窝子，睡的是稻草铺的大通铺。我在邻村老乡那里发现一本厚厚的《武松传》，足有四百多页！这本书有关于潘金莲勾引武松的描写，对所有年轻人的吸引力巨大。经过央求，老乡只同意借我看一宿，从当天晚上七点开始，到第二天早上五点还书，再轮到下一个读者。我兴奋不已，蜷缩在不足一米宽的铺位上，手里只有一支蜡烛可供支配，打起十二分精神秉烛夜读。为了节约蜡烛，我拿出随身带的一把袖珍小剪子，每隔几分钟就剪一下烛芯，使得烛火始终保持在最小亮度，结果一支蜡烛硬是挺了十个小时，一夜终于啃完了那本大部头！第二天照常出工……

还有一次，村里一位年轻的老乡悄悄地借给我一本《三侠五义》，令我爱不释手，压在枕头底下翻来覆去地品。没想到这本书给我带来了大麻烦！年底在评工分大会上，有个老乡对我提出了委婉的批评，说我干活还可以，不惜力，但是有一个不足之处：喜欢看封资修的书籍，枕头底下藏着《三侠五义》。此话的目的就是要压低我的工分，效果不错，立马就把我的工分压到了六分半。当时的最高工分标准是十分，我们男知青的标准是七分，相当于女社员；女知青的工分就更低了，好像是六分。最终评分结果，几乎所有知青的工分都被以各种各样的理由压低了半分到一分。必须承认，为了一本小说影响了“政治分”，使我小小年纪就受到了很大的精神震动，这也成为我接受再教育最严峻的第一课。

后来,我的炕上枕边只有三五本书:《中国简史》《马克思主义哲学》《社会主义政治经济学》和《鲁迅文选》等。马克思、鲁迅的著作在“文革”当中没有被禁止,看这类书不会犯忌。每天农活不管多累,躺在炕上总要翻书看。政治类的图书很枯燥,所以每每先看,看困了就拿出鲁迅来品。所谓“品”,是舍不得一下子读完那字字精当的一篇篇杂文,每篇文章要来回咀嚼很多遍。下乡三年,我几乎每晚都是宿舍里最后入睡的知青……

练涂鸦当上了小队会计

业余时间没有多少书可看,知青的兴趣只好转移,宿舍里大多数插兄学会了最简单的乐器——口琴。我口拙,学了几天学不会,于是不再跟风,闲来喜欢练练字。练毛笔字需要墨汁和宣纸,至少也要毛边纸吧!我买不起,于是从大队供销社买来一沓沓最便宜的普通信纸,一有空闲就练钢笔字。一元钱十本信纸,一本用来写信,九本练字。记得当时书店里有一本《汉字快写法》,算得上是最早的行书入门书籍,我如获至宝,一得闲就练上几页,自得其乐。

那个年代队里常开会,传达各级文件,读报纸文章,一开就是好几个小时。小队部开会留下的记忆非常深刻。干了一天农活,大家都很累,每逢开会喜欢脱鞋上炕,躲在远离队长的角落里聊天、打瞌睡。男男女女都会卷“大炮”抽,关东烟弥漫,十分呛人。但是,我却可以尽兴地练字涂鸦,久而久之钢笔行书便有了长进。

或许就因为我这点“舞文弄墨”的爱好,第二年我当上了小队会计。会计是小队委员,相当于全国最基层农村的一个最小的“官”。别看一个小队只有四百多号人,但是账目很复杂,一共有六本账,月底必须平账才行。会计每个月有两天做账的时间,可以不下地干活，在别人看来我很舒服，但是我感到算账头疼，时不时就会失眠。不过，当队干部也有好处，年底在评工分时就能深刻体会到：社员们异口同声地夸奖我，包括那位曾经批评我看封资修图书的社员，结果我的工分第一次评上了最高分十分！

一张伟人像改变了命运

在练字涂鸦的同时，我也经常用碳素笔画一些素描小品。主要题材无非是当时流行的样板戏英雄人物。有一次兴起，居然用广告色和硬板纸画了一大幅马恩列斯毛伟人像，并在上海插队干部老李的指导下写下了“OUR GREAT TEACHERS(我们伟大的导师们)”一行英文字。因为是用九宫格方式画的，伟人像自然很逼真，可是很多老乡并不了解啥叫九宫格，一个劲地夸我有才。我不无得意地把这张画贴在知青宿舍的墙上，一直到我离开大乌斯力也没有摘下来。

没想到的是，就是这张伟人像，后来彻底改变了我的生活轨迹。

下乡三年，日子越久脑子里越加迷茫，眼前根本看不到未来的路在何方。当年的时髦口号是“屯垦戍边”“扎根农村一辈子”，然而在我们知青的心底里，似乎从来没有真的设想过会在冰天雪地的北大荒劳动一辈子。至少我是没有认真想过“扎根”，尽管我是“小队干部”、大队团支部委员。

18 岁那年的秋天，晴天一声春雷——北京部队到黑河来征兵！队里居然有名额，所有知青都有资格报名！这个消息，无异于天上掉馅饼下来，饥饿难耐的知青哪个不想分享一口！于是，我们男知青几乎全部报了名。

经过公社体检，淘汰了一大半老乡青年和知青，距离当兵的目标近了一步。此时，我父亲还在上海金山卫的五七干校“牛棚”里，没有得到“解放”，我的心里自然没有底，成天眼巴巴地盼望自己政审能够过关，连出工劳动的心思也没有了。当时，社会上不时兴送礼，我们这些知青也没钱送礼，唯一能做的就是隔三差五地到公社武装部去打探消息。武装部位于四嘉子公社所在地，距离大乌斯力大队六里地，穿着棉大衣、大头鞋，在冰天雪地里步行需要将近一小时，每次往返都是一身臭汗、一脸冰霜……

四嘉子公社武装部的刘部长，是一个英俊的军队转业干部，还是我的山东老乡，对我很关心，很真诚。据说，有一次他在视察大乌斯力知青点时发现了我画的伟人像，顺便打听了我的姓名，居然一下子就记住了。所以，当他得知我报名参军时，就在征兵领导那里帮我说了不少好话。来我们四嘉子公社征兵的领导，是北京铁道兵部队的徐贵歧连长，也是山东人，身材魁梧，满脸胡碴，人称“大胡子连长”。他看上去铁面无私、不苟言笑，实际上心肠很软，为人仗义，把我这个“知青人才”招进了部队。

为连队赢得板报一等奖

1972 年 12 月 23 日，我和二百多名爱辉县新兵一起，身穿绿军装，乘坐硬座专列，绕道内蒙古辗转前往北京。途中走了五天，与下乡那天用的时间一样多，但是这一次大家行李少，车厢里秩序好，心情大不一样，一路上欢声笑语。火车上不供应正餐，每次会在途中经过的兵站吃饭，大家排着队前往大食堂，每桌四菜一汤管够吃，心满意足。12 月 28 日晚上，火车缓缓抵达向往已久的祖国首都北京。

来到北京，住在东直门外东小街的一个营区内。整个院落很大，只有连部是砖瓦平房，其他全是木板搭建的临时房屋，两个班四十多人一个屋，一排排上下铺，绿被子白床单，整齐划一，与东北大炕通铺截然不同。我们四嘉子公社来的 12 名新兵，编入铁道兵第 15 师第 72 团新兵连的一个班，全班 22 人中只有班长是1970年入伍的河北老兵，其他都是黑河新战士。

大胡子徐连长是我们的新兵连连长。徐连长表面看上去很严肃，难得看见他的笑脸，新兵都怕他，但是我却能透过他的眼神感受到他对我的特殊关心。新兵训练刚开始不久，他就派我去团部参加新训教育展览筹备工作。在团部，我们几个特殊新兵既要写字画画、布置展板，又要充当解说员，为各个连队巡回展出，前后持续时间长达一个月。艰苦的新兵训练阶段总共是三个月，我少参加了三分之一。别的新兵都羡慕我，但是我的军人素养却比别人差了一大块，训练结束时投弹和射击考核的成绩只拿到了“及格”，拖了全班的后腿，只有队列和刺杀成绩勉强获得“优秀”。

新训结束后，我被分到了最艰苦的连队之一——防水连。北京地区驻有两个师的铁道兵部队，即第12师和第15师，主要任务是修建地下铁道。每个师都有独立的机械连、汽车连、混凝土连等各个工种，可以独立承担修建地铁的任务。我们防水连序号是第3营第10连，负责地铁防水层的铺设，基本上是与毛毡和沥青打交道，算得上是又脏又累的工种。刚刚宣布分配名单时，我很羡慕那些去学汽车驾驶的战友，感叹自己命运不好。到了10连才知道，原来大胡子连长就是这个连的老连长，他奉命带完新兵以后又回到10连当连长，顺便把我带了回去！后来他告诉我，他在黑龙江招兵时就打算把我当作特长兵招回去，将来给他当个写写画画的小文书！

来到10连，先是分到了2排5班，班长是一个五大三粗的山东老乡，没上过几年学，对我这个“文化人”呵护有加。可惜，如今怎么也想不起来他的姓名了！第一周赶上部队举办黑板报比赛，连里没让我下工地干活。孙启祥指导员给我三天时间为连队设计黑板报。因为我从小学开始一直和黑板报打交道，所以驾轻就熟，一个人又写又画，设计了三块图文并茂的黑板报，一举为10连赢得了一等奖。

那几天，孙指导员经常找我聊天，好像对我的一切都感兴趣。指导员是个安徽人，外表与徐连长正好相反，白白净净，慈眉善目，老是笑嘻嘻的。几天后，他笑嘻嘻地对我说："我看过你放在枕头底下的日记本，觉得你的文才不错，跟徐连长商量了一下，决定调你到连部当文书，希望你好好工作、不负厚望……"

哎呀妈呀！在"文革"的那些岁月里，人人嘴上都要说假话，只有在日记上偶尔吐露真心话，例如远大的志向、个人的好恶、内心的波动，甚至有一些自己胡诌的格律诗词等等，通常是不能见天日的个人隐私呀！在黑龙江下乡时，日记本天天锁在自己的箱子里。可是当兵在连队，个人不允许有自己的私密空间，所有个人物品必须放在枕头底下。猛不丁听说指导员偷看了自己的日记本，我的脑子嗡地一下子就炸开了！尽管内心十分抵触，但是表情上不能流露出来，窝囊极了，以致当时我就暗下决心：从此以后再也不写日记了！

当文书先要刮胡子

文书要住在连部。连部是三间平房，左间三分之二是我与通信员的卧室，里边三分之一是隔断枪械库，因为文书还要兼枪械员，所有连队的武器弹药都我保管。右边是连长和指导员的卧室，中间是会议室。

刚到连队，指导员就向我提出了一个要求，希望我把嘴唇上的胡须刮掉！他特别指出，军人不允许留小胡子，你是全连唯一一个留胡子的战士，希望你注意仪表，给全连战士作个榜样。这件事令我很纠结，因为在新兵连的三个月里，无论班长怎么劝说，我都坚持不肯刮胡子。但是，如今我住进了连部，劝我刮胡子的是指导员，怎么办？虽然我当时没有痛痛快快地表态，但是当天晚上我就剃掉了胡须，而且此生再也没有留过胡子。

文书工作主要是写文章：各种总结报表，各种讲话文稿。

徐连长是“大老粗”，识字不多，所以给他写讲话稿必须一笔一画地书写，潦草了他看不明白。当年没有打字机，更谈不上电脑，所以写一篇稿子改几次就要抄几次，倒是可以静心练钢笔楷书。插队几年的硬笔书法，又捡了起来。

枪械员负责保管全连的武器枪支。所有枪支统统锁在我的卧室里屋，平时很少动，只有每年一次打靶时才会启动，而且只有打靶时才会发放弹药，每一颗子弹都要严格管理严格回收，必须做到万无一失。当时北京的口号是：“每一颗子弹就是一个敌人！”这话的意思是，丢失一颗子弹就可能给首都的安全带来隐患。

不过，枪械员打靶的机会比连里战士多。记得每年枪械员集训时，都会把各连文书拉到靶场过足射击瘾，从手枪、步枪、冲锋枪到机枪，逐一打个痛快。这样做的初衷是让所有枪械员尽量熟悉各种武器，必须学会使用和擦拭各类枪支。

调到团部当新闻报道员

一晃就是半年过去了。老连队的伙食比新兵连好得多，文书不用下工地干活，平时学习的时间也多，所以感觉到在部队当兵无比幸福，工作劲头也很高。连队每个季度评选一次先进，我连续两次分别受到连嘉奖和营嘉奖。

有一天，团宣传股长李竹书来连里蹲点调研，住在连部。李股长是典型的南方人，文质彬彬，英俊睿智，与包公脸膛、喜欢粗口的大胡子连长形成黑白分明的对比。

李股长说，他是上海人，对上海知青在黑龙江的插队生活很感兴趣，所以跟我天南海北地聊了很多，我也很喜欢听他讲部队。指导员告诉我，股长曾经把我写的几份讲话稿拿去看过，不知道是想了解我的写作文笔还是钢笔书法。

蹲点结束后，股长回机关去了。几天后接到调令，让我去团部报到。徐连长这时才向我透露，团里军务股早就想调我去当文书，但是连里没同意，现在宣传股长亲自来调我，他们就同意了，因为他们认为我比较适合搞宣传，去宣传股有利于我的成长。

于是，我于 1973 年 11 月来到团宣传股新闻报道组助勤。所谓助勤，就是以编外战士的身份到团机关帮助工作，编制仍然在所在连队。

我到宣传股不久，李股长就升任师宣传科长，李德茂继任股长。新闻报道组的组长是张福根干事，我就成为了一名新闻战士。当时，我们每年的任务指标是在《铁道兵报》报刊电台上发表两篇新闻或图片报道文章。换句话说，除了《铁道兵报》以外，还要争取在《解放军报》《北京日报》《光明日报》《人民日报》或者中央人民广播电台、北京人民广播电台等媒体上发表作品。

当年写稿子同样是手工劳动，各级领导审稿后还要一遍一遍地抄稿子。到了报刊编辑部，稿件内容固然重要，但是如果字写得不好，连编辑都懒得看你的稿子，所以我更得好好练字、认真抄稿，几年下来钢笔书法不断进步，以至于后来上大学时我参加过全国第一届硬笔书法大赛，一举荣获了三等奖。回想起来，插队时打下的涂鸦基础功不可没。

经过一段时间的努力，我逐渐熟悉了新的工作岗位。1974 年 1 月 1 日，我在《铁道兵报》上发表了第一篇文章。1974 年当年发表的作品共五篇，1975 年突破了十篇的台阶，连续两年获得团嘉奖；1976 年刊稿量猛增到三十八篇，荣立了三等功，被部队保送上大学。

进入中国最高学府北京大学

1976 年 9 月，我有幸被北京大学西语系德国语言文学专业录取，成为最后一届工农兵学员。由于北京大学和清华大学是“文革”重灾区，两校新生推迟一学期入校，所以我们迟至1977年2月才正式入学。

进入北京大学的第二天，我就奉命在校园内书写“彻底肃清‘文革’余毒”“为某某、某某老师恢复政治名誉”等大幅标语。可见，下乡时开会练字的爱好没有白费，这点特长已经被记录在个人档案中了。

肃清“文革”极左思潮，大学教育开始正规化，我这个只受过完整小学教育、象征性初中教育的解放军战士，一下子跳过高中阶段，直接接受大学教育。虽然全班同学都没有学过德语，但是像我这样连一点英语基础都没有的学生属于少数。为了掌握一门外语，我在初期必须付出比常人更多的努力，每天起早贪黑与德语26个字母打交道。正是由于我在黑龙江插队时吃过大苦、流过大汗，所以一切都乐在其中，从容应对。

北京大学举办书法研习班，报名者需要交作品，我想报名参加，但是没有笔墨纸砚，好不容易对付了一张小作品交上去，没有被录取。后来看到学员们的毕业作品展，心里老大不服气，于是就用400字的方格稿纸写了一幅钢笔字，报名参加全国第一届硬笔书法大赛。没想到，一举获得了三等奖证书和奖品——一支高级钢笔。从此以后，练字的兴趣就更大了。

1980年8月，我以优异成绩毕业。我任班长的1976级德语班被评为北京大学排名第一的先进班，我本人也被评为优秀学生干部。

毕业分配时面临四种可能性：一是留校。班主任和系领导几次找我谈话，希望我留在北京大学当老师，被我婉言谢绝。早在东北插队期间，我就断然拒绝在大队担任民办教师。或许是“文革”对“臭老九”偏见的影响，我对当教师的职业始终抱有抵触情绪。二是去团中央。三是去人大。当时，团中央正在筹建旅游部，人大也在筹建法制委员会，两个单位都需要德语人才。

我经过思考谢绝了这两个单位。因为，我从内心不舍得脱军装，希望能够回部队继续当兵。

于是，我排除了一切其他可能性，毅然回到了老部队。我所在的老部队，虽然已经于1976年底从铁道兵第15师72团改编为基建工程兵第7支队第62大队，但是驻地没有变，编制没有变，大多数领导和同事也都还在，战友情深，环境宜人。

回到老部队，担任了政治处见习宣传干事，依然负责新闻报道工作。正因为我没有脱军装，所以半年后比较顺利地被国防部有关部门考试录取，走上了军事外交道路。

欧洲军事外交生涯23年

从1981年以正排职军官学员身份进入国防部，到2013年从中国驻德国大使馆以副军职国防兼海军、空军武官身份退役，我总共在国防部工作32年，其中23年是在德国、奥地利和瑞士这三个德语国家度过的，经历了柏林墙倒塌、两德统一、东欧剧

2013年，拍摄于黑河市大乌斯力村原大队部旧址

变、冷战结束等一系列历史事件……

退出现役之后，我受聘在中国国际战略学会担任高级顾问，继续为我军的战略研究和外事工作出力。同时，我还担任中德交流合作协会副主席兼秘书长，为中德两国之间政治、经济、贸易、文化、科技等各领域的合作交流牵线搭桥。

上学

原罕达气公社桦树排子大队
上海知青　谷克仁

1969 年，刚到队里，正意气风发地站在黑地上

1972 年初夏，是我来到爱辉县罕达气公社桦树排子大队插队的第四个年头。下乡时的激情还未消退，我正带领铁姑娘队的姐妹们干得欢呢。突然消息传来，国家各类学校开始面对知青招生了，我们公社一个大队一个名额。很快，队“革委会”决定推荐我去上学，并通知我去县里参加文化考试，接受体检政审等。

时间很紧，队里派了一个知青陪同，我俩各骑一匹马，在桦树林中的山间小道上疾驰了十几里，才赶到公路口，同行的知青牵着马回去了，我在路边等过路车。这时候我才有时间梳理一下自己的心情，兴奋、激动、不舍、期盼……五味杂陈。

大约一个多小时后，等到了一辆大货车，是个空车，看样子是去县城拉货的。幸运的是驾驶室还有空位，这真让我喜出望外，要知道，到黑河还有几个小时的路程呢！那个素不相识的司机，热情地让我上了车，坐进了驾驶室，喜悦伴着我，数小时的路程觉得不长。

到县城了，我住宿在黑河招待所。因为去县城开会住过这里，跟工作人员比较熟。当他们得知我来参加招生考试的，十分惊讶："你是老高中，怎么报考中专啊？""我也很奇怪，""你们怎么知道是中专呢？""联合招生组就住在这里呢，你快回去换人吧，以后有大学名额再来，"他们关切地为我出主意。我从小喜欢上学，上高中就是为了考大学。"文革"让一代青年失去了机会，如今机会来了，却是中专，我真是心有不甘。想回去换人，交通不便，可能来不及，放弃这个名额，我对不起大队，更对不起其他知青，犹豫再三，我还是留下了。

考试结束了，没想到第二天，招生组老师就把我叫到他们的房间。我已经离开课堂几年了，再见到这些老师们，分外亲切。老师们说，我们对你的情况是了解的，你准备报考哪个学校啊？"鸡西煤矿学校"(其实，我从小的理想是当一名人民教师，但在"文革"中，看到我所敬爱的老师一个个被批斗，被侮辱，理想被打破了)。这时，其中一位老师说："我是这个学校派来招生的，按理，我很欢迎你这样的学生。但你是个女孩子，煤矿的工作不适合你，其他学校任你选，回去认真考虑一下吧！"我谢过了这几位素昧平生又如此关爱我的老师，回房间了。

还没等我作出选择，县知青办把我找去了。记得知青办主任姓贺，一个胖乎乎、笑眯眯、对知青很友善的长者。他说："小谷，听说你要报考煤矿学校？""是啊！""如果组织上需要你改变志愿，你服从吗？""我当然服从。""那好，现在组织上需要你填报黑龙江省建筑工程学校。"就这样，我成了哈尔滨的中专学校的学生。

毕业后，我一直从事建筑工程工作。从建筑工地的施工技术员，到设计院的结构设计师。期间，恢复高考后，我又圆了我的大学梦，经过几年的艰苦学习，从大学本科毕业，工作能力大大地提高。

如今，在祖国东北辽阔的大庆油田、在南国扬子江畔的石化城，都屹立着我的设计作品。也正是在这个学校里，我遇见了后来成为我丈夫的同学，那个当年对我一见钟情，至今仍拿我当宝的男人。

我已年过花甲，正与丈夫一起享受退休后的快乐生活，享受儿孙给我的天伦之乐。但我总会想起黑土地上那些善良的、有些只是萍水相逢的人们。他们也许不知道，正是他们的善举，改变了一个异乡女孩子的命运。并且，也深深影响了我。这么多年我一直奉行与人为善、助人为乐，他人有困难时，能出手时必出手。也曾经有一些人，因我的相助而改变了命运。

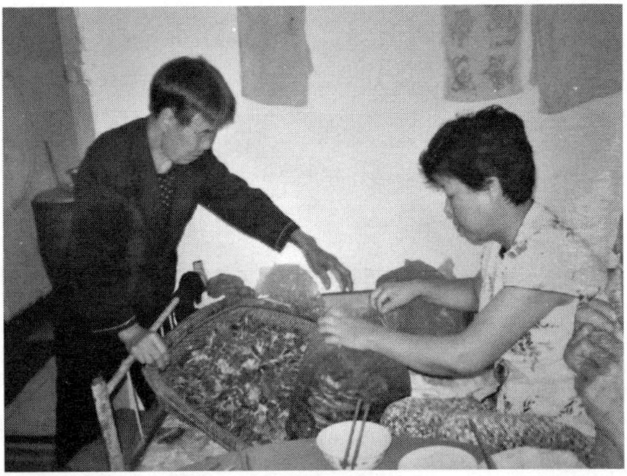

隔了33年，回到罕达气桦树排子，又要离开了，房东大娘正使劲往我的行李袋里塞木耳和蘑菇

我的转点经历

原爱辉公社前拉腰子生产队
上海知青　丁是玲

1969 年，去黑龙江前夕在好友家

1972 年 9 月下旬的一天，我接到爸妈的一封信，打开一看，里面还有一份调往安徽省郎溪县的商调函。我看到此函，心里咯噔一下，七上八下的，这可怎么办啊？在当时的革命环境、政治气候下，凭我一个人的能力，要想从远离上海市的我国边陲之地黑龙江省黑河市调往邻近上海市的安徽省郎溪县，谈何容易！而且，此事现在若被其他同学知道，不但事情办不成，还会造成我不安心在边疆农村扎根的坏影响。之前，我还申请了加入中国共产主义青年团，此时尚未被批准。思前想后，我只能悄悄地把调离的想法连同信件一起锁进箱子里。

两周以后，爸妈来信催问调往安徽的事办得如何，我就如实禀告这里的情况，他们觉得让我自己去办这件事确实是困难的。一个 20 岁不到的女孩子，根本没有经历过这样的事，况且在当时"革命青年坚决扎根边疆农村一辈子"的政治环境下，我如何开口说要调往安徽农村？现在想想也不可能的。但我知道，爸妈下定决心要调我到安徽，尤其是妈妈。因为去年探亲后回黑龙江，路上足足走了七天，再等我写信给父母又是七天，漫长的半个月，让妈妈感觉到黑龙江离上海实在太远太远。她说以后要去看看你，也太累了。这就是母亲的思念和关爱，希望孩子离自己近一些，最好在身边，当然那是不可能的。

说心里话，那时我到黑龙江也快三年了，这里的生活和农活都比较熟悉了，不仅如此，最主要的是这里有一帮非常熟悉和知心的同学。我们到黑龙江插队是集体插队，就是整个中学以班级为单位，一起插队到某个生产队。我所在的前拉腰子生产队还有一些小学同学，我们是互帮互助、相互鼓励的好同学。我现在要离开这个集体和同学，真是很难割舍，有一种失落感。到安徽去，那是多么陌生的地方呀！

回想去年的一天，夕阳西下，我们坐的马车走在回屯子的路上，不知为啥，马惊了！拉着我们一路狂奔，在冲向马厩时，一个大转弯，我被颠下马车，摔在地上。我趴在地上想站立起来，但是根本起不来。这时，一些干其他农活的同学也陆续回屯子了，好几个同学赶紧跑过来，把我扶起来。他们看见我脸上、手上的皮都擦破了，血慢慢地渗了出来，赶紧帮我抬腿动动，看看有没有伤了骨头。好在那时年轻，只是些皮外伤，没有伤筋动骨。

除此之外，三年来，乡亲们对我们知青的关心和爱护，这时也浮现在脑海。住在我们宿舍隔壁的孟姐，经常做了好吃的韭菜盒子和饺子，叫我们几个女同学到她家去享用。当时，物资还是相当匮乏的，她们一家人不舍得吃，省下来给我们吃，真是一辈子也还不了这份情。

想到这些，我要调往安徽农村的信心就不足了，反正我自己不会去办这个手续的。我就像往常一样，天天下农田干活，住在同一个宿舍的女同学大都不知道我这个秘密，只有一位最知心的女同学是知道的。

转眼间，小麦、玉米等粮食作物都收好入库，要进入东北的“猫冬”了。我们屯子的许多同学忙碌起来，准备回上海过年，形容他们蠢蠢欲动也不为过。这都是因为今年生产队又丰收了，每10分工又比去年多了五角,达到二元五角,一个月出满勤就有75元收入,比当时上海工人收入多一倍。钱多了,当然就要回家看望父母啊,人之常情。

这时,我开始发愁了,是留还是走,举棋不定。还好,爸妈又来信让我再等一等,说他们托了报社的老同事老吉(吉景峰,是上海解放日报社到黑河西岗子带知青插队的干部)等他在哈尔滨开会后,就会来找我。

几天后,老吉顶着严寒,从几十里外的黑河赶到我们前拉腰子生产队找我,当晚老吉就让我带他到我们拉腰子大队党支部书记家,说明了他来的意图,希望书记能够同意我调往安徽农村。这么着急马上就去办理此事,老吉是怕夜长梦多。此时,我觉得对于黑龙江的留恋,只能停留在过去了,调往安徽农村的事已是势在必行、木已成舟了。

其实,老吉出现的当天,聪明的同学已经猜到八九。第二天,生产队的老乡也有知道的了。接着,我跟着老吉到公社知青办公室、县知青办公室,去办一系列的手续。

在爱辉县知青办公室办手续时,一位办事的女干部说:"听说,安徽农村插队还不如黑龙江,没有柴火烧,都要自己上山砍的。"我听了心凉了一半,真有些后悔了。但是,老吉安慰我,安徽毕竟离上海近了很多。离家近,这就是我爸妈所希望的,我也是这样想的。但安徽农村的劳动生活状况,一切不得而知,连做梦的梦境都找不到。

出去办手续离开生产队三天,当我回到队里,几个相处很好的同学就有思想波动了,她们羡慕我能离开。因为之前,有位男同学通过关系去参军了。我是第二个离开前拉腰子的知青,同学中多多少少有点反响,这可以理解,都不知道自己的前途如何。看到我离开,以为我回上海了。我告诉她们,我是转到安徽的农村,不是调回上海。

其实,我离开黑龙江,不知是福还是祸,到安徽后一切都要从头开始。我想好了，安徽农村再苦，也要坚持下去，一定要好好干。因为在前拉腰子的这三年，让我学会了如何克服困难，有了积极向上的理念。

1973 年的春天，我到了安徽省宣城地区的郎溪县涛城公社凤河大队大义前队，开始了新的生活。刚开始的两个月，我的情绪极其低落，非常想家和想念黑龙江的生活，但在同一集体户知青的关心和帮助下，才慢慢好起来。

我去插队落户的生产队有三位上海女知青，年龄和我相仿。瘦瘦高高的施伟萍讲话有点幽默；周雪娥个子不高，但干农活很利落的；王玉华长得很白，双抢那一段时间，她竟然晒不黑。她们见到我，就没有陌生的感觉……

我刚到的时候，公社知青办公室没有来得及把我的床批拨下来，我是和小王暂时挤在一张单人床睡的，这让我感到很温暖，也使我更有信心融入这个集体。的确，后来我们都成为了好朋友，睡在同一个屋檐下，吃在同一个锅里面，相互帮助、相互鼓励，克服很多在父母身边碰不到的困难。

记得有一天半夜，小施突然大声叫喊，把我从睡梦中惊醒，我拿起手电筒朝她喊声赶去，她指给我看，在柴火堆边上一条蛇把一只大老鼠紧紧地缠住了，我看了也吓一跳，但我马上拉着她走出厨房间，知道这已经是打草惊蛇了，这时其他人也起来安慰她。原来是小施的蚊帐的一角绳子断了，她起来到厨房找绳子，不想碰到这样一个难得看到的场景。从此，我知道了蛇是鼠的天敌之一。

我们住的房子很简陋，房子是土墙和茅草顶的，估计五六十平方米。那扇老式的大门，关上后，门与墙之间还有一根手指宽的缝，我曾经想这缝可以钻进什么吧。进了大门，就看见左右还有两间套间。中间是我们吃饭的“餐厅”，一张小方桌，几个小凳，也可以说是“客厅”。右边套间是灶间，有个农村烧饭的灶头，靠后面的墙边堆柴火和放农具。左边套间就是我们四个姑娘的“闺房”啦，没有房门，挂个布帘，否则屋里东西一目了然。

那时安徽农村还没有电灯，晚上全靠着一盏煤油灯的微弱灯光照明，要看书只能凑到油灯旁边，与黑龙江农村的电灯相比，我有些不习惯，觉得这里太落后、太贫困。但是，既来之，则安之。集体户里别人能过，我一定也能过，必须闯过这一关。

比较黑龙江农村，安徽的农活更辛苦。这里没有马车，搬运东西全靠人挑肩扛。这里拖拉机也没有，更谈不上联合收割机，一切全靠人力劳动。这里妇女一天劳动最高工分是七分，我是五分五厘。

安徽郎溪县以种水稻为主，一年两季，双抢是最累的，在短时间里要把早稻割了，马上种下晚稻。这时我们最辛苦，为了赶农时，天刚亮就下田干活，然后吃早饭，天黑透了才能收工。

我第一次卷起裤腿，光着脚下水田耘草，人都站不稳，也不敢跨步，害怕水田里有什么东西。听说蚂蟥会钻到血管里去，我吓得真不知如何是好！慢慢地知道，蛇听到响声就游走了，而蚂蟥是不停地叮在人的腿上吸血，只要在它叮的上方，拍一下，它就掉了。经历多了，也就不怕了。

2017 年冬，在自家书房

我在安徽农村学会了插秧、水田耘草、割稻。还有挑担，觉得挑担光靠力气不行，是有窍门的。看到老乡挑上 150 斤重的稻谷，能健步走十几里路，我真是佩服得很。在乡亲们的帮助下，我顺利地渡过了劳动关。

到安徽半年后，我就加入了中国共产主义青年团。1974 年的秋天，我被推荐到中国科技大学物理系读书，毕业后，留校当了一名教师。

咬钩的鱼

原张地营子公社泡子沿大队
上海知青　朱怡冰

1971 年于黑河

四十多年过去了，每当我回忆起 1974 年离开黑龙江的过程中自己扮演的角色，用“咬钩的鱼”来形容再恰当也没有了。鱼儿为什么咬钩？是因为贪图鱼钩上的诱饵，所以会不顾身家性命吞下诱饵，待明白过来后悔晚矣。

我是一条咬钩的鱼，再形象不过了，这是与我一起插队的男知青给我下的定论。

事情发生于 1973 年冬天，我回上海探亲。如果这年冬天我不回上海，可能我的人生就会改写。

1974 年春节过后的一个上午，上海插队干部老洪来我家，看到老洪来，我非常高兴，忙着给他倒水，亲热地坐到他身边。却怎么也没有想到，这天老洪的到来改变了我的人生轨迹：一个上海女知青的命运和一个上海插队干部联系在了一起。

老洪是上海某学院某系的总支书记，1969 年 9 月下放到黑龙江，分到我们生产队当插队干部。老洪是个兢兢业业、勤勤恳恳、视知青如自家孩子一般的好干部，所以深得上海知青与知青家长的信赖。

记得那天和老洪聊了不一会儿，他突然改变了话题，问我对元茂屯的上海插队干部小陈印象如何？

小陈？1970年末，我和队里14个知青一起回上海，在哈尔滨到上海的火车上，男知青王斌在火车过道中发现了站立着的小陈，一问才知小陈借调到公社派出所，这次是去吉林的公主岭外调，没有买到座票。出于同是一个公社、同是上海老乡，王斌把小陈带到自己座位这里来挤挤，就这样小陈和我们认识了。

今天，老洪突然问我对小陈的印象如何？并且两眼笑得眯成了一条线，我有点摸不着头脑，说："没有什么特别的印象呀。"

接着老洪对我说："这次，黑龙江的上海插队干部工作有调动，到上海三线单位，可以带家属，是小陈托我来找你的，想把你一起带出黑龙江。"

我问老洪："你觉得这件事情怎么样？"

老洪说："我觉得这件事情你可以考虑，你们都二十好几了，如果两个上海知青在黑龙江成家，是很不容易的。"

跟上海插队干部走？离开黑龙江？我一下子没了主意，不知如何是好。可是，能够离开黑龙江对我来说是很有诱惑力的。下乡五年了，我在大青山生产队能吃苦，干活灵巧，深得贫下中农好评，每次生产队大寨式评工分，女知青中我总是最高分，一年365天，我可以出勤330天。我并不怕苦，但内心却又是那么不甘，看不到前途。望着连绵的小兴安岭常常想，难道我就这样要在这小山村里生活一辈子？为此，我坚持不谈恋爱，这大伙儿都知道，甚至连追求我的男生对我表白时都是这样说的："如果你出不去，可以考虑我们的关系吗？""如果我能离开这里，我一定要把你带出去……"

今天，老洪把这道题目摆在了我面前，面对老洪父辈般关切的目光，我说："这样吧，晚上等妈妈回来，听听妈妈怎么说？"

晚饭后，我把这件事告诉了妈妈，没想到妈妈竟然说："这件事可以考虑呀，我们没本事把你弄回上海，叫你待在上海别去黑龙江了，你又不肯。"

为什么我要在妈妈说的前面用"竟然"一词呢？还得回到1970年。自那次在回上海的火车上认识了小陈以后，过年前小陈也回上海了，并到过我家。有一次，还拿来一张电影票，邀请我和他一起去看了场电影，我把看电影的事情告诉了妈妈，当时妈妈没说什么。

可后来发生的一件事，使得小陈从此再没有来找过我：星期天，爸爸妈妈都休息在家，小陈来了。我的父母都是教师，当然也不会怎么为难他，爸妈很客气地向他询问插队干部在黑龙江的工作情况。然后开始对小陈说，你作为一个年轻的插队干部，应该怎么样怎样……父母话里有话，小陈听得明白，他渐渐坐不住了，站起来要走，父母留他吃饭，他吃得下吗？

以后的四年里，我和小陈虽然同在一个公社，却天各一方，没有任何联系，小陈没有再来找过我，我也早已把他忘记。今天在小陈"摆放"的诱饵面前，妈妈竟然认为这件事情可以考虑。可见，当时下乡知青对自己的前途有多迷茫，知青父母对遥远的黑龙江插队子女有多么牵肠挂肚？能够离开农村，离开黑龙江，为此需要付出的代价是否值得已经不是最重要的了。

是否要以婚姻的方式离开农村？在感情上我也很犹豫，很想写封信回大青山生产队，征求一下男知青袁某的意见，可最终还是没有写。因为当时的通讯落后，上海到黑龙江一封信一个来回得半个月，时间上不允许。

于是，在老洪的赞同及妈妈的允许下，我和小陈开始来往了。两人接触，没有花前月下，始终围绕着一个中心：你带我离开黑龙江的事情进展如何？小陈每次来我家犹如汇报工作，比如：黑龙江有五个年轻的上海干部，都要求带知青对象、上海市委组织部是这样说的……

我经常对小陈说："我俩的事情是老洪和我妈半包办的。"而老洪这时候正担任我们大队党支部书记的工作，为考虑影响，他要求我保密他的牵线人角色。

其实，自年轻的上海插队干部向市委组织部提出要带知青对象一起到上海三线单位起，市里始终没有同意。后来经不住他们五个人的软磨硬缠，组织部一位工作人员说：只要你们有本事把她的户口从黑龙江迁出来，就让你们带。这五个青年干部听了这句话如获至宝，并写在了自己的笔记本上。现在来看这件事情，这五个青年插队干部，到黑龙江时 24 岁，现在五六年过去了，30 岁了，在黑龙江与女知青谈恋爱也是很正常的呀。

四月初，这些愿意到上海三线单位的黑龙江插队干部可以迁户口、办理工作调动手续了。我也随小陈一起回到黑龙江，同行还有好几个我们大队的干部。说来好笑，我与小陈一起回黑龙江，临离开上海时，小陈在我家向我父母写下了"不越雷池半步的'保证书'"。

到了先锋人民公社，几个上海干部陪同小陈找公社领导，商谈要把我也一起随迁的事情。公社的领导听了，很同情他，说上海组织部不近人情，我们让你带走，不过现在上面对知青的问题很重视，你们得先登记结婚，作为家属随迁。

小陈把公社的意见告诉我，我的第一反应就是：你走吧，我还是留在这里继续插队。平心而论，这么快登记结婚，我还没有这个思想准备。这下小陈急了，他说："我背也要把你背出黑龙江。"接下来就是大队的几个上海插队干部一起来做我的工作。

这时候的我多么想找人商量商量，想听听父母的意见，但受当时通讯条件的限制，没人可商量。自己的生产队，也不敢回去，我怕一回生产队，和知青们一说，就会动摇我走的决心。就这样我在公社住了三天，一直拖着、犹豫着，最后还是"走"的念头占了上风。

三天后，小陈要我一起去登记，我不肯去，感觉挺难为情的。我让小陈自己一个人去登记："你不是和公社的人熟吗？你自己去办吧"。说来好笑，小陈真的自己一个人去登记了，我是法盲。小陈是曾在上海派出所工作的一个民警，无奈的他这时也成了一个法盲。一会儿他回来了，说："不行，你不去，不让登记。"同时，他又搬来了两个"救兵"，我们大队两个插队女干部来劝说。

我无奈地去了，和他一起走进婚姻登记办公室，坐在工作人员的对面，当时的情景现在依然历历在目，工作人员问："你是自愿和陈某结婚的吗？"我低着头一声不吭，他再问，我还是不吭声……沉默了一会儿，那个工作人员说话了："你不说话，我就不能给你登记，不登记，你就不能迁户口，户口迁不了，你就走不了……"

登记结束，结婚证拿在手里，我没有些许高兴的心情，心里一片茫然，完全是无奈的选择。

当天下午，我回自己的生产队，进村时正巧是村里人收工回村的时候，我没有先回自己的宿舍，直接去找男知青袁某，袁某身上围着一条帆布围裙，刚刚从打石头的山上下来。我告诉他："我要离开了。"他很惊讶，问："这么快？怎么回事？"我很想对他说实话，但我要遵循对老洪的承诺，只是简单述说了一下。

虽然我已经和小陈登记结婚了，法律上两人已经是夫妻了，可是那个时候人们还是以是否办了婚礼为界线，我还没有和小陈已经是夫妻的感觉。临走准备行李打包的几天，小陈来过一回，我的宿舍里虽然只有我一个人住，其他两个女知青回上海探亲了，但我还是把小陈安排在男知青袁某宿舍里住。

几天后，我俩回到了上海，一进家门，我把结婚证书拿出来给妈妈看，没想到妈妈一看勃然大怒，不但没有得到一句祝福话，反而是不断的指责："你就这么急登记呀？我做梦也没有想到会和这样的人家攀亲家。登记了，你们现在就是夫妻了，你懂吗?”……我愕然,满腹委屈:“当初选择这条路不是你赞同的吗?我不登记,能让迁户口吗?”其实,妈妈是想让我先跟小陈出来,然后再慢慢相处。我真想说:“妈妈,你的想法现实吗?”想想算了,妈妈心里不开心,就让她发泄发泄吧,小陈坐在阳台上很是尴尬,任凭妈妈数落……

不几天,小陈到安徽铜陵(上海三线单位)报到。可第三天又回来了,我好生奇怪,原来是因为小陈的户口迁移证上有我,我是上海知青,铜陵不接受,把他退了回来。我真是想不通,黑龙江插队干部到铜陵的,连农村土生土长的老婆都能带,因为我的身份是知青,就不能接受。

五个黑龙江插队的青年干部是难兄难弟,遇到了相同的问题,他们一起到市委组织部上访,要求解决家属问题,得到的回答是:“叫你们到黑龙江去做知青的扎根工作的,你们现在把女知青带出来,这不是拔根吗?”五个难兄难弟拿出当时组织部工作人员的谈话记录:“只要你们有本事把她的户口迁出来,就让你们带。”以示行之有据。可现在组织部对当时工作人员说的这句话这样解释:“那是代表他个人讲的话,不是代表组织的。”难兄难弟们无语。还好,他们上海原单位每个月工资都照发,也不用上班了,每月去领工资就是。我就在妈妈家做饭、做家务。

这样的日子持续了一年,五个难兄难弟始终没有放弃努力。1975 年 5 月,当时市领导亲自批示:继续上山下乡,到上海市属海丰农场去。1978 年,插队落户的知青都能回家了,而我们已经属于上海国营农场职工,不能回上海。妈妈好后悔,给女儿写来一封长信。我回信劝妈妈:我们现在孩子也有了,生活与工作都很好,让妈妈安心。

直到 1980 年,新疆有大批支青要安排到海丰农场来了,海丰农场原有的知青全部撤离,我们才得以回到了上海南汇县。

朱怡冰于 2009 年 8 月参加重返爱辉

40 多年过去了，现在回忆当初扮演“咬钩的鱼”这个角色，走婚姻这条路回上海，演得好累好累！

黑龙江爱辉县罕达气公社桦树排子
1970 年春上海知青炊事班合影留念，
左一为李和平

回家的“钥匙”

原罕达气公社桦树排子上海知青
李和平

1973 年 3 月，父亲患肝硬化撒手人寰。体弱的母亲身边只剩下妹妹和患有精神病的弟弟。顶梁柱的轰然倒塌，使平静的家掀起巨大波澜。

为了减轻母亲的压力，父亲的老战友，一位插队干部提出将我调到他所在的孙吴县奋斗公社。那里各方面的条件比起我们罕达气来说要好上许多。此外，我和他们在一起工作也能得到些许照应。但沉浸在悲痛之中的母亲无论如何也不让我再回到黑龙江，执意要我转到姐夫的老家苏北继续插队。就母亲而言，这样离家更近，回家方便。而我，舍不得黑土地，舍不得曾经给我温暖和快乐的集体，更舍不得那几个朝夕相处的发小。可是，面对悲恸欲绝的母亲以及弟弟呆滞的目光，我选择了妥协。那年夏天，经过几番周折，我从法别拉河边来到了通扬河畔。

我原以为一个县城边上的生产队在各方面一定比深山里的一个小屯子强上百倍，没想到现实的情况让我惊呆了，仿佛一盆冷水从头浇下，一直凉到脚底心。原来这里虽地处城郊，地势平坦，交通方便，农田整齐，地里的庄稼长势也挺好，但这里的乡亲却穷困不堪。整个村庄只有寥寥几间砖瓦房，大部分还是土坯墙的茅草房。粮食产量虽不低，但是上缴公粮的数量却极大。老百姓口粮严重短缺。如果按照每天两顿稀饭一顿干饭能吃饱来算，一个月的粮食配额只能维持十天半个月。所以家家户户都是一天三顿以稀粥果腹。还要加些青菜、萝卜以及山芋才能勉强度日。看到这般景象，我傻了眼，真是连肠子都悔青了。黑龙江山里虽然也很穷，但是一日三餐饿不着肚子，而在这个离家不远的苏北城郊，吃饱饭却成了奢望。悲伤、孤独、无奈、绝望，五味杂陈的情绪使我的精神轰然崩溃。馒头、饼子、大馇子，各种曾经的美食在眼前浮现却又如泡影般幻灭。重返黑龙江的念头，悄然爬上心间。我白天以泪洗面，夜晚彻夜难眠，整整两日滴水不进。母亲闻讯后不仅以死相逼，还让姐姐抱着刚满月的孩子赶来这里软硬兼施。队里的乡亲们听说后也纷纷前来看望和劝慰。无奈的我只能再一次选择妥协。从此，开始了我在苏北农村的插队生活。

刚到这里的时候，我没有地方住。姐夫一位亲戚热情地邀请我去她家。她是一个四十多岁的寡妇，带着四个孩子，家中还有一位老奶奶，日子也过得艰难。她家就两间茅草房，于是我就在猪圈边上搭起了简易的床铺，垫上一大捧干稻草以此作为我的临时住所。吃饭就在她家搭伙，反正一日三餐就是照得见人影的稀粥，在哪儿吃都一样。几天后我参加了劳动。在黑龙江时我一直在食堂担任炊事员，没干过大田的活计，于是队里照顾，将我安排到妇女组。挑粪、割稻、插秧、打场样样从头学起。因为是新手，能力有限，别人一天能挣六工分，我只能挣三工分。好在公社规定生产队必须给知青加工分，这样我每天才能够勉强挣四工分。

入冬前，家里为我筹了些钱，在公社和乡亲们的帮助下，我总算拥有了属于自己的小窝——一间土坯草房。接着公社还为我送来了床铺板、水缸以及一些简单的农具，我的生活暂时安定了。粮食依然是不够吃，只能学老乡，一日三餐粥。实在揭不开锅，就回家混几天。好在离家不远，不然……唉！实在是不敢去想啊！

乡亲们虽然都很穷，但对我都很好，常常是东家送我些咸菜，西家请我喝粥。村里的年轻人也喜欢找我聊天。在这些温情小事的浸润下，我冰冷的心渐渐被捂热，慢慢地融入了这片土地。

那年冬天，上级大队推广水葫芦和水浮莲的放养，开辟青饲料和绿肥原料的新途径。我被派去学习种苗的越冬技术。于是，我成了一个放养水葫芦的专职人员。每天的工分也从四分增加到了六分。活不累，但责任重大。遇到问题也没有可帮忙的人，只能边干边摸索，总算磕磕绊绊干得也还不错。入夏时，进入了大面积放养阶段。水葫芦必须在流动的水域中才能获得高产。我们在通扬河离岸两米处打下树捆木桩，攀上尼龙绳，将水葫芦放入围圈内。通扬河是一条南通到扬州的人工运河，河道繁忙，时常有大船掀浪冲破围圈。雨大河水上涨，也会使水葫芦漂走。整个夏天，我驾着小木船在河里看着那些水葫芦，虽苦虽累，倒也干得不亦乐乎。我精心养护的水葫芦在秋日打捞时，产量比邻村高出许多，高兴是一定的，但是肚子还是每天“咕咕”抗议。

转眼到了1975年的春天。泰县境内的一个解放军农场时逢裁撤，扬州地区接管后组建了“扬州地区良种场”。得此消息，招工上学都无望的我立马找到公社民政科长，自我推荐，争取到了一个名额。至此，我摇身一变成了一个国营农场的临时工。虽然是临时工，但毕竟每月有十几元的工资，经济状况有了很大的改善。再也不用为粮食和柴草不够而发愁了。

农场组建初期，各个岗位都缺人，我是连队里唯一的上海知青，又不太会干农活，糊里糊涂地就被派去了县里参加赤脚兽医培训班。我抓住了这次机会，认真努力地学习。三个月后，在培训班结业考试中得了第一名，开心不已，同时也给连队挣了面子。自此，我当上了连队的赤脚兽医，带领几个饲养员，照顾起了一群群家禽牲口。工作并不繁重，主要是防疫和繁育，只有饲养员回家休假时需要替他们顶几天班。当时还真有点从糠箩跳到米箩里的感觉。因为害怕下大田，特别想要保住这来之不易的岗位，我努力工作，连队的饲养业务几乎每年都名列农场前茅。我的工作得到了好评，还被委任为连队的团支部副书记。不久农场又来了一大批扬州知青，连队的生活一下子又活跃了许多。和他们在一起又仿佛回到了大山里的集体之中，心情自然也好了许多。这样的生活一直持续了四年多。随着时光流逝，年龄渐长，思乡的情绪愈来愈强烈,难道生活就要一直停滞在这里吗？前路在哪里？回家的路又要如何走？何时才能回到妈妈身边,回到我魂牵梦萦的上海呢？我陷入了深深的迷惘。在这些惆怅的日子里,我困惑且无助,常常在恍惚中听到妈妈的轻声叹息。

虽然倍感煎熬,但时间依旧迈着她不变的脚步。一晃到了1978年的春天。按当时的规定,临时工满三年可以转正,将户口迁入农场,农村户口转为城镇户口。农场的大部分人都陆续办理了转正手续,而我却执意不愿转正,生怕一旦变成城镇户口就失去了知青身份,回城之路会更加渺茫。很多人都劝我,家里人也认为在农场总比在生产队强,可是我不知怎么的固执地放弃了转正机会,保留了生产队的户口,保留了我知青的身份,继续当我的临时工赤脚兽医。

盛夏的一天,收到母亲来信,说现有很多人都在搞病退,希望往这个方向考虑一下。我立马请假回了上海,见到周围的知青朋友几乎都在为这事儿奔走。我还看到了要回家的知青群情激昂的场面。我也按捺不住心绪,打听清楚了办理病退的程序,并着手办理。经过一番周折,我也办好了病退手续。可是在公社派出所迁户口的时候又横生枝节,我被告知找不到户籍资料,我一下子又懵了。后来热情的民警还是为我仔细查找,最后确定我的户籍资料在大队里并没有交上去,所以肯定还留在大队部。这下我倒觉得奇怪,没有户籍资料他们怎么认定我的知青身份？百思不得其解,当时也顾不上细想了,得赶紧去大队部查找,如果实在找不到,只有重新办理证明手续了。我马不停蹄地赶到大队部,大队干部们在办公室里里外外找了三天,都没有找到,我顿时陷入了绝望当中,三个整夜几乎无法入眠。第四天,疲惫不堪的我迷迷糊糊地做了个梦,梦见父亲对我说:“东西还在大队部,不要放弃,再找找。”我刹那间惊醒了,直奔大队部。那天,也许是父亲在天之灵的指点，终于让我在办公室边上堆放杂物的小屋里发现一只装满纸的麻袋，我奋力一抖，一张纸飘飘然掉在我面前——户口迁移证！证明我知青身份的户口迁移证！谢天谢地，这正是我苦苦寻找的回家的“钥匙”！那时的高兴劲儿就别提了，一块石头终于落地，身心都放松了。第二天，我便办完了所有手续，踏上了归途。

依然记得回家的那天，天气晴朗，连队里的知青们都来到车站为我送行。班车在乡亲们依依不舍的目光里慢慢开动。我扭头回望，望着这个让我忧愁也让我成长的地方，百感交集。当车开出数百米的时候，人群渐散，可我却能看到一个红色的身影始终伫立，在空旷的车站，在蓝天白云下，是那样的艳丽醒目。车渐行渐远，红色的身影却没有挪动，直到慢慢缩小在我的视线中消失不见。我并不知道她是谁，为什么一个人站到了最后，但是这一幕情境，却深深地留在了我的记忆中，留在了我年轻的岁月里。

2017年夏，李和平在知青聚会上

年关之日，一个在外飘荡了10年的孩子，回到了母亲的身边。那夜，一顿上海家常的年夜饭，用美味与亲情，抚慰了一个游子干涸的胃、疲惫的心。我，终于回家了。

回家

原爱辉公社西三架子大队
上海知青　林云普

家住上海同一个新村，就读于同一个学校同一个班，1969 年 11 月集体插队到同一生产队。1970 年代，在爱辉公社西三家子产队知青宿舍前，后排左起：林云普、宋萍、黄江华；前排左起：高娟英、徐文仙

大概是从我下乡的第三个年头起，大学开始招生，企业开始招工。村里的下乡青年、回乡青年有的被招生上了大学，有的进城当上了吃商品粮的国家职工。尽管名额很少，但这已足以动摇绝大部分知青"扎根边疆，干一辈子革命"的信心。

与此同时，上海针对上山下乡知识青年政策也悄悄开始松动。有病的可以办病退；老人身边无子女的允许一个子女回家；父母退休可以顶替工作；主动报名支援三线建设或者到上海郊区新建企业工作的职工，作为放弃上海市户口的代偿，允许一名下乡的子女招工同往。

政策一松动，家长们便开动脑筋，使尽千方百计把子女往南方挪动。符合政策的自不必说，用上海话讲叫"硬档"，不符合政策的则另辟蹊径。"路道"粗的托亲戚朋友把孩子调回南方某城落脚谋生，"路道"差一些的把孩子调回老家农村，希冀得到亲眷的照应。实在不行的，就在南方某地托人找个对象，把孩子嫁过去。总之，只想让子女不再在遥远的边疆“面朝土地背朝天”，只想子女离上海近一点，再近一点……

看着一起下乡的同学一个一个悄悄地离开，心里长草自不必说，夜半醒来满脑子胡思乱想。咱一不符合接班顶替政策，因为早在我下乡前父母就已退休；二不符合身边无子女条件，爹妈有姐照顾；三不符合病退，本人体格“杠杠”的，一般小病小灾撂不倒，还在女社员中评得大寨式工分最高分——八分，诸如铲地、割地的这些大田活计不输给男人；四不符合当兵条件，咱近视眼，再说，部队也没到俺们队上来招兵；五轮不到招工，在我离开农村之前，还没有上海知青被招工；六没有投亲门路，祖辈生活在苏州城里，没有乡下亲戚……想啊想，想到鸡鸣五更心烦意乱，就开始羡慕嫉妒恨。羡慕人家爹妈有本事，羡慕人家的父母年轻，怨恨自己“生不逢时”，甚至希望自己能得点什么病。越想越绝望，于是和小高同学相约，如果离不开农村，那咱也绝不在当地结婚嫁人。假如同学们都走光了，知青点撤了，我们就自己盖一座小土房，在那里相互照顾了此一生。

现在想起当时那绝望中的梦想不禁觉得好笑。其实，过着集体生活的知青，并不是真正意义上的农民。我们不懂春耕、夏锄、秋收、冬藏的农活，没有东北农家扒炕、抹墙、挖窖、储菜等基本生活技能。两个女孩想要在那苦寒之地独立生活，简直是痴人说梦！说来也怪，在离开农村很多年以后，当时臆想中的那个小土房却常常会出现在我的梦里。

一个人的旅程

1972 年末，大多数同学都回上海探亲了。我因为要给社员分红，再加上组织上要发展我入党，为接受考验，我留在了青年点。春节将临，家里突然来电报称“父亲病危”。亲情大于一切，于是我舍弃“进步”，踏上了回家路。

先坐马车到松树沟，再搭西岗子开过来的客车到黑河。老队长蒋维新为了让我尽快坐上火车，打电话给在黑河一粮店工作的亲戚，安排我在她家落脚，并托她给我找车去北安。晚饭，大婶给我烙了饼，还有炒土豆丝。夜里，我睡在她闺女的房间里。半夜，大婶叫醒了睡梦中的我，把我送上了一辆到北安拉货的卡车。

雪夜，提心吊胆地坐在颠簸的驾驶室里。不知司机何人，不敢搭话，人家问一句我答一句。司机觉得没趣，于是不再作声。半路，又有人送上来一个操着山东口音的男孩，司机让男孩坐在中间。男孩上来，驾驶室里多了个人，但大家还是没话。司机默默地开着车。那个山东男孩上来后，我的紧张心情似乎放松了些。车窗外，天空黑漆漆，大地白茫茫，分不清哪是道路哪是大地，车顺着车辙往前开。耳边只有轰鸣的马达声和汽车轮子碾压雪地的嘎嘎声。途中不知是何地，距公路不远的一处房子着火了，熊熊的大火映红了天空，映红了雪地……

第二天清早，车到达北安的一个货运处。我背着行李跳出驾驶室，着忙中把水壶拉在了车上，师傅拎起水壶带把水壶扔到了我脚下，我弯腰捡起水壶，谢过师傅，奔向火车站。那个山东男孩跟着我到售票处排队买票，我对男孩说：“你看行李，我去买票？”男孩摇头。我又说：“那我把钱给你，你去买票，我看行李？”男孩还是摇头。嗨！都说我有戒心，那男孩的戒心比我还强！我心想，你那破行李白给我都不要！有啥好防的？不过，俗话说“跑腿子行李，大姑娘腰——碰不得”。算了，也许人家的行李里装着钱呢。那就背着行李一起排队吧。当天我们上了火车，六七个小时后到达哈尔滨。那男孩还是不说话，于是大家各走各的。晚上，哈尔滨火车站候车室早就没有空座，我蜷缩着坐在行李上过夜，瞌睡中的大脑不断被睡熟得东倒西歪的身体惊醒。第二天凌晨排队签 58 次直快，座票已经没有只有站票，票价一分不少！

哈尔滨到上海的火车拥挤不堪，绝大多数是回家的知青。我站在过道上倚靠着一个座椅背。站累了就把随身带的用棉大衣打起来的行李放在地上，坐在上面歇一会儿。后半夜，坐在靠窗座位上的一位大叔看我孤身一人挺可怜，对我说："你在这里不要走，我到锦西下车，我的座位给你。"旁边有一帮男女也是上海知青，因为没得到这个座位，忿忿不平。责问那位大叔，"我们先到的你为什么不让给我们？"那位大叔说："你们有几个座位可以轮着坐，她一个人已经站了一夜！"其中一个女孩人长得还可以，但嘴很臭，一个劲地骂人。那位大叔真好，看我坐安稳了，他才下车。

那位大叔走后，女孩一个劲地威胁我："哼！侬看牢！有本事侬就勿立起来！侬立起来，阿拉就抢！"我很气愤，但我想我一个人，绝不是他们一帮人的对手，"好汉不吃眼前亏"，我不睬她最凶！但为了保住我的座位，后面的三天两夜我尽量不上厕所，也不敢多喝水。几天下来整个人都浮肿。

经过六天的旅程，火车终于停在了北火车站。姐姐上班，母亲亲自来接我。看到母亲，我一下子扑进她怀里。可母亲见到我的样子，哭了……

但令人欣慰的是，我一踏进家门，病重卧床的父亲竟然坐了起来！

大山里的"相亲"

在家的日子里，我除了看闲书没有多少言语，我不知道该和年迈多病的父母讲些什么。母亲关切地问我："他们从东北回来的人都说东北很苦，没东西吃，怎么没听你说？"我笑笑："妈，你看我这么胖，像苦的样子吗？"老爸老妈默默地看着我，悄悄地叹气。春节过后，在江西德安军工厂工作的二姐结束探亲要回去了。姐姐问我:“江西不错,离上海近多了,你要不要先跟我去看看,你要是看好的话,姐姐想办法把你调到江西去。”我不假思索地说:“好!”于是爹妈主动掏路费说:“去吧,不要闷在家里,跟二姐去江西玩玩。”

我高高兴兴地跟着姐姐和姐姐当时的男友(现在的姐夫)去江西一游。姐姐的单位在大山里,我们乘直快从上海到南昌,从南昌换普客到德安。德安是个小县城,从德安到姐姐所在的工厂还有 15 公里路。去那里只有一条进入大山的二级公路,应该是为建军工厂开出来的。工厂有定时大巴到县城,我们便搭大巴进山了。公路在狭窄的山沟里蜿蜒,一侧是山体,一侧是沟渠、水田。山脚下高大的樟树掩映着白墙青瓦的农舍。江西山里人家的农舍瘦高,黑黑的门洞,小小的窗没有玻璃,开在离地很高的墙上的。屋顶没有烟囱,青烟从屋顶的瓦片间钻出来,慢慢地在空中飘散。

二月,春寒料峭。稻田还没有耕种,一块块田地里铺满了开粉色小花的红花草。路,向前向上向山里延伸着,左看是山,右看是山,回头看还是山,目光所到之处总被大山挡住,唯有抬头看那一线天空。工厂在公路的尽头,家属宿舍在大巴前进方向右侧的山脚下,顺着山势,分块分层依山而建。生活在这里的人们开门见山,出门爬坡。这里给我的感受与在广袤的东北大地上完全不同。相比这大山的满目葱茏,我更喜欢东北大地的皑皑白雪;相比这崎岖的山路,我更喜欢北方那起伏的丘陵和一望无际的田野。

军工厂的独身宿舍在厂区内,不允许外人借住。于是,姐姐的小姐妹把她分到的粉刷好不久准备做婚房的房子借给我们住。这是一种干打垒墙的平房,门窗和地面都是杉木的。杉木的纹理很好看,还有独特的清香。这是一房一厨,没有卫浴设施。厨房里的柴灶是他们自己动手垒的,和上海农村里的大灶头一样,只是缩小版,因为厨房面积很小。姐姐请同事吃饭,姐夫一大早搭通勤车去县城买了好多菜。客人都是从上海招来的学生，姐姐向我介绍了一圈来宾，还特意介绍其中一位男生，说他是上海某某学校大专毕业云云。但我根本没记住他们姓甚名谁。席间主宾们兴致勃勃地聊回上海探亲的见闻，嘻嘻哈哈地谈工厂里的人事。我一个东北来的“阿乡”自然与他们没有什么共同语言。客人散去，姐姐问我对那个大专生印象如何？我这才明白爹妈掏钱让我来江西散心的真实用心。我摇了摇头，坚定地说，我不想走这条路。其实，在进山的那一刻，我已经否定了来江西的想法，尽管如果能来到这里话，便可以把“边境证”换成日思夜想的“工作证”。

在姐姐们的山里住了一些日子便准备回上海。姐姐、姐夫又请假陪我游了一趟庐山。我们从德安乘车到庐山的后山脚下，用了四个小时爬十多里山路登上了庐山顶。在山上旅馆住一夜，第二天上午游览花径、仙人洞，拜谒五老峰。因为要赶当天的轮船回上海，在山上吃过午饭便又顺着上山的路下山了。人在陡峭崎岖的山路上一路下行，脚下刹不住闸！蹦蹦跳跳一个小时便到达山下，总算可以走平地了，心里那个高兴，可不曾想到了平地竟然不会走路了，小腿肚子痛得不敢把脚跟往地上放，只得一瘸一拐继续踮着脚尖走路。这俗话说的“上山容易下山难”，可真是一点不假。庐山下来我们返回九江市区，在九江的轮船码头上，我告别了热心的姐姐、姐夫，登上了长江轮。回到上海的家中，我依旧默默无语。妈妈小心翼翼地问我：“你以后怎么办？”我平静地说：“妈，你们就不要再给我动这种脑筋了。东北当地人祖祖辈辈生活在那里，他们能活，我也能活。”可我知道自己只是嘴硬。

原来，当我躺在东北乡下的热炕上，为自己的前程辗转反侧难以入眠的时候，远在上海的老父老母看到左邻右舍的孩子陆陆续续回来，也在日夜为我担忧。一边每封家书都谆谆叮嘱“不要在乡下谈朋友”，一边悄悄地为我想办法。想来，老父老母也盘算过，他们没什么门路和能力可以把女儿弄回南方，但好在女孩子还有出嫁这条路。去江西的事，是父母背地里跟二姐商量好的。

一九七三年的“圆梦”

开春了，队里要春耕准备了，我也该回队了，我还担任着队里的出纳员呢。我相信该变的总会变，该有的总会有，无论如何眼下的生活总还得继续吧。幸运的是，机会终于来了。

1973 年，在共和国的历史上是个值得记载的年份。邓小平同志在被隔离、看管了 5 年之后，于 1973 年复出，中央恢复了邓小平同志国务院副总理职务。邓小平开始协助周恩来总理整顿和恢复国民经济。也就在那年，中央决定大专院校的招生工作由推选改为考试。得到这个消息，我精神为之一振，我想读书，我要读书，机会来了我必须抓住！报考的程序是个人报名，组织批准，我报了名。

从被批准报考到参加考试只有几个月时间。对于只学完了小学课程的我，要在几个月的时间里，补上得几年时间才能学完的中学数理化课程，简直是天方夜谭。尽管如此，我还是抱着一分希望，做着十分的努力。一起报考的年轻人想方设法从村里的回乡青年那里借来课本，积极地复习迎考。更准确地说，我不是复习，而是学习。

自学的过程是艰难的，没有老师辅导，更没有时间。插队落户当社员，出一天工拿一天工分。农忙时节，人人下地干活，你在宿舍复习会引来别人侧目，于是坚持着白天出工晚上复习。可仅仅几天便坚持不住了，捧起书本便上下眼皮打架。我们生产队里有两个六七届初中毕业的回乡女青年参加了报考，几个人一商量还是硬着头皮向队长请假，躲到了其中一位的家里复习迎考。也许是有关方面了解到了一些实际情况，后来通知闭卷考改为开卷考了。考生们暗自松了一口气。全面复习简化为看定理看要点，记住什么内容到书上的那一章里去找。

8 月，考生们接到通知，自带行李铺盖到黑河报道。黑河的中小学生都放假了，教室成了考生们的临时宿舍和考场。不记得考场设在黑河的哪个学校。只记得考试那天，那个学校前的大街上，都是一张张消瘦而年轻的脸。

在考试前一天，招生办的老师给每个考生发了一份报考志愿书，考场的黑板上公布了本次招考的各个大专院校的名称和专业。在招考老师对志愿书填写作了一系列的讲解后，考生们开始根据自身的文化水平和喜好认真而郑重地填写这份关系着前途和命运的志愿书。当时许多人对于专业的考虑没什么概念。只有一个很简单的想法：去圆读书梦。

我从小的理想是穿上白大褂当一名医生。由于学历水平太低，我不敢报考大学，故而在志愿书上填上了“哈尔滨卫生学校药剂专业”。交上了志愿书，大家在校园的树荫下休息。陪同知青参加高考的爱辉公社上海插队干部季兴根老师，挨个询问每个人的志愿填写情况。对志愿填报不合适的考生，给予具体指导，并及时地帮助更改。就这样我改填了化工志愿，也改写了人生。

在人生的十字路口，有这样一位长者，“冒天下之大不韪”，给我们这些涉世不深、远离家乡和亲人的孩子点拨人生，这是何等的幸运！三十多年后，在爱辉上海知青联谊会的一次春节团拜会上，我见到了季老师，在交谈中，我提起这段往事，季老师却淡淡一笑说：“我不记得了。”

1973 年的这场考试变数太多。在第一门课开考之前，监考老师临时向我们宣布了一个决定，填报中专的考生可以改报大学，只需加做数学卷上的那道二元一次方程求根公式推导题。

从 1966 年开始停止了七年的高考，在 1973 年注定会一波三折。两天的考试结束了,大家打起行李铺盖,回到生产队。不久,等待入学通知的我们又接到一个通知,入学考试成绩取消。原因是辽宁的一个叫张铁生的考生交了“白卷”,并在卷子后面给中央写了一封公开信。

最后,一场热热闹闹的招生考试,重又回归为基层推荐。各校的招生名额从县里分到公社,又由公社的有关部门按生产队进行分配。我们生产队只分到一个名额。于是队里召开了社员大会,以投票的方式在报考的人中推选入学者。而我因得到的票数最高,幸运地获得了这个名额。就这样在下乡四年后,我从农村挣巴出来了。

在齐齐哈尔市完成了两年的学业,毕业分配到了哈尔滨郊县阿城的一个大型国企。尽管那里还是远离家乡亲人,但比起爱辉的那个小村,已经近了好多好多。我在那里安心地工作、生活、结婚、生子。在那里我得到了很多,舒适的住房,亲如兄弟姐妹的朋友,如同师长般尽心栽培我的领导。我还经单位批准,通过成人高考获得了去北京上大学深造的机会。工作顺利生活安稳,曾经向往的一切似乎都有了,“回家”的念头也就日渐淡漠了。

两代人的轮回

一个新的补偿政策打破了我原本平静而安逸的生活。1989年3月21日,上海市劳动局、上海市教育局、上海市粮食局联合发布了《关于允许在外省区工作的原上海城镇上山下乡知识青年子女来沪就读入户问题的通知》。“允许一名年满16周岁或初中毕业以上未婚、未就业的子女来沪就读入户……”

这个消息是退休后在居委会工作的大姐带回来的。那时,我儿子已经上初中。为了我儿子回沪,家里的亲朋来了个总动员。大姐去街道、派出所办理我儿子返沪的所有手续。

妹妹和大姐的小女儿、女婿为我儿子择校，办理入学手续。一切办妥之后，我借出差的机会，把儿子送到了我母亲和作为监护人的妹妹身边。由于上海和黑龙江两地教材不同，为了让我儿子尽快赶上新学校的教学进度，妹妹和大姐的大女儿、女婿又想方设法为他联系家教。在东北长大的儿子从未离开过我，初到上海的他生活不习惯，也听不懂上海话，常常想家。于是，他的那些姨、姐、哥只要有空便来看望他，陪着他出去游玩散心。

按理说，有亲人们对我儿子无微不至的关怀，我应该没什么好担心的了。然而，知青子女返沪政策仍是让我喜忧参半。喜的是终于儿子可以替代我回到上海，并在上海接受较好的教育。忧的是我的儿子又像我当年一样远离父母。这两代人的轮回，让我真正体会了当年我离开家时，我父母的心痛和担忧。尽管一个是沦落小乡村，一个是踏进大都市。况且，我儿子这个年龄段的孩子正值青春叛逆期，任何挫折都可能影响孩子的心理健康，乃至影响他的一生。对孩子的思念和担忧如尖刀剜心，常使我难以入眠。尤其是每每听到电话那头儿子想念我们的哭腔，我便心痛如绞泪如雨下……

儿子是根，根迁走了，我的心便也随着迁走了。还记得那时候费翔唱的流行歌曲《故乡的云》吗？“天边飘过故乡的云，它不停地向我召唤……归来吧，归来哟，别再四处漂泊……”那令人神伤的歌声就仿佛是母亲对我的呼唤，儿子对我的期盼。一个念头在脑海里陡然升起，为了年迈的母亲，为了未成年的儿子，我必须回家！尽管如此一来，我将抛弃在那里奋斗 20 年所获得的一切，到新的地方从零开始！但为了亲人，我将义无反顾！

二十年后回家

一天，单位来了一位客人，是杭州某新建化纤厂的总经理。这位年轻的总经理，是来我们单位学习考察，私下里也是来挖人的。这个企业虽然很小，生产规模还不如我们的一个车间，但无论如何，它地处杭州市里，比起阿城，杭州可是离上海近多啦！

于是我开始找单位领导恳谈，希望他们能放我一马。然而，尽管改革开放已经十余年，但作为国企的职工，想要流动还是非常艰难的。好不容易才说服工厂领导将我放行，并同意让我自带档案前往杭州。

到了杭州，那位总经理把我们安排在一个很好的宾馆，每天好吃好喝地招待，还安排我们游西湖。走在西子湖畔，想着就要到这个地方工作生活，心里那高兴自不必说。一起结伴前往的同学甚至感叹："能到杭州，哪怕以后在西湖边卖茶叶蛋也行啊！"

可是，天有不测风云，我们的美梦落空了。原来，这位年轻的总经理在人事调动上遇到了阻力。他上级主管部门的领导不允许将我们调入，理由是该位总经理从外地引进人员没经过他批准。年轻的企业老总，原本想让我们带着档案到杭州，形成"逼宫"的势态，逼迫他批准这次人才引进。但他太嫩了，尽管，他的领导在这家新企业成立时，让他带着公司副总经理的职务下去担任企业总经理，并承诺他有用人的权力，但国家用人制度不改，他的这一权力是空的。

命运跟我们开了一个大玩笑！我们满怀憧憬来到西子湖畔，期待在这座号称"天堂"的城市里落脚，可以离上海近些，离妈妈和儿子近些。可是却因为这所谓的"权力之争"，让我与这座城市失之交臂，擦肩而过！

带着无限的遗憾我们垂头丧气地重新踏上北归的列车。经过两天一夜的奔波，火车在夜色中到达哈尔滨。出站，看到原单位的赵总正笑吟吟地站在奔驰车旁伸手迎接我们。他轻声而坚定地对我们说："走！回家！"

虽然赵总亲自赴哈尔滨迎接的举动让我万分感动，可是我南归的信念一点也没有动摇。因为，在上海有年迈的老母，更有年少的儿子在日夜呼唤！

上天眷顾，机会又来了。上世纪九十年代初，浦东开发建设的步伐加快，需要大量人才。我从纺织部举办的企业高管岗训班上获得一个信息，一家注册在浦东的中外合资企业需要专业技术人才，基本条件是 45 岁以下、中级职称以上。我和先生不仅符合基本条件，而且我先生正好具有这方面专业技术，且积累有 20 年的工作经验。获得了这个信息，我妹妹又开始为我的调动到处奔走。在妹妹的斡旋下，也在一些好心人的帮助指点下，作为人才引进，先生和我通过考核被这家企业录用了。当然，联系调动是背着我的工作单位悄悄地进行的。我和先生依旧不动声色地照常上班。妹妹则在上海紧锣密鼓地为我们办手续。1995 年 1 月初，我们拿到了上海市人事局的调令。终于可以回上海了！母亲的愿望可以实现了！我们一家三口又可以团聚在一起了！

先生毫不犹豫地放弃了原单位安排的去德国考察的机会。我们分别交待了工作，以 1.8 万元的价格卖掉了三室一厅的房子。打点起行李包裹，向公司建设初期开始共事了二十多年的同学、同事一一道别。从拿到调令到启程离开，几乎每个晚上都是在朋友们依依惜别的送行宴上渡过，醇醇烈酒里饱含的情义浓得化都化不开！二十多天后，当所有的家什装上了集装箱，我返身回到屋里，把空荡荡的房间扫了一遍，反锁上门，独自一人站在充满阳光的温暖的屋子中央。环顾四壁，每个角落都有我生活的信息，心底涌起一股莫名的不舍。于是，我放声大哭……

从 16 岁离家闯荡东北，我无时无刻不想着回家，回到母亲温暖的怀抱。眼下，多年的夙愿成现实，要离开这片黑土地的时候，心里充斥的却是一棵大树被连根拔起的感觉。

1995年春节，在先生的老家陪着公公吃了我们在东北的最后一顿年夜饭。年初一，返回哈尔滨，向这里的亲朋好友告别。初二晚上，带着一大堆随身行李登上了南下的列车。躺在车厢的卧铺上，枕着滚滚车轮，听着那铿锵的声音，我做了一个梦，梦见我们到了上海，上海站大门敞开着，无人检票！

年初四凌晨四点多，58次列车稳稳地停在了上海站的月台边，亲人们早就等候在这里，儿子欢呼着向我们跑来。当我们一行人肩扛手提着大包小包走向北区出口时，那场景竟然与我的梦境一模一样！

2009年，上山下乡40周年回访爱辉。8月12日，在黑龙江游船上

在外漂泊了27年，我终于回家了！胸中涌上一股热流，眼泪在眼眶里打转，真想扑进母亲的怀里痛哭一场。但是，在踏进家门的一霎那，看到安静地端坐在那张熟悉的放着热腾腾早餐的方桌边，正满脸欣喜地望着我们进屋的年过七旬的老母亲时，我忍住了。

回家，真好！

写于2015年10月

修改于2016年9月

生命长河的一段

原西岗子公社东岗子大队上海
插队干部　杨绪武　矫焕勇

1969年12月，杨绪武摄于爱辉县西岗子镇贡比拉河冰面上

1969年11月上旬，我们一批"文革"中靠边站的干部被"解放"后去了黑龙江省的爱辉县插队落户。我和爱人同上海浦光中学93位中学生被分配到西岗子公社东岗子大队。在下乡的日子里，我们插队干部与社员、知青一道出工出力干各种农活，并协助党支部和队委会做好知青的思想工作，关心他们生活、身心健康。我们也常去社员家串门拉家常，他们的红白喜事我们也热情帮忙。几年下来，我们插队干部和社员、知青结下了深厚的友谊。我们的两个孩子也就是在那时在黑龙江出生的。

1972年秋天，插队干部被陆续调回上海。我们接到原单位通知是1974年4月，名义上说是调回上海，其实让我们去上海的"小三线"，即在江苏沛县的煤矿、山东莱芜的铁矿、安徽铜陵的铜矿三处选一处，还说什么是上海"市革委"的关心，能有个去处就不错了。接到这一消息，我们全家喜出望外！几天里忙着迁户口、整理打包、交房子，社员知道我们要走了，大家依依不舍，又请吃饭又送土特产，知青们成群结队来访。生产队、大队、公社都举行欢送仪式还设宴招待。县领导特意把插队干部请到黑河予以热情招待话别。

调动事情没有想象的那么顺利，就在我们全家启程前夕，单位突然发来一电报："你爱人的工作不好安排暂缓启程。"此电报如飞来的一块石头把我们砸晕了。我们一切手续都办好了、行李托运了、房子移交了，带着两个孩子怎么办？我给单位发了电报，问是否让我们先去报到？对方迟迟没有回应。无奈之下，我们只能先告别东岗子村回上海再想办法。离别的卡车要启动了，很多知青、社员来送行，五年的同甘共苦大家依依不舍。车缓缓启动了，大家跟着卡车一路跑着，招手、招手、再招手……惜别的场景令我们难以忘怀。

回到上海我们只能暂住在亲戚家。想着早一点去单位报到，却又遇到了难题，我当初报名去安徽铜陵，是为解决我爱人的工作。现在他们改为大屯煤矿，这我们也不计较，反正去了外地也铁了心了，在哪都一样。可是在办理手续时，上面说我们在爱辉开出的户口不合格，是否城镇户口要审查。为此我们在上海等待了整整五个月。住在亲戚家也不是个事，我们联系住进了上海原单位招待所，每月向单位财务借款 100 元，买米买煤饼自己开伙。十月的上海天气渐渐转凉，我们全家的衣物都已托运到安徽铜陵，两个孩子还小，生活的艰难和沉重的思想负担难以承受。看到原单位的职工进进出出，自己工作生活无有着落，很不是滋味。为了早日到外地报到，我几乎每周都跑去福州路的"市革委"文教组上访，他们板着脸说，等着吧。又过了一阵子，去爱辉县的核实结果出来了，一切没有问题，这才签字放行。

十月中旬，我们全家乘火车转汽车到江苏大屯煤矿报到。当时掌权的是"造反派"头头，管组织的一位干部说："你们这批干部是没人要的，是上面硬压给我们的，你们去下面基层矿建二队。”我说孩子要上幼儿园、托儿所，我们要求分在煤矿指挥部中心区，没想到这位干部气鼓鼓地说：“明天就去二大队报到，否则你们回上海，我们不管了！”

第二天，我们就去二大队报到。当时主副井正在建设中，地面上到处在施工，幼儿园、托儿所都没有建好。矿上接待我们的同志很热情，他们大多是市直机关下放的老干部。但管房子的很不客气，分给我们一间门窗破损最简陋无人要的房子，我找他们反映困难也没有用，我爱人都气哭了。面对各种困难我和爱人自己克服。我被分在宣传组，爱人到小学任教。没有托儿所，我们把一岁的女儿送回山东老家养着，儿子未到上学年龄，我俩上班无人带，有时锁在家里，有时在家属院流浪。这就是结束了插队生活后的一段经历。

在以后的岁月里，我们在大屯煤矿工作了20年。“文革”期间，在矿上作为一般工作人员经常下矿井支援高产，扛水泥、抬铁轨、清巷道，脏活累活抢着干，二大队有不少“文革”前的局、处级干部，他们也和工人一道埋头干活。“文革”结束后，这些干部陆续调回上海，我们由于种种原因留在了煤矿，我的工作职务也有所调整。在艰难的岁月里，我参与了煤矿的建设，广大职工不怕艰苦，不怕流血牺牲，一座座矿井建成投产，随着产量的逐年提升，我们支援上海，支援宝钢，支援全国各地的生产生活。

我们夫妇俩退休后，居住在上海。我享受离休待遇。儿女在上海工作，都有了美满的家庭。我们十分怀念在西岗子的插队生活，难忘艰苦岁月与当地社员、上海知青结下的深厚友谊，这段经历将永远铭记！

1996 年 8 月，杨绪武、矫焕勇夫妇两人回访爱辉县西岗子公社东岗子大队，在插队安家的驻地留念

我家那套松木家具

原张地营子公社泡子沿大队
上海知青　朱怡冰

下乡第六个年头的春天，担任我们大队书记的上海插队干

部洪飞，撮合我与同一个公社的比我大六岁的上海干部小陈登记结婚，户口随迁，与小陈一起离开了黑龙江。

小陈虽然和我同在一个公社，但两个大队相隔却有40公里远，手续办齐全以后，我和小陈俩各自回自己的生产队整行李。

从公社办完手续回到生产队，知青宿舍中只有我一个人，同住的三个女知青，两个在上海探亲，一个回老家插队去了。

这么快离开黑龙江，这么快登记结婚，有点始料不及。下乡六个年头了，伴随着年龄的增长，前途迷茫，做出这样的选择，是自愿，也是无奈。同队的上海知青对于我突然闪电式的登记结婚，虽然有许多惊讶与猜测，但也很快理解了。

闪电式的，说走就走，一切都在静悄悄地进行中。

清晨，我在宿舍里默默地收拾行李，忽然听到窗外传来一阵急促的脚步声，随即就是“咣当、哗啦”一声响。怎么回事？我赶紧跑出去，原来是与我同一天下乡的上海知青忠宝和占海，两个人扛来许多木料正在往我的宿舍门口卸。

我惊讶地问：“你俩拿来这么多的木料来，干什么用？”

忠宝拍打着粘在棉袄上的木屑与灰土说：“你不是要走了吗？为你打行李呀”。

“打行李？”我不理解。

一边的占海看着我傻乎乎的楞样，“嘿嘿……嘿嘿……”地笑着说：“我俩到村里兜了一圈，找来了这些木料，想在你的箱子外面给你打个大木箱，好让你带些木料回上海呀。”说完他俩就急匆匆地上山打石头去了。

我站在这堆木料前，默默地看着他俩匆匆赶去出工的背影：两身褪色的绿棉袄裤、两顶已经磨秃了皮毛的帽子，迈着坚实的大步……

带木料回上海？我压根儿都没有想到过，忠宝和占海想得真周到呀！

众所周知，七十年代的上海，家具供应相当紧张，这些木料到了上海一定是非常珍贵的。而我们这个小兴安岭山脚下的自然屯，别的没有，木头有的！

接着，忠宝和占海他俩就利用出工前、收工后的时间，在我的宿舍外又是锯、又是刨的忙开了。几天以后，一个散发着松木香味的大大的木箱做好了，里面装上我下乡时从上海带来的90厘米的樟木箱后还有空余地儿。他俩又见缝插针地往里塞了许多木方子，最后在大木箱外边结结实实地捆上好几道铁丝。忠宝说："我们给你准备的这些木料，你以后都会有用的，我是按照上海家具的尺寸锯的，以后你结婚时可以用来打家具。"

听着忠宝和占海的话，看着他俩连续几天为我忙碌，感动与不舍交织在一起，身边的好人呀，我即将离开你们远去……

再说小陈，他回到自己的生产队后，也打了一个大木箱，另外还有一个小一点的木箱子，里面都是木料。

到黑河客运站办理托运时碰到了一点麻烦，明眼人一看就明白，这两大一小托运到上海的木箱子里面装的是什么。小陈去找了熟人，最后拿出"结婚证"和"户口迁移证"证明是"搬家"的，客运站总算放行了。

我们的木箱托运到上海后，小陈的父亲高兴极了，笑逐颜开地骑着一辆黄鱼车到北火车站，在火车站就把木箱拆开，里面那个90厘米樟木箱子回我家。我和小陈两个人带回来的木料装了满满一黄鱼车，都拉到小陈家。

几个月后，小陈家请来木匠为我们打家具，待家具上好油漆，小陈带我到他家看新家具，满满一房间，都是七十年代上海的时尚式样，36只脚一只也不少。小陈对这些家具爱不释手，他经常会打开衣柜的门，闻闻松木的清香，敲敲抽屉板说："多好的木料啊！"多少年过去了，小陈依然对这套家具情有独钟，经常孤芳自赏！

说真的，这样的家具在那时候的上海是买不到的，就是现在也是挺时尚的——一套松木实木家具！

现在，这套用从黑龙江带回上海的木料打下的家具，至今还在老房子里使用着呢！

拉大锯
插图作者：黄大兴

铜陵新桥矿

原军达汽公社桦树排子大队

上海插队干部 庄康表

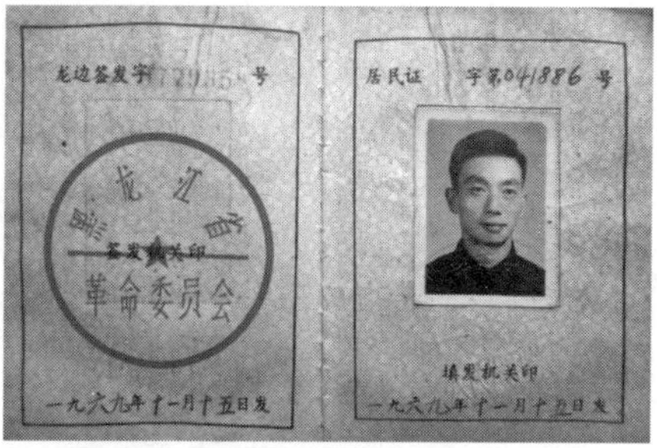

上海插队干部庄康表

1969年当上海机关、事业部门动员“四个面向”时，我与妻子商议，毅然选择去黑龙江，离开政治旋涡去过世外桃源生活。去黑龙江要迁出户口，我让妻子一起去，如果回不来，我们就全家在那里生活。那时我们有两个孩子，以足岁计，一个七岁，一个二岁,暂时留在上海交给老母照看。上海去黑龙江的干部来自各个方面,有各区县的,有市里各系统各局的,还有些是中央部属单位的,如大学、科研单位等。五十年代和我一起在团区委工作的同志中,就有两个分在呼玛县。黄浦区各部门各系统的同志基本都安排在爱辉县。

到爱辉报到后,我被分配到罕达汽公社桦树排子大队。一起去的除我夫妻俩还有区公安系统两位民警,一位老家在齐齐哈尔,解放战争时参军,不久将全家六口人接到桦树排子生活。另一位是上海解放前参加革命的派出所老民警,他也把贵州插队的儿子接到桦树排子。老公司大队两位则是黄浦区银行系统的干部。

1974 年春,我们回沪探亲时接到通知,说是不必再回黑龙江,在上海待命,看来插队落户的生活结束了。据说有个背景:当年上海"头头"与黑龙江"头头"之间有个口头协定;这批上海干部以后由黑龙江安排。可当时的头头下台了,上台的头头不认账,这些干部黑龙江也不好安排,厅地级干部一大批,县处级干部一大批,就以我这年纪最轻,科级也不是的小干部也不好办。那年,县里派工作组进村,发展一名知青入党,工作组长和我两人介绍。入党志愿书上要填写介绍人的党龄,他是一年,我是 17 年。那时候任命干部是讲论资排辈的,不犯错误就得往上提,这让县里的干部往哪里安排?碍于干部长期下放农村不得人心,黑龙江省已把下放农村的干部全部召回,这就逼着上海也只得召回。当时市里统一部署,由各区组织部门分别召集我们开会,给我们作了几条规定:一、另行安排工作,不能回原单位;二、户口不能迁回上海;三、去向是安徽铜陵新桥矿和山东莱芜铁矿,或以"知青慰问团"名义,继续去黑龙江。大家听后炸开了锅,上面就和大家磨时间比耐心,先把路堵死,然后逐渐提出让步条件:(1)个别年老有病的可以回来;(2)夫妻同去的可以回来一个;(3)去矿山的可将在农村插队的子女带进矿里。大家无奈地接受了这样的安排。

我们首先提出要照顾回来的名单，然后各自选择去向。我二个子女还小，去黑龙江时由老母带领，现在刚读书，妻子回来可以照看，我就选择了只身去新桥矿。

铜陵以铜矿著名，但新桥矿是硫矿，所产矿石供上海化工业。这是一个老矿体，即将采尽，已探明的新矿体需要投资建设，两地商定划给上海，由上海投资开采。上海派了市建委副主任挂帅，调集干部，也包括黑龙江插队来的干部。谁都没搞过矿山，可以边学边干。矿区分露天采掘和坑道采掘两处，我分派到露采处。

进矿第一项工作是招工。劳动部规定；矿工的子女可以由矿山直接招收，不需统一分配。于是我带着招工名单和介绍信，去矿工们的农村老家办理招工事宜。先到芜湖住夜，再轮渡过江去皖北。那时芜湖市的车不好乘，从住地去江边码头，公交站好长时间才来一辆车，可是都不停车。连续几辆都如此。我想也许这车站停用了，可也不是，有的车也停了，只是没靠边，我急步过去，还没赶到车前，司机车门一关开走了。我想这站上没人管，不妨到起点站试试。到了起点站见一堆人围着打牌，车门敞开着，我上去一看，这车脏且不说，每个坐位都只剩下铁架子，没有靠背和坐板，不能坐，只能站。上来了驾驶员和售票员，车开了，车上就我一个人，过车站时车门象征性地一开一关即走。我问驾驶员："为啥急着开走?"驾驶员回答说："指标是跑四圈下班。"

到合肥市正值午饭时，进了饭店，见几个警察围在一桌，正打开啤酒吃喝。记得我曾以街道党委成员身份参加过派出所的"四清"教育工作组，组长是位老公安局长。他向全体警员说："警察是代表国家形象，穿上制服就是上岗，不论是否在你的辖区，遇到危害群众安全的事就得管，群众有求就得帮。""每个警员要注意自已形象，警服要整洁，风纪扣要扣好，言行要端正，不能穿着警服在外喝酒。”我想，这个省会城市尚且如此，县里不知会怎样。

招工只需带介绍信，写上地址和姓名，到县里盖个章，就可直接去大队。到了大队先找支部书记家，大队干部都在家里办事，公章就在口袋里。起先几个都向村民问询，后来有了经验，只要向村里屋脊最高的瓦房走去就是，新屋的屋脊总是最高的。

从淮南回来，火车过水家湖站，车上乘客叫了起来：“一个孩子！”“快叫乘务员！”乘客们议论起来：“这趟车常有扔孩子的，乘务员会在下一站交给公安。”“此刻扔孩子的妇女肯定在车上看着，看孩子是否安全地给抱走，抱到哪里。”

皖北之行让我看到了许多社会真实，建设社会主义道路原来是那么艰难曲折且漫长。

第二次出差是到江西招黑龙江插队干部的子女，他们分布在修水、铜鼓、吉安、广昌、抚州等地。那时候交通不发达，汽车只能到达县城，下乡就得靠走路。知青插队都在山区的穷乡僻壤。这里青山绿水让人心旷神怡，崎岖的山路使人遐想不断，虽是“走马看花”也能增加见识。在吉安经过一处村子，四面环山的盆地中全是用竹子建成的“吊脚楼”。竹子搭起的屋架、竹子扎成的墙、竹子编成的门窗、竹子对劈成瓦，而吊脚楼建筑形式可以避蛇虫。当地人说，这里叫“浙江村”，是浙江省兴建新安江水库时，动迁过来的。村间小路都铺石板，宽不超过一米，蜿蜒地穿过水田。忽听得脚下流水声，见一处石板下有水穿过，上游处有一木轱辘被水冲着转动，转轴伸进路旁的小屋。我想这里面可能是石磨或石杵，在平原地方可看不到这种这水力农具。到了广昌，要去山里的一个村庄。进了山，只听见左边脚下有湍急的水流击石声，却见不到水。原来我是走在崖顶上，崖边长着小树，几棵崖下往上生长的杉树，只见树梢不见树身。我无法探头往下看，想象不出这水的模样，不知它来自何处，去向何方。过了崖顶，右边出现小山谷，顺坡建成三层梯田，宽十余米，总长不过80米，下层梯田的水由上层流入，可见山里可耕田十分缺乏。这小山谷日照不好，水又凉，水稻的生长肯定不能与平地比，且耕作不便，运送困难，同样收一担粮，山里农民要比别地方付出更多的劳动。傍晚才到村里，我住在村长家，吃饭时感觉这饭为何那么松口，个粒大，像爆米花。村长说："这叫'蒸谷米'。将收上来的稻谷先蒸熟，凉干后再碾成米，村里人都吃这个米，不然口粮不够。"山里有木材，一位青年自己做了一个上海人传统的五斗橱，我一看这家具没法搬回去，因为山路只允许一人过。早上，山上有伐木声，一位老人叹息着："这在吃子孙呀！"

完成招工后，给我的任务是带30个青年去学汽车修理。皖南地区有一个"683"车队，是上海"小三线"单位。大概是1968年3月组建的吧，专为那里小三线保密厂运输货物。保密厂分散地隐匿在山里，"683"车队也就分散在各地。去学习的青年分散在泾县、绩溪、宁国、贵池各个车队。我住在泾县的一车队，每天跟青年一起做汽车保养，学些汽车修理知识。每月去各车队走访一遍。出去不用乘客车，因为每天总有运输车到各地，驾驶员也得到那里的车队吃饭，我就坐在卡车的副驾驶座上，走遍了皖南。

宣州产的书画纸称"宣纸"，是全国唯一，也是世界唯一的。中国和日本的书法家、画家都要用它来创作，这样的书画才能保持数百年至上千年不变。现今的古代书画都是用它才保存下来的。汽车出泾县向南就看见一车车的稻草运向一个地方，遥看山岗上一大片一大片白色纸浆晒着。驾驶员说：这要晒很长时间，必须用日光漂白才保证质量。

皖南产茶，越往南出产的茶越好。黄山毛峰、黄山云雾、太平猴魁、祁门红茶都是名茶。上海茶庄里都用锡瓶装着买。其次，屯溪、绩溪等地出的也很好，统称"屯绿"，按制作工艺称"炒青"。稍北的宣州地区有茶场，军天湖农场产茶量大，价格便宜，新桥矿的劳保用茶都在那里购买。

在当地有农民包工队。单位以及小三线厂需要修建房屋的，都请包工队，不像上海必须要全民所有制单位。车队里的工人跟我说：包工队里徒弟每晚要给师傅洗脚，太不公平。初听也觉得不对，上海工厂经过民主改革，早已师徒平等。再一想，这是农村。农村的手艺人，向来是靠“传、帮、带”，经过拜师学艺，技艺提高后才能自立。不可能像上海那样，进技校、交学费来学技术，然后分配工作。这也是“生产关系必需适合生产力发展”的道理。如果干预他们的师徒关系，那就是好心办坏事。

皖南地方山峦起伏、风景秀丽，著名的黄山、九华山都在那里，我数次走过路过都没有去过。一是谨记“公出不能游山玩水”。我可以同意青年们去玩，不能自己跟着去。二是囊中羞涩。65 元 5 角的净工资已拿了 20 年，家中上有老母，下有两个子女，不能任意花钱。

那年探亲假，妻子约我去绍兴她父母处。我穿着土布劳动棉衣，坐上去杭州的卡车，翻过天目山，到杭州转火车到绍兴。天目山盛产小核桃，买了一大兜作礼物。岳父母家已搬了新居，他们祖居的老屋被“造反派”头头据为己有，因为岳父有“历史问题”。

一年后，结束培训，与青年一起回矿。这时矿里的情况是露天矿已采挖到底，井巷挖掘也快枯竭，希望全寄托在新矿体的建设上。新矿体在矶山脚下，呈雪茄形插着，主体都在地下，“雪茄”头离地面很近。当时考虑两种方案：一、用井巷采掘，但建设周期长，采矿成本大，工人劳动条件差；二、露天采掘，先将矶山一角挖掉，露出矿体，形成采掘面。但矿体很深，要向下挖时山体必然会滑坡。为取得安全的坡度，必须将山体下部爆破，并清理坡度。领导采用了第二个方案。我们回来时，按设计院的方案，矿工们正全力以赴地在山上打洞，装填炸药，我和青年们只能做些搬运炸药等辅助劳动。我的职务定为露采汽车队支部副书记。汽车队的装备是载重 30 吨的矿车，准备矶山爆破后干一场。

新桥矿地处铜陵市新桥镇，露采处办公地在矶山下。向西约一公里有牛山，老矿采掘场及汽车队都在那里，我的宿舍就在牛山上。牛山的山坡上都种栽桃树和牡丹，他们说，春天里满坡的花煞是好看，可惜这个季节我都不在矿里。农民栽种它不是为了赏花，这是他们的经济作物，牡丹的枝条上剥下的皮叫“丹皮”，是一种药材，由供销社收购，桃树则为采收桃了。当地农民盖房的方法叫“土打垒”。先定屋基，用石块砌好基础。再立门框，用条石或砖砌，做模板，将两块大木板依墙体的厚度相对，中间穿上棍子锁住宽度；筑墙体，将模板放到基础上，将黏土拌上草筋，注入模板中，用杵捣实，待稍干，抽出棍子卸下板，移位子再穿上棍子固定，如此反复，直到墙体完成。盖屋顶，用树干支起屋架，钉上细一些树干作椽，铺上房草。烟囱用砖砌。

当地的水产品很丰富，长江里出的鳜鱼、刀鱼，水田里的黄鳝、甲鱼等，那时还没有人工养殖技术，都是天然野生。在新桥镇小街上有一个贸易集市，天天人头攒动。鱼、虾多数都从江对岸的牛埠镇运过来，鸡、鸭、蛋、菜等则是当地农民自养自种自腌。这市场非常适合矿山职工的生活需要。有一天，公社突然派出好几人来冲击集市，把鸡呀鱼的全部没收。可没过几天市场又恢复正常了。后来听说，那天是因为公社开会，做东设宴。

1976 年 4 月，矶山爆破的准备工作一切就绪，只待总指挥下令。那天闷雷似的一声响，之后却传来坏消息：爆破失败。爆破松动了山体，造成危坡，以后山体会不断滑坡，无法采矿作业。如果要形成安全坡度，需要搬掉半座山，不仅建设周期长，其工作量与投资大大超过从新井巷采掘。这表明上海在新桥矿投资开矿的失败。眼前，首先要减少损失，让上海来的工人回上海去临时打工。我就跟着数百工人到上海吴泾化工厂机修车间。

就在那年 10 月份粉碎了“四人帮”，消息传来，上海的鞭炮卖完，北京的酒卖光。欢乐和充满希望的“祝酒歌”使人情绪高昂，预示着春天即将来临。

1977 年，新桥矿办完了与铜陵市的移交，正式宣布我们回到上海，把户口转了回来。

（编者注：庄康表于 2017 年 6 月 27 日因病去世，享年 83 岁。）

2014 年 9 月 5 日，在中秋团拜会上，左起：庄夫人朱幼贞、庄康表、江屹

魂归故里之一

原张地营子公社泡子沿大队
上海知青　朱怡冰

2011 年 7 月，由知青出资，当地老乡施……韩信芳重新修缮了墓地

农历七月十五称为“鬼节”，在东北农村尤其重视，因为清明

时节兴安岭依然大雪覆盖，无法祭扫先人，故七月十五就成了东北最重要的祭奠先人扫墓的日子。

1969 年 8 月 27 日是“鬼节”，小兴安岭山脚下的达音山村和往常一样，社员们都下地干活去了，上山打石头的壮年汉子们踩着坚实的脚步向打石场进军。

村边的黑龙江格外静谧，远望有点江南水乡的灵秀。今天这静静的大江边唯有上海男知青韩信芳挽着裤腿在洗蚊帐、衣服……

韩信芳，戴着一副黑边框眼镜，个子不高，外表文弱。他名字中的那个“芳”字，仿佛又为他增添了几分“斯文”、几分“秀气”。这个“芳”名，还惹出一个小插曲：到生产队的第一天，男生宿舍里怎么也找不到韩信芳的行李，原来是老乡看到这个“芳”想当然地就把他的行李给放到了我们女生宿舍。

昨天，他刚从外面修公路回来，看到今天太阳当空照，一早就起来，要把修路带回来的脏衣服等好好洗一洗，不到晌午，早晨洗的蚊帐、衣服都晒干了。韩信芳是个爱整洁的人，房东郑大妈坐在炕上看着韩信芳整理自己的衣物箱子，把洗晒好的蚊帐叠得整整齐齐，摆放在最上面的是一条黑色的长裤和一件草绿色的军上衣。突然，韩信芳指着那件草绿色的军上衣和黑色裤子对房东大妈说：“这件绿军装和黑裤子我最喜欢，平时舍不得穿的，我死了才穿”。郑大妈以为韩信芳是小孩子乱说话，没有往心里去。

中午，知青食堂里人声鼎沸，干了一上午活的知青们饥肠辘辘，打上一碗白菜汤，有的手里拿着两个馒头，有的筷子上串着三四个馒头狼吞虎咽地嚼着。

韩信芳却拽着黑河插队干部帮他剃头，好几个月在外面修路，头发很长，虽然上午在江水中痛痛快快地洗了一个澡，但这长长的头发依然让他感到不舒服。黑河干部说：“晚上给你剃吧，中午先睡一觉。”可平时看起来柔弱温顺的韩信芳今天不知道怎么的那么缠人，非让黑河干部大中午的帮他剃头。那干部被他缠得没法，赶紧吃上几口馒头就为他理发。

中午的太阳火辣辣地晒人，达音山村静悄悄，一切都是这样的平静。

下午，把自己收拾焕然一新的韩信芳到山上打石场去打石头了。说来也怪，天天习惯"日出而作，日落而息"的达音山人平时太阳一落山就收工，这一天直到天色暗下来了才收工。

达音山的打石场在半山腰，距山下的公路有个几十米高的陡坡，平时就将打下的大石块从这几十米高的陡坡上滚下去。打石场上这些野惯了的小伙子们一般不愿走盘山小道，喜欢抄近道从这陡坡上冲下去。今天收工晚了，早已饿得饥肠辘辘的小伙子们呼啦一下子都往这滚大石块的几十米高的半山坡往下冲去。

韩信芳见了也要跟着冲下去，老农韩大爷看见了劝道："韩信芳你眼睛不好，不要跟他们跑。"可这时的韩信芳哪里听得进去，只想着快点回去吃饭，在昏暗的夜色中跟在这帮小伙子后面就冲下去了。

可怜这戴着深度眼镜、刚刚从外面修路回来的韩信芳，他不懂得往下冲时得斜着点身子，不懂得往下冲时应该刹住一点脚上的冲力。不该发生的事情终于发生了，只见韩信芳笔直地向坡下那一大堆石块冲去，他的双脚插进了石堆缝里，前额像大锤一样"砰"的一声，狠狠地砸在了大石头上，韩信芳一声不吭地倒下了……

当时上海知青周忠宝他们还在收拾工具，一看不好，立刻冲到他身边，只见韩信芳脑袋肿胀，目光呆滞。大家立刻把他放到抬石头的木架上，急忙抬往大队卫生室。打石场离大队有五里路，半道上，只听韩信芳含糊不清地说了两句："我要回上海，我要回上海……"抬担架的知青们听了，心里好酸楚，努力抑制自己的眼泪，加快脚步往大队赶……谁料赶到卫生室时韩信芳已经没有了呼吸，才十六七岁的年纪，就这样命断黄泉。

过了几天，村里有这样的说法，韩信芳从山上摔下来，那堆大石头下面有座“姑娘坟”，于是村里就有了“姑娘坟”招女婿的传说。这说法自然让我们联想起韩信芳去世那天上午整理自己衣物时对房东郑大妈说的话，当时他为什么说这样的话？是否有点鬼使神差？无从考证。他走的那天又正好是七月十五，我想如果真是那“姑娘”招韩信芳去了，那倒也好，至少韩信芳到了那边有人照应，他也不会孤单寂寞了。

韩信芳死了，我们都很伤心。上海知青施振东在韩信芳死后，连续三天到离村口两里处的公路边，坐在一棵大树下，一等就是一天，翘首盼望韩信芳家里能有人来……

可怜韩信芳父亲早亡，母亲年迈又是小脚，无力赶来。我难以想象，当年迈的母亲得知小儿子魂断达音山的死讯后，她是怎么承受的？韩信芳在弥留之际是喊着：“我要回上海、我要回上海……”离开这个世界的。可怜他走了也只能埋在小兴安岭山脚下，母亲无力接他回去。

爱辉县与公社的知青办很重视，来了许多人，为他安排后事。村里有个老人拿出了为自己准备的厚厚实实的寿材，安葬这远道而来的上海青年。村里媳妇们商量着该给韩信芳穿什么衣裤走？房东郑大妈说话了，告诉大家韩信芳说过的话，就穿那身他最喜欢的草绿色军上衣和黑色裤子走。

乡亲们把他当亲人，把韩信芳葬入村民们的坟地中，墓碑上写着：上海青年韩信芳之墓。下葬时为他送行的人很多：有上海知青、黑河知青、当地老乡和县、公社知青办公室的人。

韩信芳，在达音山短短的五个多月，来了，又走了，泡子沿大队的坟场，杂乱的灌木丛中添了一座新坟，周围是一片平坦的原野，星星点点散落着白色的小花，这小花仿佛在提醒着人们什么。

时间飞逝，42 年过去了，达音山村里当年和韩信芳一起下乡的知青都已经回到上海的家，唯独韩信芳依然一个人孤零零地留在小兴安岭的山脚下。

虽然42年过去了，可达音山的上海知青都没有忘记韩信芳，每次聚会都有人提起他。和韩信芳一个学校的、一起下乡的周忠宝，2011年7月，在本队知青网站上发帖讲述自己有个心愿：退休了要回黑龙江去，为小兄弟韩信芳重新建墓。周忠宝的这个心愿刚发布，立即得到本队全体知青的响应，并且一致表态：愿意集资出钱为韩信芳重建新墓。令人感动的是外队有几个知青得知这消息以后，也纷纷要求参加集资。

我们队的上海知青周忠宝和施振东每人出2 000元，其他知青每人出300元，很快就筹集善款8 000元，寄往达音山生产队委托村里老乡为上海知青韩信芳建墓。同年8月，一座新坟矗立在小兴安岭山脚下的白桦林中。建墓多余的钱委托老乡每年为韩信芳上坟祭奠。

2015年清明前，我们算算留给老乡上坟的钱不多了，又每人出50元钱寄往达音山村，作为韩信芳的扫墓费用。

韩信芳永远留在了那片黑土地，静静地躺在小兴安岭山脚下的白桦林中，他的墓是我们公社最气派的墓，每年都有老乡为他烧纸扫墓。但韩信芳被抬往大队途中喊："我要回上海、我要回上海……"的话音依然在我们知青心头萦绕。

前几年，上海知青广场落成，知青广场有"亡故知青纪念碑"，得知这一消息以后，我赶紧与上海知青广场有关部门联系，2013年的春天，韩信芳的名字刻在了"亡故知青纪念碑"上。

韩信芳的魂终于回归故里了！

魂归故里之二

原张地营子公社达音山

上海知青 周忠宝

2012年，周忠宝在韩信芳墓前

韩信芳是我同校同届的同学，1969年3月9日我们一起去了黑龙江爱辉县张地营子公社达音山生产队插队。他个子不很高，戴一副黑框深度眼镜，老实、胆小、和气。

刚下乡时，队里考虑上海青年岁数小、不懂农活，男青年多数跟着老乡一起上山打石头或跟随筑路队去修公路。我们几个从三月下旬起就一直在黑呼公路边的山上打石头，韩信芳和另外几个知青随队长付海孝去了桦皮窑修公路。

八月中旬韩信芳他们修完公路回屯子时，我们这些干了快半年打石头活的知青早就练得一个个像山猴子一样野了。

达音山的采石场在半山腰，离山下的公路有个几十米的陡坡。平时我们把打下来的大石块从这条陡坡上滚下去码在公路边，等车老板赶车来装走，运到张地营子的江边筑江堤。我们常常直接从陡坡上冲下去码大石块，上下陡坡已经练得像履平地一样轻松，连放工回家都不再走盘山小道。

可韩信芳初来乍到，没有我们这样的直接从陡坡顶上冲到公路的能力。农历七月十五那天，收工回家时韩信芳不幸从打石场的陡坡上滚下去，当时就不省人事，待我们七手八脚把他送往大队卫生室的路上就停止了呼吸。

达音山属泡子沿大队管，考虑人也死了拉回达音山也没什么意义，就在离公路不远的坟地边上挖了个坑，向一个老人借了口棺材，匆匆给他穿上那套他最喜欢的绿军装和黑裤子就入殓了。

知青死了，得通知他上海的家人来见最后一面，马上派人发电报。七月天热，尸体易腐烂，县知青办从黑河拉了一大卡车的冰块堆在了棺材坑里。两天后他家来电报说不来人了，于是生产队赶在太阳落山前开了个追悼会。埋葬时，我看到坑里冰全化成了水，就提出要求重新挖一个坑。于是大家在离原来的坟坑十几米远的地方重新挖了个坑，再把棺材起出来放到新挖的坑里埋了。

一切都在匆忙中进行，那块墓碑也是找了一段落叶松木让木匠连锯带砍地匆匆做成，不知出于什么原因没用油漆直接写上名字，而是找了张白纸用毛笔写了名字贴在墓碑上。可以想象纸被雨水一刷掉了，那墓碑不就成了无字碑了吗？

多少年了，达音山知青只要一提起韩信芳，就会共同发出非常遗憾的叹息。如今我们这些知青都已经60岁了，孤独地躺在兴安岭的韩信芳也成了我心中的牵挂。

我退休那年，决定回一次达音山：一是为韩信芳修坟；二是买两口猪请达音山的乡亲们吃顿猪肉。我的诚意感动了大伙，很快就得到知青的积极响应与支持。达音山的车永久、小唤夫妇考虑到我12月去没法修坟，主动提出找人一起先把坟墓找到，再讨论修坟立碑之事，最好能在冬天前把坟修好，等我去了举办个仪式再把碑立上。

可韩信芳已去世42年了，这个无字碑坟墓还能找到吗？在村民车永久、刘三和海连的执着寻找下，他们仨冒着酷暑，终于在成片的树丛里找到了那个停过尸放过冰的大坑，又在往北十几米的地方找到了那个已经露着棺材板的韩信芳墓。

找到坟墓的消息传来的那一刻，我的情绪是激动的、极端兴奋的，晚上美美地睡了一大觉。

坟是找到了，怎么修好呢？怎么修更能表达大家的诚意呢？

我根椐每年清明给先辈扫墓和给亡父修墓的经验画了个蓝图。用当地能买到的水泥砖、钢筋、水泥给韩信芳修一个像岳坟一样的圆形墓，在距离墓一米处立一块石碑，碑前刻上“韩信芳之墓”五个大字，落款处刻上“知青敬立”四个小字，碑后的祭文刻上：“1969 年 3 月从上海来达音山插队，当年农历七月十五在采石场不幸遇难。享年不满 18 岁，愿灵魂随着岁月安息吧！”共计 53 个字。

7 月 28 日，热心的车永久和小唤夫妇俩专程去黑河预定了一块当地最高最宽的墓碑，确定了刻字等具体事项，预付了定金，还联系了水泥砖等材料，预算了人工费、运输费等各项开支，修建韩信芳的墓大概要花费 7 000 元左右。我考虑到当地做这种事要请人喝酒吃饭等因素，考虑他们出力为咱们办事已经够操劳了，不能让他们垫着钱干活，就给村里寄去了8 000元。

乡亲们为上海知青韩信芳建墓

我把这些情况在达音山网站一公布，没想到第二天一早已有石英、绍华夫妇，建平、卫国妇夫和我们队知青的热烈响应。我太开心了，有这帮热心知青的支持，韩信芳的墓一定会修得既美观又坚固。我祝福为修韩信芳墓作出善举的人们长命百岁，幸福安康！

后续

周忠宝于2014年1月9日因突发心肌梗塞而去世，现葬于海湾园“上海知青广场”。

2011年，周忠宝为韩信芳修墓的心愿在我们生产队知青网站一公布，就得到达音山生产队（泡子沿五队）全体知青和泡子沿一队部分知青的支持，纷纷捐款，很快8 000元捐款就寄给了达音山乡亲。同年8月，达音山乡亲为韩信芳修建的墓落成，这是当时我们张地营子乡最好的一座墓，共计费用7 000元。还有余下的1 000元留给乡亲们作为扫墓购买锡箔、香烛的费用。

2012年春节，周忠宝特意赶到达音山看望、感谢乡亲，给乡亲们发红包。

2015年，达音山部分上海知青再次捐款邮寄给乡亲1 000元，作为扫墓的后续费用。

2012年夏，达音山部分上海知青再回达音山，未进村，先扫墓

一张难以忘怀的老照片

原西岗子公社曹集屯二队
上海插队干部 施孝方

1970 年 4 月，在知识青年上山下乡运动的感召下，我主动报名到黑龙江省爱辉县西岗子公社曹集屯第二生产队作为带队干部和知青一起插队落户。

当年 12 月，因要办理边境通行证，那天午饭后，我带了 11 名女知青到爱辉公社照相馆去拍报名照。

我们从生产队出发，跨越了已封冻的公别拉河，踏着约一尺厚的积雪，步行约 30 华里到达爱辉公社，不料照相馆的人到县里办事，要第二天返回。当时大家十分为难，回，还是等？最后大家决定等。等的话，食怎么办？在当地上海插队干部帮助下，在青年食堂用了晚餐。宿怎么办？幸好爱辉大队武装民兵值班室有两大间，他们挤一间，让出一间让我们过夜。在冰天雪地零下十几度的严冬，没有被子和褥子，大家只能和衣而睡。11 个女知青挤在一个大炕上，我只能坐在椅子上打盹，并负责不断烧炕、烧火墙，以保持一定的室温。不管怎样，总算度过了艰难的一夜。第二天，大家拍好报名照，要求拍一张集体照留念，这就是拍于 45 年前难以忘怀的照片。

前排右二为本文作者施孝方

当年只有十六七的姑娘，现在都已做奶奶和外婆了，当时只有 40 岁的我，现已变成八十有五的耄耋老人。

从美国转来的微信

原张地营子公社达音山大队
上海插队干部　林政保

上海插队干部林政保（右一）下乡期间探回沪，与上海知青在一起

2014 年 10 月 9 日上午，乘地铁 7 号线赴上海大学途中，我

打开手机,突然看到我儿子林达音从美国用微信转发的一封信——《寻找林达音》。

林达音:

你好!不知道你能否看到这封信,但我还是要写给你。

45 年前,你还没有来到这个世界,你 26 岁的父亲(原上海工学院仪表系团总支书记、政治辅导员),毅然告别新婚不久怀孕在身的妻子,来到黑龙江省爱辉县达音山村,当起了"上海插队干部",从此每天和我们朝夕相处。

我们是谁?我们是从上海到黑龙江插队的知青。那个时候,你父亲豪情满怀。在你即将来到这个世界以前,你父亲就告诉我们,他要给即将出生的你取名"达音",要以我们插队小山村的名字为你命名。

我太感动了,一下子禁不住老泪纵横!为了掩饰自己的失态,我赶紧戴上了墨镜。地铁里的我,此时难抑内心的颤动!四十多年的往事,涌上心来,往事历历在目。

我于 1962 年 12 月份分配到上海工学院(上海工业大学前身)工作,1964 年,我在仪表系光荣入党。我认真学习,埋头苦干,受到了上级领导的表扬,曾受到当时上海市委副书记杨西光等领导同志的接见。

1966 年 6 月,"文革"开始,大学也难以幸免。我当时只有 24 岁,也难逃此劫,很快受到批斗。1969 年,工宣队宣布我解放。为了表示对党的忠诚,对毛主席的忠诚,我坚决报名要求到黑龙江插队落户干革命。10 月,上海工学院批准华鸿翔、曲希文、王松岐和我四名干部到黑龙江插队落户。在黑龙江畔、达音山下,我们和贫下中农、上海知青建立了深厚的情谊。

我和华鸿翔被分配在达音山生产队。一到农村,我们就和知青打成一片,同吃同住同劳动。每天吃的是窝窝头、大馇子还有卜留克(咸菜),和知青们一样,过着现在难以想象的艰苦生活。当时,黑龙江农村还没有恢复党的组织生活。为了发挥党员的作用,在老华同志的努力下,我们三名党员成立了党小组,在达音山开展了党的工作。树立党的领导,加强对知青的思想工作,零下卅多度的冰雪严寒,让人们感到了党的温暖。

我一到贫穷的达音山,看到上海知识青年们,在艰苦的农村和冰雪严寒面前,没有悲伤、没有低头,他们显得很坚强、乐观!为表示我对这些十六七岁知青们的敬意,我拿出了上海带来的全部点心和老母亲给我的一块咸肉,几个月没见荤腥的知青们狼吞虎咽地吃着,开心地流泪……

1969 年 11 月 4 日,我在上海的妻子——坚决支持我赴黑龙江插队干革命的杨复春为我生下了一个儿子,取名林达音!达音山的上海知青们得知我喜得贵子,高兴万分,为我庆贺,知青宿舍里洋溢着欢乐的气氛,我和知青之间的感情也紧紧地连接到了一起……

后来由于工作调动、多次搬家,我和知青失联 20 年。知青们为了找到我,想到了我的儿子林达音。老知青朱怡冰写了一封《寻找林达音》的公开信,在"新浪博客"和"上海知青网"上发表。此文一发表,立刻在许多知青中引起热议。寻找林达音的消息,不仅在上海、黑龙江广为传播,而且很快传到了美国旧金山。我儿林达音看到这封信万分激动,马上把全文转发给了我。

"林达音,你的名字从你出生以前就植根于我们二十多个上海知青的心中。1970 年,我们头一次回上海,你父亲把我们请到你祖父家里,请我们吃饭,饭菜很丰富,好像是你祖母做的。那天你母亲也在,我们也看到了你——才几个月大的小达音。因为你的名字叫达音,所以我们见了你感觉格外亲。后来你的父亲因为工作调动,和我们这些上海知青分开了,但也时有来往。最后一次见你父亲是 1994

年，那是我们知青回城以后的第一次大聚会，纪念我们上山下乡 25 周年，那天你父亲也来了。这以后距今又是 20 年过去了，我们没有再见过你父亲，不知你父亲近况如何？甚是惦念。”

其实，我又何曾忘记过黑龙江的那一段岁月，何曾忘记过上海知青？

与我失联的知青们只知道我儿子去了美国，其他一无所知，但他们始终没有忘记那个以他们插队落户村庄命名的名字。朱怡冰试着在网上搜索“林达音”，没想到竟马上找到了我儿子的资料：美国安捷伦科技公司生命科学业务集团液相分离部门亚太市场开发经理。当她看到儿子 2010 年在上海浦东做报告的照片时，她一下子愣住了。那脸型、眉眼、嘴，这不就是当年的林政保吗？她把网络上的照片发给认识我的知青们看。这个说：“这父子俩长得太相像了，但儿子比父亲更秀气、更帅气。”那个说：“这不活脱脱就是当年的老林吗？”……

失散 20 多年，知青在网络上找到了林政保（后排左四）。2015 年，林政保和泡子沿知青一起参加迎春联欢

朱怡冰在信中还写道:"我们为老林有你这样一个有出息的孩子感到骄傲! 你并不认识我们,但我们一直记着你,因为你的名字叫——达音! 四十多年了,我们知青的心里始终惦念你。"

45年光阴,弹指一挥间,如今,我们在习近平主席的领导下,正在为实现伟大的中国梦而努力奋斗! 我要说一句: 千万不能忘记"文革"的教训! 千万不要忘记知青上山下乡这个悲壮的运动!

知青寻找林达音,人间佳话传天下!

"张三"起猪

原爱辉公社拉腰子大队
上海知青　黄建华

1970年,黄建华摄于爱辉

"张三",南方人不懂,东北人却是从小就耳熟能详了。因为,当他们还躺在悠车里嗷嗷待哺时,就是听着张三的名儿入睡的。不信你听,东北农村的摇篮曲就是这么唱的: 熊来啦,虎来啦,张三背着鼓来啦,正在门口看你呢? 所以,我认为东北的孩子,多半是被这摇篮曲吓睡着的。

我下乡的地方,黑龙江省黑河地区的爱辉县,地处中高纬度的亚寒带的小兴安岭北坡，在北纬 49°24′～50°58′，东经125°29′～127°40′之间。这辽阔的土地富饶而美丽。春夏，这里绿茵如织河流蜿蜒，群峰绵延森林如盖。秋天，这里大豆摇铃稻穗金黄，果实丰硕山林染彩；冬季，这里，银装素裹白雪皑皑，大江失涛通途坦荡。知青们喜欢冬季，那是分红的季节，是猫冬的季节，也是回家过年的季节。但冬季，也是狼出没的季节。

1972 年的冬月，天近黎明，还在熟睡中的我，被一阵狗吠声惊醒。外面传来隔壁老王"家里的"——二毛子王婶声嘶力竭的呼喊："不好啦，张三起猪啦，知青的猪被张三起走啦！"听到喊声，睡在炕头的小周和小李跳了起来，急促地穿上衣服，翻身抄起步枪冲出大门。我也立马起身穿衣，挎上那支心爱的 56 式冲锋枪，旋风似地冲到屋外。从零上十几度的宿舍跨到零下三四十度室外，几十度的温差，让人禁不住浑身一激灵。

这是我第一次在北大荒的黎明前醒来。遥远的地平线刚露出鱼肚白，四野昏暗而荒冷。微光中，天空夜幕深蓝，银河黯淡，北斗隐去，只有月亮和大毛星，一上一下相依相随。地面白雪皑皑、艾草枯黄、树木萧索，低矮的村落还在厚厚的雪被下沉睡。村头那一家亮起了昏黄的灯，勤快的村妇开始点火做饭，厚茅草屋顶上，烟囱里冒出的炊烟，慢慢地向空旷的原野散去……

黑土地冬日的黎明如此美妙而宁静，可我的心却格外紧张。张三和猪，已经把我的神经绷得紧紧。我忙不迭地跑到 30 米外知青食堂旁边的猪圈一瞅，圈门已经被撞开，围猪圈的柞木杖子被拱开一大口子。猪圈的一角，几只吓瘫的白猪挤作一堆，那胆大些的猪都跑到了圈外。可怜的猪们，鬃毛乍立浑身筛糠，四条短矮的腿打着哆嗦，长长的嘴嚼着白沫，呼哧呼哧喘粗气，一双双长着长睫毛的"猪蒙眼"里露出恐怖的光。我快速地扫视了一下猪群，发现那头将近 100 公斤的大花猪没了！这时，耳旁传来喊声，"在这呢！在这呢！"，顺着喊声，我看见雪地上一道猪蹄印和一道狼爪印凌乱地交替着向村东头延伸而去……

这猪是我在知青食堂担任司务长，为改善同学们的生活养起来的。那年我们共养了 50 只鸡、十余只鸭、六只鹅和 11 头猪。知青点五十多号人的剩菜剩饭、泔脚下水、菜皮谷糠，竟然也让这些生灵长得像模像样。当然，因为猪圈靠近生产队仓库和场院，这群生灵跨越禁区"偷吃偷占"也是不争的事实。但是，队干部和老乡们出于对我们这帮远离父母不谙世事的孩子的怜悯，经常可怜不是，责备也不是。黑土地乡亲们的宽容，至今让我心存感激。

时值冬季，鸡鸭鹅都已宰杀入肚，留着这猪一来是准备到过年打牙祭，二来是在明年开春青黄不接时聊补食物短缺之需。好家伙，眼下这胆大包天的张三，竟然把我们辛苦饲养了一年的肥猪给叼走了，这还了得！我们几个武装基干民兵手提枪支冲锋在前，其他男知青拿着铁锹、二齿挠子等家什垫后策应，呼拉拉一干人马直往村东口前街而去。

再说"狗"这个东西。闻见狼来，先是惊慌地狂吠，而后是站在原地抬头悲哀地嚎叫，根本不敢向狼冲去，眼看街上人多了，它们才精神抖擞起来。说"狗仗人势"那一点不假。这些狗平日能帮助农户打个小动物，如野鸡、野兔(东北称：山跳)。尤其是那猎狗模样的"小黑"和"瓦西里"，这时更显得比其他土狗勇敢。踏槽刨地，立起狗尾巴，竖起狗耳朵，凶悍地睁大圆溜溜的眼睛。时而回望人群，时而又警惕地望着前方。狗仗人势，人仗狗胆。这一干人马呼啦啦地追到村东口，终于看见了正拼命逃往村外的狼和被"绑架"的花猪！

狼这种动物绝对是有智慧的。东北的狼群生活在湿地草丛里，为了掩护自己，狼的毛色会随着季节变化。春天，野草返青，狼毛会闪着微绿的光泽，它们往草丛中一卧，不细看，不会被发现。夏季，草丛深绿，狼身上的黑色狼毛增多，和青草的影子融为一色。到了深秋和初冬，百草枯黄大地披上银装，狼毛又奇迹转成了灰白色。

随着开荒面积的扩大，人不断地侵犯野生动物栖息地，使野生动物的生存空间不断缩小。冬季，野生动物都猫了起来，饥饿的狼缺少吃食，实在饿急眼了，便冒险窜入村庄偷猎人们豢养的家畜。今天，我们遇上的就是这么一只穷凶极恶的“大灰狼”。

各位要问，这二百来斤的大花猪怎么就会乖乖地跟着狼跑呢？说来有趣，这狼趁着人们熟睡时悄悄进村，借着夜色跳进猪圈，打开圈门，一口叼住猪耳朵就往外拉，那猪越往后赖耳朵越疼，只得踉踉跄跄地跟着狼走。猪挣扎着跟着狼跑，又怕又疼跑不快，狼便用毛茸茸的大尾巴，不断地抽打猪屁股。狼叼着猪耳大尾巴抽右边，猪跟着往左拐，狼尾巴抽左边，猪跟着往右拐。这就是所谓的起猪，据说这是狼的绝活。

仓惶逃窜的大灰狼听到了身后鼎沸的人声，它嘴里紧紧地叼着花猪耳朵，尾巴使劲甩动，扇着大花猪的肥臀，露着凶光的绿色狼眼不断地回头张望。灰狼拖着二百来斤的大花猪，没法迅跑跳跃，饿急的它又不愿放弃已经到口的猎物。吓得半瘫的大花猪扭着身体，不情愿地迈着猪碎步，被咬得血淋淋的耳朵的疼痛，使得它不得不跟着大灰狼向前移动。一灰一花两只完全不同的生灵，在人们的追逐下一步三回头地出了村庄，跑入了空旷的雪野。

村里的狗群，这回开始耍威风了。在猎狗“小黑”和“瓦西里”的策动下，狗群包围了狼和猪。狗凭着本能知道自己怎么也不是大灰狼的对手，它们只是和狼保持着一定距离，相互吠叫着壮气势，而决不发动实质性的攻击。俗话讲，十条好狗也架不住一只独狼，这不验证了吗？

我们哥几个站在村东口制高点的水渠上，望着百米外的大花猪和大灰狼，还有一群狂吠的狗。眼前的架势是，饥饿的独狼对狗群的声势不屑一顾，丝毫没有放弃劫来之食的意思，无能的花猪也没一点挣脱灰狼“绑架”的胆量。看来不开枪是解决不了问题了。但是，如果狗群收紧了包围圈，却容易打中狗而不是狼。因为,按照我们的射击水准是没法打中移动目标的,说不准打中的是哪家老乡的狗,岂不麻烦?

先轰散狗群,再用步枪射击狼,即便击中肥猪,狼也难以再拖动它!我们几个决定让小周先向狼的上方开枪。"啪"一声清脆的枪声撕破雪原的寂静,子弹射入冻土扬起了雪花土块,狗们惊叫着闪开了。前方视野清晰了,浑身沾满了雪的大灰狼一愣,放开了大花猪。狼,张开血盆大口,呲着尖利的狼牙,眼里露出凶光,回身怒视着人群。再看那头被狼"松了绑"的大花猪,此刻却扑通倒在了地上,嘴里不住地发出"嗷嗷"哀嚎。

"啪!"小李果断地向狼瞄准射击!可子弹只在猪与狼之间激起一团飞雪。面对越来越多的人群和飞驰的子弹,饥饿的狼无奈地放弃了它的战利品,转身拼命地向雪原深处逃去。人们呼啦啦涌向花猪,只见那倒霉的花猪倒在雪地里,耷拉着流血的大耳朵,呼哧着粗气,猪眼紧闭,口吐白沫,屎尿流了一地。狗们还在激动地狂吠,而花猪已经魂飞魄散,那四条猪腿无论如何也站不起来!

"小黑"的主人,回村拖来一架狗爬犁,大家七手八脚地将瘫痪的大花猪五花大绑抬了上去。"小黑"神气活现地拉着爬犁,狗儿们簇拥在它周围跳前跑后地撒欢儿。知青和老乡则兴奋地议论着刚才狼口夺猪的情景,走在回村的路上。我们身后,火红的朝阳,在人狼对峙的紧张中悄然跳出了地平线,霞光漫天映红了无垠的雪原……

再说那头从狼口救下的大花猪,被我们送回到猪圈后,竟然两天两夜不吃不喝,一直一动不动地瘫睡在那里。老乡提醒说,这倒霉家伙可能是吓破了胆,恐怕活不了多久。无奈之下,我们请来村里的"屠夫"将花猪宰杀了。可怜的花猪,没死在狼口,却丧命在人的屠刀下。那些天,难得吃荤腥的知青,说着打狼的故事,酒酣肉香地享受了几天美食。当然,我们没忘记割了条肉感谢报信的王婶,还摘了些猪下水犒劳了带头追赶围剿大灰狼的

1999 年 8 月，纪念下乡 30 周年回访爱辉，与张刚（右）在黑龙江的游船上留影

猎狗“小黑”和“瓦西里”。

你还别说，这狼口夺回的美食似乎格外的香呢！

拉煤 · 失友

原西岗子公社曹集屯三队
上海知青　吴志强

1970 年冬天，吴志强（右）和刘凯熙在生产队门口公路上合影

1972 年冬季的一天凌晨，天空黑沉沉的，大地铺满皑皑白

雪，东北的平原上西北风肆虐着，不时发出阵阵的尖啸。尖啸声震慑心灵更觉寒意碜人，整个大地似乎冻凝了。由东向西的公路上，传来胶皮车轮压挤积雪的“吱吱”声，不时还有铁蹄踏碎冰块的“嘎嘎”声，偶尔还传来“驾驾”并夹杂甩动鞭子的驭马声。一辆马车在公路上顶着西北风疾驶着……

经过两年的农村锻炼，我不但能掌握基本农活，而且已经是一个马匹的驾驭者，无论是翻地、打垅还是赶车、装货都干得不亦乐乎。别小看这工作，一匹马价值好几千，是生产队重要财富。驾驭马匹寄予着信任，承担着责任，在当时的知青中为数不多。

知青有“候鸟”之称，但那年冬天我没回家。因为家里有三个下乡的子女，父母无力承担巨额的返乡路费，我留在了东北过冬。冬季的黑龙江，取暖是生存的最大需要，煤和木柴是主要的燃料，生产队安排马车给每家每户送煤。对这工作，我颇有好感，在农村时无远大志向的我有着一份奢侈的向往——当个工人。在我的意念中，工人无非是每天干着固定的活，每月有份固定的收入，拉煤在一个阶段里是个相对固定的活，至少满足了我意愿的百分之五十。

但拉煤对于知青来说，却是个不适合的工作。集体食堂的早上只能烙块干饼，等我干到下午回来后也不能提供食品弥补我的午饭。尤其我们知青的“装备”更是惨不忍睹。黑河冬天的气温经常在零下 30 度左右，而我们脚上是一双棉胶鞋，垫上一副鞋垫，套上一副脚底几乎没有棉花的棉袜，出门不久鞋里鞋外就冻得梆梆硬了。那条绿色的知青棉裤，经过两年的活动，里面的棉花也通过活动找到了一个相对稳定的地方，有的地方几乎就是两层布，刺骨的风直接透遍下身。上身同样颜色的棉袄，状态如出一辙，为了取暖，我把两片门襟紧紧挤压，中间再加一道箍——用草绳紧紧缚住。头上是顶薄薄的羊皮帽子，用扣子紧紧扣住包裹着耳朵，这身装备抵御黑龙江冬季的严寒实在是可怜得很，如作为丐帮成员倒可以不用化妆。但为了生存、为了挣工分，无论分值高低都必须去挣。

拉煤的第一天，凌晨四点闹钟一响，我边穿衣边拽醒身边的刘凯熙——他是装卸工。问题产生了，青年中像我这样不睡懒觉的可谓凤毛麟角，而刘凯熙却是个嗜睡如命的家伙。记得有一次我把他叫醒后，为了节约时间我去套车，直到我从队里赶车到靠近公路的宿舍门口等他，还迟迟不见人影，我狠狠地打了几个响鞭也没动静。跳下车我直奔宿舍，进屋一看只见他两腿在地上，半个身体在炕上，手搭着棉袄呼呼大睡。叫了几声也没有反应，气不打一处来的我跑到门口抓了一把雪往他脸上抹去。这下他可醒了，满心不情愿骂骂咧咧地被我拉上车出发了。车由东向西行驶，静谧的公路上可谓前不见辙，后不见车。虽然心中着急，也不敢赶着马车猛跑，只能徐徐前进，因为回来时候是重车，更需要马的体力。两人半倚半靠在三十多厘米高的车箱板后面，指望着能遮挡些狂烈的西北风，互相依偎着希望多些暖意，我还不时用鞭子催赶着马走得快些。

煤矿是露天的，距离我们生产队将近有三十多里地，每天矿上都要打炮眼炸煤。如果能在第一时间赶到，就能相对轻松地抢到散落的煤，不用等候也不需自己用镐刨。所以必须起大早，争取早点到达。煤矿前面是一片空场，中间是一道长长的栏杆，有煤矿工人守护着，百十余辆各个生产队来拉煤的马车就像竞技场上的赛车。车老板们一手拉着缰绳，一手拿着鞭子，两腿分开站在车厢内跃跃欲试，只等炮响把煤炸下来，工人打开栏杆，好以最快速度冲向煤多煤好的地方，找准位置迅速地停好车。

“隆隆”的爆炸声终于结束，工人拉起栏杆。车老板们眼瞅煤堆，手提缰绳把握方向，鞭子猛挥驱赶马儿快跑。煤场内高低不平，马车颠簸不停，车老板们两腿站定，如同石铸般岿然不动，还不时发出吆喝声指挥马车。此时的煤场一片喧闹，“驾驾”“喔喔”“吁吁”驭马的声音震耳欲聋，同时还有很尖厉的“捎、捎”让马倒退的声音。既混乱又有序——这就是拉煤的场景。停好车先是挑好的煤装，有条件的话还在箱板旁边码上些大块的，尽量多装些，最后用小块的煤把缝隙塞住。但还必须把车装平衡，辕轻了上坡时，马用不上劲；辕重了马太累走不快。装好后赶着马车顺着坡道出煤场然后计量。将近一个小时紧张的高强度体力劳动，使人汗流浃背，有时甚至湿透了衣服。此时早已把清晨的寒意忘到九霄云外。

遇到不顺利的时候，那可真倒了霉了，由于坡道陡，拉得重，两匹马使着劲也不一定能上去。我们两个人必须一边推着助力，一边不时抽打马匹用劲，直到上了坡才如释重负。还有时，车确实重，两匹马使尽力也不行，即使我们两人用出吃奶的劲帮着推也上不去，让周围几十个人看着还真有点丢人现眼。万般无奈下，只能卸掉一些煤块，把车赶上坡道，然后再把煤搬上坡装车。这么一折腾就把我们两人搞得筋疲力尽、腹空如洗、浑身发软。当满载煤块的车辆，踏上归程时，两匹马也竭尽发挥。只见它们撑着身子瞪着腿，鼻子里喘出的粗气在马脸上结成了白色的霜，腰腿之间时而是水，时而成霜，拉煤车就是这样步履维艰地踏上回程。到生产队给农户家卸煤时，我们付出的辛劳能得到一些赞扬，这就是全部的奖赏。到场院卸马时，可能已经是下午的 4 点左右，天都渐渐黑了。拉煤这活有时真的两头不见日。回到宿舍，经常会有一种瘫了的感觉。

饥寒交迫

拉煤的生活回想起来真是不堪回首。由于当时生活资源匮乏，对凌晨出门的我们，知青食堂尽最大的努力多给些细粮，用面粉烙干饼，我和刘凯熙一人一个。为了卫生，给一块毡布包裹着，这没有油水的干饼几乎成了我们一天的口粮。因为是冬天，其他带水分的食品都会被冻成石头一样，要吃就只能慢慢地啃，一啃一牙印，到了胃里才融化。每天等候装煤的时候，就是我们进餐的时间。这既是早饭也是午饭，装完煤后这个饼已经在我们的胃中消失殆尽。回程的路上，寒风时时吹来，出汗的衣服有的地方成霜结冰，空空的腹中更让人饥肠辘辘。尤其在回来的途中，我们还将接受一种诱惑熬煎。每天在中午一点左右，马车必然会经过公社所在地——西岗子。这里有两家饭店，他们做菜的香味因天气太冷上不去，就在二三米低空回旋，弥漫在空气中直接钻入我们的鼻子。那滋味可想而知，腹中空空如也，身上寒意阵阵，飘散的香味直钻心腑。此时的我们，更是饥饿难忍。常言说的"馋涎欲滴"，我们也做不到。馋涎刚起即被吞下，即使是馋涎也决不可能外流。香味勾起了食欲，食欲引发寒意，寒意激起了饥饿。在这个时候，我才真正认识到"饥寒交迫"的确切含义，也深切地领会了国际歌中所唱"饥寒交迫"那状态。如果说别人是借酒浇愁愁更愁，我们则是腹空逢寒寒更寒。

失友

过完元旦后的一天，天依然是那样黑沉沉，大地还是那样铺盖着白雪，已经形成惯性的我们俩依然还是那么早起床出发拉煤。马车总是跑一段走一段，为了取暖我经常不坐车，跟在后面走。这一天特别地冷，吹来的风似乎都进入骨髓，我只能佝偻着身子躲在车后跟着马车一起跑。可是刘凯熙呢？嗜睡的他依然如故，半梦半醒的蜷缩在车板后面，我招呼他下车跑一会他也不理，就这样熬着刺骨的冷。

在这特冷的一天，我们和往常一样装完煤，下午三点多回到生产队。一切工作都完毕，在回宿舍的路上我们抖落着帽子和身上的霜，这时我突然惊讶地发现他的鼻子已经发白，听老乡说过这是冻坏了。到了宿舍，温暖的房间内，他的鞋子和脚冻在一起脱不下来，我费老大劲才帮他把鞋拔下来，发现有三个脚趾也发白了。手足无措的我看着用手捂着鼻子和脚的刘凯熙，突然醒悟，赶紧出门拿了盆雪，用雪帮他擦鼻子揉脚。十多分钟过去后，我们的手由冰冷到火热，他的鼻子和脚却由灰白变黑，没治了，他的鼻子和脚都被冻坏了。

这一次拉煤是他最后一次拉煤。冻伤的消息不胫而走，虽未掀起轩然大波，但暗流滚滚。“候鸟”们纷纷推迟了返回的时间，这年的春天，刘凯熙父母搞到了迁往安徽的调令。千万别小看这一纸调令，虽然安徽农村生活条件未必比黑龙江强。可是它距离我们心目中的圣地——家近了许多，即使在交通并不发达的当时也能朝发夕至。看着手拿调令的他，羡慕和钦敬之情油然而生。也许是少不更事，也许是性格高尚，我始终高高兴兴地陪着他去公社、去县城办理手续，直至饯行并送他到西岗子上车，别人没有发觉我丝毫异样的感觉。

车开走了，我赶着马车回生产队，突然内心深处感到一种空荡和惘然。古人云“少年不知愁滋味”，愁又何妨，愁又何惧，愁有方向。可心若惘然无所适从犹如舟行大海失却方向。那才真的恐惧甚至是恐怖。

2017 年，吴志强在玉龙雪山

是啊！刘凯熙调走了。我们是同学，我们相约一起下乡，一同来到黑龙江，在插队的几年，我们又建立了深厚的感情如兄弟一般。而今他到安徽，我形单影只远在边疆，内心的痛苦无以言表。其实还有更深的一层，插队时的口号就是“扎根边疆农村”，而今刘凯熙把在边疆的根拔走了。扎根的坚冰是否有些松动,还是将分崩离析? 而我那既没有权力又没有能力的父母,他们又将怎样让我离开这冰天雪地遥远的边疆? 无助、无奈、无望的我,惆怅彷徨涌动的内心情绪无法用语言表达,送走他以后长时间不能平静。

莫道天涯堪作邻,徽州远隔山万仞。当时稚嫩的我把这一切归结为: 拉煤——失去了挚友。

散伙

——对南二龙大队知青点撤销的回忆及思考

原二站公社南二龙大队
上海知青　钱中五

1972 年春天,在南二龙小河的独木桥上

1973 年初,在经历了长时间的阵痛后,爱辉县政府知青办终于下决心,撤销二站公社南二龙大队的知识青年点,让知青们自己搭伴选择寻找去向,将当时还留在南二龙(包括两个生产队: 南二龙和额雨)的上海、黑河知识青年分散调拨给了县内一些运作情况比较好的大队知青点,并将仍然没有去向而多余下来的知识青年统一调拨给了由上海干部姚力兴办于嫩江的“五七星火农场”,这就是对所谓的“南二龙散伙案”。

导致南二龙大队知识青年点散伙的祸根，其实早在这个知青点建立之初就已经埋下了。笔者试图通过本文从多方位来探讨这个问题，从而纪念所有在南二龙大队插过队的知识青年朋友们在那个可爱又充满酸楚的地方所留下的值得回味的青春体验。

发生在黑龙江省爱辉县二站公社南二龙大队的这样一种由于知识青年的到来，给大队的生活、生产、生态平衡等带来全方位的强烈冲击，并且最终以当地承受不了这些冲击而不得不“散伙”的事例，应该是个特例，但与后来知青大返城相比，多少也隐含了某些相同的原因。

笔者认为，它的前因是当时二站公社及南二龙大队的领导不顾南二龙自身条件的局限，大量接受安置知识青年而造成的结果。

南二龙，是一个坐落在小兴安岭腹地的小山屯子，从表面上看，这个地方周围群山环抱，山中物产丰富，土地肥得冒油，种庄稼不施肥，照样丰收，但此地冬季漫长、寒冷干燥，夏季短促、温暖多雨，早春少雨易干旱，秋季降温迅速，常有冻害发生，无霜期只有约 90 天。周围地形以山区丘陵为主，植被为大、小兴安岭植物区系的过渡带，生长着以白桦树、蒙古柞树、山杨树为主的阔叶混交林，并有零星分布的兴安落叶松。林下丛生旱柳、胡枝子、杜鹃等。土壤有三个土类，以暗棕土壤为主，草甸土和沼泽土只有少量分布，土壤一般厚度在 10～25 厘米之间。

在这样的一个自然环境中，原本应以发展林业为主，少量开垦荒地，为林业人员提供基本食粮，以保持生态平衡，从而保证原有居民的正常生存条件。

这里最早的居民是明末清初吴三桂叛乱兵败后，被发配到这里的部下，大清政府是想让这些人在远离中原的“蛮荒之地”自生自灭。所以这里最早的居民来自云南，主要有“金”“邵”两姓。后来这屯子附近曾经发现过金子，又引来不少人淘洗金沙。

几百年中，不少人来了，也有不少人走了，屯子就这样存在了。近几十年来，陆续又有从山东来闯关东的农民在这里落户，主要有“张”“李”两姓。他们在一起生活，圈子很小，基本上是一种不变的生活的延续，无味而平静。人们在这几十里地的方圆内，留下了一块块耕种过的土地，一处处抛弃的马架子、地营子。这里的生态在历年的开发下虽然受到了一定的破坏，但不严重。因为总体居民的人口还没有超过这里自然环境的承受力。

但是“文化大革命”中，此地先是有不少外地人流入，主要是屯中居民的山东乡亲，这种情况对小小山屯的生活、生产带来了不小压力，本来能保持平衡的小山屯失去了原本的稳定，欠下了许多债务。加之山外社会的折腾，对这里也有非常强烈的冲击，穷和“左”，这两种情况交织在一起时，大队的领导甚至公社的领导，都在等待着变的“时机”。

机会来了。1968 年 12 月 21 日，大批上海、哈尔滨、黑河的知识青年在短时间内要来边疆插队了。爱辉县沿江一带有着在当时中国并不多见的富裕生产大队，像爱辉公社拉腰子大队、爱辉大队、西岗子公社的某些大队、四嘉子公社的某些大队，有拖拉机，马牛成群，生活富裕，这些地方的农民，从骨子里并不欢迎知识青年的到来，但最高指示不能违背，所以先不表态，看形势发展，再作动作。典型的就是爱辉公社拉腰子大队，在 1969 年 3 月第一批上海知识青年到来时，竟然没有接受一个知识青年落户。1969 年 4 月，第二批知青到来时，鉴于形势，也只接受了很少的知青落户。

反之，贫困的二站公社二站大队、三站大队以及南二龙大队，却觉得接受知青落户是千载难逢的好时机。因为接受一个知识青年就可以有 600 元的安置费，因此一有这样的消息，马上行动，向县里表决心。对此，县里是比较尴尬的。一般来说，富裕的沿江大队有接受知识青年的能力，应该是沿江的大队多接受一些知青，而山区困难比较多的大队，可以少接受一些知青，可是各公社各大队的态度却与之相反。结果，南二龙大队在1969年、1970年两年中，竟然接受了近二百名知识青年。

一开始1969年上海知青两批一共有七十多人，其实就有问题。知青来了，队里说来不及造房，让知识青年都分散地住在老乡家中，其实他们将知青的大部分安置费，挪作了他用，比如还债、购置生产资料（东方红75履带式拖拉机等），真正能见到的为知青服务而建造的只有一间知青食堂。随着1970年又有两批近百名知识青年的到来，又有款项进入，大队用此款继续还债，还购置了大种马。为知青建了仅三幢干打垒毡房草盖顶的房子，计有十三开间：一为知青食堂，一为三开间的知青宿舍（建于第二批青年来后），一为“八间房”，其中有四间为插队干部住房。

南二龙在短短两年中人口增加了一倍多，怎么发展这里的生产呢？这里是小兴安岭的腹地，要扩大耕地，只有一条路，毁林开荒。

当时我们到了南二龙，经常参与的一项农活是“捡根子”。我写过一篇小文，说：“捡根子这门活，在东北小兴安岭中，我想也不太多见，只有在二龙这样的穷山屯里，当森林被打绊子砍耳场最低级的利用以后，就将这些空地开了荒，种庄稼，所谓捡根子，就是在新开的荒地上，将原先森林的树根都捡出去。当拖拉机开进了那块荒地，我们就涌进那块地，跟在拖拉机后面捡树根。大多数树根还是很好捡的，但有的根很长，扎得很深，一头翘得很高，而另一头却怎么也拉不出来，用斧子吧，下面的根还会卡着犁铁的，所以大家就聚到一起，劲往一处使地拼命拉，一定要把它拉出来才罢休。然后大家把捡出的树根，堆在一起，如果已经过了护林防火的季节，就会点上一把火。大家围着这熊熊燃烧的篝火，看着那些枝条在火中劈啪炸响，那烧白了的炭灰会顺着火势，向四周飞去，有时会借着风势，飘得很远很远。此时的我们都在想些什么，我不知晓，反正，那时的我，茫然得很。”

其实，那里原本是高寒地区，无霜期很短，开再多的土地，也不能肯定生产就能发展，单位产量平均数和人口平均产量都可能因庄稼的收成问题，变得越加严峻，这条路实际上是走不通的。

大队领导们也想对此做些补救，希望从其他方面来补充收入。当时进行的农业以外的工作大概有这么几项：外出做民工、打拌子、砍耳场，甚至我还参与过挖掘额雨火车站留下的水管子卖给县水利局来挣钱。这是日军侵占时修建的一条从北安到黑河的铁路，在二站建过一个小站，1945 年苏军光复东北时给摧毁了。但是这些副业对于一下子来了近 200 人的小山屯来说，是解决不了根本问题的，甚至还会将事情越搞越糟。比如说，打拌子、砍耳场这些副业，与其说是副业，还不如说是饮鸩止渴，严重破坏了二龙山屯周边的生态平衡。况且人口增加后，每年需要大量的生活、取暖的燃料，这些燃料只能通过砍伐森林来满足，也大大超出了森林的再生能力，屯子周边越来越难以找到大片的柴火林地。结果，为了占有这些生活、生产资料，引发了山民与外界(主要是与当时的兵团)、山屯居民之间、青年与山民之间甚至是青年之间的矛盾冲突，最终达到不可调解的地步。

公社和大队的某些领导也曾经想用一些办法来减少矛盾的冲突。比如说，二站公社的三个大队，都将原本的地营子改组为生产队，将大批的知青夹带着老乡按自愿的组合来建立新的生产队，试图减轻人多带来的压力。二站公社的卫疆生产队、东山生产队、东方红(额雨)生产队等等都是那时的产物。但这些举措最多只能减轻问题，而不能根本解决问题。问题特别严重的是原本基础最差的南二龙大队，连年吃县里的返销粮，外出搞劳力输出的副业收入，抵不了债务的压力。

在南二龙大队，几件后来看似偶然的事件，往往与上述问题有关，有着必然的因果关系，甚至有的本来就是为了解决上述问题而直接导致的。这些事件更加严重地激化了矛盾，从而导致最后变得不可解决。

例如，二龙知青与额雨知青间的对立，逐步发展升级到知青群体间的斗殴。从根源上看这原本不应发生，因为这些青年原来就是一起从上海来到这边疆山屯插队的，他们之间没有根本的利害冲突，双方在分队时又为土地、财产、生产资料的权利划分，加深了裂痕，从互相指责、谩骂，一直发展到肢体的对抗，到群体的斗殴，最后发展到不可收拾。使许多原本对这里还抱有一定好感的知青失去了信心，强烈地希望能早一点离开这里。

从 1972 年下半年开始，就有个别青年由于承受不了压力而开始想方设法自行离开大队，再加上一些表面上看起来表现好的知识青年，原本作为扎根边疆形象的一些“带头人”开始被县里招工、升学离开大队，更动摇了大部分青年在边疆农村的信念。

由于粮食生产连年不足，返销粮也由于资金赶不上趟而引起断粮，老乡可以通过各方面关系去解决吃饭问题，而知青食堂却开不出饭来。这对知青起到非常严重的负面作用，使大部分知青人心浮动。

此时为了解决资金问题，由县里出面安排的冬季上山(大罕公路)备料工程，却又发生了上海知识青年晏智勤的不幸身亡。此事件的突然发生，给南二龙带来的后果是极为严重的。因为一来使得备料副业工程不可能再进行下去，使南二龙经济雪上加霜，不仅没有收获，反而要为小晏子的死承担一定支出。二来小晏子的惨死，给很多知青带来的心理震撼是极其强烈的，“兔死狐悲”，知青在事件发生后无法保持正常心态，大队生产几近停滞。

此外，就在那一二年间，南二龙还发生了“知青为耕地开荒‘过界’问题与兵团连队知青群殴案”“卫生室着火案”等，一点点地消耗知青们的耐心。当然更为严重的是，到年底没有一点收入。南二龙大队的秋后分配是极为令人失望的，比如：1970 年一个劳动日(以10分为单位)是四角五分,1971年只有三角二分了。我评得的工分额是一个劳动日八分,也就是说劳动一日,1970年我只得三角六分,1971年更是只得二角五分六。劳作一年下来,大队会计通知我,不仅没有收入,还因我吃了粮、吃了菜、住了房、领了并消耗了劳动工具等等,倒过来欠生产队款项,连回上海探亲的路费也还要家里寄来。我还算是好的,女知青所得就更低!

所以说这样的知识青年点,是没有一点生命力了。“散伙”似乎是唯一的出路,在这里有必要谈谈上海插队干部在这个问题上的作用。从上海随知识青年上山下乡大潮而去的插队干部,是一个比较特殊的群体,由于他们当时下乡时的特殊情况,有些干部的处境本身就有些不利,但这些老同志绝大多数都是非常好的。他们爱护青年、帮助青年,处处为维护青年的利益出发,并且尽量利用自身的丰富经验、聪明才智,以及各自可以发挥的影响,去为青年服务。随队的上海干部(尤其像于希敏、袁采、李也甘等)在困难中为知青到县里去呼吁,寻找解决问题的途径。甚至在青年极度困难的时候,他们拿出自己的工资和国家配给的粮食,接济困难的知识青年。不过,他们毕竟也是城里人,对农业及农村工作还是缺乏经验,在这样错综复杂的矛盾中,也很难真正地扭转颓势,最终不得不让南二龙知青走上了“散伙”的路。

正如在爱辉公社插队的黄建华所说的那样,爱辉县的领导在这个问题上,确实表现得还算负责任,在看到了南二龙的严重情况后(二站公社的二站大队、三站大队情况虽然也并不十分好,但毕竟比南二龙要好一些),最后在1973年底做出了撤消南二龙知青点的决定,首先为当时还留在南二龙的知识青年提供方便,自己联系去向,只要在政策范围内,一切开绿灯。并在本县范围内,联系沿江的富裕大队,动员他们接收适当人数的南二龙青年落户,爱辉公社、西岗子公社、四嘉子公社等都接受了南二龙的知识青年。由于有相当部分的上海知青还在上海探亲，以及有些知青不愿分开，所以县知青办和上海插队干部又帮助联系了当时由上海插队干部姚力在嫩江县开办的知青农场——嫩江五七星火农场，将余下的所有知青妥善地安排去了那里。

到此，南二龙知青问题算是得到了比较好的解决。有必要提一下，从当时的情况看，南二龙大队的穷困状况在黑龙江也算是极其少见的，但这并不是说南二龙山屯本身是什么穷山恶水，其实那里是山清水秀，风景相当的美丽，物产也是蛮丰富的，只是不适合过量的人类进入活动而已。

那些分到各公社的二龙青年们，进入到新的大队后，大多有"跌进米缸"的感觉。这是很自然的，因为有比较才会有认识，这些青年一般都珍惜这一结果，在新的地方都还干得不赖。

本文作者拍摄于 2007 年。

三

或许是一种无奈?

当不再有上山下乡“一片红”,当插队干部全部撤退,不少知青对此只能无奈。

已经到了谈婚论嫁年龄的知青走出激情回归现实,尽管还在盼望上学招工,但毕竟僧多粥少,在回城无望的迷茫中,不少知青将“回家”的祈望打折,出现了投亲靠友的“转点”潮。

转点,是从离家远一点的农村转到离家近一点的农村,并没有改变知青的身份。他们就像独行的孤雁,在南方更加艰辛的农村生活中,常常会想起遥远北方在苦中还有乐的知青集体生活。

这真的是一种无奈的选择。

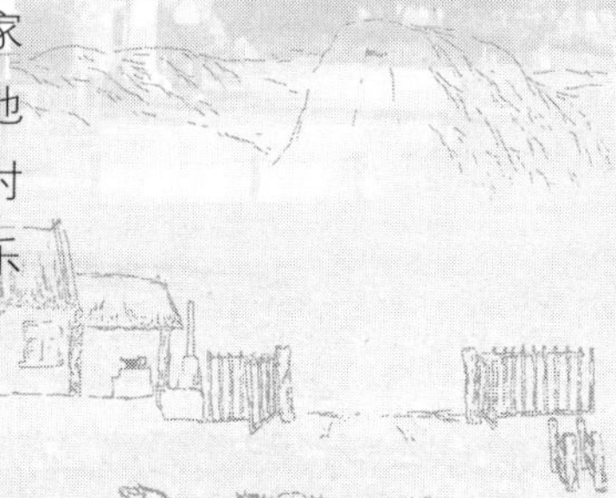

生产队的马号
图作者:原二站公社三站生产队上海知青　何军

我的求学记

原爱辉公社外三道沟大队
上海知青　马　建

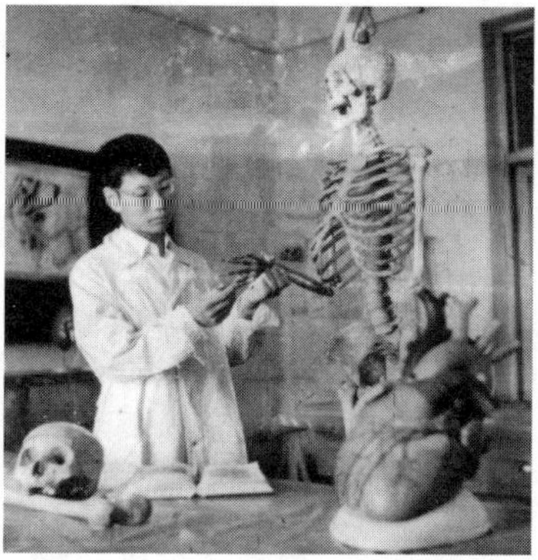

1975 年，马建在黑龙江省中医学院上学

“白卷先生”砸了上学梦

1973 年，刚刚恢复招生的大中专院校再次在全国范围内大批招收“工农兵学员”。那年选拔“工农兵学员”的条件，除了政治上的要求以外，还要进行文化考试，要求入学的学生至少要达到初中毕业的文化水平。所以，在基层推荐的时候，每一个实际招生名额，可以推荐三名候选人参加文化考试，然后择优录取。

当我听到招生消息的时候，心里很激动。在我们外三道沟知识青年中，除了两名高中生以外，其他的同学都是六八、六九届的初中生。大多数的同学就算是从知道招生消息那天起，不吃不喝不睡，24 小时连轴转，也不可能将初中的数理课程拿下来。所以，我觉得自己能被推荐参加考试的可能性很大。

爱辉县 1973 年招收“工农兵学员”的文化考试在七月份，考场设在黑河镇的红旗小学。考生们自带行李铺盖，吃住都在考场。考生必须在考试的前一天赶到考场报到，填写入学志愿表。

当我和张刚以及我们生产队的另一个小马赶到红旗小学的时候,学校的操场上早已是人山人海了。好几百名考生,绝大部分都是上海知识青年,都是各个生产队的精英。张刚那时是爱辉县知识青年中的名人,走到哪里都有人和他打招呼,我跟在老大哥的后面,着实也认识了不少爱辉县上海知青中的重量级人物。事后有人说,当年的那次文化考试,是爱辉县知青史上最大的一次知青聚会。

记得当时的考试包括政治、语文、数学和物理四门,共考两天。考题并不难,政治的内容我已经记不清了,语文考试包括两部分,前半部分是词解、造句、语法之类的语文基础,后半部分则是写一篇短文。数学和物理基本上考的都是初中的内容,印象中好像有一道简单的高中数学题,是有关数列的。交了试卷后没地方去,大家就三三两两地聚在一起对答案。我将自己的答案与张刚以及其他几位高中生对过之后,心中就更有底了。那次考试,我考得不错,数学和物理如果不是全对的话,也应该八九不离十。政治和语文基础,自己至少也有八成的把握。至于作文,我只要不跑题,就不会有什么问题。

考试回来以后,我的心情特别好,谁知好景不长。那年,出了一个张铁生,因为自己的文化底子差,在文化考试时交了白卷,但又不甘心,随手在考卷的背面写下了一番牢骚话,结果被人拿了当枪使,打破了许多像我这样的考生上学的梦。

自己报名成摆设

冬去春来,我们外三道沟的上海知识青年来到黑土地已有四五年了。除了张刚去上海上了大学,还有一位女知青被抽调到黑河当了营业员,剩下的同学仍然在辛辛苦苦地修理着地球。随着时间的推移,年龄的增长,大家都觉得前途渺茫。每一个人的心中都在问着自己一个同样的问题,今后该怎么办?

1974 年“工农兵学员”的招生工作开始了。招生采取“自己报名，群众推荐，领导批准”的方式，如果不报名，就等于自己放弃了一次机会。在当时的形势下，如果报名上学，无疑就是告白天下，我不想在农村待了，就等于承认自己不是一个革命青年。试想，谁还可能送一个出身不好而且又不想革命的人去上学呢？我左思右想，实在没有两全的办法。最后，心一横，还是决定报名参加“工农兵学员”的角逐。因为，我实在不愿自动放弃一次机会，所谓“谋事在人，成事在天”，只要自己尽了力，成功与否，只好听天由命了。

等到报名结束，生产队领导班子开会决定，外三道沟“工农兵学员”的选拔将跳过“自己报名”这一步，直接由“群众推荐”，理由正是：他们不愿推荐任何一个不想扎根农村的知识青年去上大学！换句话说，报了名的一个不送，偏要送不报名的。他们决定推荐坚决扎根农村的知青小张上大学，而所有“自己报名”的知青却让人玩了一把。

小张当时在县党校学习，村里派了一辆胶轮拖拉机去黑河，连夜将小张接了回来。谁知小张回到村里以后，向生产队的领导重申了自己扎根农村干革命的决心，表示要将那个上学名额让给别人，自己则在第二天的上午返回了县党校。小张的壮举，使我和许多同学都佩服不已。

定下的大学被调包

1975 年，大队成立了招生领导小组负责“工农兵学员”的推荐工作。领导小组由大队党支部书记挂帅，由当时的党支部青年委员上海知青小黄担任副组长并主持具体工作。那年，上面一共给了外三道沟生产队四个推荐名额，一个上海的大学、一个省内大学、一个省内中专、一个黑河师范。整个推荐过程是：先由大家统一报名，再由群众投票表决，谁去哪里上学，上大学还是上中专，在生产队就基本定下来了，然后由公社作政审及少量调配，并填写正式的招生表格，再上报县里和地区，最后交给各学校来的招生人员拍板。

生产队开推荐会的那一天，我正在公社参加教师集训，不在队里。为了增加自己能够胜出的可能，我特地请了假，从 18 里外的爱辉，赶回生产队，参加评选。那时外三道沟的“工农兵学员”推荐会，还是很民主的。会议在生产队的土屋里举行，是公开的，不管是贫下中农，还是知识青年，想参加的人都可以参加。在招生领导小组干部的主持下，所有与会的人都有资格发言，对报名的人品头论足，随意褒贬，大家也都有资格投票，决定谁去谁留。当然，民主完了之后，免不了还要被干部们集中一下，往往干部们的“集中发言”会对最后的投票，有着很重要的引导作用，因为大多数的人还是听当官的。

那天晚上的投票结果是，大队招生领导小组副组长上海知青小黄得票最多，被推荐去上海的大学；我得票第二，去省内大学；我太太小蔡（当时还是我的女朋友）得票第三，去省内中专；黑河知青小付得票第四，去黑河师范。看到那晚的结果，我心中的石头算是落了地。第二天，我便返回公社参加集训去了。

几天之后，我接到电话，让我回生产队填表。当我兴冲冲地赶回队里，拿到表格一看，顿时傻了眼。想不到眼睛一眨，老母鸡变鸭，一张本该属于我的省内大学的申请表，变成了黑河师范的表格。

原来，那天推荐会结束后，小黄向党支部提出，因为小蔡的姑妈在台湾，有海外关系，如果推荐她去上学的话，政审肯定通不过，会白白浪费一个名额。大队党支部要小黄去公社问一下，看看那种情况应该如何处理。小黄回来说，公社的意思是最好能够换一个人，以免白瞎了一个名额。于是，生产队又开了一次推荐会，那次会议参加的人数较少，许多知青根本都没有得到消息。结果，小黄仍然是上海的大学，当地青年小赵被推荐上省内大学，黑河知青小付上省内中专，我就成了黑河师范，而小蔡则被拿了下来。等我知道消息的时候，生米已经煮成了熟饭，自己也只有老老实实填表的份了。

遇贵人重获生机

一个多星期后，我突然心血来潮，向别人借了一辆自行车，就去了公社。当我走进公社招生领导办公室的时候，屋里乱哄哄的，大家正在忙着填写正式的招生表格，并将填好的表格放进各人的档案袋里。

在那里，我见到了公社招生领导小组的副组长王老师。王老师当时是爱辉公社教育革命办公室的主任，掌管着全公社大大小小几十个学校。由于工作关系，他经常去外三道沟学校，也不止一次听过我的课。王老师见我一个小六九，自己一天中学都没好好上过，却能在一个农村“戴帽中学”里拳打脚踢，而且一招一式还有点像那么回事，觉得很不容易，所以对我印象不错。

我和王老师打过招呼之后，便在屋里坐了下来。在桌上，我发现了一本已经装订成册的爱辉公社各大队送上来的原始表格。当时，我很想知道在其他大队插队的一些朋友是否也被推荐上来了。在征得了王老师的同意之后，我便拿了那本表格，一边翻，一边慢慢地看了起来。

无意中，我看到了我们生产队黑河知青小付填的省内大学的表格。不知为什么，自己的情绪一下子就失去了控制，可能是受到刺激后肾上腺素分泌的缘故吧，我的脑子里轰的一下，手也开始发抖了。我想到前些日子听队里的哥们说起过，小黄为了帮助小付上大学，以小蔡的海外关系为借口，搞了第二次推荐会。结果，将小蔡撬掉了，把我弄到了黑河师范。可我怎么也没想到，小黄竟敢偷偷地让小付填了一份省内大学的表格！

我当时是越想越气愤，越想就越觉得我应该向公社反映外三道沟在推荐过程中发生的种种事情。那是我一生中唯一的一次在背后打别人的小报告,所以非常紧张。当我走到王老师面前的时候,我的心都快跳出嗓子眼了,说话也发颤了。不过,我还是把事情的来龙去脉都跟王老师说了。

听了我反映的情况后,王老师对我说,小黄前些日子是去公社找过他谈小蔡的事情。王老师告诉小黄,小蔡的档案要在她被推荐上来之后,公社才会调出来审查,在没有看到档案之前,他无法表态。至于是否推荐小蔡上学,还是要由外三道沟的贫下中农和大队党支部决定。

知道了我想上大学的愿望后,王老师对我说,讲心里话,他真希望我能去黑河师范上学,毕业以后回到爱辉公社中学教书,农村确实需要像我那样既能干又忠于教育事业的老师。但从我个人的前途考虑,王老师觉得我应该上大学,而且他也愿意帮助我实现这个理想。听了王老师的话后,我的鼻子一酸,眼泪就像泉水般地涌了出来。

王老师转身拿来一份省内大学的招生表格,要我填完以后立即交给他。于是,我就在公社招生办公室里填写了那份改变了我一生命运的大学招生表,并在入学志愿那一栏里,端端正正地写上了哈尔滨师范学院化学系。然后,看着王老师将一份已经填好的黑河师范表格取了出来,再将那份新填的表格放进了我的档案袋,重新封好。

回到生产队以后,我一打听才知道,当地青年小赵知道被推荐上大学后,怕自己文化水平低,到了大学里应付不下来,主动要求与黑河知青小付换她的中专名额,那才有了小付填省内大学招生表格的故事。

我意识到自己先前是冤枉了小黄,心里很是愧疚。但是,我确实是被蒙在了鼓里。再转念一想,也是小黄自己要阴谋在先,我不过是在维护自己的利益,要回了本该属于自己的东西罢了,应该属于正当防卫。于是,自己的心里也就好受一些了。

终于圆成大学梦

今天,在我回忆那些往事的时候,觉得很对不起小黄。因为当年外三道沟推荐上去的四个人,最后只有他一个人没有上成学。我不知道那天在公社招生办公室里说的那番话,是否起过什么不好的作用。如果那样的话,我真是不可原谅的了。

当年"可以教育好的子女"上学,是入了另册的,竞争的是所谓"千分之三"的名额,除了在最基层的生产队外,不和其他家庭出身的候选人发生竞争。根据1975年的规定,每个生产队都可以推荐一名"可以教育好的子女",但要占一个推荐名额。因为出身不好最后是很难上得成学的,所以生产队那一关就很难过,谁也不愿意白白浪费一个名额。然后,每个大队可以向公社推荐一人,每个公社又只能向县里推荐一人,而每个县也只能向地区送一个人,只要在一个环节上出了问题,就会被淘汰出局。

那时的县文教科科长是王老师的老同学好哥们,我还听说(仅仅是听说),王老师的哥哥是当时地区招生领导小组的组长,我想,那大概就是为什么我能够连闯五关(尤其是公社、县、地区三关),击败许多竞争对手,最后胜出的缘故吧。所以说,我是遇到贵人了。

2017年,马建在美国湾松退伍军人医院工作

后来,我听我们学校去黑河地区招生的一位老师说,1975年整个黑河地区(六个县),只有一个名额是给"可以教育好的子女"的,是她决定把我招上来的。等到新生报到一结束,那位老师就来找我了,说要看看我到底是个什么样的人。

转眼33年过去了，但我还是衷心地希望曾经帮助过我的好人们有好运，希望他们在高兴之余还能想起我。

两“让”大学名额

原爱辉公社三好二队
上海知青　马苏龙

1973年6月16日，在爱辉城大松树下

我没有熬到1977年就离开了有上万亩沃田的、曾经使我充满憧憬和希冀、流过汗水和泪水、历经艰辛和磨炼的下乡地——爱辉县爱辉公社三好二队(后改称西三道沟)。

我是1976年12月被生产队推荐为工农兵学员的。推荐的学校是黑龙江省内一座中专供销学校，所学专业为农村供销社财会，毕业后分配去向是哪来哪去。这意味着二年学业后，我仍将回到原爱辉县农村，只是农业户口转为非农户口，改吃商品粮了。

我在毕业之后很长的一段时间，非常低调地、自卑地不愿提及自己的学历和专业。不是谦虚，实在是因为档次太低，用东北老农民的话来说，是马尾巴串豆腐——提不起来啊。

我其实也有更好的学习机会。1974年初，由于我能吃苦耐劳且很好地接受贫下中农再教育，被推选为生产队队委、保管员；这年的 6 月我还入了党。9 月时，县里下达推荐工农兵学员的名单，我队分配到一个华东纺织工学院(现为东华大学)的名额。在贫下中农的推荐会上，大家在七十多名知青中一致推荐我上大学。但由于 1973 年生产队遭受了特大涝灾，农作物大幅歉收，农村集体经济受到前所未有的重创。种籽、饲料、农业生产资料面临大量缺口，大家憋足气要在 1974 年打个翻身仗。我很执着地认为一年收成未了，“村干部”的工作成就尚未显现，一走了之有点对不起黑土地，且在我之前还有两名表现相当不错的知青党员未走，就把名额让给了另一名女知青。

1975 年又有了推荐上省内大学的名额，我自然地列入其中。那天公社管文教的干部带全公社各生产队被推荐入学的 12 名知青和当地青年，到黑河县医院体检。不料，我们在黑河大车店等了两小时，姗姗来迟的公社带队干部却对大家说，要开个会有要事商量。原来除了我们被各队推荐上来的 12 人以外，公社还另安排了一人来参加体检，但上学名额只有 12 名，必须下去一名。这事儿与大家一摊牌，板上钉钉的 12 人(包括我在内)谁都不愿回去。机会难得不说，回去咋交代，辜负了贫下中农的期盼，这小脸儿往那搁?！尽管公社干部那直起沫的小嘴“吧吧”地“摆呼”了数十分钟，但谁都不搭茬儿。后来公社干部拍着胸脯信誓旦旦地说：“今天哪个知青下来，明年一定给他安排北京、上海的名牌大学上学，咱要说了不算，就是王八犊子！”我心想，这话尿性，那一定是个负责任的爷们了。也许是我还惦记着一年辛勤劳作黑土地的丰硕成果，惦记着那盘火红的铁匠炉，因为我还兼着铁匠师傅，队里十多挂使役马车后勤保障要我负责，走了之后暂时没人打马掌；也许是惦记着明年令人诱惑的名牌大学，更不忍心让那位公社干部当“王八犊子”，于是我提出我回去吧。邻村的一位知青愣愣地看我好几秒钟，惊讶地说，你是否还惦记着哪位姑娘?！这小子到这份上还能扯犊子。说实话，这个，真的没有！

1976年，在农村感到特别地漫长和难熬，在4月、7月、9月共和国相续发生了令人沉痛的大事件。我本人也因玩命地干活，得了腰椎间盘突出症，一发病躺在硬土炕上少则五六天多则半个月不能动弹。那时盼的就是上学名额快下来，公社干部许的愿早点兑现。记得11月底，我正在生产队场院晾晒玉米、大豆，到公社开推荐上学会议的贫协李主席架着患大骨节的双腿，一瘸一拐地来找我说，“苏龙啊，公社给我们一个中专名额，让你去。”我一愣，去年那位文教干部不是信誓旦旦地说给北京、上海名牌大学的名额吗？李主席说：“我问了，没人搭理我。”这差距也忒大了，我顿时觉得像被人耍猴似地耍了一把！感觉到那心口儿啊拔凉拔凉的！

我要不走，再挺一年，兴许能赶上1977年的高考。但在那时辰，谁能看清这形势！再说我的身体状况已经影响到我的出勤和生存。知青朋友劝我还是上学去吧，总比前途未卜地留下来强。12月下旬，我在结算完当年的农业收支，交接完工作后，带着一身伤病，怀着一肚子的苦涩，赶到绥化的省供销学校报到。我是最后一批也是最后一个离开生产队的工农兵学员。也算是见证了那段不堪回首的往事和历史。

命运似乎与我开玩笑。1978年8月初，学校毕业后，我想大不了回爱辉县从事农村流通，咱本来就有实际经验，再加上专业学习，“熊”不倒我，就回到上海等分配通知。8月下旬，突收到学校发来的电报，告知：8月31日前到哈尔滨市通江街180号，黑龙江省水产局报到！我不知道学校是否考虑我是个知青，是个学习不错的学生，是个党员班干部并在学校基建中有不俗的表现。总之，分配去向出乎我的预料。

到水产局省直机关工作，中专的工农兵学员的学历总让人瞧不上眼，再说我学的也不是水产专业。说实话，我很在乎自己的低学历，但在当时成人大专以上的教育尚不完善，只能以勤补拙。一早上班，打水、拖地、擦桌子，我是最勤快的，不图别的，至少混个好印象。1984 年，国家对整个农林牧副渔产品中的水产品首先放开经营，试行市场经济的发展道路。我利用工作条件，写了几篇有关渔业、渔场、水产品流通的调研小拙文，居然被省级农业、渔业杂志所刊登。可我却是个中专学历！1989 年，农业部为了对其他粮食、农副产品放开经营，作政策导向，在各省聘一名农(渔)业经济调研员。当办公室主任把经过局领导决定的聘任表交我填写时，我一愣，我不还是个中专学历吗？尽管当时正学习的成人大专文凭，还有半年才能到手。

到北京第一次参加调研员会议时才得知，农业部只在全国沿海和内陆水域丰富的 18 个省市及部分计划单列市和水产科研及院校，聘任了调研员。我是学历最低的，职称自然也是最低。我依然很在乎自己的学历，但到这个份上，只能小车不倒只管推！你可别说，我在农村的近七年的下乡实践派上了用处，特别是当过几年村干部的经历，与农(渔)民有相当多的共同语言，又能吃苦耐劳常与农民半夜喂鱼测数据，按时完成了不少有质量、有依据的调研任务。

1991 年初，同为调研员的中国水科院陈老师，邀我参加并撰写一篇有关《农(渔)业生产责任制对水产养殖的促进作用》的论文。按时交稿后，我并没太在意是否发表，陈老师对我很有帮助，出点劳力也无妨。1992 年 6 月，陈老师从北京到上海，要我接他。陈老师一下火车看到我，把旅行包往地下"啪"地一扔，激动得使劲地拍着我的肩膀道："小马，你知道吗，我们这篇论文有我们俩及两个美国人署名，在 1992 年 5 月 3 日到 8 日的希腊雅典召开的世界渔业大会上交流，业内人士对它的评价是：不仅促进了渔业生产力的发展，而且改善了中国人民的人权！因为生存权是最基本的人权！我从事水产业一辈子，值！"

记得在这篇文章中，我们列举了改革开放以来，水产品数量大增，从而为社会提供大量的优质水产蛋白，促进了人民身体健康的数据；列举了江、浙、粤等地的农民原在人均不足一亩地、粮食自产自吃都不够的基础上，发展了渔业从而增加了就业机会、改善了生存状况等实例。1989年后至九十年代初，国际上一些国家拿人权说事儿，对中国在政治、经济等方面进行制裁。而我们的工作居然能在这狭小的领域里，为民族赢得尊重，为中国的人权改善发出声音。从事水产业40年的陈老师的激动是有理由的！我当然更激动，虽然我只是个中专工农兵学员，原本没有值得炫耀的资历！但是，直到如今，每每想起或提及这事儿，心中依然油然地升起一股成就感和自豪感。后来该论文的英文稿经修改后，发表在了国际性杂志《亚洲渔业科学》1993年第7期上！

也许人并不能掌握命运，甚至还会被命运捉弄，但只要不放弃追求，命运之神终将眷顾。尽管放弃了两次推荐上大学的机会，成为一个低档次的中专生，但我并不认命。从1984年起前后花了八年多时间，利用各种时间学文化、考大专、奔本科（都是成人学校），我终于取得了本科文凭。

2013年，在美国旧金山旅游

回家的路走了 22 年

原爱辉公社外二道沟

上海知青　盛文秀

1969 年冬天，摄于黑河照相馆

1976 年 10 月，中国上层发生了“大事件”，这一年的秋天，我的命运也悄然发生了变化——我离开了下乡插队的边境小山村，结束了七年的“脱胎换骨”改造。

说起离开黑龙江农村这件事，必然要牵扯到我的父亲，我们父女的命运，仿佛被那个年代的政治、政策所束缚所禁锢。

离开黑龙江之前的一年多时间，我和父亲的通信变得频繁起来，因为父亲在一次来信中问我，是否有扎根农村一辈子的打算？当时报刊上风行各地知青种扎根树，表态在农村扎根一辈子。我想父亲是在关心我的思想？其实父亲听到一则小道消息，中央要为“四个面向”干部落实政策，其中有两条关乎我们：一、父亲可以落实回原籍回原单位工作（只要原单位接收）；二、父亲自愿去上海以外的工矿企业，放弃回原单位，可以带一名在农村务农的子女上调到工矿企业。当父亲得知我极想去工矿企业，就积极打听消息的来源和真伪。当时，父亲“四个面向”在南京郊区的梅山铁矿，我在黑龙江的爱辉，我们之间通一封信就要个把月，落实政策的进程缓慢且似有若无。因为关乎我的前途，表面上我若无其事地坚持着繁重的体力劳动，内心却在苦苦等待，一时间浓雾重重，精神倍受煎熬。1974 年～1976 年是“文革”后期，政治风云变幻，落实干部政策属于“安抚”，随时可能被不可预测的因素“搅黄”。比起政治大局，“另册”干部子女的命运是微不足道的。

黎明前的黑暗终于渐渐褪去，父亲来信说他已填写了表格，决定放弃回原单位解放日报，把我从黑龙江带上来。我们将去的企业是徐州沛县的大屯煤矿，当时属于上海的后方基地，时称“小三线”。接到这一消息，我欣喜若狂，可父亲在信中万分叮咛，暂时不要对身边任何人谈起，万一政策有变对我处境不利。父亲已被文革整得谨小慎微，他正视我俩处境已经不好，不能更加不好。

不知何因，这一消息之后，父亲有近一个月没有来信，我天天去食堂等信，等得望眼欲穿。如果此事“黄”了，将意味着我一辈子待在黑龙江农村，不由忧心忡忡。原来父亲病了，他一人在外地好几年，衣食粗疏，慢性肠胃炎使他心力交悴，父亲回上海休病假了。后来父亲告诉我，填表以后就没了下文，上面只说等待消息。他让我安心生产劳动，不要太放在心上，父亲似有自责，不该过早把消息告诉我，让我承受心理压力。

1976 年秋天，我所在生产队外二道沟的水稻长势喜人，广袤的黑土地上绵延着一片金黄，铺到天边。为了不错过丰收的果实，生产队实行定额计分、多劳多得。大家起早贪黑多挣工分年终多拿钱，但劳动乐趣少了很多，你想一个人单干，面对好几十亩水稻田，从早割到晚，不说一句话，俨然一台“收割机器”了。

这天下午，我和往常一样，磨快了手中的小镰刀，“蹭蹭蹭”一个人在稻田里无声地收割。突然稻埂上飞跑过来一匹马，马倌朝着我喊：“小盛——过来，快过来！”我直起了腰，干活干迷糊了有点发愣:“是喊我吗?”马倌挥着手里的鞭子,朝着我:“喊你呢!快收拾收拾回去吧,县上有两个干部找你!”说完马倌策马扬鞭飞也似的跑开了。我依然楞在那里,突然一激灵:对呀!一定是招工的通知到了!我的心不由一阵狂跳。父亲在前一阵信中提及,他已经离开南京了,不日我的调令也将到达。“水稻,不割了!赶紧回家!”我按捺不住兴奋,扔下手中的快镰,脱下套袖,蹭了蹭沾满泥土的解放鞋,心里像揣了头小鹿,有一个声音在心里奏响:啊啊,我要走了我要走了,熬出头了熬出头了……

走在回村的田埂上,回眸这片因秋季被染成五颜六色的广阔大地,我的泪忍不住流了出来:16 岁来到这里,跟着老乡学习各种农活,春播夏锄秋收冬储,在这里吃食堂牛车送来的苞米大饼子、咸菜、井拔凉;在这里用火堆烘烤冻馒头;军用水壶的水冻成了冰坨子,捧起地上的冰雪解渴;昨天磨小镰,不小心碰到了右手中指,鲜血直淌……这片与我生命相依相连的黑土地,我把青春给了你,今天真的要与你诀别?我又一次泪如泉涌……离二道沟村已经很近了,我把手中的镰刀奋力朝着远处的田野投去,我想以这种方式与这片土地告别!但,一扔出去我就后悔了,脚步不由自主地朝着我的小镰奔去……这把小镰是公社奖励我的,当年我割稻速度在队里获得第一名,小镰是被评上五好社员的奖励品。小镰陪伴我,助我神威,割稻如剃头,我把工分攒起来换来了一块心爱的上海牌手表……

走近知青集体户已近黄昏,见宿舍前的篮球架下站着两个陌生人,一高一矮,着装气质像干部模样。我们边境小村稀有生人来访,一定是父亲单位上来的同志!我径直走了过去,来不及回宿舍擦把脸换件衣服,而是肩上扛着半麻袋西瓜(为招待远方同志,特意去瓜地买了西瓜)。高个子迎上来握紧了我的手,盯着我的脸问道:“你是盛步云的女儿盛文秀吧?”我点点头:“我是的。”不由泪又涌了出来。他俩看我的神情有点异样?也难怪,清晨五点就出工了，中午在水稻田啃点干粮，头发蓬乱，面色黧黑，破旧的外套，沾着黑泥的解放鞋……还扛着麻袋，哪有一点上海小姑娘的味道！高个子说他是父亲单位人事处的干部，他又指指身边的矮个子，说他俩是特意来黑龙江为我们这批干部子女办理调动手续的。他俩见我眼睛红红的，安慰道："放心吧，你会很快离开这里的！"他俩见球场前人来人往，就让我找一僻静处，说有话要对我交代。

我陪着他俩朝着黑龙江边走去，走近江岔子，一大片红柳密布，绿中透红。站在江畔他俩很惊讶，悄声道："离苏联这么近！"我说是啊，江心有主航道，就是国界线了。我们的对话就在国境线上展开，关乎我的命运。老高从随身挎包取出了调令，他用手指弹了弹雪白的硬邦邦的铅画纸，面色凝重地对我说："按理，我们发个函就可以了，不用坐几天几夜的火车赶到这里，主要考虑下面的情况比较复杂，怕中途被人压下或者调包。再则，你的父亲是一位老干部，从档案中了解他在白色恐怖的旧上海是一名地下党员，冒着生命危险为党做了很多工作……我们专程为他的女儿办理调动手续，也是对你的父亲落实政策的慎重之举。"老高脸上浮起了笑容："你是他的嫡亲女儿嘛！"老高同志的一席话令我倍感温暖，尤其提到为父亲洗去不白之冤落实干部政策，我心灰意冷的心顿时如沐春风，为父亲找回尊严由衷宽慰。老高又说，之前他们已商量好，一到生产队先同本人接触，摸清情况后再一级一级往上办手续。我的内心有一种久违的被信任感，父亲单位的同志想得太周到了，离家千里孤立无援的我，此时已把他们当成自己的亲人了。最后老高说为了不惊动其他知青，当晚他们住到爱辉招待所。我想老高他们是谨慎的，避免引出破坏上山下乡的嫌疑，耽误了我的调动。

这一切在悄然和快速中进行。第三天中午，两位同志已办妥了我的迁调手续，离开了黑河。当晚，我不能再瞒着同宿舍的姐妹，我告诉她们我很快要离开二道沟了，不是回上海，是被招工到徐州的煤矿，是我的父亲落实干部政策按政策带我回去的。说出这些，我的心头突然如释重负，尘埃落定，我可以向室友宣布憋在心头很久的一桩大事。可室友们的反应有一点冷漠，近两年，我们16人的女生宿舍已陆续走了好几位，留守知青的内心被无望无助的忧虑笼罩。有人问我，不回上海你也决定去？万一将来回不了上海，你不会后悔吗？也有人说，离开二道沟农村总是好的，徐州离上海近一些，总比窝在黑龙江强吧？是啊，现在只能走一步算一步了，眼下的处境我们又有何种选择权呢？

第二天，我告别生活了七年的二道沟，离开了五十余名的知青大集体，踏上了去工矿的陌生之路，成为这一堵摇摇欲坠的知青大墙的又一位抽砖者。

马车、汽车、火车，三天三夜的日起月落，我一个人坐在拥挤的硬座车厢，不知道下一个人生落脚点将是什么样子？

提着简单的行李，我在大屯汽车站下了车，父亲已在汽车站候我多时。父女聚首并非预想中兴奋热烈，见父亲头发稀疏花白，面容憔悴，身影单薄，不由一阵心酸。父亲见我，勉强笑笑："到了，还顺利吧！'我俩提着行李，默默行走，一时找不到话头，很隔膜很陌生的样子。想来我已有好几年没见父亲了，各自的变化大概有一种无从谈起的感觉。从1969年起，我和父亲前后离开了上海，起先他要求去反修前哨黑龙江，因五十多岁的父亲患有胃出血，高寒地带不适应，就没被批准，后来他去了南京梅山铁矿，在那里做仓库保管员。之后的七八年里，我们少有同一时间探亲，靠着鸿雁传书见信如"面"。我的童年、少年时代，父亲在解放日报社工作，非常忙碌，除了周日，父亲住在报社宿舍不回家的。"文革"期间，父亲的休息时间，几乎是躲在楼上的卧室里写检查，父亲这一生的文字几乎都献给了写检查，可以编几部长篇小说了。这样的处境父亲脸上鲜有笑容，我们不大和父亲说话，见他都怕丝丝的。16岁那年，我去黑龙江前夕，父亲为我捆扎行李，很仔细很缜密，父亲把无奈不舍和深爱都捆扎在细密的一道一道草绳里，以致我到了黑龙江很久不忍剪开……

走着，父亲打破了冷场，他问我，我们在生产队时政治学习都学些什么内容？问我有否读过某某中央领导的讲话纪要？我不由哑然：刚刚，我结束了三天三夜的旅途劳顿，只身从八千里外回来，父亲你不关心我是否吃了午饭，一路车马劳顿如何熬过来的，却问我政治学习？父亲已被政治过分浸染，他对他远道而来的女儿表现出偏离常规的冷漠。令我难过的事还在后面。那时父亲已被安排在矿工医院的后勤工作，按理近水楼台可以让我住得舒适一点，不想父亲把我安排在一个放杂物的仓库里，那里有一张锈迹斑斑的铁床。父亲说不去麻烦女同事，让我将就几天，不日就去新单位报到了。其后的报到时间迟迟没有落实，我一个人在闷热潮湿的仓库里住了三个星期。父亲见我空闲无聊，抱来了厚厚一摞政治书籍，还有不少单行本的学习资料，有“批林批孔”的，有反击“右倾翻案风”的，父亲强调，要我认真补一补政治，分配工作时可能会面试，当下政治是第一位的。原来父亲是有他的目的性，他为我的工作分配担忧，找一僻静处是为了让我安心学习不受外界干扰。父亲的爱总以貌似冷酷出现，因为他把我带了过来，如果分配去煤矿井下工作，他将如何对我的母亲交代？结局是戏剧性的，我们这批来自黑龙江的干部子女，“清一色”被分配到微山湖畔的坑口发电厂，我的恶补政治没有派上一点用场。但这一次住仓库的“政治启蒙”引发了我对政治的兴趣，以致后来的职业路径从宣传科到组织科到公司党校，在公司党校讲师的职务上退休，父亲捧上的“一摞政治书籍”功不可没，尽管他内心反对我们吃政治饭，却又一次阴差阳错。

说是我和父亲在一个大单位，其实相隔有二十多里地，且没有公交车。大屯煤矿有五处矿井，方圆几十公里，职工三万多，是煤电运综合一体的大型国企。每逢周日，在电厂班组做检修工的我，向师傅借一辆男式高杠的自行车，“呼啦呼啦”骑上二十多里地，去和父亲团聚。春天，我为父亲拆被子、洗床单；夏天，我为父亲拆毛衣毛裤；冬天，我和父亲猫在宿舍里开小灶，我们吃着聊着，倒有几分轻松。此时父亲在矿医的库房工作，收发药品登记账目，倒也不很累。有一次，父亲同宿舍的剃头师傅，有点愤愤不平地对我说，“你的父亲，忠厚之人，按级别，比我们院长还高两级，打发在库房干，啧啧，明明是排挤……”父亲那时和几位剃头师傅、烧菜师傅、看浴室的同居一室，他们见我都客客气气的，都有和剃头师傅一样的愤然不平。忍不住问了父亲，父亲说医院让他挑担子，他觉得自己老了，身体也差，就推辞了。我在想，父亲把我的工作问题解决了，他既然回不了报社，此处无有他的用武之地，过渡几年就退休了。父亲有了这样的打算，我想他的内心应该是比较平静的。

这样的平静大概过了两年，日历撕到了 1978 的冬天，一起分到大屯电厂的知青都在疯传知青返城的消息，说只要上海的医院开出证明，几乎都可以办成病退回上海，也有因父母年老多病办成困退的。这样的消息对我们内心的冲击是巨大的！没想到短短两年时间，中央对知青的政策有这么大的转变！届时我们已经是国企正式职工，户籍早已落在了江苏沛县大屯镇，这板上钉钉的事实我们还有扭转的希望吗？有几位同事按捺不住了，请假回上海打探消息。更让我们心思活络的是，据说有人冒风险把上调后的户籍退回农村，变回知青身份，再从那里办病退回上海。那一阵我被这些消息弄得寝食难安，忧心忡忡地去了父亲那里。我把一些想法对父亲说了，父亲历来办事沉稳，他是极力反对我去“瞎搞”的，他说，什么事都有个规矩，大家都乱来，国家不要乱套啦！父亲对我“退回去办病退”的想法大为恼火，当初他放弃回原籍回原单位的优厚条件，就是为了成全我脱离农村到工矿，现在我似乎并不珍惜，想走什么“曲线救国”的返城之路，这种冒险不是拿自己的前途开玩笑吗？

我郁闷地离开了父亲宿舍，骑上了那辆借来的男式自行车，“呼啦呼啦”地赶回电厂，一路委屈一路淌泪：父亲，你就不能向组织反映你的年老多病，母亲在家没人照顾，你自己可以争取调回上海，等到你退休，我还有顶替的一线希望。刚才父亲拒绝了我的建议，他固执地认为，他已经享受了党的落实干部政策，怎么可能再向组织提要求？父亲似乎觉得我在挑战他的尊严。他认为在哪里都一样，只要努力工作，都可以做出成绩受人尊重，父亲的襟怀比我宽广很多。自此以后，我再没有对父亲谈起回上海的事。

我在大屯平静地生活着，内心放弃了回上海的念头。结婚两年后，我怀着九个月的身孕回上海生产，休完 56 天产假，我独自一人抱着两个月的婴儿去赶火车。母亲心疼她的小女儿，朝着父亲抱怨：“那个时候，你想想办法，托托关系，要是回报社工作了，女儿也不至于落到这般苦境……”父亲听了沉着脸，一声不吭。母亲怎么不了解父亲呢，让他向组织上开口，等于在打他的脸，况且父亲认为自己已经“享受”了政策待遇，怎么可以出尔反尔呢？

九十年代初，有一次调往南方小城市的机会，由于父亲的“不推助”，最终告以失败。

《张家港日报》需要编辑，经人介绍我和报社总编有了一次接触。总编看了我在全国报刊杂志发表的文学作品，又得知我的父亲是解放日报的老报人，他随即向我提了一个要求，让父亲的老同事、解放日报总编辑丁锡满写一封推荐信，这样他好向上级交代。我不明就里以为是件小事可以办成，于是信心满满地赶回上海，对父亲说了这件事。父亲听后竟然一口回绝，他认为这位主编不靠谱，好像在做交易；他又认为，我要靠自己的真才实学进报社，将来才能站稳脚跟，靠附加条件是不可取的。父亲拗成了一根筋，他甚至很鄙夷：小小地方小报要攀大报的关系

（九十年代初关系风盛行），也不是这么走路子的！我的心一下凉到冰点，要撬动父亲内心的坚守比登天还难！父亲已被边缘化很多年，但对党报的忠诚，对老领导的维护，是绝不允许我们去添一丁点乱。为了维护父亲一贯以来的尊严，第二天我就收拾了行李，离开了上海。

父亲的晚年，由于在徐州的煤矿离休，其经济待遇与上海的离休干部相比，有很大落差。尤其发生的医疗费用，需寄去原单位报销，成了他晚年的心头之患。每次住院要垫付大量的现金，之后把那些账单分门别类用胶水粘贴，父亲戴着老花眼镜，一张一张地对着日期粘贴，然后去邮局寄挂号信，厚厚一摞，如同寄一部长篇小说。有时相隔数月，没有报销消息，就打长途电话去单位询问，难免遇到冷言冷语，父亲沉默以对，会不愉快好几天。

有一次，见父亲又去银行取大量现金，我突然感到，是我连累了父亲，当年不是因为我，他满可以在上海离休，享受比现在好很多的待遇，至少心理上少一些被边缘化的隐忍。但父亲，从来没有对他的女儿有半点抱怨，父亲把这一切隐在心底，一个人默默承受。这样的承受母亲有时会忍不住说出：小区的离休干部们加工资了，免不了三五一堆地高兴议论，父亲在一旁默默听着，别人问他，他只说我是外地的，和你们不一样。父亲说完默默地走开了。母亲说，父亲又会闷闷不乐好几天。母亲心疼女儿也心疼父亲，总说我们的命运是阴差阳错啊！

父亲竟然活到 93 虚岁上离世，也是一个奇迹。高龄的父亲犹如一株雪松，愈寒冷愈苍翠。那时父亲依然日日看书读报，参悟国家大事，最多时自费订了五种报纸，不包括离休干部赠送的几种报刊杂志。随着国运昌盛，父亲的精神、身体都朝着好处发展。他把"知足常乐"的条幅悬挂于卧室，不是他看清了多少事，而是看轻了任何事！这种襟怀的拓宽使父亲的夕阳有了光彩！时光已跨上了二十一世纪，我们似乎已没有理由纠缠于命运的多舛。

我的幸运也在走近。二十世纪的末尾，又由于“政策”的因素，我和儿子的户口顺利地迁回了上海。1998 年国庆前夕，距我离开黑龙江过去了 22 年，我的儿子已 17 岁，上高二了。为迁调户籍我特意赶回上海，母亲听到这一消息，她是欣喜的。母亲把我拉到后房间，她从箱子底找出一本老旧的户口本，神秘地对我说，几次换新户口本她都找借口不换，后来实在挡不住了，就托熟人把老旧的户口本藏了下来，因为最后的扉页上注着一行字：1969 年 11 月 1 日盛文秀从江湾镇万安路 1075 号迁往黑龙江爱辉县。母亲的心底藏着一个不灭的愿望，她的小女儿总有一天要回到上海，回到生养她的故乡！母亲生怕年数久了江湾镇派出所不认账，拒绝她的女儿迁入，她藏下了这个唯一的历史凭证。翻阅装订线业已脱落的旧户口簿，一个个印章记载着我们全家人的命运变迁！有一阶段，上海的户口簿上只存在妈妈一个人。

办理迁入手续是顺利的，大概母亲保留的旧户口簿功不可没，少了很多证明环节，再则，面对一个退休的老知青，上海再做抵挡还有什么意义吗？

回家了，回家了，回家的路走了 22 年，终于叶落归根重新做回了上海人。

回家的情结难以割舍，但等待我的将是另一种更加艰难的生存挑战。

补叙：父亲于 2012 年 7 月 22 日离世，享年 92 岁。讣告刊登在父亲珍爱一生的《解放日报》上。父亲离休单位委派同志专程前来主持父亲的追悼会。父亲躺在鲜花丛中，身上覆盖着鲜红的党旗。父亲走完了坎坷磨难的一生，他是配得上这面党旗的。我无怨无悔，因为他是我敬爱的父亲。我们父女的命运是时代造成，无论悲剧、喜剧都是时代的缩影。

2006年，参加知青博物馆奠基典礼，左起：农中南、贾宏图、滕忠英、盛文秀、贾宏图的夫人

一波三折回家路

原张地营子公社白石砬子大队
上海知青　黄文雅口述
周路明执笔

摄于读技校期间

1975年国庆节前夕，驻扎在我大队的边防军战士为我们送

文艺演出来了。社员们非常高兴,礼堂早早就坐满了人。演出前,队长走上台说:“黄文雅,你的入学通知书到了!”喜讯来得太突然,我难抑心头激动,赶忙前去取回了通知书,是“北安庆华厂技校”!顷刻间泪水夺眶而出,老乡和同学们都围过来为我高兴。整整6年了,终于等到了这一刻!

我拿着通知书不顾一切地跑到大队部,我要给上海发电报,我要在第一时间把这喜讯告诉爸爸妈妈,让他们与我一起分享喜悦!

1969年11月21日,我与同班同学一行34人来到祖国的北疆——张地营子公社白石砬子大队插队落户。转眼两年过去了,看着先于我们来这里插队的黑河知青陆续通过参军、招生、招工离开了农村。他们的离开极具诱惑力,让我很是羡慕,但我明白这得论资排辈,上海知青来得晚,还须等机会。

为了早日通过“再教育”,我跟自己较上了劲,一定要在劳动锻炼中好好表现,并且在心里暗暗地为自己立下了一个目标:好好干,不会干的学着干,再苦、再累、再难也要咬牙撑过去。

通过几年的刻苦磨炼,我的表现得到了乡亲们的一致好评,我于1973年、1974年曾两次写了入党申请。这期间我还当上了民兵班长,直到现在知青们仍叫我“黄班长”。

入学通知书上的报到日期已经过了,我不敢再耽误,在大家的帮助下收拾好行李,匆匆与乡亲和知青们告别,赶紧去北安庆华厂技校报到。

到北安的这天正好是国庆节,各个单位都关门过节呢,我找人借来了一辆平板车,把行李运到北安庆华厂招待所。那天下着大雨,我顶着风雨吃力地拖着平板车,雨水打湿了我的衣服,但我的心情却特别好……东北的十月,天气很凉,但不知是累还是兴奋,我感觉口中热得直冒火,还了平板车在回招待所的路上,竟然一连吃了八支冰棍!

技校离厂招待所还有八里地,当天是去不了了,于是在招待所住了一晚。第二天醒来，与我同住一室的陌生人说我昨晚讲了不少梦话。

到技校报到时，教务长叫来高我一届的何学长，指着我问他：“这是不是你的中学同学？”

何学长和我相对一看，“哎呀，这么巧，是中学同班同学！”我又惊又喜道。

“我看过新生名单，报到日期过了这么多天，还以为你不来了呢！”何学长说。

在后来两年读书的日子里，这位何学长给了我很多关心和帮助。

两年的学业很快就结束了，我直接留在本厂工作，分配到厂科研所当了一名钳工。北安庆华厂是北方最大的一家军工厂，又叫626厂，是个有着上万人的大型企业，主要设计和制造冲锋枪。我为能留在这家厂里工作而倍感自豪。

我的师傅姓孙，能拉一手小提琴。在他耐心细致的传授下，我很快掌握了操作技能。升级考试时，要求将钢块加工成一个立方体，再加工一个钢套，把立方体装入钢套，然后在二者四周的缝隙处倒上机油，如机油不顺着缝隙从下面漏出来就算合格。如此高精度的加工技术仅能升到二级工！技能考试我一次通过！我很感恩这位师傅，多年后与他联系上，每年给他家寄包裹、寄钱，这是后话。

还有那位何学长，先于我一年毕业留在本厂工模具车间。那些年，我俩的感情也在不断升温。

1978年下半年，知青大返城开始了。上海的父母不断来信、来长途电话、来电报，要我放弃在北安庆华厂的工作，随知青大返城回上海。那时爸爸已经办好了退休手续，只等我回去接班，需要我马上做的是：将现在的工作辞退，把户口迁回原来插队所在地。

我把想法跟厂领导说了，厂里也很同情，但建议我不要急着辞退工作，先去下乡地了解一下接收方的意见，同意接收了再回来办手续。

我立刻从北安赶到爱辉县知青办、张地营子公社、白石砬子大队，分别与这些部门谈了我的想法，并得到了一致的答复："可以理解，同意接收。"心里踏实了又折返回北安。

刚回到厂里接到爸爸来电，告诉我上海市虹口区有一调查团去我下乡地调查知青返城情况，让我赶过去与他们见见面。等我赶到时，他们刚离开，与我擦肩而过。我向公社领导了解到了与调查团的谈话情况：

调查团："为什么还有个别知青没有办理返城手续?"

公社："因为身体情况耽误了……"

调查团："你们还是如实说吧，上海已经把一头牛都放回去了，不会把牛尾巴留在这里!"

公社把我的情况一五一十地告诉了调查团。听到这些，我觉得回城的事悬了！忐忑不安地回到厂里。

没几天接到爸爸电话："调查团回来说你已经有工作、吃国家商品粮了，不符合知青大返城的条件!"大返城没赶上，幸亏我没有把工作辞掉!

626厂属于国防五机部的军工企业，要想调动也只能在内部调动，慢慢等机会吧。

不多久，全国有一个国防会议在我626厂召开，单位抽我去帮助搞会务。在会议中结识了来自安徽省舒城县9336厂的两位干部，一位是人事科的，一位是技术科的。休息时跟他们聊了几句，他们听出我是南方口音，问我是哪里人，我简单地介绍了一下自己的情况。他们问我愿不愿意去9336厂工作，有机会为我找对调的人选如何？我怎么会不愿意呢！

之后我们通过书信和电话保持着联系。机会说来就来了，时隔没多久对方就有一位同事要调往我厂。

1979年，工作调动前我与何学长在北安领了结婚证，我让他先调去安徽舒城，几个月后我也顺利调到舒城。安徽省舒城县 9336 厂规模没有 626 厂大，是一家设计、制造步枪的军工企业。我在技术科当描图员，以后又带起了年轻人。先生在厂技校当老师，带出两届学生，后调到工模具车间担任车间主任。1983 年，我们在舒城有了孩子。

1987 年，因国家减少军备开支，9336 厂“军转民”并入到地方企业，与安徽省滁州市一家钢铁厂合并，成立了扬子集团公司。两年以后，于 1990 年底完成了厂房搬迁与建设，转产制造“扬子冰箱”。我们也随厂从舒城迁到了滁州。我仍在技术科描图纸，图纸比以前大了许多，不再是描步枪，而是描冰箱零部件。先生在工模具设备厂担任副厂长。

1992 年，我在 9336 厂办理了内退手续回到上海。如果大返城那年我晚几个月再办理返城手续，如果没有上海的那个“调查团”来横插一杠……我的人生轨迹又将是另一种样子了。

在知青大返城之初，也就是 1978 年下半年我办回城手续的那段时间，各地农村对大返城政策的理解和执行与城市接收方并不一致。一开始需要医院开具病退证明，各级组织还要履行审批程序，到了 1979 年上半年情况发生了很大变化，只要是符合大返城条件的知青，无须医院病退证明，各级组织均一律放行。

劳累了四十多年，辗转南北，历经沧桑，这一页已经翻过去了，世上没有“如果”，也不可能所有的机会都来眷顾自己，只要自己曾经努力过、奋斗过就没有遗憾了。我会把黑土地的经历当作人生最宝贵的财富，小心翼翼地存放在心中。

黄文雅回访爱辉，在爱辉的知青博物馆前

魂兮归来，哀江南

原爱辉公社西三家子大队
上海知青　林云普

陈秀珍，1970年，在爱辉公社拉腰子屯的村道上

在爱辉乡后拉腰子屯边有一片知青林，在那片知青林里埋葬着上海老知青陈秀珍的灵魂。

1969年，上山下乡一片红，陈秀珍随着学校三百多名六九届初中生，集体插队落户到了黑龙江爱辉县爱辉公社后拉腰子生产队。

陈秀珍勤快，春种夏锄秋收，在大地里干活是把好手，被大家选为记工员。在远离家乡亲人的日子里，在辛苦的劳作中，陈秀珍和当地老乡建立了深厚的友情，也和一起下乡的同学孙德康渐渐建立起了感情。

有了爱情的日子似乎过得很快，一晃八年过去。不经意间，他俩发现身边的同学越来越少，许多人通过各种途径离开了拉腰子。陈秀珍和孙德康开始为自己的前程担忧。

1977年，在家人的帮助下，孙德康先期离开拉腰子，转到了南京郊区的农村。不久，陈秀珍也转辗到了那里。从寒冷的东北，回到温暖的江南，离上海近了许多，离家人近了许多，不安的心渐渐平静。俩人以为从此没有机会再回到上海，于是在南京郊区的农村安了家。

1978年，大返城浪潮掀起，陈秀珍和孙德康回到了上海。回上海后，在一次招工考试中夫妇两人双双考入了一家服装厂。孙德康后来改了行，而陈秀珍则十分钟情于这份事业，她刻苦钻研技术，从一个做简单缝纫的小工人成长为一个技术熟练的打样工。

一个偶然的机会，陈秀珍的才能受到了一家外资服装公司的老板赏识，邀请她加入。开始，她舍不得放弃国企的铁饭碗，只是利用业余时间帮助那位外资老板工作，但这样做很辛苦。后来她辞去了国企的工作，全身心投入了那家外企，帮助建立服装流水线并参与管理。由于工作辛苦，陈秀珍身体中潜伏着的肝炎病毒悄悄地被激活了。但这时陈秀珍全然不觉，依旧拼命工作着。

1999年，爱辉上海知青上山下乡30周年，爱辉上海知青联谊会组织了第一次"重返"活动。同学们结伴加入了回访队伍，邀陈秀珍同行。已经离开拉腰子二十多年的陈秀珍心动了，但是终因公司订单多工作脱离不开而未能成行。

没想到的是，这次的错失成了陈秀珍的终身遗憾。两年后，陈秀珍肝病爆发了。得知陈秀珍生病，同学们来看望她，病床上的她，听同学们讲述"重返"爱辉的情景，讲述知青们和当地老乡重新相聚时的激动场面，眼里含着泪花喃喃地说："我真想去啊！"

陈秀珍的病情反反复复越来越重，2004年的一天，病危中的她叫来了好友，流着眼泪嘱托说："我这辈子爱辉看来是去不成了。我有几件事拜托，我死后，'小狗'（她爱人的乳名）你们帮我关心一下；儿子问题不大，由姑姑们关心。最重要的是在我死后把我最喜欢的东西或者一部分骨灰带到拉腰子去。"望着弥留中的陈秀珍,孙德康泪如雨下。

处理完陈秀珍的后事,孙德康整理了一大包秀珍生前最喜欢的衣物等东西,托来沪的黑河知青带到了后拉腰子。

一条高速公路从后拉腰子屯不远处穿过,公路旁有一片树林,这是当年在这里插队落户的秀珍们种下的青年林。黑河知青和队里的老乡在青年林里的一个大树桩旁边,为陈秀珍建了一个“衣冠冢”,没有墓碑,没有名字,有的是一个老知青的灵魂。

屈原《楚辞·招魂》最后一句:“魂兮归来,哀江南!”,意思是“魂啊回来吧,江南堪哀难以忘情!”已回到上海的秀珍,为什么临终前叮嘱家人把自己的一部分骨灰撒到6 000里之外的黑土地?除了孙德康,没有人能细述她在八年插队生活中的更多情感。是那里曾有过她活力无限的青春之魂?是那里曾有过她美丽纯净的爱恋之魂?

如今,她的灵魂已归于这片黑土地,而当地的老乡每年清明都会来给她上坟烧纸。

2010年5月,秀珍的儿子对孙德康说:“爸爸,我想去看看妈妈……”于是,在父亲的带领下,儿子第一次来到这片遥远而陌生的土地。在母亲的“衣冠冢”前,儿子泪流满面长跪不起……儿子说:妈妈,我还会来看你……

后记

2011年1月23日,随爱辉上海知青联谊会的朋友走访病困知青,巧遇原中学的校友孙德康,交谈中得知这个故事。孙德康的爱人陈秀珍去世前,要求将自己的遗物葬到插队村子里的青年林里,以了未能重返第二故乡的心愿。这故事实在令人感慨!于是记录在此。

从东北到西北

原爱辉公社西三道沟
上海知青　茅亚雄

1971 年，在黑河，右为作者

2009 年 8 月，我第一次回到阔别了 35 年的下乡地——黑龙江省爱辉县西三道沟(原三好二队)。当年的农村已经沧桑巨变，我与插兄插妹们一面沉浸在乡亲们的热情相聚与款待中，一面努力寻找着当年的足迹，用心寻觅着依稀可辨的人、物、山、水、桥、路，还有那漫山遍野的大豆、玉米……仿佛那里都隐化着我们曾经度过的青春岁月。

直到最后一天，我和同队的纪湘君怀着若有所失、心有不甘的心情，再次驱车来到村里。谁也没惊动，我们漫无目标地徜徉在村南村西的路上、田边，直至我一人径直向西、向西……我问自己找什么？想了许久，我想我是在找那片树林，那片从中涌出许多送别弟兄的树林，那片我离开西三道沟时含着眼泪不敢回望的树林！从那里，我一直向西，向西，直至进华北出张家口；进戈壁出西关，到宁夏，从温暖的知青集体户一直到"西出阳关无故人"的境地……

1974 年，怀着茫然、彷徨的心情，为了迷茫的前途，听从家里安排，我从黑龙江爱辉转到宁夏贺兰，落户在保南大队一位回族阿訇家里。从东北到西北，第一考验没想到竟然是小小的跳蚤！半夜被浑身奇痒惊醒，一开灯只见满屋的墙上爬满点点小黑虫，灯一亮一瞬间无影无踪。仔细一看，哦！全都钻到密密麻麻的墙洞中，这是什么？同居一屋的房东闺女说："没事，臭虫。"我说："我浑身这么痒，是它咬的吗？"闺女说："不是"。"那是什么？"我翻身起来查找，才发现床铺上星星点点跳跃不已，跳蚤！在东北锻炼得捉虱子已有一手的我，对此小虫却实在无计可施，抓不住它！没办法，我把塑料布连铺盖带整个人裹起来，妄图阻挡它的入侵，但却毫不管用。西北农村缺燃料不烧炕，凉炕上铺羊毛毡造就了跳蚤最佳的生存居处。几个月来，我被这小虫折磨得体无完肤，浑身皮肤发炎、溃烂，而回族闺女却毫发无损！不知过了多久，我才渐渐忘却了这小虫的存在，对它也没甚反应了。真是"虱多不痒"入乡随俗了！

刚到宁夏，面临新的环境，许多方面比东北更艰苦，但凭借着在东北插队时奠定下的吃苦耐劳精神，我很快克服了语言不通、饮食不惯、气候恶劣、孤独寂寞等困难，与当地回族老乡一起投身到农村劳动生活中。春天插秧、夏天除草、秋天收割、冬天修渠；参加公社的篮球比赛——这是我回想起来永远都觉得可笑的事，因为我才1米58身高，且毫无球技可言，完全是乱打乱冲；参加县里的文艺汇演。反正不管会不会，生产队让干啥就干啥，真正是颗螺丝钉！

最难忘的是大约半年后，生产队把我派到队办的一个丝网手工作坊。那可不是蚕丝、麻丝，而是铁丝。工场负责人是一位挺泼辣的回族大嫂，第一天就给了我一个下马威。她给了我一把老虎钳，要求我把一间铁丝库房整理好。推开库门，天哪！粗细不一、型号各异，像一团硕大无比的乱麻一样的铁丝，张牙舞爪、盘根错节、纠结缠绕的直窜屋顶，横到房门，根本没有下脚的地方。我足足呆了半分钟，然后很快理了理思路，咬咬牙对自己说："来吧！考验你的时候到了！"我采用先易后难、先粗后细、先整后零、先上后下、先门口后逐步推进，可穿插盘整的尽量不钳断。盘整出的每卷无论多少都扎起来，按型号堆放到屋外院子里。我埋身在铁“荆棘”丛里，攀上爬下，尽管双手双脚不断被尖利的铁丝刺划，但我一面重点保护着我的头、脸，尤其是眼睛不被刺伤，一面耐心地、小心翼翼地、果断快速地整理着。随着库房出现空间，渐渐越理越有头绪、越理越顺、越理进展越快。天快擦黑时，我把大嫂请来，她看到清理一空的库房，对着院里码得整齐有序的各类铁丝，也足足呆了半分钟，猛地回身拍着我的肩说：“上海姑娘，行啊！”我不好意思地低下头，心里却美滋滋的。我明白大嫂派任务时一定以为我会拒绝，或知难而退，或寻求外援，总之她认为上海姑娘是吃不了这个苦，非得难倒我不可。今天我的工作给她的心里树起了上海姑娘的新形象，为此我为自己感到自豪，同时我想我不应抱怨她，而应感谢她。我向她请示，明天那些铁丝再码回库房时能否按不同型号或同一型号不同数量的铁丝用木板分割开来，尽量避免以后再混乱不堪，她看着我呵呵地笑，爽快地答应了。我长长地舒了口气。打那以后，大嫂特别热情地教授我用钳子编制各种铁丝制品，从大小漏勺、大小筛子、丝网防盗围墙到各种竹铁混合制品。几个月下来，手里磨出了老茧，钳子功夫却越来越娴熟了，俨然成了一名手工艺者。多少年过去了，这门手艺我早已荒废，但这件事却永远铭刻在我心里。在以后漫长的学习、工作、生活中遇到各种看似不可逾越的矛盾、困难、坎坷时，我都会像理乱铁丝库房一样，定定心，理理头绪，分析问题，想出办法，在保护好自己的同时，不退缩，不畏惧，不怨天尤人，耐心、细致地去克服各种困难，创造人生的新局面。

在宁夏回民乡村劳作了一年，我被招进了新开办的县化肥厂，从建厂搞土建当建筑小工，到在省城大化肥厂实习生产调度工种，其间的艰难困苦自不用说。只说我是68届初中生，并未学过化学课程，而化工厂的生产调度员必须掌握生产工艺过程中的全部化学反应原理。为此我从头自学，虚心请教，认真实践，终于成为一名合格的生产调度员。尤其在连续生产的夜班中独当一面，承担起整个工厂生产调度的职责。

1977年秋，全国恢复高考，此时已满25岁的我耳边回响起中学应斐华老师“知识就是力量”的教导，毅然第二次报名高考（第一次高考在1973年黑龙江下乡地，因张铁生的白卷事件而告流产）。我找了当时当地可找到的教科书籍，在不到一个月的时间里夜夜强攻硬啃……

当大学录取通知书送到我手中时，我激动不已，无限感慨。四年寒窗，我如饥似渴吸吮着知识的营养。四年后我怀揣着鲜红的毕业证书和报国热情走上大学教师的岗位。以后在几十年的职业生涯中，正是东北与西北的磨炼铸就了我成长、成熟与发展的基石。东北的豪爽，西北的忍耐也慢慢钻入我的骨子，形成我性格的一部分。

几回梦里，又见回族老乡家灶头的小口井和热腾腾的羊肉臊子面、初春漫天飞砂走石的浩瀚戈壁、每天清晨阿訇大爷那轻轻的诵经声、回荡在田野地头的委婉动听的西北“花儿”……如今，知青姐妹们，银川的小贾、小刘，浙江的小徐，天津的小张，你们又在何方？师兄世雄大哥大嫂又可好？你们的儿子小铁蛋一定已娶媳妇当爸爸了吧？

2016年，在荷兰

光阴如梭，如今我已圆满完成职业生涯，即将步入颐养天年的老年生活。走过艰辛，踏平坎坷迎来的是平安、踏实、自豪和满足，艰辛、坎坷的人生履历已成往事，留下的是回味无穷的精神财富和对今天美好生活的无比珍爱！

告别大新屯

原张地营子公社大新屯
黑河知青　丁　路

本文作者丁路

唐木(狍子)坐着邵先的吉普，又踏上了那条熟悉的路。一进屯就直奔白柱山的那间泥土草房。老白头还是全身黑黑的，更矮了、更老了。两人拉住手，都说不出话来。拉老半天，老白头先开口了："粮票够吃吗?"唐木眼睛湿润了："够!""在外边要是吃不饱，就回来，上柱山哥这儿吃。"老白头拿出一打粮票塞给唐木，其中 20 斤是老白头全家攒的，另外 20 斤是乡亲们凑的，还有 10 斤全国粮票是一个过路司机拿来的，说是一个林场的会计让捎的。

老乡和没回城的青年来了不少。上海知青年雨，就是那个"鲶鱼"，他告诉唐木一件极其悲痛的消息："小汪，汪倩宜死了。"唐木顿时感到晴天霹雳！"前几天石矿放套子，下山拐弯太快车箱掉轨了，几吨重的车轮从她盆骨碾了过去。她还坐起来一下，马上就不行了，内脏碎了。她父母昨天刚回上海，坟就在前面山的顶端，她喜欢那个山，花环的花还新鲜着呢。"唐木心里有说不出的难过："小汪，你是个好姑娘，大家都想念你。我们把'扎根农村’挂在嘴上，而你才是真正的在这块土地上扎根的。那年在矿上如果不是你及时报警，我早就被塌山落石砸死了……我当初同意你给胖矿长当秘书就好了。”他望着前面的山，似乎又听到篝火旁的口琴声，又看到乳白色河滩上的那束“映山红”。“你为什么走得这么早？你不给我们当安全员了？你还没教我们做肉松呢！你应当上中医大学……”

天下起了阴凉的小雨，远处传来哭一般的抬木头喊号子的声音。在村里一分钱也没有的时候，正好来一个副业活儿，给一个林场的卡车装圆木。八人一组杠，唐木也算一个，他想临走时再用自己强壮的身体为贫穷善良的乡亲们出点力。他那双野驴般的腿在 200 万人的省城里也能甩开所有对手，然而，在这偏远山村几个干瘦矮老的农民面前，却显得有些腰骨软弱。上车的跳板又窄又颤，加上小雨发滑，抬着木头走上去令人胆战心惊。八个人四副小杠，万一谁吃不住，其他七个人也得被圆木砸伤砸残。有一根特大的圆木，大家鼓足底气，号子喊半天才慢慢抬起。唐木感到肩腰腿脚全都挺到了极限，半年多没抬木头了，肩头钻心的疼。往前走了四五步，队伍就开始晃了，领头喊号子的大老泰立即喊出急停口令。他经验多，这一晃就意味着力量不均，即使勉强走上跳板也会出伤人丧命的大事。他琢磨片刻，决定让唐木和另一个瘦高个儿下来，只留六个人抬。八个人不行的活儿六个人就行吗？唐木正纳闷，只见号子又起，六个人也把这根特大的圆木抬起来了，但快上跳板时队伍又有些晃，大老泰立即又喊急停。这回他又淘汰两个年轻力壮的，只留下四个半老的，一色儿又瘦又矮的当地汉子，是全村最油的一组“铁杠子”。只见号子一起，这四个人竟然把那根巨大圆木稳稳当当地挺起来了，每个人肩上的小杠连同身体都像机器上硬梆梆的弹簧，颤乎乎又稳当当地向前移动，上了跳板，压得跳板也规规矩矩地弯成个弧形。“上去了！”唐木瞠目结舌。他在快离开屯子的这一时刻，似乎刚刚发现农民有这么大的力气。世界上的运动健将、冠军、金牌可以说是成千上万，他们受尽了赞誉，抱满了奖杯，但遗憾得很，任何一个项目、任何一场比赛都无法显现出这偏僻山村四个瘦矮农民的威力。

唐木告辞了抬木头的老乡，来到马厩。他趁马倌不注意，溜到马槽边从兜里掏出一板芝麻糖捏碎了，喂那几匹朝夕相处的马。他摸着马头说："再见了！当年我吃你们的料豆时，你们一点儿都不介意，拉那么重的车，你们一生都不说一句话。"

在场院看到了"桩子"，他正在清理麦子里的草籽。有了梅雪艳的精心陪伴，他的确好多了，智力恢复得也很快，从脸和身上看，还是原来那个又精神又壮实的小伙子。"桩子"问唐木："要不要草籽喂鸡，给你灌一麻袋？"唐木什么也没说，默默地从黄书包里掏出一包哈尔滨酒心糖塞进他怀里。这次没见到梅雪艳，听说她怀孕回娘家了，如果见到，真不知该说什么好。她也是一个把青春献给广阔天地的知识青年，她也是真正地扎根了。唐木从心里祝愿他们有一个像"桩子"那样健壮魁梧，像雪艳那样聪明漂亮的孩子，祝愿她们在这静谧而清洁的江边小村里幸福而平安地过日子。

令人宽慰的消息也有："狗鱼"进了县农机厂，挣工资去了；老同学赵保家当上了老江屯小学校的校长，到县里开会去了；上海青年王微玲参军了，当上了女兵；林晓明被外地一个交响乐团看上了，据说还是首席小提琴……

刚要进吉普车，一条狗从人们的缝隙中钻了过来，"灰子"！它一头扑到"狍子"怀里，要舔一下"狍子"的脸。"狍子"摸摸兜儿，什么吃的也没有，他抚摸着"灰子"的脑袋说："'灰子'，我还回来！""灰子"很懂事，老老实实地坐到地上摇尾巴，让唐木关上车门。

唐木坐进邵先开的吉普离开了老江屯，离开了善良朴实的当地农民，离开了他熟悉的土地、马、牛、庄稼和野草。他的眼睛里充满了泪水，这是他插队以来第二次流泪。他回头看看，送行的人们还像木头桩子那样立在那里，一动不动。他心里念道：

将来只要我有口气，一定要用知识和智慧来报答你们。

抬大木头
选自黄大兴《呼玛连环画》

知青·军人·武警

后排左起：赵庆德、高渡、裴建国；前排左起：李爱忠、张伟民、陈援朝

裴建国　陈援朝　陈惠明　朱鸿旗
朱学范　张联强等口述
陈惠明　马苏龙执笔

“真的没想到咱们在爱辉下乡好几年还能最后一拨赶上光

荣地服役当兵，保家卫国离开生产队；服役退伍后居然还回了上海。如不是好政策，可能还要回到原来的下乡地。”曾在西岗子公社下乡的裴建国如是说。

“可不咋的，1978 年我和朱鸿旗俩退伍前赶回黑河，又是找人，又是弄这弄那好不容易到县知青办，在入伍的证明材料上签署了‘同意回上海安置’的意见，上海民政部门才给接收。这可真不是忽悠，这得感谢陈援朝给大伙儿趟的路。”1978 年在武警部队退伍的上海知青陈惠明也实话实说。1977 年退伍的黄传真因上海无接收政策，口袋揣着户口没处着落，在上海逗留了好几个月，又回到了服役所在地——黑龙江省呼兰县……

听起来有点乱，须从头捋一捋。

1974 年 12 月 19 日，在黑龙江省爱辉县各公社下乡的 16 名上海知青，收到了中国人民解放军黑龙江省爱辉县人民武装部应征入伍通知书；这也是同期下乡的最后一批适龄入伍的上海知青。他们是：爱辉公社富强大队后欢洞生产队的朱鸿旗；四嘉子公社四嘉子大队一队的陈惠明、陈援朝，大乌斯力大队二队的朱学范，小三嘉子大队的乐培新；二站公社三站大队的张联强、李爱忠、赵庆德；西岗子公社西岗子大队的孙华平，西沟大队梁集屯生产队的杨凯浩、裴建国，托里木大队的张伟民，东岗子大队的张鸿祥，杨树屯大队的高渡，曹集屯大队的黄传真，坤河大队的沈贾琪。

这些知青都是 1969 年 11 月至 1970 年 4 月期间从上海到黑龙江省爱辉县插队落户。经过近五年时间的农村磨炼，生产技能掌握都是相当的熟练，大田农活儿手拿把掐地不用说，打茇刀、抡大镐、木工泥匠甩大坯、上山伐木倒大楞、挺直腰板抬小扛、大罕开筑战备路等这些重活、累活、技术活，全都玩过。陈惠明原来到呼玛县漠河公社下乡，行李都已打包托运，1969 年 11 月临行前通知他改到爱辉县四嘉子公社，入伍前已开了四年多的拖拉机，他要不当兵，指定能混个机车组长；张联强已经进入生产队的“领导班子”，是重点培养对象；朱鸿旗戴着忽闪忽闪的狗皮帽，大鞭子一甩“嘎嘎”地响，三挂套的马车赶得顺溜溜的，如不是身上穿的知青特有的军棉大衣，一定认为他是东北赶车的老把式呢；当过木匠长年腰系电工工具带的陈援朝，是维护全村所有电业的保障要员，社员们看见他绝对尊敬有加……他们不仅劳动表现都是“杠杠的”，更主要的都是出身于工人阶级、军人家庭的“红五类”子弟，被公社百里挑一地选送到人民解放军的大熔炉进行锤炼。

1974 年 12 月底，他们在黑河市的王肃电影院披红戴花地开完了欢送大会后，一辆军列把这些哥们拉到了地处松花江地区阿城县白岗子的松花江军分区教导大队，进行为期三个月的新兵集训。新兵连的集训除了在寒冬腊月下严格纪律、立正稍息、方步队列、擒拿格斗、投弹射击、文化学习外，以高粱米、玉米馇子、白菜萝卜土豆块为主的伙食，还真的与生产队没法比。好在这些半大老爷们在农村艰苦的环境中摔打过，再苦再累再难都扛过来了！

三个月的新兵连集训完毕，除了裴建国、李爱忠、张伟民直接分到军分区独立连外，其余 13 名知青新兵都分到松花江军分区所属的延寿、巴彦、五常、呼兰、阿城、双城等 11 个县中队。之后不久高渡调到军分区机关炊事管理，张联强调到呼兰县武装部。县中队是人民解放军的地方部队编制，也是具有光荣传统的部队，如朱鸿旗服役的尚志县中队（番号称 76 分队），前身就是当年智取威虎山的侦察英雄杨子荣所在的小分队。他们执行的是县公安部门看守所在押犯看守、押运、地方内卫等任务，行政上属县武装部领导，执勤业务上归县公安局管理和指导。

在县中队的执勤远没有野战部队拉练、作训、在山野密林里滚打摸爬那样艰苦，但却是养兵千日、用兵千日执勤着任务高度风险性的岗位。每个县中队战士每年都有数次长途押送犯人到省监狱的任务，先押送数十余名犯人坐公交大客车（当时条件所限，只能犯人和群众混运）到哈尔滨的三棵树火车站，再转坐火车经齐齐哈尔至泰来县，将押送的犯人移交给位于泰来县境内的黑龙江省第一监狱。一路上危情四起，思想和精神高度紧张，非常人能想象，而这些上海知青军人都是押运的骨干力量。他们中的数人还执行过对刑犯的处决任务！曾有两个重刑犯密谋夺枪越狱，被及时发现，少不了上海哥们儿的机灵和警惕。护送国家要件、押运重要国家财产物资和黄金、人民币现金等，尽管他们站在汽车上冻得瑟瑟地上牙磕下牙，但军人的天职绝对不容有半点马虎眼！这些丰富的经历，使他们在部队被培养成具有高度责任感和使命感的中国军人。

七十年代中期邓小平同志复出重新担任党和国家、军队领导，在他亲自主持下中国人民解放军部队实施了精简和重大改革。1976 年 11 月，经中央军委批准，中国人民解放军全国各县市中队脱离军队序列，统一划归地方公安部门领导和管理，改编为中国人民武装警察××县中队或××市中队。于是在解放军松花江军分区各县中队服役的 11 名上海知青，由原身着绿军装、头戴红五星的解放军战士，整编成为身着上绿下蓝警服的中国人民武装警察的一员。陈惠明说："那时武警不是橄榄绿军装，而是像海军军装似的身着上绿下蓝警服、戴国徽帽，身份仍为现役军人，原来执勤的任务不变，但已不列入解放军建制。"他们留恋红五角星的荣光，同时荣幸地见证并经历整编后第一批中国人民武装警察部队的诞生过程！

几年来紧张而充实的部队生活不仅锤炼了上海知青的意志和思想，而且从情感和精神上与警营融为了一体，他们不仅懂得了军人的含义和荣誉，更明白肩上的使命和责任。由于上海知青的文化水平相比同年龄农村战士要高，头脑更为灵敏，又在农村插过队吃过苦，经受过各种锻炼，因而大多是县中队的骨干并有十来人在部队入了党，有的已被部队列为提干对象和重点培养对象。然而离家多年对家乡的思念和对亲人的牵挂，尽管有对警营的眷恋和不舍,却无法抑止他们想退伍回上海的冲动。

1977 年夏秋之际,黄传真光荣地从武警部队退伍,按当时政策只能回到户口的所在地安置;因为他们是义务兵,顾名思义就是尽一个公民的义务。但他曾经是知青,他的户口是从下乡地的农村迁出来的,再回生产队当农民种地?生产队的老乡都嫌这没长进、没出息……他非常不甘心地揣着户口、带着退伍军人证,回到了上海。找上海民政局,民政局有关军转办当时只接收转业干部和上海户籍服役的复员退伍兵;找劳动局有关部门,劳动部门要工人调拨单,这又不算工人,这调拨单上哪儿去划拉?找街道知青办,知青办说你已经不是知青了,没法按知青政策来安置;找公安派出所想报户口,户籍管理也没有这样的程序……这把这哥们儿着急上火得嘴边直起泡。直至好几年后,在知青战友裴建国的帮助下,才将户口迁回上海,但工作依然要自己去找寻。

1978 年春,眼看着这十几个哥们的义务兵服役将满,解放战争参加革命的松花江地区公安局武警科科长奚汉成,非常关心这批知青入伍的武警小战士,专门派陈援朝到上海了解有关退伍的接收政策。经过多方努力,上海民政局有关部门同意接收这些上海知青退役兵,然而必须要经当地的知青办同意。尽管他们已不是知青,但他们的户口是从爱辉农村迁出来的。

1978 年春夏期间,他们在知青大返城前陆续退伍回到了上海并得到了妥善的安置。他们感谢部队的培养和关怀,如不是部队领导的关心和呵护,也许还在黑龙江的那山、那水、那旮旯守望。走人不走心,无论他们现在的人生道路已走得有多远,但总忘不了在黑龙江畔度过的蹉跎岁月,在松嫩平原的军营里磨砺的青春年华;也忘不了部队整编后经历武装警察的荣耀。

后排左起：高渡、朱鸿旗、张鸿祥、陈惠明、杨凯浩、陈援朝、孙华平；前排左起：裴建国、李爱忠、乐培新、张联强、黄传真、张伟民、沈贾琪、赵庆德、朱学范

摄于小三家子知青宿舍前

再挥手泪依旧

原四嘉子公社小三家子大队

上海知青　余建华

活了这把年纪，流过多少泪是记不得了，伤感的泪、委屈的

泪、离别的泪、感动的泪……都曾经有过，但难于言表的"泪"却不多的。

在贫下中农的推荐下，1973年、1974年，连续两年的高考我都参加了，但由于父母当时靠边站没"解放"，我的政审连年不合格，无缘求学。1974年底，大庆油田到爱辉县招工，给了队里一个名额，当时我觉得这事与我无关，我根本没想过要去当工人。意外的是王连吉和公社的党委副书记却找我了，希望我去大庆，我一点思想准备都没有。他们跟我谈心分析利弊做思想工作，我明白高考的门已经对我关闭了，他们是关心我，在当时这是我离开的唯一机会了。王连吉的话，我至今记得：你来农村，也没当几天农民，一直当老师了。工业学大庆嘛，大庆错不了，你到大庆也未必就一定会当工人，就看自己的了……就这样我仓促决定去大庆。

我向郭大爷告别，告诉他我要去的地方叫"萨尔图"，他说他年轻时去过那里，那里狼群出没，没有人烟，很苦很穷的，你不该去那里。我向尹叔告别，他对我说：能走就走吧，不要都窝在三家子了。一个人出门在外，要照顾好自己，有机会就回来看看。晓东当时从省里学习回来，得知消息也为我担心，他告诉我在省里一起学习的就有大庆钻井队的，他们工作生活都很艰苦。就这样我在几分钟内，在十分复杂的情绪中做出了最无奈的选择："去。"

我拒绝了所有想送行的女生和我的学生，我怕自己受不了，我希望自己能很平静地离开。我走的那天是晓东、广成、建灏、焕祥送我的。当马车驶出东下坡头的瞬间，不知怎么泪一下子就涌了出来，根本止不住，走一路掉一路，脑子里一片空白。其实，想当初离开上海、离开父母去插队我反而是很平静。为什么？说不清。既然决定走了，却又舍不下，舍不下什么呢？还是说不清。唯有一种感觉能够清晰捕捉到，就是"西出阳关无故人"。在前往大庆的火车上，我的情绪始终很压抑，和周围欢声笑语的环境格格不入。

1996年8月，缪红、徐红约我回三家子看看，我回到了阔别二十多年的第二故乡。熟悉的三家子陌生了，我们的“家”和曾经的老乡的农舍已难觅踪影，家家是外形一样的红砖房，分不出谁家了。许多老人都过世了，当年的孩子们变化太大，都不认识了，包括我的学生。唯一不变的是老乡们的热情：纷纷邀请我们住宿，争先恐后地邀请我们吃饭。为了不产生矛盾，队长大丁子只好统筹安排我们的吃住行……

在三家子的那些天我们很忙，想看的太多了。我们先给尹叔上坟，一路上我们采了许多野花，尹叔的坟周围长满了杂草，我们把草拔干净，献上我们的鲜花，我们虔诚地向他老人家默哀，我心里默默地说：尹叔，对不起，我来晚了。立刻眼泪就充斥了眼眶。我们想去看看殷军和徐忠德，但已无处寻找，他们永远地留在了这里。头两天夜里都睡不着，想到他们，往事就历历在目，悲凉的感觉挥之不去。我想如果有灵魂的话，希望他们能回上海看看。我们跟康拜因下地，感受丰收的喜悦；我们去打谷场扬场，回味那些年的艰苦岁月；我们看望知青林，寻觅当年激情的痕迹；我们看望了大赵等许多老乡……大丁子带我去看他妹妹美娟，当美娟向我扑来时，我真的厥倒了，眼前五大三粗的农村大娘居然是我的学生，她搂着我的脖子号啕大哭：“余老师你怎么才回来呀。”我的泪哗哗流了下来……我们寻找唯一留在黑河的蔡一弟，在海燕的帮助下，我们总算走进了他的家，见到他，生活的窘迫可见一斑，他是黑河的“徐虎”，生活工作都那么不容易。由于他的盛情，我们二次探访，在他家吃了一顿饭，听他和他的知青同事讲述他们的故事，我心里有一种说不出的压抑。如果我们当年不离开三家子，命运也许跟他相差无几。

没有不散的筵席，我们该走了。没有想到的是送行的老乡那么多，熟悉的不熟悉的，不少人在落泪，我们在火车上挥手让他们离去，谁都不走，蔡一弟泪痕满面冲上火车，跟我们一一握别，我们也控制不住了，火车在一片伤感中驶离黑河。没想到二十多年后再挥手泪依旧。究竟为哪般，我不知道，更说不清楚。火车上好几个乘客看不懂，问我："你们和送行的人之间是什么关系，好像不是亲戚关系，却又难舍难分，我们看不明白。"当知道我们是曾经在这下过乡的知青时，他们更觉得不可思议。是的，没有那段生活经历的人，是无法理解这种情结的。其实我自己也很难说清，应该是感情积淀的自然流露吧。

1998 年，回小三家子村看望学生和老乡（右一为余建华）

命运

原爱辉公社外二道沟
上海知青　杨　铿

1975 年 5 月，摄于哈尔滨黑龙江省公安干部学校门前

十六世纪的英国哲学家培根在论述真理的时候，曾引用一位诗人的诗句说："站在岸上看船舶在海上颠簸，是一件乐事；站在一座堡垒的窗前，看下面的战争和它的种种经过，是一件乐事；但是，没有一件乐事，能与站在真理的高峰回顾来时的峰回路转、错误、漂泊、迷茫和风雨相比拟。"上山下乡 45 年后，重新回顾我们从农村走出来的这段历程，多少酸甜苦辣，瞬间化作烟云，有的，只是刻骨铭心的记忆。

一次"高考"情结

转眼在爱辉公社外二道沟插队有四个年头了，逐渐成熟的我们开始思考今后的人生，何去何从？一个问号摆在了我们面前。当时，有的参军了、有的转点了、有的在补习文化知识，也有知青信誓旦旦地要扎根农村一辈子……

1973 年春夏，国务院批转了《关于高等学校 1973 年招生工作的意见》,根据这一“意见”,当年实施了入学文化考试。这对我们知青来说是一个绝好的消息！但对于69届知青却是忧喜参半,我们的文化水平也就是小学毕业,好在当时已经在自学一些初中知识了,于是就更加“恶补”。就拿数学来说从有理数一口气补到因式分解、初等几何、解方程等。按照规定要参加那次考试还必须走两道程序,一是自己报名;二是生产队推荐,考试合格后还要通过政审和体检后才能进入大学。于是我毅然报名参加考试,幸运的是我被推荐上了。记得在7月初,那天天气不错,我们搭乘班车来到黑河的一所学校参加考试。考试分两天进行,当晚就住在黑河有名的“大车店”。在等待考试结果的日子里,形势却发生了意想不到的变化,辽宁考生张铁生交“白卷”,演变成了一起政治事件,那次考试就这样不了了之。后来又变成由贫下中农推荐上学,我们生产队推荐了一名女知青上了学。一次改变命运的机会就这样擦肩而过了。

一段“打工”经历

1974年的下半年,爱辉公社派出所发来通知,要全面换发《边境居民通行证》,从每个生产队抽调一人到派出所负责本队的换发工作。由于我工作比较认真,字也写得不错,生产队就选派了我,我受命后就到派出所去报到了。接待我的是爱辉派出所的侯祥所长,他四十开外,个不高,估计不到一米七,长着浓眉大眼,满脸的络腮胡子,看上去十分威严。候所长询问了我的情况后,强调这次换证的意义和要求,布置了具体工作。由于操作并不复杂,自己领悟也快,工作很快就上手了。先是清理户口,摸清需要换证的人员,理出花名册;然后拿着花名册回到生产队挨家挨户地核对;核对无误后整理出正式换证人员名单;再报所里审批通过,最后正式填写《边境居民通行证》。当我填写完最后一本通行证时,长长地舒了一口气,我是全公社最快完成该项工作的！当我把所有的材料和崭新的《边境居民通行证》放在了候所长面前时，所长随手拿起一本，看着填写规范、字迹清秀的通行证，严肃的脸上露出了满意的笑容。我也从候所长的眼神里看到了对我的喜欢和慈父般的爱意！第二天，我收拾好行李准备返回生产队，一早候所长把我叫到办公室，他对我的工作给予肯定和表扬，并且对我说，已经与生产队联系好了，决定把你留下来，协助其他生产队完成这项工作。

结果，等到全公社的换证工作结束，我才回到生产队。这时已近年底，两年没有回家的我归心似箭，很快踏上回沪探亲的路途。当时我怎么也没有想到，短短几个月的"打工"经历成为了我命运的一个转折点。

一封"加急"电报

1975 年的元宵节后，上海依然春寒料峭，我打算四五月份天气暖和点就返回生产队。那段时间空闲，正在看法国著名作家大仲马的《基督山恩仇记》，被书中那个敢爱敢恨、豪爽气派、聪慧过人的主人公基督山伯爵所着迷。特别是书中有句话震撼了我："永远不要忘记，直至上帝向人揭示出未来之日，人类全部智慧就包含在两个词中：等待和希望。"掩书沉思，几年的插队生活对自己来讲既是历练，但更多的不也是"等待"吗？没想到几天后我的"希望"真的降临了。

记得在 3 月 10 日左右吧，晚饭后天刚擦黑，只听到楼下传来一阵急促的摩托车声，接着听到有人在大喊："74 号 204 室杨铿，加急电报。"听到有人叫我，急忙下楼，电报是爱辉公社派出所发来的，电报上只有简短的四个字："见电速回。"我的心不由"咯噔"一下，在那个年代，派出所找你首先想到的是我犯错了吗？答案自然是否定的，我能有什么事呢？母亲看到电报后也是忐忑不安，不断询问我怎么回事？那天晚上我辗转反侧，一夜未眠。第二天，与母亲商量后，决定还是马上返回爱辉。四天后，我风尘仆仆地赶到了爱辉派出所。候所长看到我这么快回来了既惊讶又高兴，他和蔼地告诉我："爱辉县公安局正在招收民警，我帮你报了名并已经办好了相关手续，你马上去报到吧！"说完把报到证递给了我。我真的没有想到"见电速回"原来是这样！这不是在做梦吧？我被这突如其来的惊喜一下子整懵了，半天没有回过神来。过了好一阵子才激动地连声谢谢候所长！两天后，我告别了外二道沟的乡亲和知青战友，去爱辉县公安局报到。事后才了解到，这次招警是"文革"砸烂"公检法"后的第一次，在全省沿黑龙江边境线的市县中招收400名，黑河地区只有爱辉、孙吴、逊克三个县，主要目的是充实边境线的警力。爱辉县招收24名，爱辉公社去了四名。1975年3月18日，我与其他23人一道前往哈尔滨"黑龙江省公安干部学校"接受培训，开始了我人生的新征程。我庆幸在我的人生旅途中，遇到了候所长这样的"贵人"相助，我要感谢命运对我的青睐！

一段"从警"历程

还没有完全做好思想准备的我，已经不知不觉地开始了"警营"生活。每天出早操、迈正步、走队列；讲政治、学业务、练擒拿；吃饭睡觉、生活起居、文化娱乐完全军事化管理。从一个普通知青到一名人民警察，从挣工分到拿工资，这突如其来的改变真有点让我"诚惶诚恐"。但我很快冷静下来，集中精力投入到学习生活中去了。5月1日是换装的日子，那天在学校操场举行着装仪式，全体同学第一次穿上了新警服(当时边防民警的服装与解放军差不多，只是帽徽不同，解放军是五角星，民警是国徽)。我们走分列式、拍集体照，四百多人一片橄榄绿，蔚为壮观！仪式结束后我又赶到校门口，在校牌前留影，又到照相馆单独留影，记录了我人生中极为重要的一刻！三个多月的学习培训很快就要结束了，由于我学习成绩较好，积极参加各项活动，出黑板报、参加文体活动等，特别是在全校的乒乓球比赛中获得了团体冠军和个人亚军，以上成绩得到了班主任老师和校方的肯定，在结业典礼上我代表全体学员做了发言，至今我还保存着那份发言稿呢！

学习结束后，我被分配到县公安局边防股担任内勤，主要负责签发《边境通行证》、协助边境管理、查处涉外案件和一些股内的行政事务等。工作中除了要和国内的各种违法犯罪行为进行斗争，还要参与国际对敌斗争。在爱辉县公安局我加入了中国共产党。在公安局工作的这几年使我积累了许多工作经验，也丰富了我的人生阅历。

时间很快到了1977、1978年，大批知青开始返城，我也利用自己手中的资源，在力所能及的条件下帮助知青朋友做些服务工作，协助办理返城手续、办理通行证、购买车票、接送站等等。看到一批一批知青朋友离开黑龙江返城，自己既为他们感到高兴又有一些惆怅，何去何从？一个大大的问号又一次摆在了我的面前。

一切“从头”再来

1979年夏天，我做出了人生中的又一次重大抉择。曾经青梅竹马，一起在外二道沟插队的我的恋人在1976年转插到了四川，半年后招工进了一家“三线”工厂。为了能与心爱的人在一起，解决两地分居的问题，我决定也调往四川，于是我写了请调报告，得到了局里的批准。当年7月离开了我为之挥洒了青春年华的黑土地，结束了长达九年的“北大荒”生活，爱情的力量把我带到了川北山区——中国人民银行所属的人民币印制企业。

有了在黑龙江五年插队和四年公安工作经历的积淀，我对新的生活工作充满了信心，一切从头开始！从最基层的普通工人做起，然后一步一个台阶地逐步走上管理岗位。在四川工作期间，为了把失去的文化知识补回来，我补习和修完了高中、大学专科的课程。1993 年，随着我国改革开放和国民经济的不断发展，国家对人民币印制生产企业进行布局调整，企业整体迁建到了与上海毗邻的江苏省昆山经济开发区。我有幸在第一时间参加了昆山钞票纸厂的建设。经过大家的共同努力，仅用四年多的时间，完成了十多个亿的投资，在昆山城中建起了一座现代化的钞票纸企业。1998 年，企业正式投产，并成功开发和生产了第五套人民币的用纸。期间我还参加了中央党校本科阶段的学习，获得了经济管理专业的毕业证书。2003 年，在取得高级经济师职称的同时也走上了企业高管的岗位，直至 2013 年退休，为自己的职业生涯画上了圆满的句号。

2012 年 8 月，回访爱辉外二道沟，探望当年的老房东吴文成，右为杨铿

儿子户口落在知青叔叔家

原张地营子公社达音山大队
上海知青　高龙德口述，朱怡冰执笔

1970 年 7 月，在跃进公路筑路时留影

我是六七届初中毕业生，按照当时四个面向的毕业分配原则，我是家里的独苗，理应分配在上海工矿。可因为家庭成分不好——父亲是右派，分在上海工矿的学生名单中没有我，甚至连到崇明农场去的资格也没有，无奈的我只能待在家里听从命运的安排。

1968 年 12 月，毛主席发出“知识青年到农村去接受贫下中农再教育”的最高指示。随即，轰轰烈烈的上山下乡“一片红”运动在全国开始了。在家里赋闲了几个月的我，到学校去报名赴黑龙江插队落户。说实话报名去黑龙江边境插队，还真有点担心：我家成分不好，会不会批准我去？可这次倒是没有难为我。1969 年 3 月，我随上海首批赴黑龙江插队知青到了爱辉县张地营子公社。

我插队的第二年，母亲工厂内迁，父母随工作单位一起迁到福建三明纺织厂，从此我们一家三口离得更远了。父母离开了上海，上海也就没有了我的家。我在黑龙江插队的几年很少回去看望父母，别的知青探亲回上海，而我探亲要到更遥远的福建去。

1973 年，上海纺织局传达文件，是家里独生子女的，在外地插队的可以回上海。我得知以后，马上回沪询问，得到的回答是：一、按政策你可以回来；二、现在你父母在福建，你得回父母身边去。就这样，父母在福建三明提出申请，1975 年 11 月，我办理了户口迁移手续，离开了插队六年半的生产队。

到福建三明去，心里感到有点委屈，再想想我能够离开农村，到父母身边去当工人，和那些与我一起下乡的至今还在村里的上海知青比比，已经不错了，于是也就释然了。

哪知道到了父母身边，竟然因为我是知青上来的，一下子无法安排工作，母亲看到独生儿子回来了非常高兴，老了，身边总算有儿子照顾了。可母亲见我到了三明竟然连工作也没有，害得母亲天天晚上觉也睡不着。

在三明，我失业了！

在黑龙江当农民，我能自己养活自己，现在虽然按政策回到了父母身边，已经 26 岁的我，却又重新要父母养我，脸面何在？天天闷闷不乐。

一直到第二年的二月，三明铁锅厂（大集体）招工，我进了铁锅厂的翻砂车间当翻砂工。翻砂工的工作又累有脏，三班倒，工作起来浑身是汗，每天身上都是臭烘烘的，流下来的汗水也是黑色的……我当时心里那个恨呀，原本想离开农村，离父母近点，结果弄个大集体单位，还不如不回来呢！

我开始想念知青生活，想念张地营子……我的命为什么这么苦？唯一能让我感到安慰的是：我总算又能够自己养活自己了！

1977 年，母亲退休，我顶替母亲进了三明纺织厂，三明纺织厂一查档案，我在铁锅厂是当翻砂工的，又分配我去了纺织厂的翻砂车间，我在纺织厂翻砂车间一干就是20年，直到退休前几年才调到织布车间工作。

1981年，我与同样是父母内迁到三明、在黑龙江军垦农场工作了十年的上海知青刘静娟经人介绍认识结婚，第二年儿子高飞出生。

九十年代初，有好消息来了：在外地的知青子女满14岁户口可以迁回上海。听到这消息，我们真高兴，很想让儿子14岁能够回上海，但我们知道儿子户口迁回上海是有很大困难的。

我们夫妇双方在上海都已经没有直系亲属，想想我们少小离家到黑龙江，待知青大返城却因为父母支内回不了上海，至今还在外地工作，心里真不是个滋味呀！

现在好不容易有了孩子能够回上海的机会，岂能放过？上海的教育条件好，为了孩子有个美好的前途，我们一定要想办法让儿子落户上海！

妻说她去找找上海的亲戚，希望他们能接受我们儿子的户口。

她找上海的姨妈，姨妈以"家里孩子多，做不了主"为理由拒绝了。

她找上海的舅妈，舅妈起先是答应的，我们提出要办手续时又突然变卦不肯了。

最后妻子找年迈的奶奶，求奶奶接受重外孙户口回上海，奶奶答应了，可姑姑不同意……

妻的心里恨呀，她说："平时客客气气的，到了关键时刻亲情都到哪儿去了？"

亲戚家的路走不通，我们夫妇非常失落，心情郁闷到极点，从来不会喝酒的妻，竟然有一天一个人在家喝了半瓶白酒，把自己灌醉，醉得不省人事……

我丈人劝女儿：亲戚那儿走不通，不要难过，高飞可以通过考大学考回上海去!

可我们想:有这样的知青政策,我家儿子高飞为什么不能落实?

看着别人家的知青子女符合政策的一个个在走……

无奈之中,一天妻对我说:“高龙德,我们再求一次人,你去求求你的那些黑龙江插兄看看如何?如果不行,我们再也不求人了!”

于是,我特意赶到上海,找一起在黑龙江插队的王福斌,王一口答应说:“行啊,问题不大。”田占海和施振东也都同意接受我儿高飞的户口。经过各方面的考虑,我们决定儿子的户口落在田占海家(田占海、雷招娣夫妇是我们一个队的知青),田占海家人口多,我儿子户口迁入需要他家每个人的签字。不是亲人胜亲人,田占海的老父亲、老母亲、弟弟、妹妹,有七八个人呢,都爽快地签了字。

田占海还对我说:“我家人多房子小,高飞来了,可以住在阳台的沙发上”。更令我感动的是连田占海的老母亲也对我说:“高飞来上海读书,没地方住,就在我的房间里搭一张折叠床吧”。

儿子户口问题解决了,妻子提出:“到公证处去做个公证吧。”

田占海微笑着说“呵呵……不需要的。”

在我们的坚持下,到公证处去办公证,公证处的工作人员知道了事情的原委以后,对田占海说:“你给他报了户口,以后麻烦的事儿大了。”

可田占海还是笑嘻嘻地说:“呵呵……不会的!”

我们的心里不知有多少感激,这感激之情我无法用语言来表达,我深深感到:家里的亲戚比不上插队知青间的情谊!

儿子回上海了,报户口,入学读书等问题都是我队知青韩蔚龄帮助联系解决,她让我安心在福建三明工作,不要来回跑了。

儿子户口报上了，很顺利地进入初二年级学习了，为了不给这些真心诚意帮助我们的插兄插妹增添太多的麻烦，我们决定赶快在上海买房。施振东负责为我们看房、选房，当他把选择的房子电话告诉我时，我又麻烦施振东帮我垫付首付款，一个星期以后我才赶回上海。

这些比亲人还亲的插队知青，在我家最困难的时候伸出了最温暖的手，暖了我们全家的心，此情此恩我没齿难忘！

儿子高飞很争气，金融学院毕业以后很顺利地进入中国平安保险公司任职，十年以后升到经理一职。

我的父母过世后，我把福建三明的房子卖了，我们夫妇俩退休以后投靠儿子落户上海，总算是落叶归根，回到了让我们魂牵梦绕了一辈子的上海！

2017 年 8 月，（左起）田占海、施振东、高龙德在宁夏“沙漠花园”合影

别了，窦集屯

原爱辉公社富强大队窦集屯
上海知青　孙群燕

摄于1970年代

1977年1月5日　阴

窗外寒风凛冽，窗内孤灯清影。豫西的冬天似乎比窦集屯还要冷，风不时地从板门和纸糊的窗户缝中吹进来。我一个人蜷缩在土围子里铺满麦秸的木床上，这里没有暖炕，没有火墙，只能穿着大棉袄盖着厚厚的被子硬扛。一股从没有过的孤独感袭上心头，想念父母亲人，想念一起下乡的战友，甚至还想起了窦集屯的老乡……

时间过得真快啊，转眼间我来到河南农村已有五个月了，离开黑龙江的情形还历历在目，就好像发生在昨天。

去年8月，我终于向命运屈服了，顺从了父母及亲友们的意愿，依依不舍地离开了战斗了近八年的黑龙江农村窦集屯，来到了陌生的、一切都是那么不习惯的河南农村，当时的心情可以说是百感交集，是高兴？可能到那儿不久叔叔们会给我安排个工作或上学，是难过？人生的道路是那么的坎坷，命运对我又是那么的不公。为什么我一定要走这一条自己曾经鄙视的路呢？

我出生在一个知识分子的家庭。父母都是民国时期的大学生，解放前都在旧政府工作，我又毕业于上海的一所五年制重点中学，“文化大革命”碾碎了我的大学梦，1969 年 3 月来到黑龙江窦集屯插队落户。我努力地与当地农民打成一片，什么苦活累活都冲在前面，曾多次评为县优秀知青。记得 1973 年推荐工农兵大学生的时候，我被村里的老乡们一致推荐并参加县里的招生考试，两天的考试结束离开考场时，监考老师叫住了我，对我说：“我观察了两天，你是这个考场中考得最好的。”当时心中窃喜，充满希望，然而那个“白卷先生”又一次碎了我的大学梦。而后的 1974 年、1975 年的工农兵大学生招生，由于我的表现，生产队的农民们、大队领导都把我推荐了上去，但是到了县里一次次地被刷了下来，理由是政审不合格。

在那些日子里，我经历一次次热切的期望后最终得到的是无限的失望。看着那些一起来的同学们拿着录取通知书，整理行囊，别提有多羡慕了。严酷的事实给了我明确的答案，一切现实点吧。梦想对我来说永远是幻想，那“先天不足”的家庭背景像一座大山挡在我前进的道路上，成了我实现上大学理想的障碍。每一次的打击来临时，我不能怨天尤人，不能申辩，更不能责怪父母，那是历史在他们身上留下的痕迹。我只能一个人悄悄地跑到村边的白桦林中，静静地坐在树桩上思考、流泪，向白桦树诉说自己的不幸，诉说对现实的失望，并不断地告诫自己不要气馁，振作起来明天还要出工。

我会在回家探亲的路上经过他们上大学的城市，进入他们大学的校门，和他们一起在大学宿舍里过夜，抚摸教室里的桌椅，上上夜自习，一起讨论难解的数学题，和他们一起上体育课，在嫩江上溜冰……稍稍满足一下自己奢想的校园生活。想想当年一起上学和下乡的同学们吧，毛主席上山下乡一声令下，我们都奔向祖国各地农村，如今他们有的当了国家干部，有的上了大学，有的当了军医，有的成了翻译，有的成了设计人员……我是多么想像他们一样学习和生活啊，但是，不允许。我不能胡想，踏踏实实地种你的地吧。

回想起当时离开的情形，是那么的感人啊。那天一早五保户赵大爷端着一篮煮熟了的鸡蛋，送到我面前，饱经风霜的脸上虽然很平静，但我深知他内心是多么的舍不得我的离开。即将离别的难受心情突然涌上心头，我再也克制不住自己的感情了，眼泪止不住掉了下来。赵大爷马上把脸转了过去，用手拭去流下的泪水。稍过片刻，他转过脸来对我说："群燕，你今个要走了，大爷也没啥可嘱咐你的，只希望你到那儿要和在这里一样，向贫下中农学习，永远听党的话，大爷这儿你别惦着，我年纪大了，托毛主席的福，还能多活几年，多享一下社会主义的福。"我怀着不舍的心情，捧着这几十个鸡蛋，离开了大爷，直到上车我一直没有再看见他，他可能又去草甸子溜达了。的确，这八年来，赵大爷对我的关心是那么的无微不至，他把我当作亲闺女，我把他当作亲大爷，对他无话不说，我每每取得成绩时他会杀鸡、会炒几个鸡蛋给我补补身体，每每遇到挫折时又是他第一个给我安慰和鼓励。如今要离开他了，心里确实有点伤感，我但愿他老人家长寿，我将永远记着他。

2009 年 8 月，下乡 40 周年，与知青们重返黑河参加知青博物馆落成典礼。左起：谈和平、刘应浩、陆克照、孙群燕、华金康

送我去黑河的铁牛"55"即将开来,知青同学们为我打包送行,村里的姑娘们趁出工前也来到宿舍为我送行。她们默默不语,好动感情的满族姑娘关杰先哭出声来,惹得一屋人的心情都不好受。该出工了,我送走了她们,坐上了铁牛"55"向黑河奔去。一路上我的心情十分失落,谁会想到当年那个满怀豪情的我竟会选择这样的离开。

"铁牛"啊,你慢些开,让我再把这养育了我八年的东北小屯看个够,把这儿的一切收在眼里、藏在心里,将来有机会我一定再来拜访你。

没有重逢的离别

原爱辉公社外二道沟
上海知青　盛文秀

本文作者盛文秀

北大荒下乡七年,留下了青春的足迹,也伴随着那些不忍拂动的情感碎片。

2006 年夏天,随老知青回访团回了趟黑龙江,又一次踏上这片掩埋了青春往事的黑土地。站在村口的公路上(现已建成宽阔笔直的高速公路),仿佛时光倒流,我又看到了那辆军绿色的大卡车，车旁站着山谷，和前来为他送行的几位知青，他们说着笑着……突然卡车传出一阵轰鸣，随即缓缓启动……我从大田收工回家路上，几十米外，正想奔跑去追赶那辆卡车，可是卡车戏谑地扬起一片尘雾，“呼”地驶离了村口，朝着远方奔驶……

我为何如此在意这次寻常的离别，以致在心底存留了几十年？我只记得，在插队生活无有尽头，在单调、繁重的劳作时光里，我内心拥有的一点点光亮、暖意，顷刻间被熄灭了；一点点爱的萌芽、对美好情感的憧憬，顷刻间被夺走了；随着卡车一阵轰鸣，扬起漫天尘雾，我迷失了青春的方向。山谷不告而别，他在我的视线里消失了……

山谷不是我们队里知青，我和他相处也就半年多时间。

1971 年冬天。有天下午，生产队召开“打场交公粮”动员大会。会前，队长介绍我们认识两位年轻人，他们是黑河地区派来我队蹲点的干部，协助基层搞“斗、批、改”。队长介绍到“山谷”的名字时，一位身材高挑、眉清目秀的小伙站了起来，他朝着会场上的大伙礼貌地点点头，微微一笑，脸随即微微红了，有一点腼腆的样子。他没有发言，只是站起来和大伙打了个照面，记得另一位蹲点干部作了简短发言。

离开会场走回宿舍的路上，我心里有一点惊讶：山谷穿着一件旧的军棉袄，高挑的个头，眉目清秀，还有一点腼腆，竟然那么美好，尤其他朝着大伙粲然一笑，如同冬日里的一缕阳光，传递着温暖……这位陌生的年轻人，在人群里一站起来，仿佛令我眼前一亮，仿佛似曾相识……不会吧？我为自己的情绪感到荒唐，我并不熟悉山谷，凭什么被他吸引？——也许在偏僻的江边小村待久了，目光所及三十几户农家几十名知青，审美疲劳的视线，突然闯入一位帅气的年轻人，因新奇而生出爱慕、欢喜——真是这样吗？我也不知道。

脱粒打场送公粮的任务完成时，春节也临近了。这个时候，知青们纷纷忙碌着准备东北的土特产，陆续踏上回沪探亲之路。

不多时间，知青宿舍变得冷清起来，去食堂吃饭也是三三两两。有时在食堂巧遇山谷，他和我们一样，拿着两只搪瓷碗一个汤勺，在小小的窗口，一个碗盛着白馒头，一个碗盛着白菜土豆汤（整个冬季几乎就吃这些），见山谷打了饭菜，我随其后，得到一个和他共餐聊天的机会。

同桌吃饭时，见山谷吃得很香，我故意说："天天吃这个，烦不烦？"山谷和气地笑笑，"蛮好蛮好，挺好吃呀！""你是蹲点干部，会唱高调……"山谷没有生气，大口咽着馒头："是真的，这馒头面发得好，汤也蛮鲜的，有的知青点还不如你们……"饭桌上我们东聊西聊的，他说他去过一些知青点，我们靠江边这一片的条件算是好的。有一次，吃饭时说到上海家人，山谷无意间从皮夹子里取出一张照片，是一张小小的全家照，女生们都好奇地围上去，评头论足的，说山谷的妈妈长得真漂亮，还说山谷长得像他母亲……听着女知青们长长短短的议论，山谷摇着头又腼腆起来。我觉得山谷蛮重感情，全家照贴身带着，他也是上海知青，和我们一样，他也很想家吧？

这年冬季，山谷和我们一样没有回家探亲，整个冬季留守村里。春节前夕，北大荒早已冰天雪地最低气温降到零下四十多度，大田里已没有活干，我们知青就去刨粪，为来年开春大田用肥做好准备。这个季节的粪堆已冻成石头一般坚硬，铁镐下去一刨一个白眼。刨粪是计件制，我们知青二三人自由组合，搭伴干活。山谷是工作队不计入工分，他往往一个人单干（另一队友回家探亲了），别看他身板有点单薄，干起活很凶猛，很有韧劲。他一个人抡着铁镐，"哐哐"的震动声传得很远……一个上午，他的身边已堆起了不小的土方。

休息时，我找个借口走到山谷的粪堆旁，让他帮着整整镐把。山谷干活干热了脱了棉袄，穿着一件黑色的毛衣，脸上淌着汗，狗皮帽子一脱，头上直冒热气……我打趣道："看你，头上冒气，可以蒸馒头啦！"山谷"呵呵"一阵笑，于是蹲下身子帮我整修镐把。我看山谷眉毛、眼睫毛上都挂着晶莹的白霜,“哎,你像圣诞老人！呵呵——”山谷抬头朝着我,阳光使他眯缝着眼:“你也一样啊,呵呵呵——”

在一堆黑黢黢的粪堆旁,我和山谷聊着笑着,不知不觉休息时间过了,因为有山谷这样的年轻人,仿佛四周的严寒正在消散,薄薄的冬日倾泻着无尽的暖意……和山谷在一起,何以有这么多无由来的喜悦——每个人的生命里都有一个不期而遇的春天吗?

我对山谷的好感一直藏在心里,我不明白是好还是不好?

春耕夏锄,秋收冬藏,山谷几乎天天和知青、社员一样出工,和男知青、壮劳力一起干重活、苦活、累活,偶尔去公社或县里开会,才不见他的身影。那年夏天他和队里人去黑龙江拉网打鱼,他们穿着过腰的橡皮裤衩,一整天都泡在江水里,活儿很累人。有天傍晚,食堂吃饭时偶尔听人说起山谷生病了,在发高烧。我想山谷也是上海知青,家在千里之外,生着病一人孤零零的,一定会很想家。我胡乱吃了晚饭,跑回宿舍,向室友借用体温计。室友诧异地瞧着我:“你好好的哪儿不舒服?”我被问得一阵慌乱:“喔,我没有……听说山谷,他在发高烧……”我不会说谎,冒失地脱口而出,心也随之狂跳起来。室友莞尔一笑,把体温计借给了我——我不知道为何如此紧张慌乱? 仿佛心事被人窥探了,我心里真的藏着一个秘密?

山谷的住处离我们宿舍有一里路,天已漆黑一片,我一人打着手电筒,心里有点慌乱。走到半路,我犹豫了,去他的宿舍,太唐突吧? 毕竟我们的关系很一般呀。这样的夜晚,我一个人去敲山谷的门,这是我以往的经历中没有过的;但另一种情绪让我停不下脚步:我担心着山谷,他究竟病得怎么样?(当时我怎么不找个伴同去,我真的好笨!)

远处的矮瓦房透着一点光亮,他睡了吗? 我鼓起勇气,径直走过去敲了门。山谷他披衣起来开门。他烧得满脸通红,眼睛也是红红的。我的到来，山谷好像并没有太大惊讶，也许他病得有点迷糊了。我道了问候，让他量了体温，服了安乃近，就坐在离他两米多远的椅子上，一时没有了话语。山谷披衣靠在炕头，他病着也没有话语。我那时不太会说安慰的话，空气似乎有点尴尬。我只好找话头，问他晚饭可吃过？他说喝了鱼汤，是黑龙江里捕的鲫鱼，烧了鱼汤味道很鲜美，问我要不要喝一碗？我笑了，真的蛮佩服山谷，发烧到 39 度还起来烧鱼汤……我已不记得当时如何离开山谷的房间，只记得那晚冒失探访，尽量做得像普通朋友，生怕内心的秘密被他窥探，我严密地包裹着自己，难以理清这一份既甜蜜又苦涩的情感……回到宿舍天已很晚，没有人问我去了哪里。

半年多的时间里，山谷也到过我的宿舍。春天，下着小雨，我们出工在宿舍附近，为周边的厕所掏粪，中间有半小时休息。山谷随我进了女宿舍，我让他坐在我的铺位上，倒水给他喝，他笑着说先洗洗手，刚才掏粪了。我拿了上海带来的零食招待他，还把自己的影集、日记本放在他的身旁。那个时代可以交流的，大致就这些。山谷看了我写的小诗，鼓励我抄在黑板报上；我让山谷在我日记本上写几句话，他想了想说，我抄一首诗给你吧？我惊讶山谷的钢笔字写得如此冷峻老练，与他温和的外表截然相反，山谷有着我无法洞察的内心世界，我似乎在他精神的外沿徘徊。他说他是六七届初中生，住在卢湾区……有女知青进宿舍，我们没有再多聊。

还有一件小事，成就了我与他的"零距离"接触，呵呵！当年下地收工回来，男知青爱打篮球，女知青四周观战，尖叫声此起彼伏。大概上半场打累了，山谷汗流浃背地站在我旁边，一个劲儿用球衣扇风。突然一阵大风刮来，漫起了尘土，我的眼睛让沙子迷着了，疼得直淌眼泪。山谷见状走到我的跟前，他说他会翻眼皮。他的手轻轻地触到了我的脸，只觉得眼睑处一阵温热，我的心似乎被融化了，山谷放下了手，瞧着我："好了吗？还疼吗？"

我使劲眨了眨眼，真的不疼了，“沙子怎么弄出来的？”山谷柔和地看着我：“喏，这样……”他伸了伸舌头，“这儿最柔软了，不会伤着眼睛，我妈妈就是这么舔的。”我不由心里一热，当他说到妈妈时，眼睛里充满了柔情，他一定是妈妈宠爱的好孩子。此时的他似乎和“工作队”“蹲点干部”搭不上边，我想这大概才是山谷的本色，没有被“极左”思潮扭曲了性格。在田间地头的批判会上，山谷也没有过激的行为，他和我们一样呼呼“打到某某”的口号，冷眼看着眼前的一切。

山谷与我的交往，同其他知青没有太大不一样，我却视他为精神上的知己，他的形象经我 18 岁情窦之点润，已接近完美。但是，政治环境的制约、矜持内心的压抑，我只能把它藏在心的深处。他是蹲点干部，工作结束了要回原单位；我只是一名农村社员，插队生活遥遥无期，不知前途在何方？何况他是上面派来搞“斗批改”的，我与他有特殊交往，对他也不好。

这年的中秋节后，听说工作队要撤了，我不清楚他们哪一天走，只是觉得与山谷告别的日子近了，这是无奈的事，我甚至想给他写一封信，可是写什么呢？我迟迟没有动笔。这天下午，我和往常一样扛着农具回宿舍，一辆军绿色的大卡车停靠在村口，我想也该去送一送山谷，以后不知能否再相见？可是，卡车缓缓启动了……我失去了与山谷告别的机会。

四十多年过去了，一直没有山谷的消息，偶尔想起东北下乡的往事，觉得这也算不上是一段初恋，正如歌里唱的：“认识你时我还不懂感情，离别了却那样刻骨铭心”。青春就是一场跌跌撞撞的旅行，遇见是命中的注定。

几年前的一次知青聚会，我偶尔听到了山谷的消息，还得到了他的手机号。有点不可思议，四十多年的失联，拨一串数字就可以连接。他在东北留守多年，我上调后一直在徐州工作，我们的磁场没有对接的机会。

我踟蹰了好几天，要不要和山谷联系？这么多年过去了，他也许已不记得在我们队蹲点，不记得我这位小知青了？有天晚上，我终于鼓起勇气拨打了山谷的手机，对方未接，有稍长时间的等待，我情不自禁地紧张起来，又如当年一样心儿"砰砰"地狂跳。"喂——哪位？"山谷带有磁性的柔和的声线，依然那样熟悉，听着心里一阵刺痛。听到我的自报家门，电话那边有了一刻停顿，沉默中的寂静，令我透不过气来。也难怪山谷的迟疑，四十多年过去了，知青时代的一拨一拨聚散离合，他去蹲点的非我们一个生产队，知青那么多我属于哪一拨？山谷好像没有反应过来。我有一点尴尬，道出当年队里几位男知青的名字，山谷突然"哦——"地一声惊呼，他仿佛在记忆的隧道里看到了我，当年在生产队的那个我，他一叠声地说他想起来了，真的想起来了……他愈是大声地说他"真的想起来了"，愈是对我打击颇大。他已然不记得我了！电话里我没有告诉他，他离开的那个下午，我站在不远处，眼看着卡车无情地驶离了村口；我没有告诉他，我当年的怅然若失；我没有告诉他，那晚去探病，我鼓足了全部的勇气；我更没有告诉他，这一份爱的萌芽在我心里存放了很久……属于我一个人的青春的秘密，何以要去破译呢？电话里，我若无其事地聊着他所熟悉的知青们的现状。山谷也聊了他的经历和眼下的处境。听着他娓娓道来，我不由说："你大概没大的变化吧？听着你说话的声音和笑声都和当年一模一样！"山谷他突然在电话里沉默了，过了片刻，他的声音变得柔和起来："这，你都还记得？"我说我没有刻意记忆，只是自然而然记得，你的声音带着一种磁性，你的面庞很沉静，让人想到清朗的月光……山谷不由失声笑起来，带着他所独有的磁性的笑声，震荡着我的耳膜，也刺痛了我的心——回忆这些独有的笑声，我用了40年的时间。他终于止住了笑："当年我就说，你是'女诗人'嘛！"

这是一次有趣的谈话，我们彼此看不见对方的容貌、表情，单凭印象中的青春模样，单凭声音、语气、气息，单凭北大荒留下的记忆碎片……内心的波澜穿越了漫长的人生，真是一次令人沉醉的谈话。

我试着问山谷，有机会时，我们可以见面聊聊吗？或者在知青的大聚会上，我们干上一杯？山谷又沉默了，他坚持道，人生很坎坷，很艰辛，还是保留一点美好吧！他又解释道，他的变化很大，见面会让我失望的，他害怕打击我……我的心底又涌起一阵刺痛，山谷为了让我保留这一段美好，他选择了不再相见！

后来的几年，我再没有联系山谷。听说他患了重病，又苍老了许多……我更没有勇气去打扰他，选择了沉默的尊重。

离别，却没能再重逢，酸楚又遗憾。但我相信，每个人的生命里都有一个不期而遇的春天，而我的春天遗落在了北大荒。

转点回乡的日子

原爱辉公社二道沟大队
上海知青　高　莹

下乡时在照相馆拍摄，时年17岁

1976年，中国发生了许多大事，那一年浑浑噩噩在黑土地上修地球的我，依然没有想过以后会怎样。父亲来信说，和中断联系五六年之久在香港的他老爸、也就是我爷爷恢复了联系。可怜的父亲为了表现积极，可以和亲生父亲划清界线不来往，而我估计也是接受了这份遗传。当有人开始从插队的屯子里往外动脑筋时，我还是没有动过离开的念头，而这次是由父亲告诉我：爷爷讲了，一样当农民，就回家乡去当，方便照顾我一点。于是，我被父亲"押"着南下到广东中山岐亨村继续当农民去了。

当年，下乡去爱辉是怀着一份听毛主席的话到农村去接受再教育的激情离开上海的，现在回家乡务农，感觉就像当逃兵一样。当我自己做了母亲之后才明白，当初父亲把我转到自家乡下去的目的，就是不想让自己的女儿留在黑土地上和那个家境非常困窘的男友继续发展关系；也因为自己的家乡是有名的侨乡，像我们这些一直背负着海外关系包袱的人，在家乡那边就无所谓了。

怀着忐忑的心情，回到了一个完全陌生的祖籍地。除了幼年时曾跟着父母回过一趟祖籍，依稀记得那里有一排三趟的祖屋，和一个开满鸡蛋花、有着各种果树的花园，其余的人和事都很模糊。在亲叔婶的眼里我就是回来分一杯羹、抢祖屋、分爷爷爱的强盗。在我到达的那天开始就把我树为他们的敌人了！

那时候的我很傻、很天真，一点不懂人情世故。现在回想起来，也明白了叔婶的心情，那年代管好自家就不错了，哪里还能够多管一个局外人呢！我父亲给叔叔寄去全国粮票作为我在他家搭伙的补贴，爷爷每月多汇五元港币作为我的生活费，我自己则还有知青可以享受到的待遇，可以领取肉票等，因为有了这些好处，叔叔婶婶也就没有让我流落街头。

广东的天气湿热，我在黑龙江从未犯过的水土不服，在自己的家乡却恶狠狠地发作了，皮肤上被蚊叮虫咬后稍一抓挠就溃烂，尤其双脚，穿着夹脚趾的拖鞋，一走路伤口被碰得鲜血淋漓。泪点很高的我在那里曾经大哭过几次。有一次，因为挑肥上山脚伤疼痛难忍，坐在路边号啕大哭。没人能帮到自己，他们巴不得我快快离开呢！

再说队长派工，各人都有各人的指标，记得那次挑肥上山，人均计划一天完成十担，大约 1 000 斤！我一个人根本没有办法完成，还是在同村的一位叔母帮助下勉强做了一些，忘记收工后是否给记了工分！至今想到挑肥上山、水土不服烂脚的那段日子，头皮依然会发麻！

在广东家乡务农要下水田，水里的蚂蟥成群，我腿上的伤口总会挂上几条，一巴掌拍下去都能震落几条蚂蟥，那时的我已经非常“女汉子”了！我和有着血缘关系的叔叔婶婶以及堂弟妹们一起生活，但是永远融入不到他们中间，我是外来入侵者，会分了他们的利益，所以开始的那段日子我饱尝了孤独的滋味！

那些日子里，很想念黑土地的集体插队生活，虽然我的农活技能很差劲，眼睛高度近视让我草苗分不清，但是和一大群知青以及相同年龄的当地姐妹一起干活，尽管每次铲地落后很远也不用担心，总有人来给我接垄，让我欣慰让我不孤单！在爱辉西岗子水库挑冻土垒坝的劳动，感觉那时好快乐，根本没有担心过我的肩头是否能承受！

后来村干部看我实在不是个下田的料，恰好大队也有当地下放的知青，于是把我归到了知青那里。后来才知道是因为我那位当教师很有威信的堂姑妈出了力，向大队介绍了我的知青身份，村干部才让我归队的。回到知青队伍里，因为有着共同语言，我的生活也变得阳光灿烂起来。

我们大队的知青来自于中山农机厂职工的子女，于是就有了到农机厂打工的机会，当然是为大队打工。虽然我们依旧拿着工分，但离开了大田来到工厂干活，看上去也蛮有些工人的模样。和一群有着共同命运的知青弟弟妹妹(他们都比我小好几岁)一起工作,我们所干的工作是工厂里最没人愿意干的拖拉机的气缸清砂活。但是一群充满朝气不谙世事的年轻人在一起叽叽喳喳边干活边聊天,那样的日子也蛮容易打发。只是他们可以很方便回到父母身边,而我只能住在那个祖屋阁楼上,天天被生养了一大群子女的叔叔婶婶防着、盯着,时刻担心我分了他们的利益。

和当地中山下乡知青一起劳动时,也感觉到和我们黑土地的插队知青的不同,他们家离得近,几乎每天可以回家,每天晚上可以吃到父母做的饭。只有一位男知青我觉得他有点与众不同,不喜与大伙在一起热闹。他母亲和弟妹都在香港,他下乡在我们大队,整个心思完全不在工作上,人看上去无精打采的,一次次地偷渡、一次次地被抓回(在那边似乎偷渡是很稀松平常的事,不足以被关),在大队人的眼中他很另类。当然,现在肯定已经和家人团聚了。

回乡半年多以后,父亲终于耐不住我对象的软磨硬泡把他带到我家乡,在堂姑姑的帮助下取得了知青身份,下放到我们村。一直到回城大潮开始的两年多时间,我们都过着采菊东篱下的生活,他做木工,我去绣花厂学绣花。其间,有推荐知青上大学的机会,因为我们的档案尚在爱辉没转过来而错失;我们也有招工的机会,知青办主任提示我们,如果你们结婚了,招工就更方便,可以受到照顾,于是我们结了婚生了孩子。不久知青办主任告诉我们有一个中山华侨商店的招工名额可以给我们,让我们赶紧回家探亲以后过去办手续。

1978 年,我们在上海探亲期间,见到那些曾经分配到各地下乡的同学都在办理回上海的手续,而我父母却没有告诉我们,他们认为我们已经结婚不能回来了。经过打听,凡插队知青均可回沪,已经结婚的只要双方都是上海插队知青也一样可以回城，于是随着知青返城大潮我们又成为了上海人。

2017年9月，在爱辉知青艺术团庆典大会上

三十多年后，我回了趟广东老家，小花园已不见踪迹，被一栋非常高大上的小楼占据了位置，曾经的池塘被填了矗立起一栋栋高楼，我每天骑自行车去农机厂上班的那条马路，如今已经变成绿树成荫宽阔的大马路，两边高楼林立，商铺繁荣，村子里几乎家家都造起了新楼房。如今的家乡发达了，堂弟妹们都富裕了，家乡的叔叔告诉我父亲，当年如果不是因为贫穷也不会弄得连亲情都没有！

如今我已经不大会想到在广东老家插队时的艰辛和苦难，反倒时时想起黑龙江一同下田劳作的兄弟姐妹，我的插友们，还有黑土地屯子里和家乡的大爷、大妈对我的好。

琴，你现在还好吗？

——一封无法寄出的致歉信

原爱辉县西岗子公社东岗子
上海大队知青　朱自强

1971 年，摄于黑河照相馆，右为朱自强

琴：

你好！

昨夜的雨，下了一夜，半夜醒来，听到窗外的雨滴声，竟然想起了你，让我再也无法入睡……

琴，你在我们知青点小有“名气”，好多人不知道你的真名真姓，但只要一提“小反动”，就知道是你——琴。绰号的来源可能是你经常说些落后话或做些落后事，久而久之就叫了开来。琴，你是个不错的姑娘，待人真诚，性格开朗，为人大方。你个子不高，圆脸，脑后总是扎着两根鸡毛毽似的小辫，在刘海下，扑闪着一对漂亮的大眼睛，一笑即现漏风的牙齿。由于你懒于出工劳动，再加上你有这贬义的绰号，因此团支部把你划为“落后青年”，定为帮助对象。

记得，那时我在知青食堂当管理员，兼任团支部的工作。不知何时起，我发现你经常有事没事的来食堂帮厨。

这年的冬天，黑龙江的雪下得特别大，整个村庄都被厚厚的白雪笼罩着。每当夜幕降临，整个大地都静悄悄的，窗外只有呼啸的刮风声，偶而会传来一阵阵凄凉的狗叫声。虽然离春节还有一段时间，但是大部分知青已回家探亲去了，而我和你都没有回家。

有一天晚上，实在感到无聊，我就去了你的宿舍。你正在灯下打毛衣，宿舍里的火墙烧得很热，你穿了一件红毛衣，脸庞红扑扑的，显得格外的漂亮。看到我来了，感到意外的你，显得很兴奋，眼睛里不时闪出异样的目光。我俩东一搭西一搭地闲聊，我就不失时机地讲些革命的大道理，希望你明年好好干，希望你能靠拢团组织。我和你面对面地在火炕上坐着，中间隔着一个小炕桌，虽然屋顶上还挂着一盏灯泡，但不知是屋里太热，还是那晚的电力不足，屋里显得很昏暗。我们好像聊了好长的时间，当我起身告辞时，周围都静悄悄的，外面的月光把大地照得雪亮。宿舍外面有一段十来米长的走廊，没有电灯，黑乎乎的，只有火炕里燃烧的火苗映出的光亮，若隐若现地照耀着地面。没走几步，你突然从后面抱住了我，还使劲地掐了我一把。当时我不知是怎么搞的，一下子推开了你，还大声地呵斥：你干吗呢！你一下子呆住了，我全然不顾你的感受，转过身就疾步走回了宿舍。

自此以后，我再也没有去过你的宿舍，即使见面也很少讲话，我们就这样渐渐疏远了，但后来发生的一件事却让我感动至今。

那一天，我在食堂工作时被一个知青打伤了，正躺在炕上休息，突然一阵急促的敲门声把我惊醒了，原来是你来看我了。你端着一个小铝锅，气喘吁吁地走了进来。原来听说我被打伤后，你马上把自己从上海带回来的香肠和咸肉特意做了一锅香喷喷的大米饭来慰问。这些东西也许在今天算不了什么，但在那个年代绝对可算是奢侈品了。我和你没有什么特殊的关系，这些东西你自己也舍不得吃却能无私地贡献出来让我享用，我真不知是何时修来的“福气”。

琴，你着急地问候我的伤情，还用热水为我洗脸，弄得我怪不好意思的。这分明是你的一片爱心啊！可我当时真是木鱼脑袋，哪里懂得这些，甚至连句像样的感谢话都不会说，真是愚蠢至极。

后来我有幸被推荐上了大学，临上学前，你特意来看我，还拿了不少邮票给我，不就是希望我到了学校后多给你写信，不要忘记你呀。面对你这一片真心的，我却自以为清高，对你仍不以为然，生怕沾上什么病菌似的，无情地回绝了你。

到了学校后，我自然没有给你写信，从此我们就失了联系，再也没有见过面。

每当想起这段往事时，心里总是感到很内疚的。

琴，你知道吗？这些年来，我一直在想方设法地打听你的下落，很想再见见你，很想当面给你鞠个躬，致个谢，很想对你说声对不起，以弥补当初对你的轻视和不敬，但遗憾的是至今仍没有你琴的一点音信。

窗外的雨仍在滴滴答答地下个不停，让我记挂的琴，你现在哪里？这么多年了，你过得还好吗？

此致

夏安！

内疚至今的朱自强

写于雨夜

抹不掉的痛

原四嘉子公社小三家子大队
上海知青　高云芳

1979 年，离开小三家子时，生产队领导送别留影，右一为高云芳

黑河知青魏会民，到小三家子插队不到两年，一场大火，将他年仅 19 岁的生命无情地夺走了。每次想起他，想起那场大火，我心中的痛久久无法抹去。

1978 年 4 月，黑龙江的天还很冷。田野里、山坡上，朝北那面还积着薄薄的冰层。那天早晨，像往常一样，去山里草甸子烧荒，年年要干的农活，谁曾想会出事呢？

清晨，我们十多个人说说笑笑向干活地点出发。一路上大家说着闹着互相开着玩笑。有几个上海知青逗小魏，很风趣地说："你今天咋穿成那样，去干活，还是去相亲，穿得那么漂亮？"说得大伙儿都乐了。小魏瘦瘦的个子，穿着一套崭新的蓝卡其衣裤，脚上穿了一双新的塑料底棉鞋，衣服里还有一件新的运动衣，领子露在外面，很精神。我也跟着大伙问他："小魏，你棉衣棉裤脱了，不冷吗？"他有点不好意思，低着头说："没事，我不冷，我一点都不冷。"其实这个时候的天还很冷。

上午，我们在大山顶那头烧荒，一上午烧了五六块草甸子。中午回到了半拉子在那里休息吃饭。利用中午休息，我们几个上海青年和小魏，还在一起玩扑克，说说笑笑，玩得特别高兴。

下午一点，我们先烧半拉子山顶下的草。刚点上火不到10分钟，风向突然来了个大转弯，直向人这边扑来。大家本能地散开，走到火的反方向，继续点火烧。忽听有人在叫："不好了，不好了，火里有人，有人，在山上！"我一下子跑了过去，朝着山顶方向望去，只见一个大火球，从半山腰滚了下来。火球里只听到有人在叫"救命、救命！"我吓得浑身发抖，脑子"嗡"的一下，怎么回事？谁跑去山顶？怎么跑去山顶？我本能地叫着："快灭火，灭火！"有几个男青年已经冲了上去，动作很快，脱下棉衣往小魏身上扑去。火一会儿摁灭了。从不停的叫喊中，听出是小魏。我们几个大叫了起来："小魏、小魏，你怎么啦，你怎么往山上跑？"他痛苦地说："我看见王志新往山上跑，我也跟着，谁知我的棉鞋跑不快。"眼前的他，烧得一丝不挂，头发、眉毛、鼻子、嘴唇烧得没了模样，手烧得像鸡爪一样弓着，可怕极了。

我们几个人马上脱下外衣，帮他盖着。怎么办？我急叫着："快，快，许剑春你赶快跑到队里报信！叫车！其他人赶快想办法送！"怎么送？背又不能背，我真愁没招，不知谁说了一声：做担架，砍两棵树。"对，快！"不一会儿简易担架做好了，用两棵树，中间绑着姑娘们的长围巾。大家小心翼翼将小魏抬上了担架，四个男青年抬着，直往队里跑。

为了赶时间，几个抬担架的男青年一路小跑，累了大家换一下手。从半拉子到生产队唯一的路，就是小火车道，四个人抬着很难行走。他们沿着小火车道一路小跑，以最快的速度往队里赶。路上，小魏不停地叫喊："痛、痛，我难受！我要喝水、我要喝水！"大约半个小时，我们跑到了队里，队里的车已经等着我们，几个人一上车，车飞速地向黑河第一人民医院驶去。

到医院，小魏很快被推进了抢救室，医生简单问了一下情况，就进行抢救。只见护士、医生们来回奔跑。抢救室里不断地传出小魏的哭叫声："医生，我痛、我痛！我不行了，我不行了！"

小魏的声声惨叫像针一样扎在我的心里。不一会儿医生就出来了，紧锁着眉头大声地叫着，“谁是家属？谁是家属？”我急忙跑过去：“家属没来，我是领导，他怎么样？”医生呆呆看着我，半天憋出一句话：“还有领导吗？”他有点不相信，我又急忙说：“我就是。”他马上说：“你听好，情况很不好，很危险，请赶快通知家属。”我一下子拉住医生手，苦苦地求他：“能不能再想想办法救救他、救救他！”医生很干脆：“我们肯定会尽力的，但我们这里条件有限，设施都很差，没有无菌病房，烧伤病人最怕就是感染，他全身百分之百的烧伤，除非送上海！”我一下子瘫倒在椅子上，心里特别害怕。怎么送？上海千里迢迢，路上三天，能行吗？怎么办？我怎么去通知家属，怎么向他父母交代！

不一会儿，他大哥和大姐夫来了。尤其大哥看到眼前的弟弟，一下子像发了疯一样叫着、哭着。一边哭一边不停地问我，怎么会烧成这样？怎么烧的？我望着他大哥，那伤心的眼神，心里一阵阵难过和愧疚，我只能不断地解释，不断地道歉。

医生又一次出来，说了小魏的情况，他最多三天。可能会出现感染、并发症、深度昏迷，你们要有心理准备。当天晚上，小魏整整叫了一夜，大家一分钟也没合眼，心如刀割。正像医生所说，第二天小魏就昏迷了过去，再也没听到他的惨叫声。两天晚上，大家守着，很纠集，很难过。第三天下午小魏走了，走得很平静，医生也没为他做特别的抢救。为了给他家属见最后一面，生产队为他准备了里外三套新衣服。

穿衣前，我为他擦洗了一下身子。当我慢慢掀开白被单，看着他浑身上下焦糊的皮肤，和纱布缠在一起血肉模糊的脚和手，眼泪又一次掉了下来。我小心翼翼为他擦着，边擦边流泪。心想，我怎么向他父母交代，怎么面对家属，后面的事该怎么处理？老姜不断地劝我“别太伤心、别难过”。为了不让亲人看到伤心，我们又为他戴上了帽子和手套。

下午，小魏的老母亲在他姐姐的搀扶下，来到了医院。一见直挺挺地躺在病房里，身上盖着白被单的儿子，老母亲一下子就昏了过去，苏醒过来后便大声呼喊着儿子。看见老人撕心裂肺的哭喊着，我的心又一次被撕裂。老人死死地拽着我，问我，为什么会烧成这样？为什么会这样？我面对这位老母亲，只会落泪，我无语回答，心里阵阵难过和愧疚。

小魏走了，走得太叫人伤心和难过。多少天来，我无法从阴影中走出，多少个夜晚我无法入眠。那惨不忍睹的场面不断在我面前晃悠，那声声惨叫始终在我的耳边萦绕。

尽管善后处理工作进行得很艰难，但我非常理解家属，理解他们失去亲人的伤痛。尤其很多年后，当我当上了母亲，当我失去了亲人，更加理解他们。

1999 年，我曾回到小三家子，特地上山，为小魏上坟。看见满是杂草的坟堆，看见墓碑上他的名字，往事又一次浮现，一个年轻的生命，就这样长眠在此，心中的痛，难以平息，我的眼泪又一次流了下来。亲爱的小魏，请安息！

2000 年，第二次回小三家子看望老乡时留影

三

或许是一种梦境?

没有人会想到“一片红”结局竟是如此：与恢复高考交错进行的大返城，尽管其间经历了种种曲折变数：从可以病退到可以顶替，从有条件到无条件……恍若一场梦境。

忽闻可以大返城，漫卷“铺盖”喜欲狂，以至于不少人放弃上学招工，恢复知青身份。大返城的帷幕，就这样由插队知青拉开了。

历史无情人有情，曾经十年梦回家，掉头不顾离去的知青，如今却梦起黑土地，梦起青春相伴的老乡，这梦一做竟然四十多年。

山村中秋月
图作者：原二站公社三站大队上海知青　何军

“黑户口”的那些日子

原张地营子公社泡子沿一队
上海知青　浦泽幸

年轻时的浦泽幸

大批知青回城的时候，我已在地区供电局工作了一年。

华可以顶替母亲到上海的工厂上班，见我不能回，他也坚持不回，说要随我在那里安家。我不能让他母亲和家人的期盼落空，再说我又何尝不想回到父母身边，回到朝思暮想、生我养我的上海呀！经过激烈的思想斗争，我毅然辞去了很多人羡慕的供电局政工工作，退回生产队，再病退回上海。

在家里我排行老大，1979 年回沪时，父母都只有四十多岁。父亲在机关工作，母亲当老师，他们尚年轻，我无法顶替。户口也因有人举报而不能迁入上海，人虽回来了，户口却只能放在口袋里。那时不像现在，没户口不要紧，有本事、肯吃苦就行，啥都能干。上海的户口那时要多吃香就有多吃香，即使是当时条件比较差的里弄工厂、街道工厂，没有户口都进不去。更何况国营大企业，比如上海公交公司的招考，没户口的我只能在招考布告前望纸兴叹！

身在上海但却不是真正意义上的上海人，我感到了从来没有过的自卑。

父母收入不低，妈妈虽是老师，但是在1960年从工厂里抽出去当老师的，拿的是工人的工资，比同龄的老师工资高出一倍，养活我没一点问题。不过，我不满16岁就离开家独立生活，靠自己的劳动已经度过了十个年头，记得有一年队里收成特好，年底分红就分了五百多元，我可不想在家吃闲饭，靠爸妈养活。

为报户口的事，我和华常去街道知青办和区劳动局，每次都是满怀希望前去，一肚失望而归。那时回上海还有一条途径，就是解决夫妻两地分居。为此，华一再催促我去把结婚证办了，以造成夫妻两地分居的事实。因此，1980年2月我们登记结婚了，这对我是莫大的安慰。

登记后，我们仍各自住在自己的家里。那时，人们更注重结婚仪式，只有办了仪式，俩人才能生活在一起。

我非常幸运，家里有住房，父母有养我的经济能力，华和我结婚后又没有后顾之忧了，但我不满足，我想去工作，我不想成为任何人的累赘……

可是没有单位敢用一个“黑户口”的人，我思来想去，去外婆老家浦东杜行看看。

那天去小舅公家时，寄爹也在。他一听我说要找工作，就热情地提议我住到他们家去，跟他的二儿媳学缝纫机绣花。跟妈妈、华商量后，想想学会一门手艺也不错，我就欣然应允了。

妈妈家有现成的飞人牌缝纫机，华从厂里借来了“老爷”黄鱼车，义不容辞地担当起送我去浦东的任务。

华把缝纫机抬上黄鱼车，再摆上一只靠背的小竹椅，我坐在上面。那可是二十多公里地啊，一路上还要经过十多座高低不一、大小不同的桥。有的桥很陡，过桥时，我要下来帮华推一把，他却无论如何不让我下来。我一直以为骑黄鱼车带上一百五六十斤的人和机器，对华来说不会是很沉重的负担，所以华几次推辞后我就心安理得、稳稳当当地坐在车上了。好多好多年以后，我俩偶尔说起去浦东学绣花的事，他才告诉我那是一次虽然快乐但十分艰辛的旅程，因为黄鱼车实在太“老爷”了(上海话就是太差劲了)。

三个多小时后，我们到达寄爹家，晚上，华又骑着黄鱼车回去了，我留了下来，和寄爹最小的女儿住在一起。

寄爹的二儿媳是个心灵手巧的人，她的绣花水平在那个村数一数二，我只有赞叹的份。一来家族遗传中没有巧手的基因，二来我好像从来没有安安心心在那里学一门手艺的念头，更多的是因为想工作而病急乱投医去的。尽管寄爹一家对我都很好，但我不想再坚持了。我这个人从小主张就大，十来天后，我决定回家，学机绣花就这样无果而终了。

我在妈妈家待着，继续寻找机会。有人告诉我，街道工厂有外发做长、短袖衬衫的活。我深知自己并非承接这种活计的对象，不仅仅是能力问题，因为即便这种活也是给有户口、没单位的人准备的。我抱着试试看的想法，去了那个服装加工站。

一个跟我年龄相仿、眉清目秀的吴姓女子接待了我。我没说自己是黑户口，只说刚从农村回来，父母年轻没退休我不能顶替，暂时还没找到单位，想过来拿点活干。她问我会做衣服吗？我当然只能说会。

我动手能力不强，不过我很认真。第二天，我把做好的衣服拿去给小吴看，她仔仔细细检查后告诉我通过了。小吴说，干这活挣的就是辛苦钱，做一件长袖衬衫四毛钱，一件短袖三毛五分。不久，我将我的情况悄悄告诉了小吴，因为曾经同是天涯沦落人，她非常同情我，经常把活留出来让我去做，而对别人说活已发完。白天，我除了吃饭基本上就坐在缝纫机前，最多的一天我做了八件短袖衬衫，挣了两元八毛钱。

做了一段时间的衬衫加工活后，我又有点不“安分”了。我一直以为，人是群居动物，人与人之间是需要交流的。在家做衬衫，一天到晚和缝纫机打交道，日子久了，人与社会的相容性就会差，反应就会迟钝的。我恳求爸妈给我另外找份临时工。

当妈妈告诉我，在十八中学给我谋了份打字的工作时，我高兴得跳了起来。我终于可以像有户口的上海人一样，在单位里干活了！

他们在二楼一个教师办公室靠近窗的地方给我安排了桌椅。教音乐课的杨老师看见过打字员打字，自告奋勇来教我。

杨老师三十七八岁的模样，个不高，柔柔弱弱的，戴副眼镜。听说她先生是上海音乐学院的教师，资本家出身，家境殷实。她待人热情，彬彬有礼，丝毫没有看不起我这个临时工。她把键盘上汉字摆放的备份材料给我，让我回家多看并把它背出来。

我仗着年轻，记忆力强，几天下来，字盘已经熟背，打字速度也越来越快了。我最喜欢打的是领导讲话、学期安排、授课计划等，常用字多，好打。有点难度的是语文课的古文卷，许多冷僻字都要到备用字盘中去找。找到后，用专用镊子夹出来，放到打字机键盘上的空格中，打完后再放回原处。

打字员工作要求认真、细致，特别是考卷，来不得一点点马虎。日子一天天过去，转眼间，我到十八中学快三个月了。我兢兢业业地工作，从没出过差错。

那时，我每天的收入是六毛钱，来回车费要花掉一毛，到手只有五毛(当时在街道工厂和里弄生产组的知青每天收入大约是七至八毛)。为节省这一毛钱，有时华会骑着车来接我。但他也有他的工作，不可能每天都来。我找教导主任徐老师，看能不能把车钱给我报了或增加一毛钱工资。我觉得为学校工作，却要自己承担车费，是不公平的。徐老师答应跟领导商量后给我答复。过了两天，徐老师告诉我，开会讨论过了，报销车费和增加收入都行不通。我很失望，杨老师安慰我，并帮我去跟校领导反映，都未果。

学校大概以为我只是个临时工，是可以不重视我的诉求的，那可是大错特错了。看见杨老师的努力也没结果，我向徐老师提出辞呈，请学校赶紧找人，我到月底不干了。这下学校着急了，让徐老师来挽留我，并答应每天给我增加一毛钱。

原来我的要求并不过分，学校也完全是可以考虑我的意见的。但终因学校的傲慢激怒了我，任凭徐老师说破了嘴，也丝毫未改我的去意。我的第一份正儿八经的工作就这样没了。

在家待了没几天，妈妈又给我找到了紫一幼儿园的工作。

紫一幼儿园坐落在紫云路上，那是区教育局直属的公办幼儿园。我被带去见幼儿园沈园长，她是宁波人，圆圆的脸，比我大二十来岁的样子，看上去很精干。妈妈告诉我，沈园长是教育局的老先进了。

沈院长给我安排的工作是负责打扫二楼的教室和厕所，在孩子们开饭时帮着打打饭。我想：我在农村时没少和牛粪、马粪打交道，刨粪、捣粪俺可从来没含糊过，就应允下来了。

话说去紫云路幼儿园当了清洁工，拖地、擦窗、抹桌子都不是问题，唯独打扫不了厕所，一走进去就觉得恶心。硬着头皮坚持了三天败下阵来。咱干不了管干不了，可那三天也没含糊，屏住气，加快速度，厕所弄得还是蛮干净的。

我跟沈园长提出明天不来上班时，她还挺吃惊的。我再次失去了工作。现在回头想想，我真的好像是个不大愿意委屈自己的人哦，也许是性格使然吧。

于是，我开始待在家里帮爸妈做做家务，空下来看看闲书。

过了几天，沈园长找到了我妈妈，说让我再去幼儿园干，这回不让我做清洁工了，让我到食堂给小朋友们做饭，我在伙房打下手，负责洗、切。

食堂的活中，早上三四点钟骑黄鱼车去买菜是个苦差事，一是早上要起早，夏天起早还不难，冬天起早可够受的；二是要会骑黄鱼车;三是要跟菜贩们讨价还价。骑自行车对我们这些 50 后来说并非难事,可谁又骑过黄鱼车呢? 不会,那就学,几天后,我学会了骑黄鱼车,自告奋勇揽下了一周内好几天的买菜事。在紫一幼儿园干了半年多时间,认识了许多小朋友和他们的家长。

要不是后来妈妈单位校办厂的那份工作可以有好多时间来看书,我是不会辞去幼儿园食堂工作的。

妈妈单位的校办工厂,是为电视机外壳做塑料粒子。那种原料好像叫聚苯乙烯,未加工时是白色的粉末。往机器的储料罐里装进聚苯乙烯原料,经过机器高温氧化后,吐出粉条状透明塑料条,一接触空气,塑料条就变硬,再放在两米开外的切割机上,切割成一厘米长短的塑料粒子,把塑料粒子用搪瓷碗舀出来装进编织袋就行了。

干这活是三班倒的,每班八个小时,歇人不歇机器。两人一班,管两台机器,一般一小时左右加一次原料和装出成品,动作快些的话,15 分钟可以把活干完,另外 45 分钟可以由自己支配,当然离开车间到别处去是不可能的,但待在那里看书,眼睛不时地瞄向机器一眼还是绰绰有余的。

干这活,机器温度的掌握蛮关键,温度掌握得好,干活正常,时间自己支配。温度没调控好,太高的话,出来的就不是粉条状,而是浆糊状了,成了一坨,会浪费原料的。太低了,也不行,粉条就吐不出来了。

机器每天都会有些小毛病,需要当班的人及时发现。最怕的是做晚班,凌晨三四点钟容易困,机器不正常,人睡着了没发现,那就惨了,第二天就不好交差了。

学校有图书馆,我还从徐汇区图书馆借了好多好多的世界名著来。在校办工厂一年多的时间里,我看了《悲惨世界》《巴黎圣母院》《三个火枪手》《斯巴达克斯》《基督山伯爵》《红与黑》《傲慢与偏见》,等等。

可就这份工作，也因为一个告密者说我没有上海户口而终止。我再次成了一个无业者，不得已又要开始寻找新的工作了。

在家待了两个星期，妈妈又托人为我在一个生产舞台灯具的校办厂（那是一家解决教育局所属职工知青子女工作的校办厂）找了份工作。

校办厂离我家不远，走过去七八分钟的时间，我被安排在制作灯具铁皮外壳的车间里。组长是一个五十多岁的胖女人，眼睛不大，长得还算周正，操一口夹杂上海苏北口音的洋泾浜话。我管她叫宋阿姨。我只是个临时工，谁都可以不把我放在眼里。她对我也始终不冷不热、不咸不淡。我尽我的所能，把应该干的活完成得一丝不苟，让她无从挑剔。

组里还有一个不知从哪个地方病退回来的男知青，留一个平顶头，戴一副啤酒瓶底般厚的眼镜（白瞎了戴眼镜的斯文相），却一口一句脏话。他已经是校办工厂的正式职工了，在我们这个组里，他最瞧不起的人也许就是我了哦。平时跟他打招呼都是爱答不理的，两次一来，我再不招呼他。他见我不再理他，就在上班时当着组里所有人的面说他会看相。然后，他说我是一副苦相，命不好。我才不信他呢！后来的实践证明：上天对我不薄，我的命好得很来！

说老实话，平时的活不十分重，具体干些啥我也记不很清楚了，但有一天的活至今我记忆犹新。那天宋阿姨说：今天我们是流水作业，将已经折好边的铁皮组装起来，并铆接好。我被派到技术含量不高、但体力最吃重的岗位上，所有加工好的铁皮都交到我的手里，我要将它们拼接、组装到一起，再交下一工序去焊接。记得那天整整八个小时，除了吃饭我一刻都没停过。好在在农村吃过苦，好在干活还算洒脱。总之，我经受住了这不知是不是"调理"人的考验。反正，这以后，宋阿姨的态度好像好些了。

在这家校办厂干了一个多月，记得是 1982 年除夕的前一天，街道知青办的徐阿姨来我们家告诉我，我的户口可以迁回来了。

摄于2016年11月

这是那一年我得到的最大的新年礼物。徐阿姨还告诉我，街道领导看过我的档案，愿意接受我去街道工作。在摘掉戴了两年多“黑户口”的帽子后，我面临人生重大的选择：去那家教育局为职工知青子女开办的校办工厂呢？还是去街道办事处？

我是一个蛮有主张的人，但选择仍是痛苦的、艰难的，最后我决定去街道办事处工作。

直到今天，我一直庆幸自己当时所做的选择是正确的。

“袋袋户口”三年半

原西岗子公社富拉尔基大队
上海知青　姜爱国

1974年9月，热恋中的姜爱国在中杰的生产资料公司宿舍里学学，秦中杰是姜爱国的启蒙老师

“袋袋户口”是中国七八十年代时的产物。即彼处的户籍已

迁出，此处不予迁入，于是搁置在户主“袋袋”里。这种无尽的悬空感使户主很受煎熬。我经历了“袋袋户口”三年半，尝尽世事人间酸甜苦辣。

1971 年，我和爱人老牛先后被抽调到黑河，老牛分在黑河五金公司，我分在黑河国营饭店。我俩虽在黑河成了家，有了孩子，但从心底从没有放弃回上海与亲人团聚的念想。

1979 年春节，我从饭店同事那里得知，根据政策我们的户籍可以迁回上海。这个消息，对于我们简直是喜从天降！于是我们开始抓紧时间办理各种手续。大年初二，老牛一早跨上自行车，冒着严寒沿着黑龙江骑车去西岗子富拉尔基大队。索队长得知我们是为了回上海，二话没说就同意了。队上的事办得顺利，老牛第二天就赶回来了。看到老牛带着一身风雪，耳朵都冻成了黑色，我好心疼！初四一上班，我俩向单位递交了辞职报告，怀揣着“户口迁移证”，离开了生活了近十年的黑龙江，踏上了回沪之路。

回沪的隔夜，一切准备停当已经很晚了，我俩调好了闹钟，放心睡去。第二天醒来，离开车时间只有十分钟了，我俩睡得太沉了，竟然没听见闹铃响！一阵手忙脚乱，我抱着女儿先走，顾不上给女儿喂奶，赶紧把女儿包裹严实。天还没亮，只有月光映在雪地上；只有脚踩在雪地上的“嚓嚓”声。我听到后面有脚步声，老牛拎着装得满满的两个旅行袋赶上来了，就这样在大年初九的早上，我们一家三口乘上了黑河开往龙镇的长途车，踏上了回归故里的艰难路程。

到上海的第二天，老牛就替我去跑户口的事。由于我不是“顶替”家长回沪，“顶真”的里弄支书勉强给了一张《返城知青申请表》。老牛因为是顶替母亲就业很快拿到了调令，而我的调令则迟迟等不到。老牛回黑河一边办理返沪手续，一边耐心等待我的调令。好在家里还留有不少吃的，有自家养的鸭和鸡，老牛就天天杀鸡宰鸭吃。

1979 年的黑河，因为“越战”的缘故，也处于备战状态，在上海的我很担心。一时等不到我的调令，老牛只得先回上海，同时把家具都托运回了上海。

安顿好生活，老牛拿着调令去长虹厂报到，开始了真正的上海人的生活，而我户口却被卡住了——居委会把我的返城申请表交到街道后，街道派人去西岗子公社调查，公社知青办的德振起非常帮忙，给街道的外调人员出证明，说我是富拉尔基村的知青。但是这个证明到了上海，被我们居委会的支书卡住了，他说我已被当地抽调上去，已经不是“知青”身份，街道就不批准我的返城申请，于是我和女儿的户口籍就无法落实。这张“迁移证”揣在口袋里，“袋袋户口”一揣就是三年半！

这期间，我曾不断地往吴淞街道跑，咱就打打感情牌：有个吃奶的孩子，情况比一般人特殊些，多跑跑向他们诉诉苦，也许能博得同情？但是这一切都是徒劳的，没有人搭理你！街道领导强调我在黑河已经上调，坚决不给我办返沪手续。

有一次，老牛和人家说急了，对着人家拍桌子。我在边上急坏了，心想本来我们就不硬气，再与办事人员吵，那人家更不理你了，我赶紧和办事人员打招呼，拽着老牛就撤了。心里好无助！

我没户口，女儿也就没户口，于是布票、粮票、油票、糖票、肉票等统统没有，靠着婆婆一家人从嘴里省下给我和女儿分享。刚回来的日子里，婆婆还经常买蹄髈，让我多些奶水喂女儿，但时间长了就捉襟见肘，婆婆当家，一家老小七口人呢！大荤就不多见了，只能吃些小荤了。公公婆婆已经退休，三个吃闲饭的，一个是我，没户口没工作，一个是 4 个多月的女儿，还有老牛的老外婆。那真是经济上紧巴的一段日子。

问题是要想办法干点活挣点钱啊。那时还真不容易，我们队的江玉萍想帮我找工作，托她在工会的姐姐，她姐姐说行啊，接下来一句问：有户口吗？这下子就给问住了，没有户口不行，完了，没戏了。她工作没帮我找到，但资助了我粮票，在那时这是好东西啊，尤其对于没户口的人，粮票比人民币还重要，这也是危难之中见真情啊！

户籍没有迁入，除了经济的拮据，还有住房问题。我娘家人小两间房，妈妈和哥哥两家住着，根本没我的地儿，娘家是回不去了。老牛家只有一间 19.5 平方米的朝北房间，善良的婆婆接纳了我们一家三口，我们开始了和公婆一家共七口人在 19.5 平方米空间里一起生活的艰难日子。

让我心里最过意不去的是，婆婆让我们一家睡大床，她说孩子太小，她和公公睡在地上。冬季两位老人睡地铺很寒冷，我心里很难受，但也没有更好的办法。那时一到晚上家里就没插脚的地方，公婆睡在我们的床脚边的地上；小姑子在写字台边上搭个折叠床；外婆的床是靠墙边的双层床；一家人就像七十二家房客那样拥挤不堪。每晚睡下后到半夜里，只要女儿一哼哼，我怕吵醒大家，就赶紧把她搂过来，把奶头塞她嘴里，不让她哭出声。就这样忐忐忑忑地过着每一天。

为了改善一下家里的居住条件，老牛利用下班后和周六的休息日间，做了一个三人沙发。有了这三人沙发，大家晚上睡觉就比原先舒服多了。原先我婆婆还想叫房管所来把房间隔成两个屋，我没同意，本来就不大的一个屋一隔就不像个房间了，现在这样挂个布帘子至少看上去还算正气，至少能“眼不见为净”了。

和婆婆一家住着，连说个私房话的地儿都没有，等女儿大点了会走路后，为了不影响家人的休息，每天一早带着女儿到婆家对面的虹口体育场和老牛打羽毛球去，休息时就坐下来说说话、唠唠嗑。到点了，老牛就直接去上班。老牛的厂休日是周六，每周六我们一家去虹口公园陪女儿玩。到了公园里，看人家大人小孩玩得很开心，我就是开心不起来，觉得低人一等，很自卑。户籍的事像一块石头压在我心上。从小到大我还从来没有自卑过，那时真的一点也不自信了：回娘家的几分钱车费也得向老牛要。平时爱逛商店的我，没钱的日子连商店都不想进了，因为进去了也没钱买东西。

记得有一天，我姐姐想让我出去放松放松，弄了四张电影票请我们去看内部电影，给电影票时我姐也没说清是连放两场，我和老牛、老公公就去了，我婆婆在家帮着看女儿。看电影再加上来回路上的时间有四个多小时。当电影看到一半的时候，奶胀得厉害，时间到了，女儿要吃奶了，可又回不去，他们三个看得正起劲呢。好不容易电影散场了，我是奶又涨肚子又饿。我们和我姐分手后，说去吃点东西吧？看到一家面店，就进去了，老公公和老牛都在摸衬衫口袋并说："我来买！我来买！"我说给我买碗阳春面吧！那时阳春面八分钱一碗，可这爷俩摸了半天口袋结果谁也没买，说回家吃吧！我那时口袋里一分钱也没有，只好饿着肚子跟他们回家。从小没被钱愁过的我，这才尝到了没钱的苦。

我那时的体重连80斤都不到，平时最怕的就是洗被子和床单了，一点也洗不动。老牛周六休息，我想叫老牛洗。婆婆看见了，说她来帮我洗，我想那哪成，我赶紧抢过来说我来洗、我来洗。我用搓衣板搓啊搓，连吃奶的力气都用上了，一会儿肚子就觉得饿了，婆婆给我倒了杯麦乳精，叫我歇歇再洗，婆婆很会关心人，但更心疼儿子，就得让我这媳妇受累啦。我们家住三楼，过衣服得到楼底下天井里，那儿有个外接的水龙头。我拎着一桶被里下楼，在天井里楼下邻居看见了说："小姜，你嘎瘦汏得动噶，叫那小杰汏好唻。"我只得说："汏得动、汏得动。"

那时因为瘦，邻居间闹过笑话。有次底楼邻居一个姑娘问我婆婆说："你家小姜怎么这么瘦的啦？"我婆婆特意逗她说："我不给她吃饱啊，只许她吃一碗饭。"那邻居又说："不作兴格，秦家姆妈不可以的。"这个姑娘平时有点二。婆婆上来学给我听，我们都乐坏了。哪有婆婆对媳妇不好还自己出去说的，真二，当然人家也是出于好心嘛。

半年过去了,我的户籍一点音讯也没有,老牛觉得这么待下去也不是回事,考虑到他妈妈的急脾气,他自己都有点受不了了,怕时间长了我也受不了,和他妈妈有摩擦(实际上我的忍耐性比他好多了),就决定让我回黑河复职,然后他从上海调往湖州。那有他家的一个亲戚,想让他帮帮忙在那找个工作安定下来,我再从黑河调往湖州。他和我说了这个想法,我就同意了。

正巧那年爱辉县组织少数民族干部来上海考察,我们和队里盛耀德约好在我姐家碰头,再一起去东风饭店看望索队长。当盛耀德知道过几天我就要离开上海回黑河了,他一下子激动起来,把我们家老牛骂了一通,还拍了桌子,对老牛说:"你怎么想得出的,好不容易一家子回来了,又要离开上海,姜爱国身体又不好,她一人回去你放心的? 一家人再苦再穷也要在一起,就是天天喝酱油汤也不回去。"说完了老牛,又把我说了一通,说我也太老实了,光听他的,别回去,明天就把船票退了。回家后,我们把情况和婆婆一说,婆婆大出了一口气,其实,她老人家也是不舍得已经回到上海的儿子再离开她的,但为了我,婆婆啥也没说,直到我们决定不走了,她才松了口气。

折腾来折腾去的,户口还是没有一点盼头。老牛厂里的方书记知道我们的处境,关心地问老牛:"你老婆会针线活吗?"老牛说:"会啊。"他知道这是我的长项,从小跟我妈学的。厂长就安排了外包工的活给我干,那时正时兴落地台灯,就把加工落地台灯灯罩花边的活让我拿回家做。每做一副花边八分钱,要是一天做十幅,那就是八角钱。接到这个活,我那个高兴啊! 拿回材料,我就没日没夜地干,白天边看女儿边干活。有次婆婆不在家,正是做晚饭时候,撂下做到一半的花边去门外厨房忙乎了。女儿耳濡目染趁我不在帮我缝上了,那小针缝得像模像样的,就是针脚有些大。回头我一看火就上来了,在她小屁股上打了几下,女儿哭了。我心想你妈妈恨不得多长几双手,你还在这捣乱！这要是放在现在，做爸妈的还不乐坏了，还不得夸自己孩子模仿力强，那时为了挣钱糊口，心境完全不一样啊。晚上，家人都睡下了，我开着个小台灯坐在沙发边上开夜车。那时老牛每月工资36元，一家三口开销哪够啊，都在揩家里人的油。婆婆和小姑子她们都喜欢吃水果，但家里也买不起啊，婆婆就去水果摊买些处理水果，买菜也是等快收摊时再去买，婆婆是个会当家的女主人。我有了这份工，可以替家人减轻些负担，手头也活络多了，有了钱就给他们买些布料、水果什么的，不管日子有多苦多穷一家人还是和和睦睦的。

老牛做供销科长时，供销员给他出主意，让我们自己经营灯罩加工，经济上和厂里没有关系，只是利用一下协作关系。我们直接到外加工厂买毛坯灯罩架，自己去布店买乔其纱布料，回来我做。从毛坯铁架加工成一个漂亮的落地灯罩。式样有好几种，圆形的、多边形的；画的仕女图、山水画。那时一个灯罩在店里卖17—18元，我们卖12元，不算人工也净赚五六元吧，这样一来，我们的日子好过多了。

那时市面上很时兴乔其纱灯罩，我的灯罩加工活接连不断。女儿一天天长大了，我到哪都带着她，夏天去姐姐家也带上她，白天边做活边看女儿。在姐姐家一到傍晚时，我就去帮着他们烧粥、擦席子、拖地板，心想他们下班到家也很累了，我在家能帮他们干的就干了吧，不在乎这点时间。老牛总怪我做得慢，但是不能光挣钱不要亲情啊。我们队有个同学说，姜爱国做的这活真好，都是喜庆用的！是啊，那时谁搬家了买一个，孩子结婚了买一个，都是开心的事。实际上我成了超前的个体户，那时如果魄力大点的话，户口落下来后不去国营单位找工作，自己一直单干下去，也许早就不是现在这样了。

灯罩的活一直做到1982年。一天，街道来了通知，叫我去办理户口，我那个高兴劲就甭提啦！但是在街道取通知时，他们要我写保证书，保证户口落好后不向他们要工作，无奈之下我只得乖乖写了保证书。接着就去娘家取户口本，谁知没拿到，我妈说户口本被我哥锁抽屉里了。我知道平时他们为了我妈帮他们取票证方便，从不上锁的，现在是怕我把户口落到他家和他们抢房子吗？

为了拿到户口本，我往娘家跑了不下三次，终于有一天我哥同意给我户口本。按约定那天早上我回到娘家，进门见里弄支部书记也在那，我哥把她找来作证人。我们谈了户口的事，我哥问我户口落好后怎么打算，我说："今天落好，明天就迁到我婆婆那去。"他"哦"了一声，没想到我回答得这么爽快，他还支支吾吾地不把户口本给我，还说了好多他的想法。我听着听着就哭了起来，没想到自己的哥哥这么不了解、不信任自己的妹妹，我哭得很伤心。我想，我揣了三年半的袋袋户口好不容易可以落下了，如今只是在我迁出的户口本上"过"一下而已，怎么就这么难？哭够了，算是把自己几年来的怨气发泄完了。我哥说不是不相信你，是怕你婆婆家里人有想法。我告诉他，我婆婆在这之

2015 年 8 月 1 日，姜爱国和朋友们在黑河的卧牛湖边迎候从漠河骑行过来的老牛，这已是他第二次单骑到黑河了

前就关照我户口直接落到他们家。我问我哥用不用写保证书，他说不用了，相信我，这才把户口本给了我。我擦干了眼泪，直接去了吴淞街道把户口落好了。回到家一字没提在娘家发生的事情，连我姐姐那都没说，这天大的委屈只让我一人担着！很多年后姐姐才知道这件事的原委。其实，我也能理解我哥哥，那年月都是住房紧张闹的。

第二天，我又去街道把户口迁到我的婆家——四川北路2388弄10号三楼。就这样我和女儿悬了三年半的“袋袋户口”总算尘埃落定，我还原成了真正的上海人！

那年是1982年的6月。婆婆看着户口本上我和女儿的名字，开心地笑了，她说：“现在，总算真正是我们老秦家的人了！”

我的小木屋

原张地营子公社达因山大队
上海知青 周忠宝

作者年轻时所摄

知青中很少能在农村插队时就拥有一座自己的房子，可我却为自己盖了一座完全属于自己的小木屋。

小木屋虽然不大，室内面积也就是48平方米，两间卧室、一间厅堂，还有一间不小的厨房。厨房里还打了一口手压机井，严寒酷暑时用水再也不用去外边井台挑水了。

两口子过日子,一间卧室里盘了火炕、火墙,冬天住在屋里也是够暖和的。另一间卧室由于不住人,成了堆杂物的储藏室了。我自己会点木匠手艺,打了上海式样的碗柜、五斗橱、炕柜、炕桌、写字台、大方桌等生活用具。

屋外还盖了仓库、猪舍、鸡舍、鸭舍,房外还围起一圈的木篱笆,篱笆院内周围自留的空地上深翻耙平后种上了各种蔬菜,有黄瓜、茄子、西红柿、架豆角、菜豌豆、辣椒等,长好了两口子吃也吃不完。媳妇勤快,养了二十多只鸡和五六只鸭,喂了两口猪,还养了两只看家的大白鹅。

农村的生活虽然简朴,房子也小了一点,但毕竟是属于自己的窝,既然决定扎根农村了嘛!生活上的一切就要像回事似的。这种农民的小日子过得还是蛮滋润、蛮舒心的。

我这个人仕途坎坷,在上学、入党、招工都泡汤以后只剩下务农一条路,于是就在农村结了婚。

考虑到青年宿舍不太适合已婚人员长期居住,再说结婚以后也必须立个自己的家了,所以打算在农村盖个房子,插队落户一辈子算了。

和队委会其他成员商量以后也没受到阻拦,队里很快就批准了盖房所需的一切木料,只等开春以后盖房了。

宅基地选在了老粪场往西的高岗上,那块地方当时还没社员盖过房子。前后左右都是略低于此处的农田,春天一片绿、秋天一片黄的。屋前是进入屯子的唯一大道,道南有一条几米宽的浅沟塘,沟塘里长着少许不高的柳条,一到春天柳条上长满了五颜六色的小绒球,像彩色的大珍珠,煞是好看。站在门口往南一看,宽阔的视野一下子就能看见南头达音河口的大杨树和透着亮光的达音河,风景好美。

此处又稍离社员住房集中区,少了很多嘈杂,一到晚上要是不刮风下雨,安静得听不到一点声音。

这块宅基地是我观察了许多地方才相中的，虽然离屯子远了点，但绝对是一块像世外桃源般的“风水宝地”。老社员说：“过去黑龙江发大水淹了屯子里不少地方也没淹到这块高岗。怎么就让你给相中了呢？”

选好了日子，叫齐了帮工就开工了。一早上来了两大批人，男人们忙着平整场地、放大样、挖柱坑、截木料、开隼卯。女的带着从自家菜园子里摘来的蔬菜、自家积攒下来的鸡蛋和从牙缝中省下的猪肉，开始忙着摘菜、切肉做饭。

放大样的时候，木匠问我：“朝阳面怎么定？”我说：“这有什么说法吗？”木匠说了：“正午十二时的太阳光照进房门正中位置的是正位，一般来说盖庙就选正位，老百姓盖房一般都选偏东南或偏西南。”我选了个十一点三十分时阳光照进房门正中的偏东南位置。

房屋的木框架用一天的工夫就立起来了，那是一色的大落叶松木。

两个知青在农村盖房，没有家人的援助，没有其他的经济来源，当时农村收入又少，全靠着乡亲们的热心帮衬才把房子盖了起来。现在想想当时决心要盖这个房子有多不容易，欠人情啊！

接下来几天钉檐子、上屋面板、铺油毡纸、立墙杆、甩大泥忙了好几天，终于把房屋的大框给盖好了。

我的小木屋可不是东北农村的那种木头垛的房子，虽然房屋的主材全部用的是木材，但里外墙还必须用泥一层层地甩起来。盖好了房屋的框架也就算完成了房屋的结构部分，接下来的活还有很多：钉天棚、上棚泥、抹墙泥、立门框、窗框、打门窗、脱大坯、盘火炕、垒火墙等，大把的活需要时间、精力和财力抓紧去做。

幸亏县知青办有政策，对在农村盖房的知青每户补助 700 元，还可以供应一些铁钉、玻璃等紧俏物资，这才帮了缺钱少料的大忙。

记得那天我和媳妇俩上天棚泥，我早早地先把泥和好，搭好跳板，让媳妇拿着叉子在跳板上接泥，我在地上把泥一叉一叉地扔给她，她再一叉一叉地甩进天棚顶上，堆多了我再爬上天棚顶用泥抹子一下一下地抹平。整整干了一上午，累得媳妇嘴唇都发紫了，以后这种重活再也不让她干了。记得很清楚的是，那天下午去泡子沿大队集中，参加毛主席逝世的追悼会。

在我的辛勤努力下，房屋的天棚泥抹好了，门窗也安装妥了，内外墙的房泥也抹平了，屋内的地坪也铺平了。该垒火墙和盘炕了，找了一个熟悉采挖炕板石的农村哥们一起去石板窝子挖了大半天炕面石板，用马车给拉了回来。垒火墙的红砖也从泡子沿砖窑拉回来了，剩下盘火炕的大坯还没着落，只能叫几个帮工在屋前的浅沟塘里自己脱土坯了。

考虑请帮工得让人有口菜吃啊！头天晚上拿着向社员借的“丝挂子”去黑石砬子里边的小泡子里下了网，想逮点鱼添个菜。清晨天刚放亮我就去起网了，就几丈宽的小泡子还只下了一块有个大洞的鱼网。可是老天不负苦心人，就在那个大洞里给我逮着了一条有一斤半以上的大鲫鱼。没办法，菜只能简单点，做了一盘上海味的红烧鲫鱼和几个小菜把帮忙的给对付了。

农村盖完房子以后的活是不间断的，你可以一直不去理会，也可以天天修修补补。虽然只住了一年半的时间，但每天放工以后和下雨天还是免不了干这干那地忙个不停。

考虑到既然安家落户了，那家里的家具总得添点，当时家具也没有卖现成的，于是买了点木头锯成板材，天天放工以后在那间当作贮藏室的木工间里做家具，在我的辛勤劳作下炕柜打好了，五斗橱也打好了，桌子、椅子都打好了，家里也终于像个样子了，来串门的社员见了我打的这些家具都眼馋得不行呢。

我家房子的地段虽然选择得不错，由于远离居住区，拉电线可费了事了。我们把队里存放着的铝芯包皮线、旧铜线不管粗细统统接上，从俱乐部跨了两根电杆才接到我家，为我解决了无法通电的苦恼。

我盖房子的那个时期，农村开始时兴起手压机井，第一个使用的是王忠义。手一压清澈的水哗哗地流在缸里，随用随压，免得刮风下雪天天去井台挑水了。在王忠义的帮助下我找来了白铁管，用灭火机做好了压水井机头，找了四五个人开始打井。

达音山的土层三四米以下就是同黑龙江江底一样的鹅卵石，机井管子的进水口要深入江底以下的含水层才能有优质的净化水供给。

表层的土都挖掉了，接下去该挖砂砾层了，挖砂砾层可得小心了，随时要提防塌方伤人。实在没法挖下去了，看看也快到含水层了。再把白铁管一段一段接上，用大铁锤把铁管慢慢地砸下去，砸到没法再往下砸了，装上压水机头试着能不能压得出水来，等觉得完全没问题了再把挖出来的土回填到井里就算完事了。

那天已挖得挺深了，轮到我在井下挖土装筐，上面接筐的谁不小心一下没把土筐抓住，整个连筐带土砸在我的背上，砸得我一下子喘不过气来，幸亏没砸在脑袋上，否则人就报销了。好在当时穿着棉袄，身体也强壮，挖得还不算太深，躲过了一场灾祸。

现在听说这口井还在使用，不过机头已装上电动泵，连压都不用压，一按电钮就能出水了。

房屋盖好后，两个人开始了有规律的生活，白天干活挣工分，所有的一切同老乡们的生活没有什么两样。

下雨天不出工的日子里，也少不了有几个比较要好的朋友来串个门，于是我们可以买一瓶酒，炖上一个小公鸡，炒上两个菜，喝上一顿。

来得最多的是王忠义，当然我也常去他家蹭酒。他有两个漂亮的女儿，我和媳妇很是喜欢。大家的关系比较融洽，所以走动也多。

媳妇在农村妇女中的关系不错，不时地有妇女大姐们关心着我们这两个遗留下来的苦瓜。

小日子虽然清贫但也算安乐，夫妻间也为些小事叽嗝。有一次不知为了啥，我非常生气，裤兜里揣了一瓶烈性农药往黑石砬子边的山里走去，准备了却此生。后来也许被美丽的景色感染，或许想通了，才放弃此念回家了。不过农药渗进皮肤，人腿上起了一大片的黄色水泡，很长时间后才慢慢消去。

1978 年知青大返城时，我媳妇有了身孕，两口子也没想过返城，还是安心地继续着平淡的农村生活。

农村安家后的生活虽然安逸，但也时常想起儿子出生以后没好学校上学怎么办？达音山小学教学的质量这么差，不是要耽误孩子嘛？

可是家里又没有劝我们回沪的说法，我体谅家人、体谅父母，上海的房子实在太小了，连一半抬不起头的阁楼算在内也不过 12～13 平米，而且还是吃、喝、拉、撒、睡共处的棚户房子。

当时父亲因心脏病提前退休，家里已有三口人居住，再增加我们三口的话怕连站脚的地方都没有了。

媳妇娘家虽然房子比我家大许多，也有一个挺像样的阁楼，但毕竟家中还有个弟弟，宁波人的规矩是：兄弟在家，姐妹结婚不能住在娘家的。

再说农村已有的房子是从来没住过的“最好的”房子，这么舒畅地住惯了，回家会不习惯的。孩子反正还没出生，该怎么样就怎么样吧！

那天晚上俱乐部放映彩色影片《红楼梦》，看得很是兴奋，闲聊时屯子里有个叫胖嫂的妇女找到我俩说：“别的屯子的知青都走光了，你俩怎么还不回去呢？是否没能力办手续啊？”

就这一句带有刺激性的话使我一宿没有睡着觉，第二天一早我就同媳妇说：“看来不行，咱得想办法回去。”媳妇同意后，我当天去了黑河。

找了个不太熟的在公社武装部当过部长的领导帮忙，找了家医院开了两个人有病的证明，到知青办办理病退手续。不知是碰到了好人还是当时搞病退容易，手续很快就办好了。

我赶紧返回屯子，处理卖房事项。同尹队长商量以后同意以1 100元的价格先卖给生产队，由生产队以后再设法卖给需要房子的社员。说好先给一半的钱让我们先回上海，另一半的钱等开支了再从邮局寄给我们。

家中的家什、粮食等物件都送人了，打了几个大行李去黑河火车站托运了，先后也就用了一周的时间处理好了所有的事情，恋恋不舍地告别达音山、告别给我们带来过温暖的小木屋，匆匆上路了。

现在想想都后怕，媳妇大着肚子，我背着行李，随时都可能因剧烈运动而引起早产。

幸亏小娟的姐夫用吉普车把我们送到嫩江火车站，免去了坐长途客车的颠簸。

坐火车到大连，再从大连坐船到上海。到上海已是12月31日下午了，从此重新开始在上海的艰苦奋斗。

32年过去了，我们在上海已经搬过五次家了。现在的住房也有了151平方米，像座空中小别墅。心里还是时不时地想起在农村时的小木屋，心里有一种十分酸楚和留恋的感觉。

摄于2013年10月

退学，也要回家

原新生公社新生大队
上海知青　邓其卫

1970 年 5 月，在新生公社新生大队地营子的道台子处

我始终不会忘记在 1978 年底，我做出的这个人生重大抉择。那就是辞退已考入的学校，回到上海。

1977 年秋收时节，从收音机的广播里，传递出一个惊喜的消息：今年年底要恢复高考！所有符合条件的知识青年都能报名，参加全国统一考试，成绩合格者都能入校学习！

可以上大学啦，我一颗即将熄灭的求学之火焰被点燃了。

上大学，这是我梦寐以求的愿望。从 1964 年考进了复兴中学起，我就暗下决心，要奋发学习五年，争取考进上海的大学，考进北京的大学，考进一流的大学，今天终于有希望了！

但是招生章程中规定要年龄在 25 周岁以下的，1977 年我刚好 26 岁，超龄一年，得有特殊贡献的证明。这一条规定如同夏季里的一场暴雨，从头顶浇到脚底，浑身冰凉啊！

当年来新生大队的时候，我们学校有 13 人，现在还剩七人，想报名的有六人，其中只有一人是六八届初中的，正好适龄，我们五人都超龄了。怎么办？要争取，不能放弃，可能这是最后的机会了，无论如何要赶上这趟车，要参加考试，要去上大学！

还是队里伟民头脑活络，到县某局开了张曾经帮助翻译英语资料的“特殊贡献”之证明。这不是弄虚作假，是确有其事，只不过是他将所有超龄人都写上去了。我们获得了报名资格！第一步成功了，信心倍增，哪还有心思挣工分呀，赶紧找资料复习备考吧。于是上海寄来的邮包多起来了，不是吃的，全是书本、资料。七千里之外的亲人比我们更着急，想得更周到。还好生产队、大队，直至公社的领导还算开明，不但没有阻拦，而是全力支持，给假一个月，让我们好好复习，积极迎考。我所在的机务组正好秋收完毕，进入冬季检修，活不多，所以我也心安理得地准备闯闯考试的关口了。

记得那时候我们公社已经通客运班车了，一周两次，一个单程就是半天。考试安排在十二月下旬，得上爱辉县城，可正是大雪封山的季节，客车都不一定能正常行驶。为了保险起见，我们提前半个月就来到了爱辉县城。我们一起来参加考试的五个上海女青年，全住在黑河青年小王家。王婶腾出一间屋子，我们一溜并排睡在一条火炕上，一天三顿吃在她家，如果上街在外面买了吃，回来王婶还要数落我们。每天烧得炕上、屋里暖暖和和的，比我们自己的宿舍强多了。东北人的这个热情、豪爽，让我永生难忘。她女儿也和我们一起复习，一起参加了考试。

还好，凭着两年中学的功底，凭着下乡后断断续续地不间断的学习、巩固，我们全都顺利通过了考试，超过了合格分数线。消息传来谁不高兴啊，一个个回上海等通知去了。我没有回去，我还想站好最后一班岗，再为生产队做点贡献，同时也得有人收发入学通知哇。

这个冬季是我度过得最孤独、最寒冷的一段时光。

同宿舍的姐妹们几乎都回了上海，我留守在空荡荡的345宿舍房，一天天，一夜夜好难熬啊，但心里还有个盼头，总以为通知快来了，等等吧。好事多磨啊，春节前终于等来了第一份入学通知，是六八届小俞的哈尔滨商学院，又来了一份：六九届小蒋的上海交大。

我们超龄人的怎么一个也没有呢？是不是出问题了？到底出了什么问题？

眼看发放入学通知的时间即将结束，怎么没有一个学校收我们呢？无论如何我不会想到这一点：原来我们这些超龄人的报考材料压根儿就没有上报到省招生办，全部留在了黑河地区——让你们都去黑河师范学校上学。

1978 年 3 月，让我望眼欲穿的入学录取通知单来了：黑河师范学校！果然，全大队超龄的、适龄但离分数线差几分的，凡是参加这次高考的剩下的上海知青的录取通知单都来了，全部是黑河师范学校！我被录取在数学 2 班。

1978 年 4 月，我和被录取的几个上海知青一起，告别了美丽的小山庄，告别了曾经朝夕相处的知青姐妹兄弟们，来到久违的师范学校报到，开始了中断十年的学生生活。

在黑河师范学校，我快乐地学习生活了一个学期，在行将考试放暑假之际，突然接到了父亲的来信：上海我家所在的街道、里委会现正在为我申请“二调一”回沪的手续(一家有两个人下乡可以抽调一个回上海，我家决定在我和妹妹中抽年龄大两岁的我回沪)。天大的喜讯！其实在去年参加高考前，我已得知上海正在落实此政策，只因有了高考，我还是选择了通过高考回到上海去上学。现在我已经在师范学校上学，以为上海的这项优惠政策已离我而去了。谁知上海搞不清楚我们这个黑河师范学校是啥性质的学校，还以为是社来社去的，所以仍然在继续为我办理这个“二调一”的回沪手续。幸运啊，我终于成为了老天赐予的一个“幸运儿”。

还犹豫什么？立即退学，将户口返回公社，我就可以回到养育了我二十来年的上海啦！

我们公社一起到黑河师范来上学的四五个人，都纳闷了：好不容易考到了县城，学习一二年就可以分配工作了，现在却要放弃。户口回到公社，意味着又回到了农村，天知道是否真的能办回上海去？即使回到了上海，你知道会被安排做什么工作呢？“我不管，只要能回到上海，干什么都行。就是让我扫大街，我也要回上海去！”斩钉截铁，毫无怨言。

这样，我成了我们公社将户口由黑河城镇再迁回农村的知青第一人。我不知道我的这一重大抉择，在无数次改变轨迹的人生历程中究竟是否正确，但是我毫不犹豫地抓住了这个机会。因为我是上海人，我的父母、我的兄弟姐妹都在上海，我不要成为“游子”“浪迹天涯”，我要回家，我要和我的亲人们生活在一起！

1978 年 9 月，我的户口又从遥远的北疆回到了它的原始出发地——上海市虹口区长春路派出所。一颗悬了三个月的心终于落地了。凭着这薄薄的一张“户口迁移证”，我又成为了上海人！

2013 年 8 月，邓其卫重返黑河，参加了庆祝鄂伦春族下山定居 60 周年的大庆活动，右为鄂族妹妹关玉芝

又见白鸽

原爱辉公社松树沟大队
上海知青　费凡平

在曾经执教的松树沟学校操场

我没有想到，像我这样一个无足轻重的知青，在即将与插队八年的松树沟作别的最后一刻，竟会有这么多老乡来送行。

松树沟生产队紧靠着哈黑公路的边上，长途汽车还没有来，老乡们都围着我，我的房东曹大娘更是一个劲地拽着我的手，眼睛分明已经湿润。

唯有别情最难诉。望着曹大娘，我何尝不是这样！

突然，在人群的后面我发现了我的学生铁柱。此刻，他的双眼却是怯生生的，但又是泪汪汪的，他的手里擎着一只白鸽子，像是要跟我说什么似的……

白鸽！我的心为之一颤。

这时，铁柱挤出人群扑了过来："费老师，你要回上海了，你能原谅我吗？那天是我错了……"

听到这些话，我也好酸楚，也很后悔。

我下乡第六个年头，孟队长推荐我到松树沟学校去做代课老师。虽然是赶鸭子上架，但能脱离大田劳作，对我来说也算走大运了。

几个月前，那天上课的铃声刚响，我便走进了教室，想不到教室里乱哄哄的，一帮淘气学生围成一堆，正在逗玩一只白鸽。这只白鸽翅膀分明已经受伤，还渗出点点殷红的血迹。铁柱站在人群中还在摆弄着他那自制的一把弹弓，一副得意的样子。

我一看便有些上火，把一只受伤的白鸽弄进教室这个课怎么上？没有别人，肯定又是顽皮的铁柱挑的事。我问清事由，果不其然，这只受伤的白鸽，正是他早上在学校操场后面用弹弓射下的。

白鸽，睁大着眼睛发出着“咕咕”的哀鸣声。不知何故，我从那只受伤的白鸽，竟然联想到了自己。仿佛自己就是那只可怜的白鸽。招工无门、上学无望，破碎的梦，裹着一颗苦涩的心，只能孤独地困守在这沉寂的村落。我与其说同情这只受伤的白鸽，还不如说为自己无望的处境感到悲哀。

“铁柱，我们不能伤害这弱小的生命，你应该把白鸽放掉。”我对铁柱说道。

“我不，我要玩，我还要用它给爷爷补补身体哩！”

“什么，你还要杀死这只鸽子？”我再也控制不住自己。跨步走上前去，一把想夺过那只白鸽。铁柱却紧紧地抱住白鸽，非但不给我，还一个劲地朝我做鬼脸。

受伤的白鸽，在他怀里苦苦挣扎，声声哀鸣，使人听了不堪忍受。我火了，扬起手就朝他后脑勺重重地拍了下去，随手也将他放在书桌上的弹弓没收了。

“老师打人。”铁柱怔了怔，“哇”地一声哭了起来。

我也怔住了。这哭声使我顿时清醒。铁柱可是孟队长的最小的亲弟弟呀！这一巴掌，可能将使我从讲台走向田头劳作。

我心情沉重地走出教室，不仅无心再去上课，更无力去关心那只即将遭到厄运的白鸽和被我没收的弹弓了。与其让队长辞退我，还不如我主动辞去的好。我去找校长，校长听了我辞职的理由后，叹了口气，他要我立刻去教室上课，先在课堂上做个检查，由他沟通情况后再说，我最终没有被辞退，得以继续站在讲台上。

在事后的几个月里，我始终与铁柱保持着一段距离。没收的弹弓因为也找不到了，所以也就不愿搭理铁柱。与此同时我通过家里来信得知，我返城已经指日可待，所以也不希望再有节外生枝的事情发生，就此将我回上海的梦破灭！

我终于可以返城了。在上最后一课时，我把这喜讯告诉了我的学生。学生们都沉默了。铁柱也怔住了，这时他的眼睛里闪出一抹我从未见过的难舍的目光。

我的心像被撞了一下。应该说，我也曾想真诚地和他交谈一次，并向他致歉，至少，他亲哥孟队长在我返城的问题上没有半点为难我，并且还一路开着放行绿灯。后来，只因为忙于返城的事情，也就淡忘了……

想不到，此刻，在我即将与松树沟乡亲惜别的时候，铁柱却来了。他手里擎着的正是那只曾让我为之作检查的白鸽。

“费老师，这只白鸽伤养好了。你说得对，我不能去伤害它，现在交给你，老师，你来放飞吧！”铁柱望着我，递上了手中白鸽，并给了我他写的一封信，希望我在路上才打开。

我激动地一把抱住了铁柱，禁不住泪水涌出了眼眶。

这泪，为铁柱，为白鸽，也为自己而流。

我小心翼翼擎起那只伤愈的白鸽，手缓缓地松开、松开……白鸽抖开双翅，发出一声亲切的叫唤，往上一跃飞了起来。白鸽在我们头顶盘了两圈。忽然，又咕咕地叫了两声，飞回来，停落在我的肩上。

这只白鸽，难道竟然也知道我要离开这块黑土地了？我拍拍它的头，轻声说：“飞吧，飞回本该属于你自己的天地……”边说，眼眶一热，泪水不知不觉从眼里涌了出来……

白鸽像听得懂我的话似的，向着明净的蓝天，飞去了……

我似乎也变成了一只白鸽，飞向了蓝天，飞向了远方的上海。

别了，我的松树沟。长途汽车，追逐着那蓝天上放飞的白鸽，在哈黑公路上疾驶。

在车上，我打开了铁柱写给我的信，信里夹着一根洁白的羽毛：

……费老师，这根羽毛是那只放飞的白鸽的，我将它留给你做个纪念好吗？你一定忘不了那只被你没收过的弹弓吧。我应该早向你承认，那只被你没收的弹弓，是被我偷回去的，我做错了！

老师你走了，队里知青几乎都要走光了，我哥哥嫂子他们这段时间都闷闷不乐了，你们以后经常回来看看我们好吗？

老师，你走了，但是村东头你们当年种下的那片扎根树松树林还在，我想你了，就会去那片松树林找你栽的那一棵，走一走，摸一摸。老师，请你放心，铁柱，会替你看护这片松树林的……

汽车快过西岗子边防检查站了，信读完了。

本文作者费凡平

我泪水濡湿了信笺，心上却留下了一片温暖。这是一种被温馨与安慰浸透的温暖。我捧起铁柱给我的这片羽毛，这片洁白的羽毛，使我看见了铁柱及所有松树沟乡亲那明净透亮的心！

与拖拉机最后告别

原爱辉公社爱辉一队
上海知青　傅今文

摄于下乡期间

又有几个知青踏上了回城之路，不知他们怎么想的，反正我还没想好，对于前程的不确定性，让我的内心充满了阴霾，送完回城的知青，我又踏上厚厚的积雪，回到了我住宿的民兵连部。

我们爱辉一队知青点是由古城边一座年代久远的有寺庙特征的院落组成的，整个布局成马蹄形状，除了一个与高大黑旧的、住着女知青的寺庙不能类比的、一个后人建造的小房间称作食堂外，在寺庙的南面砖瓦结构的偏房里住着男知青。后来随着岁月的逝去，我们知青点积累了多年来由水性好的知青从黑龙江捞上来的漂流木，在插队干部张瑛文的带领下，建起了三幢干打垒的房舍。女知青从寺庙里撤出，搬到了新房，偏房的男知青几个月后陆陆续续安排进了后来建造好的新房，由于新房床位缺少，我是唯一住到南面偏房的知青。

一天，我在大院里来回踱步，几棵古老粗壮的落叶松坐落在大院中央，巨大的树冠遮住了天空。夏天的时候，这里是纳凉的好地方。我走上无人的大庙，踏上台阶，从正面进入，对面正墙的神龛上没有丹凤眯眼、细指劈面的菩萨俯视着你，雕梁画栋的屋角布满了蜘蛛网。进入右面走廊有两间房，就是原来知青住过的地方。我环视了一下，房间里扔满了知青撤走时丢下的旧物，没法下脚，就没走进去。太阳从敲坏的双层玻璃缺口猛射进来，房间里亮堂堂的，有一丝温暖的气息，我带着很好的心情走出了大庙。

有一天，队里有人通知我，南面偏房要改为生产队食堂，要当日搬出宿舍，我想，新房里暂时空着的炕位是去上海探亲的知青回来要住的，我还是不要麻烦人家。我突然想起我曾经看过的大庙，把那里的炕打扫干净就可以住了。我没把这打算告诉任何人，把铺盖一抱就去住了。房间里的灯不亮，我想反正一个人住，就把手电筒用来照明。

我在机耕队上班，农忙的时候早晨五点就出门，走十里路到西岗的大田接班，中午由生产队指定的人做饭送饭，晚上六点下班，再走十里路回到知青点，推开食堂的门，看看有没有留下饭菜，常常是吃两个凉馒头或玉米饼，玉米糊糊是冰冷的，人家不可能大晚上的拿大锅给我热食物，我就对付着吃，吃完后在灶台上留下饭菜票走人。

我从食堂出来，穿过被落叶松巨大的树冠遮住月亮后投下浓黑阴影的院子，院子里空无一人，寺庙的轮廓在黑暗中显得模糊不清，黑乎乎地向我压过来，我没想到黑暗也有动感，心怦怦地跳，只能摸着黑走进寺庙找到炕，然后睡觉。晚上很冷，没人烧炕，房间里没一丝光亮，残破的门被风吹得嘎吱作响，睡到冷炕上的我这会儿倒不害怕了，因为我不相信人间有鬼。可老鼠很多，在黑暗中它们肆意妄行，有时还爬到了我的脖子上。这样的日子过了有一个月的光景。

机耕任务根据需要转移地块，在北树林西面一块以松树林木为主，掺杂白桦树的疏密有致的林带包围着的地块翻地，除了红色的拖拉机在动，周围的一切似乎是静止不动的。听着拖拉机轰隆隆的巨响，重复着单一的操作，土地被一趟趟地划开，划开的黑土地泛着油光，我心里充满喜悦，这是我的劳动成果，那一块黑土地是生命的起始、丰收的象征。

有时累了犯困了打个哈欠。突然拖拉机窗前方掠过一只乌鸦，也许是拖拉机的轰响声盖过了它的鼓噪，乌鸦无声地飞向树林子里，见此情景，我顿时提起了精神。有时，铧犁会翻开鼠洞，然后跳出来的田鼠在松软的黑土上四处逃窜，我感叹这是个充满生灵的黑土地，动物们为了生存在忙碌，我也在忙碌。

下班又回到大庙的陋室休息，触景生情，全然没有了在旷野里作业时的无忧无虑和心宽地广的与自然、生命融在一起的旷达情怀。屋里没有一点水，没法刷洗，就走到大庙门外捧一把石臼里积下的雨水洗脸，回屋后和衣而睡。

今天到西岗的大田里作业。这是一大片平原，能看到远处云雾遮掩着的朦胧的山，它像一条巨龙横卧在地平线上。刚下过雨，田里都是潮湿的，我在通往山里的公路边给油箱加油，拖拉机下到田里，用一排小铧犁给大豆垄沟除草培土。眼前的大豆垄长满了青青的野草，与刚窜出泥土的大豆新苗混在一起。我把拖拉机的链轨对准垄沟，细致又大胆地操作着，因为链轨和豆苗的间距只有几厘米，一不小心就会压坏豆苗，那是技术活。好在我熟能生巧，完成得很好。雨后的黑土松过后又覆盖到豆苗周围，现出条条清晰的垄，整整齐齐，没伤到苗是最好的结果，任务完成后很有成就感。我在农田作业时常常能体验到大自然带给我生机勃勃的愉悦感，与下班回到宿舍感受到的种种不如意、个人生活的无序和无望比起来，我感到还是愉悦能盖过无奈。

有时在田里作业，在离我翻地的地块不远处，看到自己生产队的老乡和知青在地里干活，真想跳下机车走到他们那儿与他们说说话，释放一下心情。但机耕工作的特殊性、重要性，使我不得不独自坚守岗位，纵使工作时间长了觉得单调、孤身一人，也不能停下手中的活儿，多翻一亩地就多一分收获，这是一分责任。有老乡和知青在我附近干活，我能从车上看得到他们的身影，那就够了。他们有时会朝我挥挥手，我也会开心地应答他们，多么可爱淳朴的人们啊，每每至此就感觉自己并不孤单。

蓝天白云也给我带来愉悦的心情，太阳快要下山之际，一群人在收拾农具，陆陆续续的，有人扛着锄头往村庄的方向走去，远处地平线上的蓝天在他们的脚下，衬托出整条身影，渐渐的他们自然地排成一条线，慢慢地往村庄移动，劳动了一天的人们回家了，而我在远处目送着他们。

我也完成了任务，卸下三轮五铧犁的高压油管，今天要把拖拉机开回机耕队，明天一早就要进行维修保养。我将拖拉机开上了机耕道，全速行驶着，不一会儿就追上了人群，我放慢了车速，一张张兴奋的笑脸向我迎来，他们呼唤着我的名字，跟我打招呼，拖拉机手总是很受人青睐。我停下了车，此时，驾驶室挤进来几个人，背后油箱踏板上站了几个人，两边又挂着几个人，全是年轻人，男女都有。我关照他们手抓牢，注意安全。拖拉机一路飞驶一路吼，一下子把扛着农具走在路上没有挤进拖拉机的人们甩在了后面。车上的人唱着歌，嘻哈叫着，与拖拉机的轰鸣声混合在一起，那何尝不是特殊的田园交响曲。

到了小镇，天已暗了下来，农舍里都亮着灯，随车的他们下了车，每天辛勤的劳动总能让我感觉活得很充实，劳动很有意义，可一想到又要回到那个破旧的大庙，心情就一下子黯淡下来。

有一天很晚了，我正在睡觉，突然走廊里响起"咚咚咚"的脚步声，我立马心里发怵，看见一个人影在门口晃动，我顺手从炕上拿起一个坏凳子朝门口砸去，"啊哟"，我听到了呻吟声，我打开手电照来人，是小李，看到他捂着手腕作痛苦状。我原本站在炕头上，看到这情景我急忙坐在炕沿上。小李拥着我的肩膀说：“小傅，对不起，把你吓着了，你怎么能住这儿呢？我们到处找你找不到，都很着急，回来吧，先搬到新房里住吧。”此刻我无语，孤独、担惊受怕、寒冷……生活情景一股脑儿涌上心头。我想到我还有一个集体，他们没有丢下我不管，此时暖流从心里流过。知青点新建房确实没有多余的床位，我只是用我自己的方式解决我的住宿问题，我不会怨天尤人。虽然我参与了新房的建造，还起过骨干作用，但我没有住过一天。我不喜欢与人争，结果就是我一个人住进破旧的大庙，一住就是几个月。

几天后，通过协调我住进了民兵连。再过几天，在公社礼堂举行了新民兵入伍仪式，我领到了步枪。在大家的帮助下，我总算有了安居的地方。

就这样，年复一年，日复一日，有门路的知青陆续返程了，知青点的人数每月做着减法，剩下的人越来越不安分，都在盘算着自己今后的出路。

我看到知青点一派萧条的景象，没有了当年有 53 位知青时的从农田回到知青点的喧闹和打理生活的情景，食堂的烟囱不再升起袅袅炊烟，有的知青只得在老乡家里搭伙，老乡们无可奈何地看着知青们一个个离去，不知发生了什么变故。

又是一个冰雪消融、春暖花开的季节，我终于也要返程回家了。

这天，我依旧驾驶着拖拉机在田野里作业，三轮五铧犁将黑土翻开，划开的土地像一条黑色巨龙向前延伸，拖拉机带劲地工作着，发动机发出声声怒吼，原野上刮来了清新的冷风，沁入心脾，让我心旷神怡，我认真地操作着。

我从沟里打来水，用抹布刷子擦洗净拖拉机上的尘土，机身露出了鲜艳的红色，我要与我心爱的拖拉机做最后的告别，它陪伴我度过了六年的机耕生活。我用双手捧起黑油油的泥土，紧紧贴在脸颊上，泪水流在了黑土上。

回上海后我顶替父亲进了民生轮船公司上船当了海员，由于在机耕队修拖拉机掌握了机械上的基础知识，到民生公司后我被分配到轮机部工作，我在机舱里又听到了发动机发出的巨大的轰隆隆响声，这是我熟悉的声音，又把我的思绪拉回到了在北疆工作的情景，我想念我的好伙伴"东方红-75"拖拉机，当初是你跟着我翻地、耙地、耕田、播种、收获，造福于人们，你是我孤独寂寞日子里一个忠诚沉默的朋友，现在你完成了历史使命后，又化身为铁，整合为轮机又黏上了我，我永远也忘不了我们在一起的日子。

我经历过农村生活的劳苦与艰辛的锻炼，看到了农村有条不紊地有计划地进行生产劳动的科学性、合理性，人们祈福来年农业的大丰收并付出勤劳的汗水，经历着劳动带来的满足和快乐感。北疆人民淳朴、直爽，九年多来与之建立的深厚感情难以忘怀，那些大爷大叔大婶大妈们对知青们的关爱我铭记在心，以至于我们分别后还有两地联系，目前仍在继续。

感谢你第二个故乡和那里的亲人，想念你"东方红-75"，我的红色拖拉机。

作者近照

集体户的回忆

原四嘉子公社小三家子大队
上海知青　缪　虹

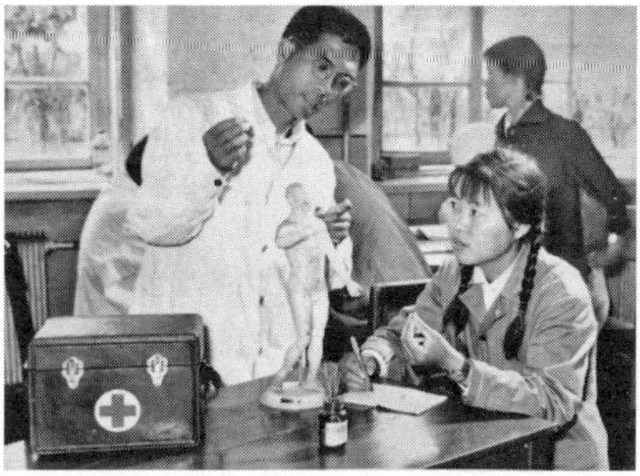

1975 年，缪虹（右）在小三家子卫生所

对大多数小三家子知青来说，小三家子知青集体户给他们留下的印象基本是：省先进集体、知青思想上积极上进、生产上人欢马跃、集体生活管理有方（曾有张正、建华、张广生、刘维嵩等担任司务长）。知青食堂的大烟囱无论刮风下雨总冒着轻烟，告知饭食无忧，生活有保障。另外知青业余生活丰富多彩，夜校、体育活动、文艺演出，然而就像好戏终究有落幕、筵席终究会散场一样，我们的集体户终于也走到了它衰败的那天……

现在回想起来，人生的长路上这么几年的确只算得上短短的一瞬，仅是一个历程，但这是一个刻骨铭心的历程！随着集体户中少数人被推荐上大学、参军，到逐渐上大学、参军的名额再不是上海知青所专属了，就有人开始动用亲属的关系转点、招工、办病退，为自己找后路，纷纷离开知青点。剩下没有门路的知青生活越来越艰苦。原本的知青大食堂最先散伙了，原因是冬天的柴火紧缺。知青的柴火不再是大队包了，要像老乡一样自己去砍。知青们后来都分成一个个小宿舍，劳动归来，自己砍柴、自己烧水做饭兼作取暖。女知青不如男知青会抡斧子砍树，只好用镰刀割些柳条细树枝当柴火。刚开始因为不知怎么割，或者割的梱不够大，算好一车的柴火，到头来只有半车，冬天挨不过只好去买煤烧，虽然当时煤才几块钱一吨，可算算要把钱拿出去也满心痛的。山上的树也因为那几年的滥砍滥伐，近处几乎都没大树了，只能去很远的兵团地盘上偷砍。

分小寝室后去割柴火，其中有两次让我印象颇深。第一次是和余建华一个宿舍时，出去割柴火。那时虽然是国庆节，但余建华大学落选了，我们很为她抱不平，可那个时代，那个唯阶级成分论的年代很无奈！我们知道她心情不好，就拉她一起出来割柴火(好像同行还有于彩霞)，实际想让她散散心。我们谁也不敢多说话，就怕万一说错了引起她的伤感，所以谁也不提国庆改善改善生活之类的高兴事，大家在凄凄细雨中默默地一刀一刀地割着柴火。

第二次是和陈蓓蓓等几人一起去割柴火。离家近的地方柴火越来越少，我们一路走去，十二晌半和西大沟的柳条子都被人割过了，看看时间有限不能去大山顶，我们最后只能在西大沟里捡人家剩下的东割一块、西割一块，然后一捆捆地拖过来，码在一起，等它吹干，以后用马车来拉。那片地里全是割过柳条留下的尖茬，地面高低不平，还有带刺的草和小水洼，一不小心就会绊倒。我们穿着大套鞋"脱噜脱噜"的又闷又热。来回走了不知多少趟才把柴火码好，那时好像一百捆算一车，我们勉强弄了七十几捆充数，可人给整得蓬头垢面、疲惫不堪，手上尽是横七竖八的血口子。当时还笑谈：这为自己干活真不如为集体干活"轻松"！现在回忆那番经历，真不是三言两语所能形容！

生产队的劳动形式也发生了变化，不再是一窝蜂地大包干了，而是按劳计酬包工到个人。干活是一人包一块地，铲地、撅黄豆是一人包几条垄，比如割水稻，不再是并肩排着割，而是一人包几个池子独自割，有记工员来给你丈量亩数。这样的好处是比较公平，多劳多得。缺点是无人说话，每个人都变成了"劳动机器”。一个人埋头干着干着，不知时间过去了多久，错过了午饭也错过了太阳落山，一个人灰溜溜回到宿舍。以往大伙一块儿干活互相帮助，中间休息时的打牌说笑，已一去不复返！

知青的集体食堂后来只起向小宿舍发放粮食、食油的作用。食堂里面昏昏暗暗，墙面斑斑驳驳。原先明亮干净的桌椅积满了厚厚的灰尘，窗户玻璃好多都碎了，贴着的窗户纸、塑料布随风飘摇哗哗作响。在最后时期，我、陈蓓蓓、高云芳、陈敏蜀曾站在知青宿舍外面拍了一张照片，背后的知青宿舍破破烂烂，照片上的我们算算才二十多岁的年纪，可脸上已经爬上了岁月的沧桑，眼光暗淡、迷茫，笑容是苦涩的。最后，知青食堂几乎快被砸烂了。可能源于理想的破灭，也可能对这些年来经历的“愤怒”。不少男生干活重，吃得多，口粮超支，生产队把超支的口粮作价折合成欠款，要知青在离队前还清，这让即将离队的知青心里很不舒服。

知青“争先恐后”地走了，似乎谁都怕自己被留下来，衣服、财物都不在乎了，送的送、扔的扔，只将个破箱子托运回家，因为打包的东北松木“珍贵”，返城后可以用来打家具。电视剧《今夜有暴风雪》非常形象地刻画了知青大返城的悲烈场面，有人认为这不可能，是丑化，我坚信完全可能，而且深深理解，当时那个“盼离、盼归”的心情真叫作不可阻挡！不留到最后的人是无法体会的。我曾坐在最后离队的马车上，望着东下坡心里暗暗发誓“我这辈子再也不会回来”！然而，事过境迁，1996 年和 2004 年，我又分别和余建华、陈蓓蓓等两次投入返乡的热潮。可见痛归痛、恨归恨，对小三家子这片土地还是有爱！还是念念

2012 年，在上海儿童医院

不忘它曾是我们锻炼过体魄、磨炼过意志、挥洒过汗水的地方，并真切希望它如今在改革开放的政策下越变越好！

重阳晚霞兴安岭

原张地营子公社霍尔沁大队
上海知青　章解忠

摄于下乡期间

就要返城了，这是我最后一次值夜。

已是重阳，按说此时江南正是菊花盛开、河蟹上市的季节；而大兴安岭深处应该是寒风凛冽、冰天雪地。不过今年兴安岭在重阳节还没有下雪，只是黄花菜枯萎了、狼牙棍发焦了、野花凋零了……到处是一片金黄色。

呼玛河畔，有一个小棉帐篷，是我和同队的鄂伦春族青年猎手小司临时的住处，旁边是一堆木料，几堆土坯，准备盖地窨子用。帐篷后面是一大片人参地，霍尔沁大队委派我俩在这儿看护人参，防止野兽糟蹋和贼人偷窃，抽空给人参地除除草。地窨子还没有盖起来，我俩只得临时住小棉帐篷。

远处的山脚下，有一个百十户人家的小村庄，家家户户的烟囱上冒着缕缕炊烟。几个满族姑娘正专心致志地在采摘榛子、木耳、猴头。她们一会儿钻丛林，一会儿爬柞树，时隐时现。

西山的群峰已经吞没了夕阳，只留下一丝寒冷的霞光。我和小司各骑一匹骏马，两匹红棕色的鄂伦春猎马离开小村庄，一路小跑，齐头并进来到深山峡谷中。我俩各背一支七点六二的老式步枪，腰间别一把短刀。他穿一身狍皮马褂，马背上驮一副渔网；我的马背上驮一只麻袋，麻袋里装着烟、酒、罐头和一些别的东西。

我俩骑着马，一路查看小司几天前下的狍子套、野兔套……仔细搜寻猎物。突然，小司重重地推了我一下，操着生硬的普通话："小木匠，快看！山下的沼泽甸子。"

我顺着他手指的方向一看，只见两只硕大的狍子，一前一后，狂奔在一片开阔的沼泽甸子上。

我立刻跳下马背，紧张地端起步枪，推上子弹，准备射击。小司不慌不忙地跃下马背，一把拦住了我："别慌，看我的。"他迅速地摘下枪，顶上子弹，把枪架在一棵白桦的树杈上："如果你一个也打不中，让它们跑了那多可惜呀。"

他双眼全神贯注地盯住准星，枪口随着奔跑的狍子移动，随时准备扣动扳机。

突然，跑在前面的一只狍子站住了，它傲慢地回头望望自己的"伙伴"，后面那只狍子很快地超过它。继续向前狂奔。"砰……"在这一刹那时间，小司扣动了扳机，他没有错过良机。

"砰、砰、砰……"枪声回荡在深山峡谷中，仿佛有两小股人在发生枪战。同时，响起一阵绝望的惨叫，一只硕大的狍子应声倒地。另一狍子听到枪声和"伙伴"的惨叫声，早吓破了胆，拼命朝树丛林木中乱窜，我俩赶紧跃上马背，也像射出枪膛的子弹，兴奋地冲下山去。

那只硕大的狍子倒在沼泽甸子上，拼命挣扎着，鲜血染红了周围的沼泽甸子。"好枪法！"我对小司跷了跷大拇指，他机械地一笑。那只狍子被打穿了脖子。我不忍心看它痛苦地挣扎，想补上一枪，让它快点死去。但想到一张狍皮穿了两个窟窿已经不值钱，再添两个窟窿更不值钱了。我俩耐心地看它挣扎了一会儿，慢慢地变成浑身抽动，抽动一会儿，终于一伸腿断了气。

小司抽出腰间的短刀，熟练地卸下狍子的四只蹄子，然后去头、剥皮、开膛……他打开狍子的腹腔，取出肝脏，血淋淋的、还带着一丝微热就把它生吃了。吃完后抹抹嘴，又用双手去捧狍子肚子里的鲜血喝，喝得满嘴、满脸、满牙都是血，像在脸上开了个彩帛铺，红的、紫的、黑的，布满脸上各个器官，一股难闻的血腥味直向我扑来。鄂伦春人有生吃肉类的习惯，据他们说：生吃狍子肝、生喝狍血，可以明目壮阳。所以，他们打到狍子，就先生吃狍肝、生喝狍血。我看不惯这种野蛮、粗暴的原始行为，默默地转过脸去，忍不住为这可怜的动物祈祷："生灵是这样残酷无情，他们互相吞食、弱肉强食，这大概就是生态平衡吧……"

吃完狍肝、喝完狍血，他卷起狍子皮（狍子皮喷上高度白酒，晾干后，鄂伦春人常把它当成褥子用，十分柔软、暖和，夏天还能防潮），弄干净内脏，把狍子按四条腿剁成四块，给我两块，叫我拴在马背上，他自己也栓两块。我拴好狍子肉，抽出腰间的短刀，蹲下身子，去卸狍子头上的一对角。狍子角十分好看，一对角上有八个梅花杈，角和角之间的连接处有斑斓花纹，花纹图案复杂，耐人寻味，像是能工巧匠雕琢上去的，我看了爱不释手。心想把它装在墙上，既可以挂衣物，又是一件很好看的装饰品。我卸狍角的时候，小司在沼泽甸子上找了一个大冰坑，用枪托砸开冰，捧起冰下的水，洗干净脸上和手上的血污。

处理完狍子，我俩扬鞭策马驰向呼玛河畔。在路上，我俩意外地发现一处野鸡窝，野鸡没逮着，却掏到了六个野鸡蛋，我把野鸡蛋放进口袋里，准备用水煮着吃。

呼玛河水流湍急，潺潺有声，清澈的河水一眼可以见到河底，两岸已结上厚厚的冰碴子，过不了几天，整条呼玛河都要冰冻起来。我俩穿过一片密密麻麻的柳条林，找了一个浅水处，小司解下渔网，叫我拿住一头，自己拿住另一头，骑马涉过河去。我俩隔着河，拉网捕鱼。一会儿，只见两三条半斤多重的鱼儿挂在网上。半个多小时我俩已经捕了十几条，这些鱼儿我大部分叫不出名来。

我给两匹马饮完水，拴在帐篷边的牲口槽上，解下四块狍子肉和麻袋，加足草料，让它们安安静静地吃草。

晚霞收尽了可爱美丽的余晖，山峦丘壑中星星点点地飘起了烟岚，在寒风吹动下，奇形怪状，千变万化。采榛子、木耳、猴头的姑娘们已背起沉甸甸的麻袋，满载而归地朝小村庄走去。我俩撅了很多干树枝，在远离树林的河边大沙滩上燃起一堆篝火。

累了，我坐在篝火边，紧紧身上的棉袄，放下枪，从麻袋里掏出两只水果罐头，打开盖子。这是下午去 20 里外的小村庄供销社买来的。他拿着刀，蹲在河边洗鱼和洗一大块狍子肉。一会儿，鱼洗完了，狍子肉也洗干净了。小司和我隔开篝火对坐着，用刀戳住鱼，往火上烤，把鱼烤得两面发黄，散发出一股诱人的香味。鱼烤熟了，他扔给我两条。他又烤狍子肉，狍子油滴在篝火上，燃起一阵阵散乱的火星子。一会儿，狍子肉的异香也散发在篝火边。他分一半给我，烤狍子肉有一股难闻的膻味，吃不下，我只吃烤鱼。

两只水果罐头吃完了，我从衣袋里掏出半盒牡丹牌香烟，抽出两支，递给他一支，用火炭点燃香烟，起身去河边舀了一茶缸凉水，放上六个野鸡蛋，拿棍子拨出一堆火炭，放上茶缸煮着。小司回帐篷取来一瓶烧酒，顺便带出来我的一台半导体收音机。酒瓶里泡着一根又粗又长的青黄瓜，我对着酒瓶纳闷，黄瓜又粗又长，瓶口又细又小，里面的黄瓜完好无缺，他是怎么塞进去的呢？我百思不得其解，忍不住问了他一声。

他笑着回答我："黄瓜刚出藤的时候，就用瓶子套住它，黄瓜在瓶子里长成又粗又长后，把它剪下来，洗洗干净，泡上酒，不就成了黄瓜酒。"

我恍然大悟:“有意思,你用的什么酒?”

“二锅头。”

“好酒!”

……

我生平第一次见到用黄瓜泡酒,也是第一次品尝黄瓜酒。江南过重阳节,喝菊花酒、吃重阳糕,没想到今天我在兴安岭过重阳节,能喝黄瓜酒、吃烤鱼和野鸡蛋。

野鸡蛋煮熟了,我迫不及待地倒掉开水,取出鸡蛋,把茶缸递过去,让他倒酒。

他把瓶子里的酒都倒净,才半茶缸子,我喝了一口,真美!醇香的烧酒夹着清香的黄瓜味,穿过肠胃,直透丹田。

“这酒真好喝啊!”我赞不绝口。

他愉快地笑了。

夜色已经笼罩兴安岭,半个月亮明亮地挂在山顶上,没有一丝云雾烘托,群星散在苍空中,俯瞰我俩,不停地眨眼睛。连绵起伏的群山披着寒冷的月光,静卧在夜色中,像一只只凶猛的野兽,张牙舞爪,时刻准备吞噬山坳。

酒至半酣,他乏味了,打开我的半导体,天空中转来阵阵优美动听的旋律,旋律悠扬在河水上,传播得很远很远。

我喜欢音乐,但此刻没有兴趣欣赏音乐,醉眼朦胧,神思遐想。“独在异乡为异客,每逢佳节倍思亲”。今天是重阳节,怎叫我不思念远在江南的亲人?我掏出日记本和钢笔,喝一大口烧酒,乘着酒兴,写下《采桑子》词:“苍山野岭篝边醉,乐在其中,乐在其中,北国寒秋大地冰。重阳但愿亲

摄于2015年4月

人好，千里同情，千里同情，苏浙菊香蟹味浓。”写完，眼泪情不自禁地扑簌簌滚了下来。

此时的小司，早已经没心没肺地进入了梦乡。

藏在心头34年的愧疚

原张地营子公社泡子沿大队
上海知青　蔡绍华

摄于下乡期间

藏在心头34年的秘密，实在难以启齿，但心里总被愧疚感压抑着。后来终于鼓起勇气，道出真相。

1978年夏，大批知青均已离乡返城，原泡子沿二队的男女青年宿舍已空无一人，为图方便，我搬进了二队男青年宿舍。

好大的一片空间，我在宿舍里置起了木匠间。白天我照常干活，晚上利用业余时间，干些木工活，给需要的人打些家具，如：五斗橱、梳妆台、床头柜、小炕桌、折叠圆桌等。从中适当收取些报酬，生活倒也蛮充实的。

那天，和往常一样，中午收工回到宿舍，推门进屋，只见一只约有四五十斤重的小黑猪闯进了我宿舍。

说来也真有点怪，平时我都是空着手的，那天偏偏手中拿着一根小棍,看见小黑猪在房间里,随手就敲了它一下,小黑猪连叫带跑踉跄地蹓出了房间,我并没在意。

我在房间里洗了把脸,端着洗脸水往外倒,宿舍走廊里的一幕让我惊呆了:小黑猪躺在走廊里,一动不动,七窍流血,走廊的地面上一大摊血。我几次试着用手拨弄它,双手在猪肚皮上摁,给它做人工呼吸,但愿它能醒来,均无济于事。

活生生的小猪被我无意中轻轻一下就打死了,平时杀只鸡也得费把劲,看来这一下是击中"命门"了!

怎么办?是公开承认,还是隐瞒下来?说实在的老乡将一头小乳猪养到这么大,确实不容易,过年过节都指望它在餐桌上唱主角呢。

这小猪是谁家的我不知道,一旦公开,赔偿那是无可非议的,可我能拿什么来赔偿呢。那时农村的收入有目共睹,忙乎一年也拿不到几个钱,若要赔偿,真是心有余而力不足,不赔偿吧,良心上说不过去。一番内心挣扎,最终还是私心占据了上风。

死小猪怎么处理?把它扔出村外?这倒是个难题。我住的宿舍正好在泡子沿的腰街,前后左右都是住家,白天村里人来人往,即便你掩饰得再好,如遇上熟人问"小蔡,忙啥呢?扛的啥玩艺儿?"将作何答对?等到天黑扔吧,万一被人发现,更难解释。整个一下午,脑子都在想如何将这小死猪神不知鬼不觉地处理掉。

说来也巧,傍晚时分,一场罕见的大暴雨倾盆而下,大风雷雨交加,风呼呼地刮着,一声声炸雷啪啪地响着,天空忽明忽暗,大雨一阵紧似一阵。街上无人,这可是个难得的好机会,把小猪装进麻袋,扔到村外去,不就解决了吗!仔细一想,总觉得此办法还是不够稳妥,万一遇上村民,肯定会引起他人的怀疑。

怎么办呢?突然想出一条"妙计"。我把宿舍里土灶边用来烧水的大铁锅掀起,将灶坑里填满木柴,费了好大的劲,把小猪塞进了灶坑，点着了火。熊熊的火焰整整烧了大半宿，就这样把小猪给火化了。

第二天，我和往常一样，中午回到宿舍，一个当地的中年妇女站在宿舍的墙角边，双眼注视着对面一家农户的猪圈。

“小蔡，你见到俺家的小猪没？俺家小猪昨晚一宿没回来。”那妇女见到我随便问了一句。

“你家的小猪长得啥样，有多大？”表面上我的回答很镇静，其实心在怦怦乱跳，“做贼心虚”嘛！

“对面那家的小猪跟俺家的小猪长得差不多。”那妇女怀疑上对面那家农户了。真是冤枉了好人家了。

来农村已经第十个年头了，在即将结束“再教育”快要回城的当口打死了老乡家一头猪，这叫什么事啊！我是带着愧疚、背着债回城的。

事情过去三十多年，如今坦诚道出，心头上那种压抑感终于得到了释放！我打算下一次去黑龙江时，向那位小黑猪的主人及被冤枉的老农赔礼道歉！

2012 年春节，跟随周忠宝来到泡子沿，在周忠宝的建议下，一是答谢达音山的父老乡亲为韩信芳修墓所做的一切，了却周忠宝的心愿；二是看望曾一起下乡的黑河青年，以示对大家的想念。除此之外，便是了却隐藏在我心中 34 年之久的心结。1 月 30 日上午到了泡子沿，原本想找当事人说清楚此事，但到村里一打听，小黑猪的主人郭兰英已移居黑河，这可咋办？

俗话说“心诚则灵”。到了黑河，大家聚在一起时我谈起了小黑猪的事，何小娟和王秀芬说

摄于 2015 年 12 月

知道郭兰英家的住址。我二话没说，立马打出租车来到郭兰英家。何小娟向郭兰英解释了我前去的缘由，可郭兰英怎么都想不起来当年那头小黑猪的事。“大姐你忘了，我可没忘，那是当年我做的错事，我这次就是来赔罪的。”说着拿出600元钱塞给郭兰英，她说啥都不肯收，相互推来推去，最终还是将600元钱交给了她。终于如愿，了却了心结，浑身舒坦！

我的大学梦

原军达汽公社桦树排子大队
上海知青　山水潇

摄于下乡时

我的返城之路还要从我的大学梦说起，儿时的我就十分仰慕邻家大学生姐姐的睿智和儒雅，少年时代的理想就是考入一所名牌大学，可当年我还未满16岁就下乡了，在“一片红”的浪潮中，没有选择，连我这逍遥派也激进一回。正式分配前半年(学校试点)穿上一套绿棉装(自费)，抱着保卫祖国建设边疆的一腔热血来到北疆，以为这比下乡劳动强，兴许还能穿上真军装持枪保国呢！

斗转星移，记得那一年夏季我们这些知青已在农村坚持留守了有六七个年头了，没个结果。一个很现实的情况就是：知青下乡接受再教育多年，培养了我们吃苦耐劳精神的同时也历练了我们坚韧不拔的性格，可自身知识贫乏对农村现代化建设，起不到大的作用。就农村的发展而言，从根本上讲改变不了什么。尤其是我们这些六九届初中生，实际上也就是小学毕业生水平，充其量也最多算个一般劳力吧。我们那个小山村更是变化不大，靠天吃饭，发展一直较滞后；再则一个人远离亲人、在数千里之外的黑土地拼搏奋斗，可时不时地还要靠家里接济，初期连回沪探亲的路费都不得不向父母伸手，成了家庭的累赘，所以父母亲很不放心；同时还担忧着自己的前途和命运。

当时，我队知青通过升学、招工、投亲、病退等各种渠道，陆陆续续已有二十多人离开了生产队。留下的近一半知青对自己未来及去向都感觉非常渺茫、困惑。尽管老乡们在劳动、生活上给予了关心和帮助，但精神上的压力时时影响着知青们的情绪，知青们随着年龄不断的增长更显担忧和不安，同时也默默承受着心灵上的煎熬。我出身在干部家庭，父母一直为我返回南方的事情到处奔走。当父母托人把调令转到我手中的时候，我犹豫了。那时我已任大队党支部副书记——也算是我队知青中的“头儿”了，更何况我们的大队又是公社开展多种经营试点的典型，我认为这一走，辜负了公社领导的培养和老乡们寄予的希望，并且自己走（走后门）与组织上推荐走是两种完全不同的选择。

我始终认为知识是可以改变命运的！同时也改变着社会现状，热切地期望着想通过大学深造来改变自己的命运，成为国家需要的有用之才。坚持在农村的努力，是为了争取作为工农兵大学生“正大光明”地实现我的大学梦，这也是当时知青们所追求的最佳出路。那个年代人们的思维方式及行为准则都带有明显的政治色彩，我当着公社领导的面撕毁了那份珍贵的调令——那份让我离开北方的调令。

1976 年 5 月，我作为知青党代表参加我县的党员代表大会。与会期间,大会特地将我们这些知青代表召集在一起,开了一个座谈会,主要是讨论知青坚持农村继续革命的问题。记得当时我是这样表态的:在农村一天就要干好一天!为此召集座谈会的一位县领导还找我单独谈话,估计是对我的表态有不同看法,在讨论知青坚持农村继续革命的问题上,怎么能不谈扎根农村?

说起我的大学梦,还要说起我的父亲。"文革"中,我的父亲也受到了冲击,好在家庭成分好、没有什么历史问题,作为干部代表,较早地结合到革命委员会工作。可后来又因"走资派还在走"的问题,下放到基层劳动去了。我当时"认为"父亲两次被"打倒",不仅是没有认清"形势",更是因为文化水平不高、"认知"能力不足导致的。尤其是第二次"打倒",对我的冲击很大,那可是心灵上的一次跋涉,思想领域里的一次洗礼,这些身经百战的老革命在社会主义建设中特别是经"文革"初期的"改造",还存在"走资派还在走"的问题?更何况我们这些所谓的"红色"接班人又何去何从呢?在谈到这点上,记得那位单独找我谈话的县领导也无言以对,这更坚定了我要读大学的信念。

那年推荐选送工农兵上大学,公社党委经过激烈的讨论,终于决定给我大队一个读大学的名额。当时推选上大学可是要经过一关又一关的考验,才能赢得老乡们的认可,经大队党支部开会表决,一致同意推选我回上海读大学。最后只要体检通过,就可进大学深造了。我十分兴奋,认为自己就要实现多年来上大学的梦想了。

那年大学招生是在冬季,公社通知我去县城体检。那时我还很单纯,以为提前一天出发就能按时到达县城进行体检了。我所在的大队地处于小兴安岭的深山老林里,人烟稀少,到最近的公路道口,还得步行十几里的山路。在体检的前一天早上,我冒着凛冽的寒风,赶到了另一个公路(林场)道口,冬天可走河套路稍近些，林场车也多，准备在那坐车去县城。不料因前几日下雪，那天去县城的客车停运，我一下子就懵了。好在林场有一位负责路检的上海女知青，得知我要急迫赶去县城参加入学体检，十分同情我的境遇，尽力帮我联系去往县城方向的车辆，因路况很差，来往车辆极少，一直等到天黑，才帮我拦到一辆运送原木到县城的大卡车，我央求这位卡车司机，让他带我去县城，起先司机不同意，因为客车不通，该车驾驶室里早已塞满了搭车的人。司机人很好，听说我要赶到县城参加第二天的入学体检，又架不住我的苦苦哀求，犹豫很久才给了我件大衣，再三叮嘱才勉强同意让我一人坐在满载圆木的卡车上面。现在想想有些后怕，可当时觉得很幸运呢。

山路不好走，下雪后的山路更不好走，翻山越岭上坡打滑，卡车在黑夜积雪山路上小心缓慢地行驶着，黑龙江冬季零下三四十度，夜晚寒风凛冽，吹在我稍带青涩的脸庞上，脸上皮肤都像刀割般的疼痛，双脚冻得都没了知觉，只听到耳边那刺骨寒风的飕飕声……可当时什么也顾不上了，只要到县城就行！司机人很好，一路上停了好几次，让我下来活动活动腿脚，怕我冻坏了。就这样一路开开停停，等进入县城已经深夜了，但我仍按耐不住心中的喜悦，我终于赶到县城了。

我队知青平时很少去县城的，一是交通闭塞，出行不便；二是经济拮据、囊中羞涩，就是回沪探亲路过县城，也很少住招待所的，更谈不上旅店了，住大车店的倒是有的，来往县城一般住在来我队蹲点的粮站干部家里。那晚到了县城，又冷又饿，好不容易找到粮站的一位干部家里，他们很热情，得知我次日要参加入学体检，很惊讶："怎么会这么晚才到？"又是帮我做饭，又是拉我上炕取暖……就这样忙活了一阵子，他们的豪爽和关爱温暖着我的四肢，更捂暖了我的心。经过一天的赶、急、冻、饿，加上兴奋，现在回想起来那一夜不知是怎么度过的。体检的次日县里招生办通知我：因血压稍偏高体检没通过！

瞬间，我被命运抛入了人生的低谷，万念俱灰！

1976年黑龙江的冬天，我记忆中最寒冷的冬季……就这样与大学失之交臂，失去了回上海读大学的机会！

1977年是我国政治、经济、文化开始转轨的一年，也是我迷失方向的一年，正是那年冬季大学恢复了高考！而1977年高考对我们这些六九届初中生来讲，更是可望而不可即哦！

1978年，插队知青开始病退大返城。我也不例外去了县城医院，找了位医生讲了有关我的"血压"故事，医生很同情，帮我开出"病退"证明。接下来细节记不清了，不过去了一次公社卖了当年的余粮，换到些全国粮票，因当时全国粮票可是稀罕物，记得特别清楚！

当要离去时，那天大伙都下地了，是随着一辆来队的送油车走的。支书家就在村口道边，他媳妇正好在家，追问我还会回来吗？我说："我会回来的！"那刻我都不敢正视她的眼睛，更不能正视那里的老乡和那片土地，匆忙、无绪、茫然……

在返沪途中顺道第一次去了北京，住进亲戚家的四合院，他家的三妹已工作，而她却请假一直陪伴着我逛北京城，老大、老二也都在家，大概是在军垦农场务农的，也等着返京，当时军垦农场返城政策不明朗，大家都十分忧虑，很遗憾我们之间竟然无交流，且刻意回避着，可想而知他们当时的压力及不爽，回想我回沪探亲时面对妹妹们的尴尬，我理解他们、同情他们，同病相怜啊！

按照当时顶替政策，我病退回沪等待复查的同时，我母亲也办了提前退休手续，我顶替回到了上海，进入了银行业工作，新的工作环境再次燃起了我强烈的求学愿望。

进入银行业后，我们这些新员工经过一场又一场的基本功集训、选拔、比赛，从班组到部门，从部门到区级部门，一路上过五关斩六将，最后到市级比赛，我得了单项第三名。不久我就考入了业内开设的业余中专学校学习，白天工作，还要挤时间苦练基本功，晚上参加业余中专学习，毕业之际作为人才培养对象，单位又一次推荐选送我报考大学。30 岁的那年，我终于踏进了梦寐以求的大学校门，开始了我人生征途上的又一段新的里程。

我的返城路只用了七天

原罕达汽公社桦树排子大队
上海知青　陈宜芳口述　刘　昕执笔

1978 年，陈宜芳在下乡地和知青姐妹一起劳动

从“一片红”踏进北大荒的那天起，我这个“黑五类”的子女就没想过能重回上海。16 岁的我，在黑龙江省爱辉县罕达汽公社的山沟沟里一待就是十年。十年间，是黑土地的乡亲们把我这个“可以改造好的狗崽子”从死神那里抢了回

来(见本书的姐妹篇《那山那水那嘎𡋾》第243页《我的棺材》一文);是黑土地的乡亲们把我从一个瘦弱的小女孩宠爱成健康高挑的大姑娘;是黑土地的乡亲们为了保护我这个“狗崽子”,把我送到了供销社“享福”……最后,为了能让我顺利返城,还是黑土地的乡亲们一路“绿灯”接力,让我只用了七天的时间就在上海市的接收单位报到了。

我的返城之路就是这么简单。

1969年的5月,身高1.5米、体重只有34公斤的我和其他同学一起来到了黑土地。

罕达汽,这个当年被日本人抢占的采金矿厂址,位于大小兴安岭的深山里。我所在的生产队,只有23户人家,收入和平原地区相比,相形见绌。但乡亲们淳朴善良,见我瘦弱可怜,第二年找了个机会把我送到县供销社,成为了一名在册的营业员。于是,我在公社供销社营业点扎了根。

我没有辜负乡亲们的期望,在供销社这个“米缸”里,很快茁壮成长为身高1.68米、体重65公斤的大姑娘。

1978年开始,刮起了返城之风。为了让我回上海,我父母通过关系在江西帮我物色了个结婚对象。我们见了一次面,没有什么荡漾,也没有什么小兔乱撞的感觉,两人的目标一致:把我从黑土地弄回来。

年底,我拿到了男方单位的“未婚妻介绍信”。就在我准备以结婚为理由申请返城的时候,我接到了父亲的电话。

1979年的春节和往日不同,受对越自卫反击战影响,中苏边境处于战备状态,部队进驻。大部分知青都返城了,老弱妇幼被动员到关内居住,留下的基本上是壮汉。父亲对我不放心,和我约定每周二晚上九点钟都要在邮局等父母打来的电话,利用电话费半价的机会报平安。

1月30日,大年初三晚上,电话那边传来父亲激动的声音:“告诉你一个好消息,我已经退休,你可以顶替我回上海了!江西那边就不要去了，我已经给你找到了接收单位，调令也开好了。”

不知是惊还是喜，我愣在那里脑子一片空白。回宿舍的路上，我的思路混乱：我不用嫁到江西去啦？我不用到街道工厂每天赚八毛钱了？我这个“小常宝”熬了十年终于可以回家啦？我每天都能见到爸爸妈妈啦？

可是，当时国家的政策是只有务农的知青才可以顶替返城。我在供销社已经是正式工人编制了，怎么办？

我的室友小叶也是知青，被抽调到公社卫生院工作。当晚，我们俩几乎是异口同声地讲出了可以回上海顶替的事情。我们不是务农的知青了，怎么办？“管他呢，先拿到调令再想办法！”为了尽快回上海，我们决定亲自回去取调令(担心邮寄调令时间长而且有丢失的可能)。

第二天天一亮，我们俩就到单位请了探亲假，搭乘便车赶到火车站。

2 月 1 日中午，13 次列车停在了上海老北站。由于担心被邻居举报，我和小叶都没敢回家。姐姐把调令送到火车站，我们就像电影里特务接头一样，一起吃了碗馄饨，拿到调令的包包之后，我和小叶又乘下午六点的火车到嫩江。

因战备状态，火车只能到嫩江。2 月 2 日，我们坐的长途汽车到达了罕达汽。

我马不停蹄地敲开了公社书记罗洪家的大门：“罗书记，我想回上海。”罗洪看了调令，平静地说：“省里早就开过会了，对于你们这些抽调上来的知青，只要想回家，全部恢复务农知青待遇，放心吧。”

或许是罗书记打电话通知了有关部门，抑或是我已经不是第一个这样办返城手续的人了，当我带着辞职报告赶到县供销社办理退职手续的时候，一切是那么顺利。档案局的同志当面把我在供销社工作的档案抽出来销毁了。

我回到了罕达汽，罗书记和众多同事已经准备为我送行了。从2月2日到4日凌晨，我花光了所有的积蓄，请乡亲和同事们吃饭，以表达我对他们的感谢。乡亲们同样含泪不舍地回请我吃饭。几十个小时，在罕达汽饭店，流水席就没断过。酒水、泪水，都融进了我对这片黑土地的深厚情谊；祝福、叮咛，都饱含了罕达汽父老乡亲对我的无限眷顾与爱恋。

2月4日凌晨，在供销社领导和乡亲们的催促下，我坐上了拖拉机。这是罗洪书记特地为我安排的。由于战备紧张，黑河被封锁了，回上海的火车只能从嫩江上车，拖拉机也只有夜里才有空闲。

当我坐在拖拉机上和乡亲们告别的时候，呼啦啦一下子围上来很多人。他们往拖拉机上塞着为我准备的野生黄芪、木耳……我的眼睛再次模糊了。

为了赶时间，我们必须走原始森林。白天走在这里，一片绿油油的红松着实招人喜欢，罕达汽人做饭都烧红松。可到了伸手不见五指深夜，不要说没有路灯，就是举着灯也分不清哪块儿是坑，哪块儿是土堆，仿佛行走在悬崖峭壁上。

就这样颠簸了八个多小时，终于上了回家的火车。

2月5日上午九点四十分，我冲出上海老北站，直奔物资局报到。为了避免夜长梦多，怕被举报私自返城，报到之后我没有回家，而是去了派出所，把户口先办好。看到户籍警在户口本上盖好章，我心里的石头终于落地了，轻盈地回家了。

尽管我自认为考虑周全，处处当心被举报，最后还是没有逃过这一劫。

两个月后的一天，我接到罗洪书记的电话。他告诉我，虹口区劳动局专门派人到罕达汽外调我的情况。据说是有知青举报我不符合返城顶替的条件。当然，罗洪书记早就有准备，一切以档案为准嘛。

我有一句口头语："北方人真心、实诚。"他们不管你是贫、富，对待知青一视同仁。在罕达汽，没有听说老乡欺负知青的。从1990年开始，我先后24次回去看望那里的亲人们。

几年前，得知罗洪书记罹患淋巴癌，我把他接到上海看病。三个月的上海治疗无果，在他回家的路上，我把珍藏的药材给他路上吃，可以保证他平安到家。

十年的青春洒在这片黑土地上，结出了浓浓的亲情硕果，我无怨无悔。当年，我要离开这些亲人的时候，难舍难分已经不能形容当时的场景。我忘不了刚下乡时和老乡们斗气，我们知青把农民用来过冬的粮垛点着，还围着火堆跳舞的忏悔；忘不了冯大爷为了我这个"黑五类"小丫头的"死"，让出自己的寿材；忘不了为了救我的命，一卡车的小伙子赶来献血；忘不了临走时这没完没了的流水席……

陈宜芳，拍摄于2015年5月

1970年代，下乡时的季之浩

告别太阳沟

原上马厂公社新曙光大队
上海知青　季之浩

我独自坐在知青宿舍的土炕上，凝视着眼前那只用白木板条钉成的大箱子，思忖着还有什么事情没有办好。明天一早，队里有马车去黑河拉货，我正好可以带着箱子搭车离开这个叫作新曙光大队的下乡地。我在这儿待了九年。

说来真像做一场梦，对于回上海几乎绝望的我们，突然可以办理回沪手续了，那张户口准迁证无疑等同于一份“特赦令”，让我有着起死回生的感觉。很快，我可以每月拿到传说中的工资了，且不受旱涝影响，更没有倒欠透资的说法；今后每天穿着流行的工作服，里面甚至可能穿白色的的确良衬衫，或者大翻领运动衣，骑了凤凰13型锰钢自行车上下班，哦，还有属于自己自由支配的星期天……

办妥一切手续后心里那个爽哟，我一路高歌一路奔跑，往返九十里的山路，一点都不觉得累。回到生产队又是朋友送行一顿酒足饭饱。

棉衣棉裤棉鞋及零零碎碎的物品已经易主了，眼下正值初冬，外套里面穿着毛衣秋裤出门应该能够扛得住，那些个笨拙肥大的衣物带回上海也是个累赘，唯有那顶戴在我头上的皮帽子，要等我离开黑河的最后时刻，送给那个向我“预定”的朋友。

白木条钉成的箱子里放着当年从上海带来的箱子，还有村民朋友们送的榛子、瓜子、木耳、蘑菇等山货，那是一份沉甸甸的心意。替换衣服及日常用品放进了那只当年凭上山下乡通知书买的旅行袋，一切都似乎安排妥当了——如一首歌里唱道：“我曾经豪情万丈，归来却空空的行囊……”正是好多知青离乡时的写照。我们为之付出了青春，结果却什么也没有得到。辩证法的否定之否定可以用螺旋式前进来比喻，而我在外漂泊了多年又转回到生我的土地，却是落后了，是反螺旋式的。“我已是满怀疲惫，眼里是酸楚的泪”，一切要从头开始，学习本领重新跟上社会步伐。

有一种留恋有一种难以割舍的情绪在心里蔓延滋长，毕竟九年了，明天就要离开了，和乡亲们曾经一起开荒种地，一起修路伐木，一起喝酒吹牛，一起打野猪、套野兔……朝夕相处的山山水水，这辈子还能见到吗？我突然想去村子西面的太阳沟看看，那是我们这里的一景，更是我心中的怀念。

午后，社员们都去干活了，我一个人漫步出村朝那个叫太阳沟的地方走去，十几分钟后我已经走到那个两山夹一沟，山脚下有溪流的叫太阳沟的地方了，远处山顶上那棵大松树犹如迎客松，高高耸立。太阳沟实际上是好多年前队里搞副业烧炭窑的一个山沟沟，后因谐音“炭窑”逐渐被叫成太阳沟了。

太阳沟说是沟，其实是一片宽阔的草甸子，草甸子里有一些不知什么年代留下的大石头，形状奇特，最奇特的是远处正面山顶上那棵大松树了，枝繁叶茂苍翠欲滴，想想很奇怪，当年是谁爬到这么高的山顶上去栽了这棵松树呢？我登上过这个山顶，伸出的巉岩有点像狮身人面的斯芬克斯，虽然没有口鼻可辨，也很有意思。我曾经手脚并用气喘吁吁爬上去，大树有两个人合抱那样粗，站在树下，仰望枝叶茂盛如华盖般的树顶，有一种被保护的感觉，树下地面隐约露出的树根如老人青筋暴露的胳膊，摸着粗粝的老树皮，感受着沧桑的岁月。树的枝丫和松针之间有叽叽咋咋的小鸟在嬉戏，也奇怪，它们怎么不怕人呢？九年的下乡日子，我对太阳沟有着依恋……

夏天，太阳沟凉风习习，我有时候去那里看家信，有时候会吹一曲笛子，也有时候到那里去看书，看到沉醉时犹如喝到一瓶好酒，一番欢畅淋漓。还有时候去那个地方坐着发呆……总之，那是我超越现实、抚平心中惆怅的心中的圣地。

后来我有了照相机，大约是1974年的事情，我回沪逛南京路上的"冠龙照相器材商店"，看到有"海鸥"230出售，进店出店三次后形成了购买决心。记得当时还顺便买了显影粉、定影粉和照相纸，还买了一只冲洗胶卷的显影罐，因为在生产队里使用相机后期处理毕竟不便，我得搞点因陋就简的装备。

太阳沟的景色是我和同学以及村民朋友拍照的第一选择，所幸，在时光的流逝里我还保留着一两张太阳沟的留影，可惜，当年只在意拍摄人物而忽略场景，照片里没有摄入大松树，使我遗憾万分。

那天我徜徉在太阳沟那片开阔的覆盖着一层薄雪的草甸子上，思忖着这九年的生活，从对这片土地的陌生到熟悉，从和老乡的对立到友好，我们究竟做了什么有意义的事情呢？以前流传老农嘲笑知识分子，说知识分子韭菜和小麦分不清，把大片的小麦当成韭菜了，以此贬低知识分子。这个笑话我一点都笑不起来，区分韭菜和小麦是比较简单的，只要三言两语就能够搞清楚了，而知识分子却从来不会讥笑老农不懂高等数学不知道化学元素周期表。其实每个人所从事的工作不同而掌握的知识点不同。算了，不想了，谁都说不清的事情我怎么搞得懂呢？反正明天就离开这个地方了，接受贫下中农再教育的过程画上句号了。

我带着一份虔诚的心情，朝着远处山顶上的那棵大松树，凝望了好一会：再见了太阳沟，再见了大松树，我会记得你们的！

2015年岁末我又踏上了当年的下乡地，这是我第三次重返黑土地，前两次在队里逗留的时间比较短，这次我决定在新曙光住一两宿，好好和昔日的老乡们唠唠嗑热乎热乎。当晚村里搞了一台大秧歌欢迎我们，同去的有黑河知青和上海知青，大幅标语上写着“欢迎老知青回家”。当晚，酒足饭饱后就到村礼堂里狂欢，穿上花花绿绿的衣服扭秧歌，还有戴上假面具拿着道具的，村民们的热情可见一斑。说实话，以前在东北这么多年从来没有经历过这样欢快的场面。

2015年12月重返黑土地

第二天，我由几个朋友陪着去了太阳沟，那棵老松树已经没有了，听介绍是三个村民去炸石头，动念头想要用那棵大松树当盖房子做家具的木料，所以炸石头的时候连带着把那棵老松树一起炸倒了。后来的事情很诡异：炸石头连带炸松树的三个村民，一个人的一只手被铡草机铡掉了，另一个人的一根手指被农机上的铁杆墩掉了，还有一个人从马车上掉下来，车轮从脑袋上滚过去，当场毙命。因为没有见到老松树，心里也有一点失落。

但愿太阳沟的那棵老松树之魂，永远庇护着这片黑土地，愿村民的日子越来越好！

1976 年 8 月，爱辉县四嘉子公社山水库竣工当日

本人成分：农民

原四嘉子公社小三家子大队
上海知青　于彩霞

1979 年初，一个十分寒冷的冬天。我怀着十分愧疚的心情，离开了上任仅十几天的县团委，告别了生活战斗了九年的黑土地，迈着沉重的脚步，踏上了回家的路。在列车发动的那一刻，听着悦耳的汽笛声，我的眼泪禁不住流了下来，是什么心情，我说不出来，反正我有让列车倒开的冲动。临近年关，车厢里并不拥挤，我找到了自己那个靠窗的座位，总算静心地坐了下来，同车托运的还有几箱上好的木料，那是好哥们张国强送给我回去打家具用的。周围充满嘈杂，旅客们有说有笑，可我却感到前所未有的孤单和寂寞。我目不转睛地看着窗外，想把外面的一切尽收眼底。“一站站灯火扑来，像流萤飞走；一重重山岭闪过，似浪涛奔流。”贺敬之的诗句，使我心情好了许多。返城了，回家了，本来是一件多么令人振奋的事情。这两年我在公社知青办，为上百位战友办理了病退返城手续，大家都高高兴兴地走了，而我自己怎么就走得这么艰难？为什么会有那么多的不甘心和放不下？

夜深人静，伴随着车轮压在轨道上的节奏，往事一幕幕地浮现在我的脑海里。就在一个多月前,县委组织部杨洪部长来到公社找我谈话。他传达了常委会的决定,调我到县团委担任书记,还转达了隆洲书记对我的鼓励,没有考虑的时间,第二天就要报到。这突如其来的提任,我没有思想准备,但也没觉得惊讶,也许是那些年风雨变更习惯了,左右不了自己,何去何从,麻木不已。已经到嘴边"我要回家"的那句话,始终没有机会,也没有勇气说出来。

穿着洗得发白的绿军装,背着旧挎包,毫不陌生地来到了县团委。独立的办公室,为我准备的团代会工作报告已经放在桌子上。内勤王姐告诉我,月底就要召开团代会,新任团委书记即将亮相。看着周围期待的目光,我强装微笑,内心却是翻江倒海,无地自容。在以后的几天里,我根本没有心思上班,脑子里乱哄哄的,经常跑到江边,站在寒风里,望着冰冻三尺的江面发呆。在这江边,战友刘琼临走时曾劝过我,叫我不要再干了。如今,我又来到这里,一个人苦思冥想。我首先想到的是这些年来组织对我的培养,1976 年我与大学擦肩而过,党委承诺第二年送我走。可 1977 年恢复了高考,我只能望而兴叹,谁也不怨,认命了。当地组织没有愧对我,这次提任也许有这层意思。如果没有知青大返城,我也许会珍惜这份工作,而今天的局势发生了翻天覆地的变化,战友们都回去了,我难道就永远留在这里吗?我能接受远离父母和亲人,在遥远的北大荒结婚生子这个现实吗?又有谁能替代我心目中的那个他?许许多多的问号在拷问我。我虽年轻好胜,但毕竟少不更事。这些年来,在自己的去留问题上,始终踌躇不前,最后选择的都是随波逐流。出于虚荣心,往往还会强装轻松来掩饰自己的无奈。想到此,我觉得思路突然清晰起来,不能欺骗自己,更不能隐瞒组织,已经到了为自己想想的时候了,决不能再做违心的事。经过几天的反复思考,我下了决心:辞职,回家,绝不后悔!我将辜负当地领导对我的期望,这份愧疚只能成为一个心结,深深打在心灵深处。所以,

1992年我第一次回黑河,恭恭敬敬地去探望了当年的县委书记吴隆洲,说起那段往事,老人还记忆犹新。

窗外还是白雪皑皑,但玻璃上的冰凌已逐渐化开,从窗内往外看,视线开阔了许多,不由自主地联想起了自己的情感问题。其实。这次毅然决定回家,还有着一份特殊因素的驱使。几年没有联系了,他还好吗?我知道他已经成了老家一所大医院的外科医生,他能等我吗?能?不能?不管怎样,回味甜蜜往事还是会使人兴奋起来。我的初恋是一位神秘的、略带野味的大男孩。我们是小学、中学同学,又一起来到小三家子插队,祖籍都是渤海湾。从性格上来讲,他低调深沉,我显山露水,大家很难将我俩想到一起,但两颗年轻的心却情投意合,用他的话讲就是"互补型"。我们的恋情开始于1972年春天,由于那个年代的极左思潮和不成熟的心理,我们不想让战友们知道这件事。每当回到上海,俩人就会手牵手地逛公园、看电影。一旦回到队里,就像不认识一样。一年后,家长的一纸电报将我们召回沪,安排我们转回老家,等待上学。我当时已经递交了入党申请书,不想就这么走了,但又想跟他在一起,于是暗示他先走一步,我入党后会去找他。就这样,我们在上海的公平路码头挥泪告别。他回乡以后,在海边的养殖场干活,我回到了队里,仍在大田里拼搏。鸿雁传书,讲述着彼此的境遇。他在信中写道:"中秋之夜,大家都回家团圆了,我留在场里值班。四周静静的,我躺在小船的甲板上,望着天上又圆又大的月亮。朦胧中,我仿佛看见你坐在船头上,我叫你过来,可你就是不肯。我想起身去拉你,可怎么也起不来。那天晚上,我做了一个甜蜜的梦……"几乎在同一时间,我也在信中写道:"今天是中秋节,食堂里做了好吃的。晚上的月亮好大好圆啊,在宿舍门口,一个扎着小辫的姑娘,遥望着家的方向,思念着那个大男孩……"

我1974年底加入了中国共产党,多年的愿望终于实现了。伸伸自己累伤的腰,看看自己手上的茧,觉得一切都值得。可事与愿违,老天又为我安排了下一步。1975 年初,我被结合进公社党委,任副主任,据说是在几位优秀的知青候选人中脱颖而出的。命运往往是在捉弄人,从来没有表示过“扎根”的我,却迫不得已地又一次留在了那里。随后就是带队修建开山水库,得到了当时的省委书记刘光涛的接见。我的一个个光环,对他来讲,无疑是一次次打击。他当时已经被推荐上了医学院,多少次盼望我在信中告诉他,已经离开了黑龙江,结果却使他一次次失望。就这样,我们的通信越来越少。为此,我曾暗暗流过眼泪,觉得对不住他。我们短暂的恋情纯真而简单,彼此虽没有承诺过什么,但我当年的一点暗示,无形中成了谎言。

列车还在奔驰,我已经闻到了江南的气息。我合上了日记本,又从背包里拿出战友钟惠秀的信:“彩霞,快回来吧,上海的梧桐树在向你招手……”

华灯初照的小年夜,我回到了上海,风尘仆仆地踏进了家门。在感受着亲人温暖的同时,却难以忘记那第二故乡的一切人和事,挥不去那镌刻在心上的道道印痕。

到家后,我在第一时间得到了两个信息。第一个信息是我的初恋男友已找到另一半,即将结婚,我指望的一丝希望顿时破灭了。第二个信息是妈妈已被批准提前退休,春节后我就可顶替到国营大企业上班,调令还在路上,我已经到家了。我没有为第一个信息而太过伤心和沮丧,因为我不怪他,有谁能等一个虚无缥缈的人?我也没有为第二个信息而兴奋,因为那是水到渠成的事,既然已经放弃了那里的一切,回到上海,干什么都行,反正没文化干不了大事,从头来吧。记得到家后的那个晚上,我翻来覆去睡不着,思绪万千。虽已回到了大上海,但心里真的高兴不起来。前面的路是那样的陌生……翻开临行前故乡亲人赠送的日记本,第一页上是乡党委书记送给我的诗:“春立壮志赴边疆,夏日炎炎志如钢。秋高气爽再转战,冬雪更觉梅花香。”我情不自禁地翻过来,在第二页上写了伟人的诗句:“雄关漫道真如铁，而今迈步从头越。”就这样，我开始了回沪后的新生活，成为一个新上海人。

春节过后，我来到无线电九厂报到。填写职工登记表时，我在“本人成分”一栏里填上了“农民”。当天就上了流水线，成为一名装配工人。我拼命地干活，如饥似渴地读书。取得了初中、高中文凭后，已经是孩子妈妈的我，丝毫没有放松，坚持不懈地学习，直到大学毕业。1993 年，我如愿以偿成为一名光荣的人民教师。

20 多年的教育工作，倾注了我对学生无限的热爱。面对那些十几岁的孩子，我心里充满了羡慕，因为他们赶上了好时光。那段“知青”的年代对于他们而言，简直就是传说。我经常讲北大荒的故事给学生们听，告诉他们当年求学的坎坷和艰辛，激励他们珍惜美好的学习生活，奋斗在当下，做事先做人。在教育战线上，我付出的是一颗真挚的爱心，收获的是“桃李满天下”的喜悦。我感谢党的改革开放政策，使我实现了梦想，人到中年找到了自己喜爱的职业，得以在这迟来的教育工作舞台上施展才华。回沪后的奋斗历程坎坎坷坷，充满挑战。如果说当年的离开是一种退缩，那而今的奋斗就是一种重拾。

1992 年 12 月，第一次返乡，与当年县委书记吴隆洲(中)、公社党委书记王开恕(左)合影

时过境迁，当年的知青都已年逾花甲，每当聚在一起，大家谈论中最动情的内容，还是那个年代的故事。在我的人生轨迹中，最难忘的，还是当年那条回家的路。

忆於崇华

原爱辉公社三好三队上海知青
何　敏　包德成　董安清

1996 年 5 月，于哈尔滨驻沪办前，前排左二於崇华、左三何敏、前右二董安清，后排左三包德成

那一年年前的 12 月 10 日，复旦大学门前大街，一辆货车将一位骑自行车者撞倒，经全力抢救无效，不幸身亡。当晚，我们接到了多方面来的电话，惊悉那位身亡者竟是复旦大学数学系教授、我们当年一起下乡的知青哥们——於崇华。

於崇华是 1977 年恢复高考制度，第一批参加高考并以优异成绩被复旦大学数学系录取的。然而，今天是想更多地回忆他在考上大学前，与我们在一起下乡近八年的不平凡岁月。

1970 年 4 月 4 日，我们原五十八中学的 18 名(12 男 6 女)六九届毕业生，离沪赴黑龙江省爱辉县爱辉公社农村插队落户，分配在一个生产队。於崇华在男生中算是羸弱的，白净、瘦削的脸上架着一副眼镜。在那个年代，他称不上有人缘，比起那些身体强壮、掌握生产技能较快的男知青，他是逊色的。刚下乡时他给人的印象是个弱不禁风的白面书生，干起庄稼地的农活实在不行，总怀疑他出工不出力，以至于生产队长让他与二线妇女一起干活，大寨式评分也与她们基本同一水平。在这“广阔天地”的黑土地，似乎难以容下这个大城市来的知青。而於崇华对此并不在意，甚至还说希望多下几天雨，这就可以不出工以便做自己想做的事。这“怪论”曾受到上海带队干部的认真指正，希望他要改造世界观，踏实接受贫下中农的再教育。

别看他干农活不咋地，却有着高谈阔论的本领，国内外大事、天文地理、古今中外等，总能侃出不少。因为他知识面广、能言善辩、率真直爽，喜欢追根究底、辩论不服输，我们当时给他起个“博士”的雅号。然而让我们对他另眼相看的并不是他有否劳动技能和高谈阔论，而是每天辛勤劳作完，当男生起哄、打牌、抽烟时，他却一个人在微弱的煤油灯下看书做题。一开始我们都不以为然，直至后来才知道他在做数理化习题。对于我们实际只有小学文化水平的六九届来说，那些教材及密密麻麻的各种符号简直就是天书，但於崇华凭着对知识的渴望和顽强的毅力，在没有老师指导的困境下自学，生生把初中及部分高中的数理化课本都“啃”了下来。

1972 年初，於崇华上海探亲回生产队，跟大家说起上海广播电台正在教外语，问董安清等男知青有否兴趣学？我们有几个喜欢外语的，只是下乡没了条件。经他一说激起一股小小的外语热，根据他从上海带来的英语、日语初级教材，自制了许多小卡片带在身上，一有空闲就相互背单词、简单会话等。1973 年，听说高等院校的招生要考试择优录取，我们得知这一消息就抓紧时间学习，於崇华自告奋勇地担当起给大家教学的义务。以后成为上海市重点高级中学老师的包德成，回忆起这段难忘的学习生活时说：“崇华的讲课层次清楚、有条理、逻辑性强，尤其是几何讲得更好，至今仍给我留下极其深刻的印象。”我们有学习问题请教他时，他总是无私地给予指导。

当时我们大队有四个生产队，每队知青点的学习热情非常高涨，生产大队为了让大家都有机会争取上学，决定进行一次自愿报名的文化考试。考数学和语文两门；报考者真不少，二队有不少知青是老三届的初高中，他们在校时受教育程度和知识水平相比于六九届要高出许多。而考试的结果是於崇华得第一，他数学满分，语文为最高分；语文的作文是让大家写一篇关于如何看待文化知识对我们生产和工作的作用。记得他写的题目是“一棵毒根两个苦瓜”，既批驳了读书做官论，又反驳了读书无用论，最后结论是读书是掌握知识的必要之法，且其写作文笔特别流畅。负责考试的领导啧啧称道：小於了不起，上海知青中居然还有这么好的人才。虽然当年还是极左思潮占上风，考试成了走过场，由于於崇华过不了劳动关未得到推荐。但是，对取得好成绩的自豪感，则进一步加深了他对知识的追求。诚然，他也渴望能在同一起跑线上，通过考试进入高等学府进一步学习。之后的几年，生产队知青点的一些哥们姐们有招工上调、推荐入学的，但这样的机会始终轮不上於崇华。他只能依然孜孜不倦地学习科学文化知识，坚韧不拔地在黑土地上守望。

1977 年，恢复高考制度，这是於崇华盼望已久的愿望，他马上投入认真的复习，“命运总是眷顾那些有准备的人”这句话用在他身上再合适也不过了。1977 年冬，於崇华参加了“文革”后的第一次高考；他的理科高考成绩是爱辉县第一名、全省第二名。於崇华以优异的成绩被上海复旦大学数学系录取。当时生产队沸腾了，知青哥们姐们也沸腾了，我们确实为他而感到骄傲！记得崇华拿到大学录取通知书时，大呼邓小平万岁。

必须要指出，1977 年恢复高考制度后，我们生产队知青中的何敏、陶华东、王建君分别考上了不同的大中专院校，这对我们只有 18 名知青的知青点来说，比例是相当高的(前期已有几名招工、推荐上学的)。尽管他们进入的不是重点大中专院校，但这成果还是仰仗了当初崇华给予大家的基础文化知识的认真辅导。

崇华进入复旦大学后，如鱼得水充分发挥了聪明才智，读完本科再攻读硕士、博士。毕业后留校执教于这所国家一流的高等学府，从讲师到副教授、教授，并担任数学系副主任。先后被聘为国务院学位委员会数学学科评议组秘书、国家教委数学教学相关指导组秘书，编写多本数学教材书还多次获得国家级的成果奖、论文奖。在车祸前不久被批准为博士生导师，并委任为复旦大学数学系常务副主任，因其优秀的数学工作成绩获苏步青数学奖等等。如果不是车祸，我们相信崇华会向前走得更远！

崇华在校教学期间，曾经回到下乡地生产队，看望曾关怀过自己的父老乡亲，看望那片广袤的黑土地。今天，我们依旧深深怀念那个看似弱不禁风、但骨子里有着那股傲气的知青哥们——於崇华！

左二为於崇华

1977年的那次高考

原张地营子公社张地营子大队
上海知青　周路明

1979年在黑龙江商学院学习期间

一年一度的全国高等教育入学考试已经结束了，每年这个时候总会想起自己高考那段日子的艰难经历。虽已过去三十多年，1977年恢复高考的那段往事至今仍然历历在目，还是那样令人振奋。

12年间，我在黑土地上了两所“大学”，八年“农村大学”和四年“城市大学”，两所大学上得都不轻松。高考上大学、毕业回城，看似“光鲜”“顺利”的背后，需要付出何等的努力与艰辛，不参加那次高考是无法体会到的。

想上大学的愿望已经不是一天两天了，我从小就受到姑父的影响。他是1961年南京工学院毕业的大学生，专业是发电厂锅炉与设备，装收音机是他的业余爱好。那个时期正是国家大力发展工业化和电气化的年代。姑父得知我也想学装收音机，便为我买了一本《少年无线电》，让我自己从初级开始学起，从此爱上了电子技术。在以后的十年间，我自学安装了矿石机、电子管收音机、晶体管收音机、万用电表、电视机、电疗仪等，母亲省吃俭用在经济上给予积极支持。这些业余爱好对我的奋斗目标产生了重要影响，不管当时是否意识到，从后来走过的人生轨迹可以印证这一点。

读小学时，老师就常给我们讲我国经济建设的成就和困难以及苏联撤回专家、撕毁合同这类令人愤慨的事件。鼓励我们要努力学习，走自力更生、发愤图强的道路，这种爱国主义教育对我的影响是非常深远的。

下乡后父母亲常来信说："年纪轻轻的不要放弃学习，知识无论在哪里都用得上。"母亲几乎每月都寄学习书籍或杂志给我。自 1971 年第一次回上海探亲起，每次回家我都要学习一段时间中学课程。两个弟弟工作以后也从未放弃学习，在"读书无用论"的那些年能有这样的学习氛围实属不易。

1976 年，粉碎"四人帮"后，公社卫生院和院长提醒我，1977 年很有可能恢复高考，要早做准备。我不敢怠慢，从 1 月初至 10 月中旬这段日子，学完了初中的所有课程和部分高中课程。

10 月 21 日，有位叫郭长河的老乡被梅花鹿踢到了眼眶，因担心颅内出血，我送他到黑河做进一步检查，结果没有问题，晚饭后陪他在黑河大街上闲逛。八点整，路边的高音喇叭传出新闻联播头条"搞好大学招生是全国人民的希望！"中央的这一英明决策，不仅将改变我们这一代人的命运，也将改变整个中华民族的命运！随着中央人民广播电台男播音员铿锵有力、极具感染力的语调，真有一种扬眉吐气的快感，全身热血沸腾，既激动又紧张！

恢复高考制度，把决定人生命运的机会平等地摆在大家面前，每个有志青年都有资格以自己优异的成绩接受祖国的挑选，我终于可以做一回掌握自己命运的主人了！

高考的大幕已经拉开，全国所有的考生这时都站在了同一条起跑线上，唯有准备充分者才有可能胜出。这时我做出了一个决定，全力投入学习，一定要抓住这人生最大的一次机会！

自“文革”以来累积了12届新老初、高中生，六九届是读书最少、最不具竞争力的一届。据后来的统计数据表明，1977年全国首届大学考生有570万人，仅录取27.3万人，在20个考生中录取人数还不到一人。想要在如此狭窄的通道中脱颖而出，其难度之大、概率之低是超乎想象的！

回到生产队后，一切都在悄悄地发生变化，以往各自为政、偷偷摸摸学习的几个知青，现在主动聚在一起，相互请教，相互帮忖。

母亲来信鼓励我：“两个弟弟也在准备高考，你们兄弟三人来个竞赛，看看谁能考上！”我知道父母亲当然最希望我考上，这样便可少了一份牵挂。两个弟弟高中毕业后在上海工作已有几年，因准备不充分第一年没考上，我第一年考上后对他们的激励作用是可想而知的，他们在后两年里相继考入复旦大学外语系和国际政治系。

高考日程安排很快就下来了，11月先进行摸底初考，12月全省统考。现在要抓住最后的冲刺机会，把课程学完。我在宿舍里备了三支长蜡烛以防断电，还备了几个高瓦数灯泡。那一个月睡觉很少，经常挑灯夜战，困了就抽烟，一个月不知道抽掉了多少香烟。每天宿舍里聚集着三到六个人，有自己队里的，也有一队和二队的知青。

初考安排在11月19、20日，考场设在公社所在地张地营子大队小学校。考生来自张地营子公社所属的各个大队，一部分是参加中专考试的，有166人，初考通过了即可被中等专业学校择优录取；另一部分是参加高考的，有66人。

第一天上午考数学，有一位考生不到5分钟就离开了考场，说不考了。下午考语文，点名后只剩44人。第二天上午考政治，还是44个考生。初考全部是初中的内容，很容易过关，如果初考都通不过，就别再参加统考了。

大概一星期后，参加统考的考生名单下来了，我在其中，一共有15人，还不到一开始66人的四分之一。

由于担心临高考前下雪不通车而耽误了考试，为做到万无一失，高考前十天我就住到了黑河，这期间要进行健康体检，还要填写报考志愿表。

体检是在黑河一所中学的教室里进行的。令人惊讶的是，我184厘米的身高，原来就只有122斤的体重，现在仅116斤！为了迎接高考把自己"摧残"成这般模样。

填写报考志愿确实费了一番脑筋。我详细阅读了《招生简章》，发现上海地区来黑龙江招生，每个专业只分配一两个名额，其他省份也是如此。而黑龙江地区在全国招生的大学，分配在本省的名额要比分配在外省的名额多得多。我当时任赤脚医生，如报考医学院可以优先，并可降低20分录取，但我的方向是电子技术。

老高中生上海知青李建华给了我一个建议，他认为在发达国家，以前理工学院比较热门，而现在最热门的要数商学院。一个经济发达的国家是很重视商业的，而我国现在恰恰最轻视商业，随着国家经济的发展，以后一定会成为热门领域的。黑龙江商学院也设置了电子专业，应作为首选。我采纳了李建华的建议，第一志愿填写了黑龙江商学院电子系。30年后我们一起见证了改革开放以来发生的巨大变化，再来体味李建华的建议，真的很有远见！

入学两年以后，一个偶然的机会从大学学生处处长张素琴那里得知，那次她参与了本省的招生工作，当年报电子系的考生很多，像我这个年龄的考生都被她"甩"出去了，本省录取到电子系的考生都在22岁以下。有时一个人的命运就像纸一样薄，分量很轻，一不留意就可能被"甩"了。之所以我没有被"甩"，有两方面原因，一是因为我的考分较高；二是我的个人鉴定不错。她记得我的个人鉴定里提到了我在当赤脚医生期间培养灵芝的事迹等。既然是赤脚医生，为什么不报本校的中药系呢？看了业余爱好这一栏才知道我喜欢电子技术，最后把我放在了石油储存系，因为那是"石油储存自动化"专业，与电子专业很接近。由于《招生简章》上写的是“石油储存”四个字，我觉得这个专业与电子专业相差很远而没投报。那时看似“冷门”的专业，现在却成了影响和左右世界经济发展最重要的行业。

统考安排在12月17、18日两天，12月17日上午考数学，下午考语文，18日上午考政治，下午考理化（文科考史地）。由于各省的教材和教学大纲不一样，因此各省的考卷也不一样，各省高考时间的安排上也有先后。第一年刚恢复高考，立刻要求全国出统一考卷是不现实的。

我的准考证考号是11001，安排在爱辉第一试场，看编号似乎我是爱辉考场的第一号。我的座位紧挨着教室门口，考试那天气温零下26摄氏度，钢笔里的墨水都冻住了，教室中间有一个火炉，一进门得先把钢笔墨水烤化，否则考试时就麻烦了。

这次考试可没有初考那么轻松了，一看到考卷马上感到了压力。在以后的数十年中常听到有人这样议论1977年高考试卷的水准，一种较为普遍的说法是：“刚恢复高考，题目不难，都是意思意思的，只要提前准备一下就能考上。”

在复习准备的日子里，父亲找到在上海某大学任教的老乡，要来了自1954年至1965年所有的数学试卷，寄给我作为参考。我把所有的试卷做了两遍，90%都能做出来，觉得有了底气。

面对1977年的数学试卷觉得有点出乎预料，超出了估计的水准，还有一道附加题，是大学的微积分题，绝不比历届的考题简单！想想也是，12届考生挤在一起参加考试，既有老高中生，也有“文革”期间的高中生，还有初中都未毕业的考生，这十年中，有的放弃了学习，有的一直在坚持自学，各种水准参差不齐，不增加点难度如何拉开差距？

由于事先有心理准备，没有乱了阵脚。有人曾告诫过我：“考试时要珍惜每一分，不要轻易放弃，每一分都可以超过几千人。”我就是在“不轻易放弃”的精神支撑下，认真对待每一道考题。两天考试下来感觉问题不大，对自己信心很足，考试结束后回上海等待录取通知书。

黑龙江双城堡(阅卷、招生点)到上海的挂号信走得特别慢,1978 年 2 月 27 日星期一上午,终于等来了大学录取通知书!

高考改变了我的命运,高考改变了我的人生。

2012 年,参加母校六十年校庆

趟过法别拉河

原张地营子公社小新屯
上海知青　陈向操

1971 年,下乡第一年冬天去林场做短
返回路经黑河,在当地照相馆留了影
排左起:单嘉龙、陈向操、卞宝祥;后
起:费玉林、葛荣明、钱振东

1977 年,在农村的插队生涯即将进入第八个年头。经常有知青以扛锄八年为牢骚，自以为很幽默地说啊说啊。抗战八年胜利了，扛锄八年哪是头？问天问地也问自己，没有了当年的激情和浪漫，也没有了曾经的豁达和潇洒，剩下的多是一些无聊和无奈。生活正以它固执的漫长，渐进地逼出你的麻木。

经常有这样的场景，突然发现一直挤得满满当当的炕上空出了一大片；食堂向来是最喧闹的地方，却出现了整块的寂静；宿舍边小路上蔫不悄地长出了一些青青的草；再仔细一点的话，可以看到那些似乎不久前还是无忧无虑的少男少女们，眼眉之间藏起了许多的愁。青年点安静下来了，人越来越少了，走了的人数渐渐地压倒了剩下的人数。

剩下的那一拨人当中有我，饱尝着边境极地的荒凉，忍受着喧哗和热闹后的凄清，演出结束了，可总还有人在回味中走不出来。傍晚时分，收工了可食堂还没开饭，我喜欢仰躺在炕上，看着日光慢慢地模糊昏暗，看着那个土墙上挂着的一件军绿色的棉袄，渐渐地和土墙灰褐成一色。那里原来齐整地挂了一溜同样的军绿色的棉袄，它们的主人都走了，现在就剩下这一件了。

人都走了，最早是表现好的都走了，上调了，哪怕是去个公社社办的企业，那也是上调了，何况上了县城的呢？后来更有了省城的、京城的，那比较多的是上学了，上大学。自古以来上大学都是考上去的，那年头是选拔上去的，自然是十分优秀的了。优秀的走了，慢慢的有办法的有背景的也走了，甚至运用着婚姻手段把自己嫁出去的也走了，剩下的当然就是背时的、倒霉的、混不好的了。这是一个物竞天择、淘汰和选择的过程。

1978 年的春天不期而遇地来了，不受任何情绪的影响。现在都能确切地想起那个春天，是因为它真的是在期盼中到来的，而且，它真的带着我期盼的到来了。大概是上天让我不要忘记那个春天，为写此文打开当年的日记，冷不防地就撞见这样一段文字："在北方乡村的时候，凡下雨的日子空气尤其地清新。被马蹄和车轮践踏和倾轧成泥泞的道路边，黄色的小指甲盖大小的花和米点般大小的天蓝色的花绽放着。它们似乎全然不知身边发生了什么，甚至赖以生根的泥土都已翻卷起来，它们也浑然不觉，就这么斜愣着，依然开放得那样精致那样天真那样兴奋那样调皮。”那是一个多雨的春天吗？一定是的，反正法别拉河水又一次地冲垮了公路桥，反正我的入学通知是通过广播送给我的，反正我怎么也不知道怎样才能去必须渡过法别拉河的黑河。

这一个寒冷的冬天恢复高考了，孕育了我们民族的生机，催发了我们这一群背时的、倒霉的、混不好的人的春天。我们获得了一个被遴选的机会，可重新拿起书本，拿起笔，这并不轻松，因为我们在把自己的身体锻炼得像石头一样结实的同时，一不小心把自己的头脑也弄得像石头一样僵硬和麻木了。不知道有多少个大白天，我一捧起书本就睡着，一睡着就醒不来，直到黄昏天黑。也不知道有多少时间，书本和我的头脑根本就无法连接起来，好像一部坏掉了的手机。直到有一天，一位当赤脚医生的高个子戴眼镜的朋友，拿起我湿漉漉的不停出汗的手掌说：你这是植物神经紊乱。我才想到这其中的逻辑一定是这样的，因为紧张而紊乱，因为紊乱而无法学习。有点崩溃，有点绝望，于是又放下一切地自暴自弃地玩世不恭地大睡一觉。

到考试的日子，我还是被撺掇着去了，说瞎猫备不住碰上死耗子。这个日子夹杂在我的生命里，我知道它有多重要。可是，上午的数学考试肯定是砸了，我正垂头丧气地气不打一处来地从校门口走出来，张燕径直向我走过来有点取笑我似的跟我打招呼：嘿，考砸了吧？她怎么知道我考砸了？她又往我手里塞一小本子。在我眼里一直是小屁孩一个的她，却长我一辈似的鼓励我：别灰心，你是文科的么，下午才是最重要的。她还说这小本子很厉害，复习题全在里面。在她家吃完面，只有一个小时的时间，我一边给她讲解什么是国家，什么是阶级，什么是意识形态，一边就把这些概念的文字表述背得滚瓜烂熟，我的脑子适合装进这一类货色。下午的考卷发下来让我大吃一惊，这题压的真准啊，那些国家、阶级、意识形态全考了个遍。

终于等到了一辆要去黑河，就是绕过法别拉河多走一天路也要去黑河的车。这天早晨有点下雨，雨滴像冰一样的冷，我和送我的惠景一起上了车。我留在农村的所有的家当，装在一只从上海带去的几个小伙伴一起打造的大木箱里，都留给了当地的一位未成年的小农民，我没有原因地喜欢他。他叫个啥名我真的想不起来了，可他颀长的身材，一双淡蓝偏绿的眼睛，潇洒而俏皮的笑容，尤其是带着一只狗在雪地里奔跑的样，一直活在我的脑海里。车义无反顾地出发了，场面孤寂得有点悲壮，没有送行的人，因为谁都不知道这车什么时候来，什么时候开。除了几本这些年积攒起来的书，我就是空着手走的。这让我觉得很豪爽，觉得是和过去的切割、斩断，觉得唯有这样今后的人生便完全新的了。

车到法别拉河已经是下午三四点钟的样子，天色昏暗起来了。一开始是闻到水的气息，生猛的。接着是听到水声，低沉地从远处滚滚而来。然后是看到桥和河水了，平时清亮的缓缓的似乎是走走停停的小河，此刻成了一片白色的大水，滚滚滔滔不歇不停无休无止地往前赶，往黑龙江奔腾而去。桥是木质的约一公里长吧，惠景说这座桥挺美的，很有设计感，有圆形的拱。就是这座桥每年都会被冲坏，阻断只剩下一小时的去黑河的路。今年也是这样，按计划我们应该溯法别拉河上行，在其上游的某个地方渡过去，再顺流而下回到通向黑河的路。所以，这会儿大家都窝在车上不动弹，做好了准备熬过还有一天的行程。

我们的车在法别拉河桥跟前停下了，驾驶员是一位年轻的小伙，此时走下车来，面色凝重地不停地在车和桥之间走着，时不时地用脚丈量着他的那辆老旧的货车的轮距，和被水冲坏了桥的面板裸露在外的桥梁的距离，嘴上不停地嘟囔着什么。终于他试探着把他的想法告诉了包括我在内的男人们了："你们看看，就这二十几米，可我的车轮正好压在桥梁上。""要碾过去吗？"我们都把眼睛瞪到最大限度，惊惧道。司机小伙低沉地很不高兴地说："要不就多走一天的路程，又冷又饿的，我看都得冻出个好歹来。"

驾驶员小伙凝重的脸色立即影响了这个临时的搭乘团体，霎那间形成了集体凝重，并且立即在眼神交换中选举出前线指挥部，孤注一掷地把行动的决定权交给他们。前线指挥部在驾驶员小伙的领导下立即紧张地工作起来，来回地测量轮距和桥梁的距离，用短促的语句商量着，他们下意识地把各自发言的声音调整到很低，气氛被搞得神秘兮兮的。很快决定形成了：碾过去，趟过法别拉河，在天黑之前赶到黑河。附加的保障措施是所有的人都得下车，并尽可能地找一些干草来铺在桥梁上以防侧滑。

大家明显地兴奋起来，除了惠景以外都麻溜地下了车。惠景不肯下车，所有人都觉得很奇怪，都把探寻的目光投向了我。她似乎病了，卷缩在那里任我好言相劝直到跳脚骂娘就是一动不动，只说一句话：我真的一点力气也没有。最后还是司机小伙为大家做了决定，说：就让她在车上吧，应该没事的。还别出心裁地对惠景说了一句：谢谢你对我这么信任。

驾驶员小伙登上驾驶室，把正方向盘，毅然决然地打着了火，"嘎嘎嘎……"老旧的货车颤抖着，像一头愤怒的狮子对着法别拉桥移过去。不偏不倚两前轮咬上了两根桥梁，桥梁似乎挣扎了一下，终于被制服、被压住纹丝不动。我在车后的位置，猫着腰紧张地一会儿低头看着后轮慢慢地最后也咬上桥梁，一会儿抬头看看惠景有什么动静。老旧的货车的四个轮子终于都上了桥梁，车子便显得安静了许多，轮子和桥梁狠狠地咬住稳稳地谨慎地向前移动，仿佛是一个占领者一个征服者一个赢家。这时候我们大家都松了一口气。果然，老旧的货车爬上了桥面，哦，好敞亮的法别拉河的全景。

大家欢呼着庆幸着，只有惠景还以同样的姿势蜷缩着，仿佛所有的紧张、兴奋都与她无关，她还是那么说：我真的一点力气也没有。后来驾驶员小伙悄悄地对我说，多亏了你那个女朋友，因为有她在车上，我觉得自己责任特别重大，那车也特别地听话。后来、后来，那个被驾驶员小伙看准是我女朋友的惠景就成了我的妻子，我们风雨兼程地走到今天。

不一会儿，法别拉河和法别拉桥都在我们的身后了。当我们的车驶出河谷，跃上山梁的时候，我特意地回头看了它们许久，曾经差点挡住我们前进道路的横无际涯的一大片白水，此时显得如此的温驯而渺小，温驯而渺小到被人忽视。我在心里对自己说：哦，别了，法别拉河和你身后的黑色的土地。我一定会来看你，但我不知道是什么时候，也不知道会为了什么。

2016 年 8 月，回到阔别 40 年的生产队。与我合影的祥山大哥，当年的精壮汉子，如今已是八旬老翁。祥山大哥是有着俄罗斯血统的，有智慧、有毅力、体力超人的男子，是我当时的偶像

上学之路

原爱辉公社前拉腰子生产队
上海知青　陈璧佩

1970 年代初，在爱辉前拉腰子

我已经不记得小学毕业时的那一段时间是怎么过来的。依稀记得我们去机械厂学工，认识了机械厂的年轻技工。学工结束后我与钱霞平、邱明明、潘耐勤等几个同学还常常去那里玩。另外就是把哥哥姐姐们读的小说偷偷拿出来到同学家里去读。我从小喜欢读小说，妈妈老说我把眼睛读坏了。我嫌妈妈啰嗦，所以就到父母是双职工的同学家里去读。记得我二哥经常为我承担我大哥和姐姐的批评，他们认定是他"偷"了他们的书。

母亲自己并没有读过很多书，却给我们打下了很深的"唯有读书高"的烙印。我从小就想长大以后要上名牌大学。"文化大革命"开始了，读了没几年书的我们就下乡去了，可我的读书梦却一直没有断过。

1977 年大学恢复高考，我义无反顾地参加了考试。现在我已经不记得是怎么复习应考的，只记得考完后感觉很不好，于是准备第二年再考。回到上海，母亲为我联系了南湖中学的复习班，与应届毕业生在一起听课。那几个月我的数理化突飞猛进，长期的对知识的饥渴，一旦有人为你开启了知识的源头，真的有久旱逢甘霖的感觉。这几个月的复习也为我上大学打下了良好的基础。

对 1977 年的高考，我本没有抱任何希望，却对 1978 年的高考，充满着信心。但出乎我的预料，突然收到了大学的录取通知书，是黑龙江佳木斯医学院的药学系。我是一个喜欢做梦，而且锲而不舍的人。虽然下乡 8 年，又没有真正读过初中、高中。我仍然想上北京的北大或者上海的复旦。对着录取通知书我很犹豫，是去还是不去？我想第二年再考，坚信如果好好复习一年一定能实现我的理想。又怕第二年政策有变。母亲诙谐地说还是去吧，如果有人问我，我就说我女儿去留学了。因为佳木斯在上海人听来就像是外国地名。另外，药学系倒是我喜欢的专业。虽然我小时候一直想当作家或是新闻记者，但"文革"十年后，我觉得按照我的性格应该去学比较实际的专业，从事科学研究。所以我最后选择了去，并且从决定去佳木斯上大学的那一天起，我就决心毕业后争取攻读研究生。

去上大学那一段路是我终生难忘的。从农民到学生，我必须要把当年的口粮带到黑河镇交给粮管所换成粮票，才能把我的户口变成城市户口。我们说来是七七届，实际上是 1978 年年初入的学。所以我得把将近 600 斤的口粮从生产队带到黑河。是黑河知青大老潘开胶轮拖拉机带我上的黑河。到了黑河，生产队派他有其他任务。我又找了当时物资局的小胡，借了一部手推车把粮食推到粮站。黑龙江的 3 月还很冷，粮站又要上一个高坡，如果没有小胡帮忙我是不可能把粮食弄到粮站的。

卖完粮，换了户口，我就变成学生身份了。我带了一个皮箱，一个大的帆布被褥包，还有一个旅行袋，上了从黑河到北安的长途汽车。到了北安，司机帮我把行李从车顶上搬下来后就开走了。我有生以来头一次觉得无能为力，对着一堆行李发呆。

我需要到离汽车停靠处大约100米的地方租一部手推车，可是又没有人为我照顾行李。看看太阳西斜，火车又不等人。我只好倒退着走[见过麦克尔-杰克逊的月球漫步(moonwalk)吗？就像那样地倒走法]，走到租车处，跑进去快快地租了手推车。跑出来一看，行李还在那里。一口气才松了下来。虽然东西不值钱，那可是我的全部财产。坐了一夜火车到佳木斯。那时我已经把两个大件托运了，所以手里只有一个旅行袋。佳木斯是一个十分美丽的城市，从火车站开始放射性地延伸出几条大路。如果路走得对的话，我们医学院其实离车站不远。可惜我是第一次来到，沿着大路放射性地越走越远，旅行袋也越来越重，走了很多的冤枉路。

四年大学，对我来说并不是很紧张。但是考研究生，就要准备考英文。在中学复课闹革命时学的英文有限，记忆犹新的是"Sit down, please"，"Stand-up"还有"long live Chairman Mao"等等。一切都得从头开始学。那时候报纸宣传有人如何如何在文革期间闭门潜学了好几门外语。我当时十分不以为然。想想我们中的很多人当年如果不是响应党中央毛主席的号召"上山下乡"，学个几门外语好像还没有什么问题。在这样的宣传下我们的下乡变成了愚蠢的行为，觉得一夜之间历史与我们开了一个大大的玩笑。不过不服气归不服气，抱怨并不解决实际问题。如果说时间已经失去，没有人会给你补回来，只有靠自己去追回来。人的潜力是无穷的，当目标很明确时，你的效率就会成倍增长。记得每次放假回上海，我总是去福州路淘书。有一次在福州路买了一本考TOFEL的书，如获至宝。每天要求自己背200个英文单词。今天背下来，明天就忘了大一半。明天再背200个。我们七七届的像我这样的很多，很少有人感到辛苦。有老师，有教室，有课本，给你完完全全的时间读书，那是一种奢侈。想想当年十六七岁，白天在地里挥汗如雨，晚上回来还聚在一起读书学习。有过这样的历练，就没有什么事是认为苦的了。

考研究生，对比考大学，无论从思想上、知识准备上都是不能同日而语的了。那时我已经是一个有专业知识的大学毕业生，在制药厂对药物合成的过程有从理论到实际的第一手体验，有一定能力设计合成路线，解决生产上的一些实际问题。但是正是四年的大学教育，更加使我感到自己知识的匮乏，对大千世界认识的无知。使我从对知识的单纯的好奇和渴求变成对真知灼见的热爱和尊重，我不再轻易地沾沾自喜于一知半解，不再喜好空洞的口号式的夸夸其谈。与其说我一开始要考研究生多多少少有想回上海的因素，到大学毕业时我已经知道自己想要什么，将来想做什么。同时对自己的长处和对专业的喜爱也有了一定的选择。比较化学合成药物，我对生物药物更有兴趣。具体一点说我对大分子化学，或者说蛋白质化学更加有兴趣。于是我选择了报考上海医药工业研究院的生化药物研究室的研究生。而且生物化学、有机化学和微生物学这三门主考课程也都是我在大学时理解得比较好的科目。因此，我考研的成绩还算可以。没想到那一年的研究生入学考第一次要求面试复试。来到医工院，面对十来位看起来和蔼的老师，我心中仍然十分敬畏，心中平添一分紧张。这些老师事先准备了一份试卷，记得有五个问题。拿到试卷后，准备 15 分钟，进行面试，逐一讨论性地回答这些问题。至今我还记得当时内心慌乱，表面强作镇静的场景。我虽然大言不惭地向很多人说过我要去读研究生，但是心里知道录取的比例很小，考不上的可能性很大。记得我工作的制药厂的厂长希望我留下，我对他保证如果考不上，我会留在厂里，踏踏实实地尽我的绵薄之力。应该说我是十分幸运的，不仅我被录取，而且与我一起参加考研的郑奇（我的丈夫，也是我的大学同学）也同时被录取了。我们分别收到了上海医药工业研究院生化室和合成室的硕士研究生录取通知书。

那是一个无比晴朗、无比温暖的日子;那是一段无比轻松愉快的历程。我下乡八年,上大学四年,在药厂工作一年多,来来回回从东北回上海,总是匆匆忙忙,很少在途中停留游玩。那次回上海,我们去了北京,我们在长城脚下骑上骆驼,拍下了一张背靠长城的照片。我喜欢用这张照片做我影集的封面:走向远方的路从这里开始……

这是1983年初秋,我已经在黑龙江生活了14个年头!从这以后,我回到了上海,开始了研究生生活。

2016年10月,陈壁佩(左二)和前来美国旅游的老同学在家里的后院中

我的两次高考

原爱辉公社西三道沟
上海知青　林声勇

1970 年代在爱辉

1970 年 4 月北国初春时节，我和上海沙泾中学 7 位六九届男生踏上了插队边疆的行程，目的地是离黑龙江边境仅数公里的爱辉县爱辉公社三好二队（西三道沟村）。插队第一年农活不熟练，但我不怕苦、累、脏，主动融入农村现实的意识还是很强，干活肯出力气。又在上海学了理发，知青集体中评价也不错。1971 年，同队的老知青王友筠介绍我加入了共青团，当时恰逢有推荐上学机会，村里带队干部老吕告我可报名去读中专，被我当场回绝，想法很简单：下乡不满两年，怎么好意思离开一起插队的同学好友呢？当初我们可是有一番豪情壮志的，若此刻离队上学岂不背弃战友。插队三年我一直没有回上海探亲，生产劳动表现积极，老吕就动员我打了入党报告。两名插队干部老马和老霍做了我入党介绍人，1972 年 8 月大队支部全体党员举手通过了我的入党申请，成为村里知青中的第三个党员。

那年末我第一次回上海探亲，顺途去北京天安门看看（六九届初中生没轮上去京串联的“好事”），在天安门广场仰望人民英雄纪念碑意气风发。途经南京，在部队的舅舅想帮我联系去安徽滁县农机修造厂工作，从农民转为工人离上海又近，我再一次婉拒，继续在边疆奋发有为的激情仍在。在上海探亲期间还去同济大学培训了两周的拖拉机驾驶，有一种献身农村的亢奋。

在当年扎根农村、建设农村的教育下，我很快有一种想作为的“野心”。1973 年，当上了畜牧队委，从养猪、养奶牛到开豆腐作坊着实欢腾了一阵。1974 年秋天，我偶尔发现当年农村经济中的潜规则现象，即县城里某些农资供应部门的实权人物经常来“打秋风”，无偿白拿饲料，于是编写了一出讽刺话剧《草籽问题》。在村里上演时居然意外引发了一场权力更替。当时掌权的队长也是一精明能人，有大姓宗族支持，公社和县也略有名气，关系户白拿饲料纯属小事，问题是基层农村干部很讲究自家声誉所在，被公演话剧讽刺是丢颜面的事。话剧事件又引发了原来屯里大姓家族和其他家族的矛盾，这年受灾年景差，政治气氛又是极左当道，知青挑起事端也不可能道歉，队长一气之下居然辞职全家迁走外县。为填补权力真空，县派了工作组进村，最后从邻队调回一非大姓的干部和知青骨干共同“组阁”。西三道沟属于规模较大的自然屯，当年有五百多人口，包括知青有二百多劳动力，大型农机十余台，大耕畜四十多匹，可耕地约 7 000 亩，林地 2 000 多亩，年缴商品粮 150 万斤。1974 年即升格为生产大队，易名为“西三道沟大队”，我就任大队会计，也算是进入大队管理核心。

我从未做过会计，算盘也是现学的。记得那时的会计制度已经比较完善，采用建国后统一的增减复式记账法，总账加上固定资产、生产费用、社员往来等明细账也有厚厚十多本。好在前任也是知青党员，他告诉我关键是做准每月的资金平衡表(即资产负债表)，账就不会平不了。于是我每月加几个夜班保证做准表，次年春节前占用 20 个工作日就完成了结账分红。这年我没有脱产却完成了会计工作，这让村里人刮目相看。年底评分时，我和顶尖车把式拿了同样的工分，还被评为公社劳模。1975 年是丰收年，每工 10 分可以换算两元，是村里破历史纪录的。当然我动了小脑筋，就是上年集体留存亏欠追索上年工分。就是你拿今年的两元，须退回去年多拿的三角。这也委屈了那些上年出工多，当年出工少的社员，包括知青。

1975 年，邓小平主持整顿，对知青病退政策放宽，推荐上学招工的人数也多起来，知青开始人心浮动，坚守边疆的信心开始塌陷。村里仅存三个知青党员中有人提出上大学的愿望，并且立即推荐走了一个。其他知青办病退，按政策独子返城、招工、易地南迁、返沪滞留等纷纷离去，已经无人再唱扎根高调，我也开始产生等待推荐上学的种种遐想。1975 年末，我第二次回上海探亲，发现人们都在忙自己的事，政治运动依旧，批林批孔接着批邓，没我们什么事。

我已经习惯每天清晨去敲响马棚饮马槽前那根电线杆上吊着的钢圈，招呼开工分派活计。1976 年，我任分管生产的副大队长，年末还评为县大寨式模范干部。那年比我年长的另一位知青党员也推荐上学了，屯里剩下的知青仅十来人。我居然还带着几个人用县里留存的知青安家补贴，盖起了 300 平方米的砖瓦知青宿舍。宿舍条形花岗岩基，钢筋圈梁，红砖水泥勾缝，很气派，但无奈知青点屋建成人已散。石灰、水泥、钢筋、木材指标都是通过关系人去县里搞到的，我终于和自编讽刺话剧的反派做了交易。那是村里第二幢砖瓦房（第一幢是小学），有老乡狐疑地问我是不是打算成家了。记得那年广播里的哀乐特别多（党和国家领导人相继去世），老觉得不吉利。

1977 年，我还是大队支部副书记兼财务队长，那年夏季带着老乡们（知青所剩无几）铲地，地头线杆上的广播喇叭突然报道了国家开始恢复高考制度，二三个月后就开始公社初考，然后县里统考（各省试卷）。我忽然感到一种责任的解脱，现在总算可以毫不内疚地去争取上学了。但同时也产生一种恐慌：自己实在没把握考上啊！事实是残酷的，公社初考即淘汰了我这个连正负数都没概念的冒牌初中生——号称知青而实际的无知青年。我羡慕地看着村里其他两个知青通过考试录取走了。失败往往会激起斗志，痛定思痛。1978 年初，队里结账分红后，我向大队请了假，回上海恶补文化，再争高考。

1978 年初的上海是一个复习恶补的世界，应届生、历届生、知青、待青、青工、青教都整到一堆了。我去杨浦区教师培训学校听课，席间居然被人误称为老师，羞愧得真恨不得钻入地下。那些日子每天睡五小时，其余全交给语数史地。

三个月后，我返乡迎考又出了么蛾子，因我边境居民证过期在北安县被阻入境，只得去县公安局找公社发来的确认电报。电报找到了，但在旅店房内休息时被贼窃去了身边携带的所有高考复习资料及母亲给的 150 元生活费。此事打击甚大，感到运气坏到极点。无眠之夜的第二天我揣着兜里尚存的汽车票和电报上了车，在车上饿了一天总算回到了村里。我向队里借支了 150 元生活费，那个月村里停了好几次电，我只能在烛光下凭自己的记忆来复习所有的课程。五月，通过了公社初考，继而参加了七月初的全国试卷统考。去县城赶考那天，长途班车满员居然不停开走了，我只好步行 24 公里，当晚夜宿考场附近的大车店(为进城农民开设的廉价旅店，有马棚、停车大院、大统炕，外套高挂在墙上)。沿途在兵团一团部的小卖店里买了半斤水果糖充饥。

来回的折腾，我在高考的三天突发牙周炎，整宿难眠，影响了考场发挥，考完后心理预期极差。回村出于自我惩罚心态，专门抢定额活计干。自带干粮割水稻(高纬度散种)，从清晨六时月亮未落干到傍晚月升时分回来，有时一天可以割一亩以上。九月，我终于收到了黑龙江商学院的录取通知书，那时村里仅剩五六个知青了。中央那时下文件已经准许插队知青返回上海，有人劝我放弃就读外地大学，回沪由街道安排工作。此刻上学对我太有诱惑力了，我觉得还是需要圆一下上学梦，即便在外地再待上几年，我太需要知识来充实自己，以重新开始新的人生。

在黑土地上生活了九个春秋的我，最后还是选择了离去，那一刻还是有些忏悔、遗憾，感觉以前的理想确有些虚幻。我是手提旅行袋，搭上马车，在县城转搭卡车去北安火车站的。边防警拿走了我的边境出入证，上海买的自行车和一些东西悉数送人了。我突然害怕有记忆的东西伴随我，那一刻我不想回忆只想摆脱过去重新开始。

2009 年在知青聚会上

善良的老乡们倒并没有依依不舍，尽管有些知青会卷烟、能唠嗑（俏皮方言）、敢喝酒猜拳、精农技、善骑马驾驭，自以为可以和当地老乡融为一体，但农民是善良的也是现实的。在他们看来，我们回到父母身边也许是早晚的事，正常的事。我们中的绝大多数并不属于他们，他们把我们当朋友，甚至当兄弟姐妹，但从来也没有奢望我们会彻底融入他们。记得大队张书记曾经对我说过：我们的祖先曾是清朝发配边疆的囚犯，在此生活了几百年，以后也会生活下去，你们是不一样的。

足球改变命运

原爱辉公社三好二队
上海知青　倪福喜口述　马苏龙执笔

“这帮小犊子，欠揍！足球踢得不咋地，谱儿还摆得这么大，咱年轻时要有这么好的条件，不是吹牛……”用东北方言说这话的是2005年我偶尔在同济大学图书馆遇到的、同在一起下乡的知青倪福喜。当时他针对时下的足球界瞪着小眼珠子、脖子上爆着青筋、嗓门嗷嗷地呼叫的。

说来也巧，那年因有要事，托人找同济大学图书馆的田馆长办理。离约定的时间早几分钟到了图书馆，正在门口徘徊时，从里边走出一图书馆保安，我俩突然对视了几秒钟，似乎在哪见过面？脑子里迅速地过一把“电影”，但想不起来；他也舍不得地又看了我一眼，似乎也在寻思着往事。我不得不冒昧地问了一句：“你是田馆长吗？”他笑笑说：“我不是，田馆长在五楼开会，要不给你联系一下？”我还是在回忆，不大的眼睛，圆圆的脸儿，一头短发，身体挺敦实，笑得挺诚实的样，五十来岁的年龄，肯定在哪儿见过！于是又冒昧地问：“你下过乡吗？”“下过。”“在哪儿？”“黑龙江。”他一说黑龙江，我的记忆阀门“唰”地打开：“你是倪福喜，阿倪！”他也一惊：“对啊，你别告诉我姓名，让我想想……你是打铁的老马师傅,你当时的招牌服装就是一件没扣子的棉袄,拦腰总系着一根绳子(说着还用手比划了两下)。”没错,哥们儿!我们俩大笑起来,整整30年未见面,不期相遇,还是缘分哪。我忙着掏出香烟,他边掏出香烟,边说:“一样的一样的,都是红双喜!”

阿倪原在爱辉县二站公社南二龙下乡。当时南二龙是全县最贫穷的生产队,地处山区,少耕地,无霜期短又特严寒,真苦了这帮上海来的知青。1972年,县里决定把该队的五十多名知青分别安排到各生产队知青点,阿倪就是那时分到我下乡的爱辉公社三好二队的。阿倪到生产队后,人很本分,不善交流,出工干活也算过得去,但时隔十天半个月就突然出走,也不告诉其他人。据同宿舍的知青讲他有女朋友,分在其他队,隔三差五要去看看,他要不在,肯定是“会相好去了”。

“你当时是否常去看女友?”这是我一直未揭开的一个谜。30年过去了,也应该揭晓谜底了吧,我问他。

阿倪笑着说:“没有的事,我每隔半个月都要到黑河去踢足球,我的大哥、二哥当时都在上海市队、区队踢足球,从小我在上海就喜欢踢足球,两天不碰球,脚指头就发痒啊。到黑河踢足球,来回车费、住宿都要自理。我又不敢跟知青说,怕队上误解我不务正业,影响不好。每年因为踢足球,少挣不少工分,分红也没多少钱,但我就是喜欢踢足球!”

原来如此!我问他:“现在你怎么到这儿呢?”

阿倪告诉我:“说来话长……1971年夏天,我到黑河第一百货店偶遇两个中学生在买足球鞋,一打听是爱辉县红旗中学要进行足球比赛,我就和他们一起去了。一到那儿与他们切磋球艺,不是吹牛,全场服贴。后来一个同学的家长把我介绍给黑河行署一位管体协的老师(姓名已忘了)。几次接触以后,这位老师说黑河地区正准备组建足球队,就凭我这水平,不要说进地区足球队,就是进黑龙江省队也有希望。当时我听了开心啊!说老实话我心思也没有放在生产队的出工劳动上,安置到三好二队后出几天工就赶着往黑河蹽，主要与红旗中学的学生踢足球。当时足球越踢越精，技术也越来越好。那位老师告诉我，已经向上级打报告申请成立足球队了，要我耐心等待。”

“1973 年冬，我回上海过年探亲，收到了那老师寄给我的公函，我以为是足球队录取通知书呢，一阵狂喜，没想到打开一看，原来是因经费、人员编制无法落实，上级单位没有批准成立足球队，特告知我并致歉意。尽管给我的希望浇了一头冷水，但我还是理解那位老师。这以后在生产队依然还是三天打鱼两天晒网地出工干活，偷出时间到黑河全力以赴地踢足球。别人可能不理解，但对我来说踢足球就像耍钱(博彩)一样上瘾。”

这话听起来觉悟不高，却蕴含着倪福喜对足球这项体育运动的深情。但在那时，有几个知青会对足球那样的痴情?!

阿倪接着告诉我：“1979 年 1 月，我到公社办了返城手续，当时全队八十多名知青可能我是最后走的。回沪后，正好区劳动服务公司在招聘员工，是大集体的，比不上国营单位。我打听到公司老总很喜欢踢足球，在员工中组织了一支业余足球队，就去应聘。教练在挑人时，我上去盘了几脚球，凌空抽射两下，看我挺专业，不是野路子，马上录取我了。看来下乡这几年没荒废球艺，虽说吃了不少苦，少赚了不少工分，但现在一回味，值!”

“我在公司踢足球也小有名气，家庭有遗传！有一次，公司组织与同济大学教工足球队踢一场球，那时我身体好啊，满场飞，前锋、后卫、中场所有位置都有戏。被同济大学足球队看中了，同济在高校中足球是强项，但教工队缺我这样的人，就要调我去。公司先不放人，我是公司足球队的主力，一定要参加完当时的‘陈毅杯’的比赛再说。后来软磨硬泡事隔一年，总算调到同济大学踢足球。同济教工足球队的档次决不在黑河地区足球队之下！这是 1984 年的事了。”

没想到下乡近十年不放弃、不抛弃对足球的热爱，阿倪居然是凭硬脚头“踢”进同济大学！这也是倪福喜对足球有着其特定的职业敬业、责任担当、技术磨砺、执着追求的最好回报！

“调到同济后一直踢了十几年。后来岁数大了，踢不动了，领导要调我到体育教研组，真的，领导真很不错，但是我连大专文凭都没有，资格不行，这不让人笑话吗。于是安排我到图书馆当管理员，后来还分给我一套二居室的住房，知足了！”

阿倪自任图书管理员后，就像踢足球一样的执着，兢兢业业，不辞辛苦，分门别类书籍整理得清清楚楚。后来铁道学院、城建学院等并入同济大学，同济的图书馆重新建造为现代化的图书馆，他一直认认真真、踏踏实实做好分管的各项事务。我与他重逢时，阿倪已是图书馆的安保、监控、消防的主管。后来队里的知青都知道倪福喜在同济大学工作，干得不错，但不知道阿倪是靠硬脚头“踢”进同济大学的。

阿倪现在虽然踢不动球了，但每有重要的、重大的足球赛，他都要去组织、参与。他热爱足球，足球已融入了他的生活。我和他聊起现在的足球，他竟忿忿说：“地球村上有三大顶级赛事，奥运会、世博会我们都拿下了，如不是这帮‘软脚蟹’足球踢得臭，这要举办世界杯我们还不是手拿把掐的！”阿倪与足球有着四十多年的缘分，他说这个话，真是恨铁不成钢！现在这把年岁，只能无奈地“好汉不提当年勇”。但我知道，在他心中依然放不下对足球的执着！

掰黄豆
图作者：黄大兴

圆梦

原张地营子公社泡子沿大队
上海知青　张建平

下乡时参加文演出，张建平（右）饰《红灯记》中的李奶奶

记得在小学一年级的一堂音乐课上，音乐老师问我们有什么理想，一个叫张晓的小女孩说："我要做唱戏人。"孩子们嘻嘻哈哈地笑了。我接着回答："我要做唱歌家。"又是一阵笑声。那情景相隔五十多年仍未忘记。

最近，"达人秀"的一句口号很流行："相信梦想，相信奇迹。"我觉得奇迹不是人人能创造的，而梦想可以伴随人的一生。小学三年级时，音乐老师推荐我去报考上海音乐学院附小。经过初试、复试、再复试，我成了那一届两千六百多名考生中被录取的 28 人之一。

1963 年的暑假结束了，我走进了上海音乐学院的大门，成了附小的一名学生。在附小，除了和普通小学生一样要上文化课外，每个学生都要学一样乐器。第一次走进专门的琴房，接受老师一对一的授课；第一次怯怯地坐在钢琴旁，感觉就像在做梦。跟着老师学五线谱、学音阶、学手的姿势、弹奏时手指的着力点……这样过了才一两个月，好像是上面有新的精神，要弘扬民族乐器。班主任陈老师在课堂上传达了这一精神，并且让同学们报自己的意愿，记得我报了琵琶和扬琴。根据我的手和手指的条件，最终学校安排我学扬琴。

附小住读的三年，是我人生记忆中除了黑龙江插队的十年，印象最深刻的。我学会了扬琴的基本演奏方法，学会了许多音乐知识，认识了不少中西乐器，还参加过不少演出，其中规模最大的就是“上海之春”的演出。三年很快过去，我们毕业了。全班 27 人（一名同学中途退学了）有 13 人直升入附中，我也是其中之一。1966 年暑假，那本来应该是一个非常愉快的暑期，却被一场史无前例的运动改变了。一个十四五岁的少女眼中，原本乐声悠扬、环境优雅的校园，变得迷乱、狂躁。校园里铺天盖地的大字报、标语横幅，学生不上课了、教授老师被打倒了，批斗会、辩论会、批判会……终于，我们这一届升入附中的学生成了“受修正主义文艺路线毒害的苗子”，被“造反派”和“革委会”强行“解救”，挥泪离开了上海音乐学院附中。一个美丽的梦，真的就成了“梦”。

1969 年冬天，怀着一颗炽热、虔诚的心，在初中还未毕业的情况下，我告别了父母、挥别了故土，登上了驶往北大荒的列车。

人生的轨迹，从上海转到了黑龙江省一个偏远的边境村庄——泡子沿。在那个年代，不少和我一样的学生，怀着对领袖的忠诚、对国家的热爱，憧憬着为保卫边疆、建设新农村贡献自己的青春。我非常投入地锻炼自己，接受贫下中农的再教育。从 1969 年到 1977 年的九年时间里，不仅干全了春种地、夏铲地、秋收割、冬打场的四季农活，还参加过两次条件非常艰苦的修路。甚至在生产队男劳力不足的情况下，同我们队另几位女生和男劳力一起上山打柈子、下草甸打羊草。最后的一年多时间在公社社办工业烧砖，干着脱坯、出砖窑的苦力活。报这些流水账是想说，虽然在上海时，我也并不娇气，也要帮着父母做家务，照顾妹妹们，但九年的插队生活，让我从外表到内心发生了很大的变化。头发毛糙、枯黄，手上是厚厚的茧子，黝黑的脸上满是风吹日晒的结果——“萝卜丝”，穿一身粗布衣服，活脱脱一个农民。

然而，也许是潜意识里那个儿时的梦想不灭，也许是我的性格使然，我还是那么爱唱歌，我的歌声没有变。那些年，无论是在宿舍、食堂、田间地头，还是在修筑国防公路的帐篷里，都留下了我的歌声。每当歌声响起，我的心中都会涌起一种感动。

1970 年 5 月至 7 月间，我被派到离生产队一百多公里外的古兰河边修筑跃进公路。此生第一次钻进深山老林，为革命修战备路，内心涌起了创作的冲动。凭借着学校里学到的乐理知识，自己作词作曲，写下了《筑路战士之歌》，在筑路工地上被传唱着。

这事过去了 40 年，只记得曾经创作过一首歌，旋律已经淡忘。最近被曾一起修路的知青丁迪文和周路明回忆出来。根据他们的回忆，又将《筑路战士之歌》复原。

记不清是一九七几年了，我被借到公社文艺宣传队，参加爱辉县的文艺汇演。那时表演的大多是自编的对口词、三句半、表演唱等等。而我们公社宣传队准备了一台样板戏的折子戏，有《沙家浜》的“智斗”“军民鱼水情”有《红灯记》的“痛说革命家史”，有《智取威虎山》的“我们是工农子弟兵”……那次汇演中，我们公社的折子戏得到了广泛的好评。而我也在汇演中，成了“奶奶”专业户。

1977 年，全国恢复了高考，且不受年龄、婚姻状况限制。这对于绝大多数在“文革”中荒废了学业的知青来说，是件又喜又忧的事。经过十年的浩劫，还能有机会走进课堂，接受教育汲取知识，当然是一件喜事。但被称作知识青年的我们，最缺少的正是知识。高中毕业下乡的知青稍好一些，我们六九届初中生也就是小学毕业的文化。要参加高考，对大多数知青来说真不是件容易的事。为了参加高考，父亲给我寄来了初中的数理化教材，我也挤时间努力自学。但说来惭愧，基础太差收效甚微，信心严重不足。这时，一位曾在泡子沿劳动过的黑河师范学校的老师(也是上海知青)告诉我，黑河师范学校音乐班也招生，除了专业要面试外，设考的文化科目是语文、政治两门。我觉得这对于我来说是再好不过的了，首先我喜欢音乐，也喜欢当老师，在音乐学院附小三年受的教育让我对专业面试充满信心。其次与数理化相比，语文和政治就算是我的强项了。至于学历是中专，我觉得无所谓。能把音乐作为自己的职业，向孩子们传播音乐知识，那应该是一个幸福的职业吧，于是我报考了黑河师范学校音乐班。

通过了文化考试和专业面试，我以较好的成绩被录取了。全班好像三十几个学生，年龄相差很多，我是女生里年龄最大的。我非常珍惜这样的学习机会，在开设的乐理、声乐、视唱练耳、风琴、手风琴、舞蹈形体等课程中，认真听课、刻苦练习，不让自己落在年轻学生的后面。两个学期很快过去了，本以为人生的轨迹就这样自然滑落，再过两个学期，我就将是一名音乐老师了，然而……

1979 年初，知青返城的大潮席卷全国。对于一个离开故乡、离开亲人十年之久的人来说，回家，是多么温暖的字眼；回家，是充满思念的眺望；回家，是牵着心灵的情丝；回家，是高于一切的愿望。虽然对于学校、对于所学的专业，我有很多的不舍。在内心经过了几许挣扎后，我和我的男朋友一起做出了至今都不后悔，但留下了遗憾的选择：退学，返城。就这样，儿时想当“唱歌家”的梦想、年轻时想把音乐作为职业的想法，似乎都应该能够实现，却又都在社会大潮的推动下，与我擦肩而过。

2007 年 10 月，我退休了，人生的这一阶段，是自由的、洒脱的。我在区老干部大学报了声乐和初级钢琴两个班，给自己添置了一架二手的 YAMAHA 钢琴。我还参加了一个排舞班和一个合唱团。合唱艺术，是我从小喜欢的，她不同于其他的歌唱艺术，当你放歌，反馈给你的是浑然的、立体的、饱满的、悦耳的和声，置身其中，那绝对是一种美妙的享受。

拥有自己的钢琴，不断提高自己的音乐修养和演奏技巧，投入到自己喜爱的合唱艺术中，和同样热爱合唱艺术的朋友们一起，演绎出一曲又一曲中外经典合唱歌曲。也算是对“梦想”的一种寄托吧！

退休生活，摄于2015年8月

老师

四嘉子公社小三家子大队

上海知青　陈建灏

1970年，摄于小三家子村

2013年我们三十多名老知青组团回小三家子看望乡亲们，去之前钟蕙秀和张广成跟我说，他们这次回小三家子，一定要请他们当年的学生们吃饭。回到小三家子后，他们的学生尽地主之谊集体宴请了蕙秀和广成。陈嘉荣、胡爱东和我也跟着沾了光。师生分别三十多年，看到蕙秀和广成与学生们激动握手、拥抱、畅谈那热烈场景，深厚的师生情谊令人羡慕和感慨。由于这次返乡集体活动安排得非常紧凑，蕙秀和广成宴请学生的愿望最终还是落了空。怀着对第二故乡的眷恋，蕙秀和广成说：他们还会再回小三家子。

小时候非常敬畏老师，老师不仅授与知识，还要在“学生手册”上撰写评语。父母非常看重老师的评语，评价优则奖励；评价差则惩罚。小学三年级时，一次我带了一副自制的高跷到学校去，下课后拿出来走着玩，有着鹤立鸡群的感觉，引得不少小伙伴围观。结果有同学报告了老师，女班主任来收我的高跷，我死死抱住不放，女班主任见拽不走，就好言对我说：“学校不能玩高跷，这高跷先放在老师那儿，放学后再还给你。”我信任了老师，把高跷递给了她。不料，班主任拿到高跷后脸色立马沉了下来，头也不回地向办公室走去，高跷再也没有要回来。很长一段时间我对老师有着一股逆反心理。大人的不诚信言行有时会给孩子烙下很深的印象。以后我自己有了孩子，在与孩子相处时我十分注重诚信的言传身教，从不敢忽悠孩子，这也是其中原因之一。

元朝时期，依职业的性质把臣民划分为十个等级：1. 官；2. 吏；3. 僧；4. 道；5. 医；6. 工；7. 匠；8. 娼；9. 儒；10. 丐，老师被排在老九。“文化大革命”又在“老九”前面加了个“臭”字，“臭老九”一时成了老师的代名词。那些年大肆批斗老师，弄得老师人人自危，惶惶不可终日，连小学的许多老师也逃之夭夭。那个特殊政治气氛的年代，教师真是一个高危职业。十年“读书无用论”不仅伤害了老师，也耽误了一大批青少年，给我们国家造成了科技人才断层，现代化进程受到了巨大影响。

1976 年，我和高云芳两人被推荐到上海华东师范大学政教系社来社去进修班学习一年。后来知道我们生产队原先只有一个名额，我这个名额是上海干部胡世蓉老师争取来的。这一年我们国家发生了太多的事情。“四人帮”倒台、“文化大革命”结束成为老师命运的转折点。在学校，我看到了老师们久违的发自内心的笑容。从那时起，社会上读书学习风气逐渐浓了起来，教师又回到了受人尊敬的地位。在华师大这个教师摇篮里不多的学习生活经历触发了我对知识的向往，也注定了我与老师有缘。

到华师大报到后，同学们都例行了体检，我被查出肝功能异常。其实在生产队我肝功能应该就有问题了，只是自己不知道，没有及时治疗，还在从事繁重的农业劳动。要不是在上海得到了体检和较好条件的治疗，我身体后果真不堪设想。为此，我非常感激胡世蓉老师。在学校进修期间，我身体时好时坏，只能断断续续地学习。肝功能指标多次飙高并出现黄疸，两年中三次被关进医院隔离治疗，情绪极其低落。

1977 年，国家恢复了高考。那时，我正在医院住院治疗，对今后人生非常悲观。住院期间，准备参加高考的缪虹来医院看我，她鼓励我趁休息养病的时间学一些文化知识，以后必定有用。她的“学文化知识”提醒，成了我迷茫黑暗中的一道闪光。出院后，乘休养赋闲在家，我让父母买了一套“数理化自学丛书”(那段时间经济上完全依靠父母)如饥似渴地学习。我们六九届，虽说是知青，文化知识只有小学程度，初中阶段赶上“文革”，基本没有学到东西。靠着比较扎实的小学文化功底，我自学了丛书中的《代数》《平面几何》《立体几何》和《解析几何》。那个时候，我非常感激那些教过我的小学老师，他们给了我可以向上攀登的基础力量。我很喜欢丛书中的数学部分，尤其是《平面几何》，它那严谨的逻辑思维让我着迷。丛书中《代数》与《平面几何》中的所有习题我都做了两遍。丛书的数学部分，我学得还算扎实。治病休养期间，父母要给我办理病退手续，因初恋的女友远在黑土地，父母的多次劝说都被我拒绝了。我想在农村虽然不能从事强体力劳动，但有文化知识，当一名乡村老师也能过上安定生活。

1978年，插队知青大返城。因健康原因我回不了生产队，整个病退手续和行李托运都是高云芳帮我办的。没有想到，回上海短暂学习竟成为我与黑土地的告别。

1979年，我顶替母亲进入上海十九毛纺厂工作。在纺织局青工文化统考中。我考了全厂第一名，被安排到厂校担任教师。由此，我的人生履历中有了一段教师经历。

2015年，第三次回访小三家子村，途中专程上了一次珍宝岛

1983年，我考入职工大学，全脱产学习三年，离开了教师岗位。毕业后回到原单位进入纺部车间担任技术员、车间主任。车间工作期间，青工们仍然叫我陈老师。1992年，我离开十九毛纺厂在其他行业工作至退休。在路上经常遇到老单位我教过的学生，见面时他们还是叫我陈老师，热情地跟我唠家常。时隔30多年，许多人我已叫不上名字，可老师在学生心目中的印象依旧。人生中有过当老师的经历真好……

孩他姑

原张地营子公社泡子沿大队
上海知青　朱怡冰

第二次返乡，与村姑王秀芬（左）的合影

我拨通了达音山屯长锁家的电话，“喂，”电话的那一头传来了熟悉的声音，是锁嫂。

“锁嫂，你好！”

“哟，是怡冰啊！”

“嫂子，锁哥最近身体可好？”

“前几天有一点头晕，躺了两天，现在好了。”

……

长锁有个非常好听的大名——白玉良。他是我在达音山屯插队时的好朋友，曾经像大哥哥那样关心我。

锁哥小时候顽皮，那年他家盖房子，才五六岁的他趁大人不注意，爬到了房梁上一头栽下来。把白大娘吓得，以为孩子没救了，不料锁哥命大，活下来了。从此白大娘就开始叫他“锁”，锁住这孩子。

娘整天“锁啊，锁”地叫，于是村里人也都跟着锁他娘叫，渐渐地那个好听的大名“白玉良”就没人叫了。

锁从梁上摔下来，命保住了，但这一摔却给他留下了后遗症，影响了发育，锁没有像他的父母及弟弟妹妹那样长得高高大大的，而是小小的个子。

锁哥尽管个子小，却十分好强，干活是一把好手。赶马车、趟地、开荒……什么活都拿得起、放得下！

锁哥还有一个特点，嘴特别巧，说起话来风趣逗人。我已经忘记了是怎么和他熟悉起来的，可能就是因为锁哥那张如“巧嘴八哥”一样的嘴，让我喜欢和锁哥逗乐。

夏天，在山上铲地，我们一同从山上下来，到了村里，锁哥就对我说：“怡冰，把锄头给我。”每天早晨，锁哥就在他家附近的井台边等我，把磨好的锄头递给我。我发现，他给我的锄头并不是我的那把，锁哥把他家最好使的锄头给了我。

秋天，割谷子，谷茬又硬又粗，锁哥每天为我磨镰刀。割黄豆，锁哥个子小是优势，我紧跟锁哥，两人一起开趟子，比着谁割得快。有时，我赶不上他了，他会在地头接一把。干活中遇到困难，锁哥经常鼓励我，他虽然只比我大两岁，但比我成熟多了，就像一个大哥，告诉我这句话该这样说，这件事情该这样做……

白大爷、白大娘在村里口碑非常好，深得大青山人尊敬。我去锁哥家玩，大娘看到我，不是塞一根黄瓜给我，就是塞两个西红柿过来。锁哥也经常会到我宿舍里来玩，每次他来，总有唠不完的话、逗不完的趣。

冬天，我们几个女青年，24 小时轮班在清粮机上选种，气温零下三十多度，寒风凛冽。夜晚每干两个小时活，就得轮换着到马号屋里的炕上暖和。锁哥晚上在马号喂马值班（马要吃夜草），他总把马号屋里的炕烧得暖暖的，让我们休息、暖和身子。看到锁哥在马号忙碌，我在清粮机上干活心里总觉得特别安定。

锁哥是车老板，我们经常乘坐着他赶的马车去山里干活。一次从山里回来，半道上天就黑了，我裹着棉大衣，躺在车上睡着了。小兴安岭的盘山公路弯弯曲曲，一会儿上坡，一会儿下坡，夜色中的公路上静悄悄，只有马蹄敲打路面发出的“嘚、嘚……”声。马车上劳累了一天的人们随着“嘚、嘚……”马蹄声，你靠着我，我靠着你，昏昏欲睡。我裹着棉大衣，躺在锁哥马车上睡着了。忽然马车猛地一颠，一下子把我甩出去，抛在了公路边。只听惠平惊叫：“不好，怡冰掉下去了。”

“吁……”锁哥连忙吆喝马车停下，飞速奔跑过来，蹲下扶我起来，连声问：“摔疼了吗？摔疼了吗？”由于甩下来时，我身上裹着厚厚的棉大衣，我说：“没事。”可锁哥还不放心，让我站起来走两步看看。原来是山上滚下来的一块大石头，掉在公路边，天黑，锁哥赶车没注意，马车轱辘从大石块上碾过被剧烈地颠了一下，还好有惊无险！

我在元茂队干活，锁哥赶着马车来山上送给养。每次看到锁哥来了，我就非常高兴，感觉就像是自己的亲哥来了一样。锁哥来了，会给我带来些酱或咸菜。有一回，竟带给我了一瓶“卜留克炒牛肉丝”，在那个时代，在深山里这瓶“卜留克炒牛肉丝”简直就是“山珍海味”。

那一年，锁哥结婚了。锁哥结婚的消息好突然，娶的是我公社驻地大队的一个姑娘。我和同宿舍里的几个女青年凑了些钱，买了暖瓶、洗脸盆等给锁哥送去。新娘子是外村人，她一身红衣裤，盘腿坐在炕上，害羞得低着脑袋，就是不肯把头抬起来。今天锁哥是新郎，他穿着我给他打的新毛衣，胸戴红花，喜气洋洋。我们在他家喝喜酒、闹新房……从今天起，锁哥成家了，锁哥是大人了。

结婚以后的锁哥还和以前一样，依然到我宿舍来玩，依然和我逗趣……

可有一天，伙伴福英告诉我一件事情，令我愕然。福英问我：“你知道锁哥这次为什么突然结婚的吗？”我说：“不知道呀？”可平心而论，我也确实有点感到奇怪，锁哥的婚姻好快，闪电式的……福英继续说：“锁哥前些日子和他娘说了，想和你提出处对象，没想到白大娘一听却对儿子说：‘你别害人家上海姑娘了，上海姑娘在这里不会待久的。'”接下来白大娘做的一件事情令人感动，也令我敬佩，没几天，大娘就托人为锁哥找了一个对象，而且马上结婚。更令我敬佩的是锁哥，自始至终他没有把这件事情告诉过我，要不是福英告诉我，可能到今天我还蒙在鼓里。

我回上海后，但凡有达音山的消息，我都留意着，也特别留意锁哥一家的生活，知道锁哥一家生活很好，儿女出息，家庭和睦，很是宽慰！

2009 年，老队长海孝到上海来看望我们，告诉我们长锁两次中风，现在已经不大能干活了。海孝还说："长锁身体底子薄，太好强，累的。"

那天福斌为我接通了锁哥家的电话，电话是锁嫂接的，我听见锁嫂在电话里叫："锁，上海来的电话。"

又听见锁嫂在催促他："快点。"

锁嫂对我说："他腿不好，走不快，听见上海来的电话高兴着呢。"

"别催他，让他慢点走。"我说。

电话中我询问了锁哥的病情，让他注意保重身体，听得出来锁哥很高兴。

2009 年，在离开三十多年后，我们回到了达音山屯。看到了魂牵梦绕的兴安岭和奔腾的龙江水，看到了思念已久的乡亲们，心情很是激动。

到家了，我得赶紧去看看我的锁哥。锁哥家的房屋很气派，一进院子，我就喊："锁哥，锁哥……"

"我在这哪！"

我应声跨入院中一间小屋，锁哥坐在一张小床边上，开心地笑着。锁哥问我："还没忘记我？"

我说："忘不了。"

我看到了留有中风后遗症的锁哥，锁哥的腿脚不灵活了，走路有点拐。可喜的是锁哥还是那么爱逗乐，冷不丁的一句话能使你乐上好一会儿。我们在屯子里的三天，锁哥天天和我们在一起，我们还是和过去一样，逗着、闹着、乐着！

我们离开达音山时，黑河知青开车来接我们了，锁哥穿着我送他的T恤衫一瘸一拐地也来送行。乡亲们和知青抱着、拉着，依依难舍。我走到锁哥身边，搂着锁哥的肩膀说："我走了，保重！"锁哥没有说话，挥挥手让我上车。

八千里路云和月让我们天各一方，时间让我们分开了三十多年，青年时期的故事早已成了记忆，是他们母子的善良、真诚，让我看到了人性的美好，长锁哥和他的母亲成了我生命中的贵人。我现在经常和锁哥锁嫂通电话，亲如一家。最近，锁嫂在电话中对我的称呼已经由"怡冰"改成了"孩他姑"。

秀梅

原罕达汽公社罕达汽大队
上海知青　翁友芳

翁友芳和秀梅(右)1974年摄于黑河

朋友在电话里告诉我秀梅得了乳腺癌正在天津治疗，乍一听这消息，我心猛一沉。去年我们见面时她还好好的，怎么说得病就得病了！赶紧拨了电话到天津他们入住的小旅店，旅店老板说她已顺利地动了手术，还在医院，叫我放心．晚上等她丈夫回来我又拨了电话，我焦急地问："秀梅没事吧？"

“没事了，她挺好的，您放心吧，阿芳姐，让您担心了，秀梅挺坚强的。”秀梅丈夫建设在电话那头感激地说。

放下电话我突然有一种感觉，我和秀梅的感情犹如亲情一般，心中的感受就是自己的亲姐妹病了。接下来几天，我几乎天天去电话询问，直到秀梅出院和我说上了话：“阿芳姐，我没事了，就知道您会惦记，没告诉您……真的……阿芳姐……您放心吧……”话筒里传来的分明是抽泣声。我忍住了眼泪，“秀梅，你一定会好的，好好养病，好好休息，我还等你来澳洲呢……”

秀梅是我在黑龙江插队落户时的朋友。其实她既不是知青也不是当地青年，只是她哥哥和我在一个生产队下乡，并在和我谈恋爱，于是她把我当成了亲姐姐。她父亲是地质工作者，一双儿女随着父亲走南闯北，最后来到了黑龙江的黑河金矿。哥哥下乡，她在金矿子弟小学当老师。当年的她，热情善良，善解人意，有着东北姑娘矫健的身材、白皙的肌肤，处处散发着青春气息。金矿就在生产队附近，她常常来我们知青点找我玩，总是带来妈妈做的好吃的，我们几个女青年喜滋滋地饱了口福。大家都很欢迎她来。她和我无话不说，心中的秘密全告诉我。难怪她哥打趣说，好像不是我，而是秀梅在和你谈恋爱。

那年，她爱上了一个小伙，当她告诉我时娇羞红艳的脸蛋上充满了怀春少女的梦想。然而，不幸那位小伙在一次工作中以身殉职，痴情的姑娘为初恋情人的不幸哭红了双眼，好几次趴在我的肩上：“阿芳姐，为什么会这样，为什么……”眼泪啪啪地滴到我手上。我爱怜地擦着她脸上的泪水，好声安慰着她，慢慢平抚她受伤的心。其实我当时也只是个比她大两岁的女孩子。

后来她好几年都没谈对象，直到我回了上海后，才听说她结婚了，生了个女儿。

大返城时，我和他哥哥分手了。而后 20 多年，我和她没有直接联系（那时联系全靠信件），只从他人的信中关心了解她的一切。也许那几年也是我们这些人人生最忙碌的时间，也无暇顾及其他，旧日的梦深埋在心底，心中的怀念也被封存了。偶尔看到旧照片，想起了往事，却来不及慢慢品味，生活太忙碌了！

一直到今天，生活渐渐趋于平静，亦或是已到了怀旧的年龄，封存的记忆，昔日的梦境如潮汐般地涌上心头，一浪接一浪，不能自已。我终于下决心，要回一趟魂牵梦萦的第二故乡。

在这之前，我和秀梅通了电话。拿起话筒心情很激动，20多年彼此没通音讯，她还能想起我吗？谁知，我刚说了我找秀梅，没等我自报家门，听筒里传来了惊喜的叫声："是阿芳姐！阿芳姐，真是您吗？"

我好激动："是我，秀梅，你怎么听出是我？"

"阿芳姐，我们一直惦着您，好想您……"

泪水模糊了我的眼睛，"我也好想好想你们……"

"您啥时回来，我们都想见您……"

"快了，我们马上要见面了！"

我迫不及待地等待着那一天，想象着那激动的一幕。

见面了，虽然二十多年过去，彼此却没有丝毫的生疏感。秀梅还如以前那样依偎着我，"阿芳姐、阿芳姐"亲热地叫着、说着，仅有的一个晚上，我们姐俩在公社招待所简易的住所和衣躺着聊了一宿(我的时间安排很紧，不能去她家)。她告诉我，当年我走后，最想不通的是她父母，说怎么处得好好的，这说走就走了。

"我哥劝他们，让他们将心比心地想想，谁不希望自己的孩子留在身边，这黑龙江距上海八千里，阿芳她这么小就离家，将近十年，她父母想她，盼她回去，我们能忍心看着父母伤心吗？"顿了一下，她拉着我的手说："其实，我哥说是这么说，我知道他心里比谁都不好受，好几次他骑着摩托差点翻车……后来，有了嫂子和孩子,我爸妈才定心了。我哥他拼命地工作,他能有今天全靠他努力……我很幸运,世界上就这么一个好哥哥,就让我给摊上了,我们全家的事都靠他操心,头发都白了……”

不知为什么,所有见到我的人都会提到她哥哥(当时他哥哥正在哈尔滨),秀梅更不用说了,我很感动,心中却隐隐作痛。说实在的,我何尝忘却过这段刻骨铭心的感情啊!男人忘却感情伤痛是把精力放到事业上,而女人却忘不了,会让它在心里时常掀起涟漪。秀梅还告诉我,他们夫妇承包了一艘采金船:“阿芳姐,等我们苦干两年,赚了钱,我一定去看你!”

短暂的相聚彼此留下了美好的回忆,要分别了,秀梅抱着我哭出了声。满眼泪水的我挥手向所有爱我的朋友们依依惜别,我很快还会回来看你们的,下一次我一定要住个够!秀梅说了,这儿就是我的家,啥时都可以回来住!

2016 年,摄于悉尼

我又拿起了电话,心中默默地祈祷着,愿我的秀梅妹妹能坦然笑对疾病,战胜疾病,早日康复!有一个快乐人生!

师傅张清林

原七二七林场
上海知青　郑　良

前排居中者为师傅张清林

1970 年我 17 岁，在黑龙江的一个新建的林场成了一个小木匠。开始时我们六七个学徒，跟着三四个师傅，并不指定谁带谁，所以我们在称呼师傅时都带姓，比如秦师傅、齐师傅、包师傅等。

留在我记忆最深处的是张师傅。

张师傅大名清林，小个，绰号“小炉匠”。在今天之前，我从来没有在任何场合下这样称呼过他（大不敬）。不过，那比瓢还光亮的脑壳、唇上的几根老鼠胡子和一走路就一晃一沉的大皮帽耳朵，比起《林海雪原》里的那个土匪联络员还真有几分相像。我有点怕他，因为他对我们很少有笑。

张师傅是我们木匠的头，但平时却不常在，因为他很忙，兼任总支委员嘛。会多，又分管后勤，所以他有很多时候需要到会议室或食堂、宿舍、小卖店里去“不务正业”。但是关键时刻或有重要任务时他却总是活跃在第一线。

平时造房子，地基的测定、房架的样板、门窗的尺寸都由他亲自一口定，然后他就不见了，等到上大架时，定然现身，上完大架又悄然隐去失踪了，如果工程没事故，下次得见真身就得等到竣工验收。好多年里，我都没见他做过什么家具等细活，看来，张师傅也就擅长造房子架桥这类粗活吧。

终于，有一次让我开了眼：

县放映队的头开口想要一只炕桌。这是关系业务，当然得领导亲自操刀了。张师傅翻出了好久不用的家什，磨磨就干上了。我在一旁偷眼窥探，哇！好麻利呀。下料、画线、开榫、打眼一气呵成。就看你这桌面怎么拼？

东北的木匠活讲究结实，讲究严丝合缝，手艺就看桌面，因为是由多块木板拼成，不用机制板也不用腻子，那几条拼缝就是打分处。就我这手艺来讲，有时一条缝耗上半小时也是常事。

张师傅在缝面稍微刨了几下就开始抹胶了。拼好了？不可能！他自己连看都没仔细看呢。只见他将挂了胶的面板拼起后再用四根方子把它夹起来，头上用铁丝一缠，再往面板两边打进几个楔子，那胶噗的一下就从缝里夹出来了。啊，挤！多省事的办法，挤呀！

胶干后一刨出来，嘿！就像整块板一样，效果出奇的好。难道我们以前都是瞎起劲？张师傅警告说："会走了再学跑！"我记住了。从此，除了急用，我一般都不用这绝招。

张师傅善解人意。每当有人有思想情绪时，他都自告奋勇做工作。虽然不善言词，却总能说到点子上，说到人心里去。

张师傅勇于担责任。不但不会将错误推向别人，相反总在自己身上找问题。

张师傅会相马。回想一下，我们这批上海知青中那些出类拔萃的，其中多位曾在我们木工做过，而且都是在他们最失意时被张师傅网罗到自己旗下的。

张师傅不死板，对新事物总是持支持态度。他爱说："试着干吧，不行咱推倒了再重来！"

不过，张师傅也有搞不定的时候。猪圈里有一头种猪因为不满饲养员干涉它的放纵，咬伤了这个每天喂它的人。场部判决：此猪因犯故意伤人、乱搞两性关系、不服领导管束等罪，判处阉刑，剥夺繁衍权利终生。由张师傅担任行刑的劁官，立即执行！

张师傅用一斤白酒泡了几个烧饼蒙骗猪犯吃了下去，就准备好酒精和剃刀，单等这畜生被麻翻放倒后动手了。

哪料此猪不愧天蓬后裔，非但不怕蒙汗药还借力发起了酒疯，蹿出猪圈满街追人玩。于是全体木工一起紧急出动上街去套猪。终于，我们放倒了它。在一条粗绳两条大杠和四条汉子的捆绑强按下，张师傅为它做了结扎，并缴获了两颗大号“手雷”。

失去了雄性威严的公猪忍痛夹着消过毒的屁股逃回了圈，张师傅却在推测“手雷”是否壮阳，琢磨晚上怎样用此物下酒咧。

张师傅也有尴尬的时候。有天张师傅跟我说：“你是团干部，又是车间骨干，今晚场里的全体青年大会上你要发言啊，内容是响应晚婚。”

晚上，我当然地代表木工带头发言了。本想说，虽然已过法定结婚年龄，但我离晚婚的要求还很远……可是一紧张竟说成：“虽然我的年龄已不小，但是也不大……”“那就是正好喽？”不知被哪个捣蛋鬼一搅，搞得哄堂大笑。我无地自容地看看张师傅，他也只能两手一摊，哭笑不得。

张师傅也有沮丧的时候。我们盖了这么多房子，最后的结局都是验收交货。终于有一天可以盖自己的木工车间了。偏巧，上大架时他有事没来督阵，结果因为少了一道支撑，整个房架在傍晚的暴风雨中全部垮塌。

第二天，张师傅蹲在废墟旁一声不吭地抽烟，一支又一支。我知道，他心疼着哪。要知道，一根十米的大原木，只能出两根大柁(横梁)啊。而眼前这一溜 51 根已经损伤过半了。

张师傅永远留在我脑中的话音是那次应邀去他家。那天场里刚宣布我为木工车间副主任，所以我知道他一定是想对我交代些什么。

晚饭前，我去敲了他家门，开门的张婶把我吓了一跳：她穿得太少了，“来啦？屋里暖和，快进屋！”在张婶的热情催促下，我傻呆呆地进了屋。一边脱下大皮袄，一边跟张师傅打招呼，一边听张师傅骂老婆明知道有知青要来还不多穿点，一边强力忍受屋里这温暖却又奇特的气味。

东北的大山里，冬天的保暖很重要。那里的门窗都是双层的，还将窗缝都封死，一副天不转暖誓不开的架势。门缝也用麻布等封得严严实实的就差没钉死了。一大家子密闭在20平方米的空间里做着所有的本来就应该在家里做的事情：抽烟、喝酒、做饭、洗衣，剥葱、拍蒜、腌肉、喂鸡，还有剔牙、抠脚、打嗝、放屁。这屋里的味儿就可想而知了。总之，如果将此“十全大补”空气样本送FBI分析检测，估计也够让大鼻子们的电脑系统紧急升级了。

人是有适应力的，只要能忍住一分钟不逃出去，很快也就习惯了。

爷俩盘腿上炕一边喝酒，一边说事，张婶还不断地有刚炒的菜端上来。大概是把几个孩子都赶过去了，后屋一片嬉闹声。

“今后，木工车间的主角就由你来唱了，我这个主任只是个摆设。虽然你们年轻人前途无量，但有些事我还是不得不交代一下。”

“张师傅，您只管教训就是。”

“你从组长、调度干到现在的副主任，大小也是好几十号人的领导了，这是革命工作，是党和林场对你的培养。不要翘尾巴，啊。要尊重老师傅，尊重同事，你要学的东西还很多，也需要他们的帮助。”

“齐师傅喜欢叫你‘孟(猛)良’，我却很担心你：干活这么拼是要吃亏的。我年轻时也是仗着有把劲，不听师傅好言相告，现在你看……”他转过身掀起后襟让我看，一条两掌宽的牛皮腰带护在了他的腰间:“你不想学我吧?”

我感动了几秒钟,忽然觉得此话有点不太对劲:报纸上都在宣传革命加拼命,拼命干革命。怎么张师傅会这么说?

“前些日,赵三开刀需要输血,林场已经安排了六个人。小杨正好是B型,我没办法,你是O型干嘛还非要去?跟你翻脸还以为我是舍不得你这个劳动力呢?我看你是在作死哪!幸好最后没用到你这备用的。”

我又感动了几秒钟,忽然又奇怪张师傅怎么就不知道这叫阶级友爱呢?

“前几天是不是往上海寄了一只大箱子?用的木料还很厚?”

坏了!我还以为自己很精明没人知道呢。只好抓紧解释:“是、是一个好、好、好同学的哥哥要、要、要结婚……”

“我知道上海木料很紧缺,要凭票供应。不怨你这个。只怨你为什么有事不跟我说?后来有人举报你私占公物你知道吗?要不是我一口揽下是我批准的,你现在别说提升,大概连组长都别想干了。”

我已经来不及感动,光顾着擦汗了。

“不是包庇你,我是不想看着挺好一棵苗子莫名其妙地就毁了。对了,还有,听说你还在政工股发给你批判参考用的那本书中画满了红道道?”

“这个,哦,是,又是谁在背后打我黑枪啊?”我讪讪地假装轻松勉强笑道。

“是谁说的不重要,重要的是要记住:当一个人整出点成绩时,往往会有人不舒服。像你这样大炮筒子对自己的言行这样不谨慎,早晚要吃亏的。来,别忘了喝!”

还喝个啥呀,早已经满头大汗,晕晕乎乎了。

从此,我夹紧了尾巴做人,认真地学习、工作。我知道有好多眼睛在盯着我,其中就有张师傅!

此后，张师傅更放手给我们年轻人了，木工车间也越来越大、越来越火，不仅承担着林场的基建任务，还注重了产品附加值，生产了产品销往黑河和省外……

在后来的生命中，我又有过好多师傅，有划玻璃的、有搞无线电的等，我也成为过好多人的师傅，但是我觉得最好的，对我做人影响最大的、最让我刻骨铭心的师傅还是张清林师傅。可惜，当年“年轻正直”的我竟然从来都没有一次，哪怕是一点点“孝敬”过他。

张师傅已经去世了，我一直在筹划有一天能回到林场去好好地拜祭他，请他原谅我直到自己都老了才刚刚懂得他、理解他、感激他。

张清林，我永远的师傅。

2009 年，回访 727 林场，郑良给师傅张清林上坟

高考病退
两地书

原爱辉公社爱辉大队一队
上海知青　韩自力

1981 年夏，和夫人第一次重返爱辉，
黑龙江边的合影

序

在写《边境插队手记》这本书时，我打开了那个封尘 30 多年的口袋，看到了我与她当年写的信。这一厚叠信，写了四年多，直到我大学毕业回到上海。

其中尤为曲折的，是从 1978 年 5 月 9 日到 1978 年 10 月 19 日这半年零 10 天里，我们俩写下的 30 封信。

那时，她回上海搞病退，我留在农村考大学。

在当年知青命运的大转折中，病退和高考是两条不同的路，一对年轻的恋人，有着对现实的不同理解与态度，有着对未来的不同追求与向往，一个选择了病退，一个选择了高考，并分别经历了几乎是同样艰难的过程。

有意思的是这两个过程，由一对恋人分别在两地同时开始，又同时结束。人生前途和爱情命运,就这样交错在激烈动荡的病退和高考中,30 封信的来来回回,构成了两个年轻人复杂曲折的心路历程。

有个背景必须要交代:我和她都是 1970 年去一个生产队插队的上海知青,1976 年谈恋爱时,我是生产队长,她是队里的科研组长。

一晃,将近 40 年过去,我俩都已经鬓发渐秋,只有这发黄卷边的信纸里,还散发出一股浓烈的青春气息。

我把这些信整理出来,也算是对当年知青在历史变动中如何面对人生大拐弯的一个真实纪录吧。

以下楷体字为她,宋体字为我。

一、雁去燕来

你好!在黑河给你写的一封信不知收到没有?

我 5 日早上离开黑河,下午三点左右到嫩江,司机把我送到车站。张桂贤的同学把我接到她们宿舍吃了晚饭,然后把我送上火车。

那天嫩江开往哈尔滨的火车特别挤,多亏有人送,帮我抢座位,要不我就要一夜站着了。

6 日中午十二点到哈尔滨。哈尔滨火车站的地道特别长,上上下下的台阶也特别高,肩扛两只沉重的旅行袋实在太可怕,我只好打电话给同学,她们把我送到了火车上。

7 日上午七点多钟到达大连。我坐三轮车到码头买了个五等舱,把行李寄放后又到大连的街上转。自己一个人实在没意思,转了半小时不到就回码头等着上船。

说来也巧,上次我们俩回家是双号到的,船是双号发;这次我是单号到的,就来个单号发船,都是当天就走了。看来我是有坐船的福气。

一路航行,风浪也没有,平安无事地在 9 日上午四点多到了家。

美中不足的是连续两次坐船都是“长征号”，也许这是老天有意安排的，我真不知道这新的长征要走到什么时候是个头？

单独回家，一路上十分想你，我相信在你的努力下我们一定会很快就见面的。

希望你要注意休息、注意饮食。政治复习提纲的答案有了吗？所有题目你都做好答案了吗？

我就要开始办我的病退之事了，有结果会告诉你。

另：钱不用寄，我还剩25元。

那些钱你留着用，等你考上大学你就把行李托运回来，然后到泰山顶去一趟，在东北也玩一玩。

1978年5月9日上海

信已收到，总在担心你的一路行程，接到信后，心中才石头落地。

由于你在黑河托人带的信到我手中时，100元钱已经邮出，所以就不能怪我了。而且你在上海搞病退时间恐怕会很长的，这点钱也根本不够花，你就留在身边以备万一之用吧。

春天到了，大雁一群群从南方飞向北方，在空中嘎嘎地长鸣，壮观地排着人字形掠过了黑龙江；燕子却双双回来，在江面上穿梭着、嬉闹着，高兴地用尾巴蘸着江水，发出欢乐短促的尖叫。

我们俩，就在这美好的季节离别了……

封冻了七个月的北疆田野，冒出的草儿该是多么嫩绿呀，可它在我眼中却失去了往常的色泽；淌走了冰排的黑龙江，该是多么清澈透明呀，可是我的心却不再为之吸引。

充满活力的春天来了，我们一南一北，感觉四周还在寒冬一样。

因为我的眼睛和我的心已经有一半随你而去，剩下的一半在离你遥远的地方，分秒必争地、机械地努力迎考。

未来会如何？能不能实现各自的愿望？你我都不知道。

考大学的事，我将作百倍的努力，但也作好了最坏的打算。

我们的命运不能完全依赖它，即使失败，再艰难的路也要走下去。

1978年5月17日爱辉

二、布谷鸟叫

来信于24日收到，看到你的来信，我仿佛看见了你，我相信我们一定会在一起生活的。

钱已经收到，我一直很担心你的身体，天天这样学习，没有什么好吃的，你也不会照顾自己，肯定是饿一顿饱一顿，估计食堂的情况也就是对付，希望你多买些点心放着。

在我的脑海里，我们是不能离开的，离开后你就不会生活了。

我在5月13日去街道填病退申请表了，目前就在家等着。

为了让自己心里清楚病情到底如何，5月25日，我去第一人民医院拍了一张胃片，诊断为胃窦炎，这样病退的把握就大了。

目前病退的人特别多，陆锡金也自己在上海拍了一张胃片，诊断为胃炎，他说看来要来一番“刺激”才能达到病退的程度。

我是本身就有病，根本不敢“刺激”。以后有什么情况我会及时写信告诉你的。

回上海后，有人经常劝我已经回到上海了，你家里对我们谈朋友的事压力又那么大，黄了算了。

最近我看了电影《红楼梦》，感触很深，我们之间的感情是真诚的，对于你，我是一百个、一千个相信。我总觉得做父母的不能这样管着我们。

好了，家里人多，烦得要命，我写不下去了，等静的时候我再写。

1978 年 5 月 28 日　上海

分别已经快一个月了，十分想念。

从心里来说，不想让你在我面临紧张复习时离开，但为了你今后的生活，只能这样闯一下，但愿你有好运气！

一个月里，紧张的复习之余，心里闷得慌，觉得孤单，日子过得毫无意思。

以前每天在一起时，好多事情无所谓地过去了，但现在我会特别仔细地想起其中的一些往事。

你这次在大连买五等舱回上海，实在太艰苦了。那是舱底通铺，每人发一条草席和一条毛毯，随便挤一块地方一铺。白天盘腿而坐；夜里和衣而睡。劣质的烟味、难闻的脚臭、晕船的呕吐物味……很难想象你是怎么在船上度过那三天的？

记得 1976 年冬天吗？我们恋爱后第一次结伴回沪探亲，火车上你的老毛病——胃疼又犯了，我狠狠心，到大连买了二等舱。房间在甲板上，窗户明亮。尽管是四人客舱，但对我们来说，无疑是最豪华的旅行了。

上船前，我们把行李交给一位素不相识的中年妇女看管，然后坐三轮车去大连街头。那天风大，吹起你的头发，你仰着头看我，一脸的幸福。

第二天，船入深海，风至七级，摆在走廊里的桶撞得叮咚响。我等晕船的你睡着了，便一人来到摇晃的甲板上。一望无际的海面上浪花击打，船尾翻起泡沫的海面上，有三四条黑色的大鱼，跃出海面，此起彼伏地在追逐。

这是我第一次看到这样的场景，赶紧回舱叫你一同来到甲板。

鱼儿却不见了踪影,你说我骗你,因晕船而无精打采的眼神里带着一点儿埋怨。

你回上海的一个月里,我只收到你一封信,是不是因为我劝你回上海病退而埋怨我呢?

6 月 18 日就要初考了,只考语文、政治、历史,问题不大。

7 月 20 日的统考是十分关键的。

现在知青点搞病退的人不少,但好多人的材料都被县里压着,说是要拖到 6 月份再发出去,不知道有些什么名堂?

你的病退有什么进展吗?望告诉我。

1978 年 5 月 28 日爱辉

信收到了,前两天我等信等得心烦,就又写了一封信,收到你的信后,发觉竟然是和你这封信同一天写的。不知收到没有?

今年,这儿的布谷鸟叫得特别迟,好像它不太愿意过早地勾起我对你的思念。

这两天它终于叫了。那"好苦——好苦——"的声音,叫人听了有些伤感。

记得我们第一次坐在江边,有点激动又有些拘束。

愣了半天,我开口问你:"假如哪一天我被关在了监狱,你还会跟我吗?"

我不知为什么会问你这样的问题。是因为自己的父母被造反派拘禁隔离过?还是因为我自己也蹲过县公安局的笆篱子?

我对爱情的要求只有一条:忠诚。

你回答说:"会的。"

我点点头说:"那好,我们处朋友吧。"

那是快两年前的事了,怪怪的开头。

从那以后,我们从不知谈什么好,到慢慢地坦露内心世界,从不敢相互对视,到互相凝望,直到在 1976 年冬回到上海,在家庭反对的压力下,在想到有可能无奈分手的痛苦中,我们才有了第一次的握手,第一次的偎依……虽然比别人的恋爱过程要曲折,但每一个曲折,都像一朵朵美丽的彩霞,深深地留在我的记忆中。

布谷鸟儿的叫苦声,根本无法排解我心中的烦恼。

好在近日来想了个主意,弄来鱼杆,每天上江边钓半小时鱼,一来可以静静心,二来也可以改善一下伙食。

初考在即,已经接受报名,我拍了报名照,要6月30日取。

1978年6月3日爱辉

三、爱无距离

5月28日的信收到,越看越难过,我是多么希望能帮助你安心复习,把这次考试考好呀,可惜没能这样做。

当我每天在上海吃着热饭热菜时,我就暗暗地想起你,孤独一人在遥远的黑龙江不分昼夜地学习,吃了这顿忘了下顿。

还好宿舍里有陈民龙提醒你,要不然我看真会饿出病来。希望你注意身体,注意休息。

最近,上海对于病退的传说很多,我妈单位已开会传达,说回沪搞病退的知青都不用在上海复查了,只要当地政府把材料报到上海,上海就收。另外,父母退休后插队的子女可以顶替。

不过,我们还没有看到正式文件,要等正式文件下达后才能算数。听了这些消息后,我只能暂时高兴一下。

你把这个消息告诉知青点在搞病退的人,现在搞病退比较松了,他们只要在黑龙江把病退材料寄出来,就可以回上海等消息了,不要在黑龙江等。这样,也可以在上海顺便看看病,调养一下。

对我目前这种病来说,我本人是放心的,肯定能回来,只不过没有认识的人,时间要长一点。

谈到自己的病,心里总是一阵阵难过,还能活几年呢?你可能对胃窦炎这种病还不了解,我也不多分析了。

也怪自己插队时对身体太不注意了,才落到这种地步。现在我也不敢去看病,等到病退办好有了工作有了劳保后,我一定要努力把病治好,我相信在上海这么好的医疗条件下,一定能把病养好。

在农村时,我尽自己的一切能力来关心你,能让你减轻多少负担就减轻多少,为的是让你更好的工作。但我也担心你是否认为我这样做是为了讨好你?之所以有这个担心,是因为怕你受到家庭影响,对我产生误会。

这次在我即将要离开你的时候,你对我不冷不热,我心里有说不出的难过,我不知你对我是否真的了解?我尽量克制自己,只要我不是这么想的,对得起你就行了。

回到上海后,家里没有提这件事,没有让我不要和你谈啦等等。而且,任何人对我的劝阻也都是无济于事的,我只希望我们能有一天能够生活在一起,这就是最大的幸福。

1978年6月6日　上海

见到你的信,我又高兴又惭愧。

高兴的是你如此地相信和了解我;惭愧的是我当时的话刺伤了你。希望你不要记在心里,我已经很后悔了。你一定要放宽心在上海耐心等待,并且养好病。

知青点搞病退的人都已经把材料寄出,不久都将返回上海,那时你会多几个伙伴,不会太闷气了吧?

说来好笑,前些日子,一同复习高考的知青给我们俩算了一下命,结果是这样的:我这次很可能考在外地,我们之间很可能有“小人”挑拨,而且这个“小人”是女的。那个知青还说:看来你有些三心二意。

当然,这些都是算着玩玩的,我不相信。我当场就对那知青说:她不会三心二意的。

你对我的好，我是知道的，也十分感激你。我头脑里有时是有些大男子主义，我在临走时对你不冷不热，主要是为了让你一心一意回上海搞病退，不要留恋在我的身旁。而且，一场大的变动已经来到我们的面前，此时儿女情长会误事的。

我根本不认为，也从来没想到你在对我讨好。一对相爱的侣伴会互相用讨好的方法吗？不会的！不光我们，任何一对真诚相爱的人，都不会的，也完全没有必要的。

我想，大概是我不冷不热的态度引起了你的误会。

我们还有漫长的人生道路要一起走过，我在这里再次申明：你不要有自卑感，不要以为自己不如我，家庭不如我，这一切在爱情面前都无足轻重。在你面前的，不是一个什么跟你有很大差距的人，而是一个你所爱的人，同样，他也十分爱你，爱是没有距离的。

我总是幻想着，哪一天清晨，那门儿“吱扭”一下打开了，门口出现的是你的身影。

好了，再过四天就要初考，我不多写了，让你的微笑，陪伴我一起走进决定命运的考场吧。

1978 年 6 月 13 日　爱辉

四、你的生日

6 月 3 日来信收到，免你挂念，及时给你回信。

对于我病退之事，我现在倒是不大担心了，整天想到不知你是否能考到上海，今后我们怎么安排生活？

回上海后，父母从来不主动谈我和你的事，只是议论我病退的事情。今天早上，我问母亲：“如果他考上黑龙江的大学，我就转到黑龙江工作怎么样？”我母亲不同意，她说：“我别的主意不能拿，这点主意还是可以做的。”

我想，我们俩的事要经过曲折的办法才能成功了。当然，能一下考到上海来，那自由就属于我们了。

我们的感情建立快两年了，现在突然离开，真的好像缺了什么东西，不是滋味。有各种人来劝我把这段感情“黄掉”，我都是一只耳朵进，一只耳朵出，根本不考虑。

1978 年 6 月 13 日　上海

今天，我怀着胜利的心情，从黑河坐船回到知青点，收到了你 6 月 13 日的信，心里十分舒畅。

我是 16 日去黑河，18 日参加考试，19 日(今天)回来的。

在黑河，我住在粮库“山东”那里，一切都很方便。

18 日初考有三门课：政治、语文、历史。今年考生才七百人，去年有二千多人；今年参加高考的上海知青也没去年多，我们公社才二十来个，估计大多知青都搞病退了。

考前，我有点紧张，但一看题，很简单，心中完全踏实，比较顺利地答完了。

根据考后大家的互相交谈，我可以断定，自己的考分在全公社中一定是拔尖的。

现在，就看 7 月 20 日的统考了。

回来后，我晒了晒被子，张桂贤帮我洗了几件衣服，上她家吃了一顿晚饭。

明天，我将投入更加紧张的复习，为统考胜利而努力。

为劝你回上海搞病退，我对你说过一些生硬的话。因为那时我担心如果自己考不回上海，你的父母会像我的父母一样，也来反对我们再谈下去。我想过，如果那样，即使你选择和我“黄掉”，我也会谅解你，我觉得这是我的良心。

而那些生硬的话，可能就会引起分手；并且，对一个十分有把握病退回上海的人来说，还可能正好成为分手的借口。

但是你忍受了，这让我十分感动，我以后不会再考验你而惹你伤心了。尽管将来的路很曲折，我们也要共同走下去。

我父母已经知道你回沪搞病退，但他们来信都不提及此事，我也不想在紧张复习的情况下与他们为此事弄得不可开交，毕竟他们是我的亲人，等考完之后再说吧。

1978年6月19日　爱辉

我也收到了你6月13日的信，我们已经好几次都在同一天写信了。

为避免误会，以后我们在信中都要写明接到的是哪一天的信，好吗？

看到你对我的了解和放心，我觉得很高兴。我白天黑夜做梦都在问自己：我们将来的命运会如何？

初考分数什么时候公布？题目难吗？什么时候填报志愿？关于你要报考的学校，我也不太懂，我想最好上海报两只，黑龙江报一只，你是否写信和家里商量一下？应该还来得及。

街道在16日通知我去复查，我去了，结果医生有事，叫我23日再去。真倒霉，好不容易轮到了，还没检查上。

现在上海病退的速度是比较快的，很大一部分人不用检查就可以回来，范围有“两农”（家中有两个插队的）、“外地子女多的”（不管是插队还是兵团农场）、“家庭条件困难的”等等。

我有一个建议，现在还想在黑龙江等待招工的知青还是让他们回来搞病退，虽然病退回来的知青将来在上海干什么工作还说不定，传说也很多，但不管干什么，总比留在黑龙江好。至于将来，就看各自的运气了。

1978年6月22日　上海

看到你6月19日的信，首先为你第一步初考取得胜利而高兴。

这些天上海一直处在高温中，已经连续一周35—36度，家里热得要命，人像整天在蒸笼里一样，晚上无法入睡，汗流个不停，实在受不了。

今天仍然是36度，家里人都上班去了，只有我一个人，所以我还能定下心来给你写信。你一定等急了吧？望原谅。

今天是7月1日，是你的生日，不知你是怎么过的？

一跨进7月，对你来说，时间就更宝贵了，希望你抓紧最后的几天，在统考时也能像初考那样顺利。

听说别人帮你洗衣服，我可以想象得出来，你一定把脏衣服又存放了很多。希望你讲究卫生，黑龙江里洗衣服还是很方便的。

要是我在你身边有多好呀，现在没办法了，只能让你自己辛苦点了。

我刚才到四院去复查，大夫问了问我的病情，然后就叫我在家里等消息，说是会叫我去拍片子的。

我对我的病退是很有把握的，因为确实病得很严重，以后的病情发展如何是无法想象的。有时我想，谁跟我一辈子肯定要倒霉，因为我是一个活不长的人，真不想连累别人。

我本来曾经想过你会不要我的，经常暗暗地流泪，觉得自己很苦命，这样也加重了病情。现在我已经去掉了这块心病，我相信只要我注意饮食方法，病也没什么可怕的。

1978年7月1日　上海

五、随你天涯

我的初考成绩在前几天公布了，三门课共得248分，平均82.6分，在公社文科考生中是第一名。

今天，我填好了参加统考的志愿，一共可以填报十个学校，其中重点大学五个，一般大学五个，我填报了如下学校：

重点大学：上海复旦、中国人大、南京大学、武汉大学、兰州大学；

一般大学：黑龙江大学、哈师院、吉林师大、牡丹江师院、齐师院。

我还在备注里填上了“服从分配”和“在上海具备走读条件”。我是不管什么学校都要去的，读大学本科，是我下乡后八年来心底里一直深深埋藏的愿望。这个愿望曾经在推荐读书的年代死去过，现在恢复高考，它也复活了。

人们都欣赏小兴安岭上白桦树，挺拔而漂亮，很少有人会去关注小兴安岭上一种叫黑桦的树。黑桦木材不直，纹理扭曲，没人会对它感兴趣。

我们大抵就是这样的黑桦。在时代的压力下生存，故而扭曲；在底层饱经风霜而学业无成，有人称我们为“荒废的一代”。

但我们却有着不同于其他时代青年人的优点，就是能身负重压，在寒冷坚硬的冰雪上特别耐磨。相信在冬天的时候，一定会有识材的人想起它：喔，还可以做雪爬犁！

大学本科是我追求的人生基本教育，无论在哪里完成它，都是为了当寒冬到来时，能够像雪爬犁一样，奔驰在茫茫的雪原上，发出“嘎吱嘎吱”的欢乐声。

如果考回上海，我会说服父母跟你结婚。如果考在外地，我不知道该怎么对你说。从心里来说，我不想让刚病退回上海的你，再到外地来。

但不管怎么样，我会在考完试后把你的行李全部托运回上海，我自己的行李则要等接到录取通知后再说，因为不知道会到什么地方去。

不多写了，因为时间很紧，等统考结束后，我再好好地写信。

1978年7月6日　爱辉

半个月没有收到你的来信，很是挂念。

可能你现在正争取最后的一点时间多复习一点东西，希望我这封信能给紧张中的你带来一些欢乐。

因为半个月没收到你的来信，我就把你以前写的信一封一封、一遍一遍地看了多次。从这些信中，我发觉我们之间越来越了解了。请你相信我，即使你考在外地，我也要想办法在你的身边，我一定会这样做的。

上海一直高温，热得我汗流浃背，头晕脑胀，真没办法。当然，也恨我自己一支笔表达不了我的心，写一封信也要下定决心。

我在家除了做家务，再看一些小说书，在家里等着病退的通知。我从来没有到街道去催问过，随它是快是慢，主要是现在传说很多，我还想等一等，如可以顶替，我就不必搞病退了。

1978 年 7 月 10 日　上海

天天盼你的来信，今天终于收到了你 7 月 6 日的信，我一连看了好几遍。

分别将近三个月了，什么时候才能见面呢？万一你考在黑龙江，暂时回不来，我们就只能耐心地等待了。

看了你来信提到的志愿填报，你说你不管什么学校都要去的，我真为你担心。当然，考上总比考不上强，至于什么学校，只能听天由命了。

如果你考在外地，你也尽管放心，我决不会离开你的。本来我考虑过将来分居两地生活，现在看来不大可能。我想生活上的艰苦是可以克服的，但精神上的痛苦是没法克服的，所以不管你将来在什么地方工作，我都会跟随去什么地方。最近我在慢慢地跟我母亲做工作。

病退到现在也没什么进展，我准备到街道去问一问，确实你不去催事情就不大好办。

我最近胃又有点痛，本来想办好病退就可以治疗了，现在不想再拖，拖下去是没什么好处的。

另外，你在离开生产队前把你和我的账都结清，伙食费一共用去多少，心里可以有个数，反正不要太急，要把事情办好。

1978 年 7 月 18 日　上海

六、统考结束

我在 10 日、18 日写的两封信收到了吗？这次统考怎样？听说题目都较难？

昨天，“老板”他们也回到上海了。听他们讲，食堂现在有粮票、现金，所以我马上写此信。你把我吃的伙食账算一算，钱还多多少？粮票加上去年多的一共还有多少？都把它领回来，省得到年底领不出来，一定要抓紧办。

考完试了，你把东西都归拢归拢，把所有要办的事都办好再离开，因为我不会再到生产队去了，只能让你辛苦一点。

听说你饭也不烧，衣服也不洗，经常饿肚子，是吗？我真是不放心。

现在考完试了，你对生活要重新安排。

考分通知大约什么时候能发？你接到通知一定要马上写信给我，知道吗？一天也不要拖延。

我对写给你的信总是有点不放心，不知你是否安全地收到。我算了算，好像你少收到我一封信，如你没有收到，我会去邮局查的，望你来信把这一切写清楚。

我的病退进度比较慢，后回来的人都把复查材料送到区里去了，我的复查还没有一点消息。前几天去街道问了问，说是现在拍片子的人多，片源都没了，叫我等着。街道一个负责人听了我的情况，叫我自己去开后门，拍片时叫街道负责人一起去就可以。

1978 年 7 月 24 日　上海

你在 7 月 10 日和 7 月 18 日的来信我都收到了，但前些日子，因忙于统考，一切信件我都搁下没复，请你原谅！

我于 7 月 13 日到黑河，住在“山东”那里，一直到昨天(7 月 25 日)才回到知青点。

今年是全国统考，7 月 20 日开始，一天考两门课，到 7 月 22 日考完，共考了五门课。

24 日又体检一天，所以我都在黑河。

这次考试较以前都难，估计我的成绩在公社文科考生中还将名列前茅。因而上大学是毫无疑问的，但上什么大学，现在无法预料。能否考到上海？现在只能是碰碰“额角头”了。

这样，我们就要做好思想准备，将来在外地生活。

我觉得这也没什么不好的，省得以后在上海生活有难处(我不说你也懂)。

外地不也挺好吗？雅静闲适地生活，只要我们能每天在一起，那就够了。

黑河考试的那几天，热闹极了，考场上尽是上海知青。

每一场考完，校园里便响起上海话的叽叽喳喳询问声、叫喊声、欢笑声和或惊喜、或后悔的声音。在这个边远的小镇里，上海知青“霸占”了高考的这出戏。无论是文科还是理科，上海知青都远比当地人要考得好。

下乡快十年了，当地人第一次对上海知青的聪明和才智佩服得五体投地。

公社干部那个在中学当老师的儿子，这次也参加高考了，却在初试时就名落孙山。这样的人能当老师？真是误人子弟呀。这次在街上碰到他，他用带着一点嫉妒的眼光远远看着我们的欢乐和交谈。

考试的成绩要到半个月后才能公布。而录取通知书将在一个月后分两批下达：一是在 8 月底到 9 月 5 日，为重点大学；二是 9 月 6 日到 9 月 15 日，为一般大学。

有什么消息我一定会尽快告诉你。

昨天回到知青点后，大吃一惊：出去将近半个月，知青搞病退走了一大半。我的宿舍只剩下我一人了，屋里弄得一塌糊涂，桌子椅子什么都没有了，只有灰。炕上堆着我的书和他们不要的破布烂鞋，简直无插足之地。还有他们用木板钉好的两只大箱子，这两只他们嘱咐我帮着托运的大箱子，就像两口大棺材，放在屋子的中央。

你知道，我对宿舍的整洁是十分讲究的，这种埋汰的环境让人怎么生活下去？只有猪和狗才会在这种地方待下去。

“山东”和“老太婆”帮助我一起打扫屋子，背了好几麻袋的破烂扔了出去。接着我就把你的东西和我的箱子全搬了过来，箱子就摆在窗下当桌子用。

今天上午，我又把自己的衣服全都洗了，这才坐下来给你写信。

以后，我没什么事可干了，干巴巴地等通知吧。

你在上海一定要注意身体，办事不要急。病退，我看肯定是能搞成的，不要去求人，无非是拖一点时间吧，怕什么！你正好趁此时间调养身体。

1978 年 7 月 26 日　爱辉

收到了你 7 月 24 日的信。

你在这里的时候，还有那么多的知青，我们想找一个无人打扰的地方是那么困难。现在这里多么寂静呵！整天只有我一个人。我喜欢闭上眼睛，就像和尚做功一样。因为在闭上的眼睛里，会有你的身影。

你的东西我已经全部搬了过来，我想这些天弄些木板，等到通知一下来，我就打箱子。

另外告诉你，我父母将于 8 月 9 日从上海出发到黑龙江来，父亲去参观大庆，他是领队，参观完大庆就回上海；母亲去牡丹江开会，她说开完会要上我这儿来看看。我已同母亲约好，在8月15日去北安接她。

考完试，待着无聊，我去队里劳动，打了一天小麦，手上起了三个大泡，虎口也磨掉了皮，身上晒红了，火辣辣的。

昨天又帮知青点杀猪，反正就当玩呗，混混时间。

在整理你的东西时，发觉你留下的几本日记，翻开看看，觉得很有意思。你下乡几年进步很大，呵呵，只是日记中错别字太多了。

偶尔翻到你的两张照片，其他的照片我想你一定都带到上海去了。

想起你曾经说过要给我看看你过去的照片，那时没有时间看，如今却想看也看不到了。幸好还有留下的这两张，我想就不打进托运的包里去了，放在我这儿吧。

另外，我想告诉你，自从考完试后，我生活得挺好，没挨过饿，也很讲究卫生。

考完了，我想去那些知青的队里去玩玩，散散心。

1978年8月1日　爱辉

七、母亲来了

我每天都在等你的信，但每天都很失望，在寂寞无聊的日子里，不知道干些什么好。

我们之间唯一的联系竟然中断了。

是因为我母亲来了黑龙江，你怕我母亲看到我们的通讯而对我不满意吗？

我不想向任何人隐瞒我们之间的来往，我不想把这种真挚的情感在压力下变得畸形和痛苦。我们可以透露这些信息给父母，慢慢地做一些工作，你说对吗？我们相爱，不是什么错误。

1978年8月15日　爱辉

依在窗前的小台灯下，边听着深夜秋虫的鸣唱，边提笔给你写信，心里真担心，这封信是不是又会遭到你的“冷遇”？

窗户开着，可以看见月亮在黑龙江上泛着鱼鳞般的波光。

8 年多了，江水依然不变地从眼前浩浩荡荡地淌过，它有着清晨的平静、中午的明亮、傍晚的激荡……还有弥漫在江上那种森林草原的潮湿气味，也透过窗户，扑进屋里。

我不知道还能看着它多久？

白天，我抬头在天空中发现了南飞的大雁。

我的心好像一下子被它们悬了起来。记得你离开时，这些大雁也从我们头顶掠过，那时，它们正在北上。现在，它们已经南下，来来回回，同去同往，真是羡慕它们！

我不清楚你为什么要停止给我写信？让我如落单的孤雁。

我 8 月 17 日去北安接母亲，8 月 19 日一起回到生产队。

她在生产队待了八天，于今天早晨离开黑河。

高考时，认识了不少其他大队的上海知青，母亲来生产队时，他们也都赶来凑热闹。毕竟下乡八年多，这里还是第一次有家长从上海来看子女。

她走的时候应该是高兴的。我看得出来，因为她在黑河长途客运站检了票后，头也不回地上了车。

临走前，她知道了我的统考分数，这是昨天才刚刚下达的通知，我考了 370 分。其中数学 46 分、政治 75 分、语文 76 分、地理 84 分、历史 89 分。

在我们公社文科考生中，我仍然是第一名，在全县文科考生中，我名列第二。

今年重点大学录取分数线是 340 分，我超过了 30 分！

接下来就要看我填报的志愿是否合适。

我有点后悔第一志愿填报复旦，听说黑龙江兵团的上海知青有不少都是老高三，考分要比我们六九届初中生的高。他们的目标都是上海的高校，竞争相当激烈。

而北京的中国人大在停了十年后，今年是第一次招生，只要过了重点分数线，录取的希望是很大的。

按计划，9 月中旬要发完全部录取通知书，新生要陆续去大学报到了。

在我走前，行李托运、伙食结账，都会办理的，望放心。

我二次上县城考试和去北安、黑河接送母亲用了一些钱，现在身上还余现金 60 元，估计把伙食费一结，去读书的路费也够了。

万一不够，我会把手中的半导体收音机和自行车卖掉，那样也可以对付下来。这些你都不必操心了。

你现在病退搞得怎么样？我担心你脾气急躁，等得不耐心，会把自已的身体搞垮，也会增加心理和精神上的痛苦。你一定不要着急，病退搞不成也不要紧的，就等在上海又怎么样呢？等它个四年，迟早要解决的，而且那时我大学也毕业了，就可以自己生存了。

想再多写一些，但一想到你可能还是不回信，又写不下去了。

1978 年 8 月 27 日　爱辉

八、三次复查

你在 7 月 26 日、8 月 1 日、8 月 15 日的来信都已收阅。

这么长时间没给你通信，想必你一定会对我有种种的猜疑，对吗？

你上封信对我提的一些问题，是我过去从来没有多想过的，加上你要到别的大队去玩，我怕你收不到我的信，所以就没给你写信。

再加上我情绪不好，眼看着别人比我晚回来的都复查好了，我还一直没有消息，心里整天有一团火，什么事情都没有心去干。

我连续二星期来，隔天去一次街道，跟他们谈我的病情。

街道负责人没办法，只好同意让我拍片子。于是我在 8 月 23 日由街道负责人陪同，去四院拍了片。

25 日，我又去街道问情况，他们讲不知道，又叫我去复查、看片子。

今天终于算复查好了，检查结果是十二指肠球部畸形。

我前后一共拍了三次片，从胃窦炎到十二指肠球部畸形，结果都不一样，街道负责人讲要以四院最后拍的片子为准。

他们叫我回家等着，如通不过还要叫我去复查，如通过就会把材料转送区里。

所以我现在开始又要等了。

这就是我长时间没有给你通信的原因，望原谅。

其间我也曾好几次提笔想给你写信，可就是写不下去。我觉得我这一辈子没有什么称心的事，心里头烦得要命，脑子一点也安静不下来。

不知你录取通知下来了吗？我整天在等着你的消息。

你的高考和我的病退都进入了最后的关头，而这时，我们都不知道再写些什么好了。

你母亲这次在黑龙江待了几天？她问了我们的事吗？

看上去我们都将成功地高考和病退，但实际上我们的命运却越来越复杂。

如果你考在黑龙江，我父母不同意我回黑龙江；如果你考回上海，我们俩的事你父母又不同意，叫我们怎么办呢？

好多人都议论说我们的事成不了，我想这事情只有我们俩心里清楚。

为此我最近情绪非常不好，动不动就发火，整天没有高兴的时候，我总在考虑今后用什么办法能使我们生活在一起。

你如果录取通知下来，一定要帮我把行李寄回来，不要叫别人办这事，好吗？

1978 年 8 月 29 日　上海

终于接到你 8 月 29 日的来信，掐指一算，已经一个月没看到你的信了。

十分欣喜，也十分难受。

欣喜的是又看到了你的信，难受的是体会到了你在上海所经受的苦闷和不称心。

我能说的就是：请耐心地等待，我们的未来一定是幸福的。

我母亲在生产队待了八天，她说是来看我的，所以一句也没问到你的事，也处处避免与我谈起这事。

那天晚上，她对我讲起在上海刚看过朝鲜影片《神圣爱情永不忘》，我借此机会向她透露了我们俩还保持的关系。母亲没有责备我，只说了句："还是下决心断掉好。"

她以后就再也没有提起这事，只是十分关心我的高考分数。

当她知道我考了 370 分，超过重点分数线 30 分后，非常高兴地走了。

你要相信，我是一个正直的人，我不能因为你的家庭会影响到我的前途而抛弃你，更不能因此来打击一个希望上进的姑娘，让她永远背上家庭的自卑感。

十年动乱已经过去，我们将进入一个崭新的时代，一切都会变得好起来。

听到你说自己命苦什么的，我的心里很难受，我想你应该看得远一点。

我这次大学肯定能上，将来不管到什么地方，我的决心只有一个：四年后结婚。

四年，时间不算短，但也不算长，那时我们 29 岁，还有好长好长的人生道路，我们自己有工作，我们完全可以用自己的双手创造出幸福的家庭。我相信，作为一个大学生，经过几年的努力，一定有能力让你过上幸福的生活。

我的通知至今未下来，别人的也都没下来，我不管考到什么地方，今年寒假一定是在上海过的，那时候我们就能见面了。

1978 年 9 月 4 日　爱辉

九、月亮知道

8 月 29 日的信收到。

回沪的知青到我家来，和我谈起我们俩的事，发表了一个观点：只有你考在外地才有成功的希望，如考在上海百分之百的不成功。

另外还有人一直在劝我：我跟你的家庭和个人条件相差这么大，结合在一起是根本不可能的。

我突然觉得将来的生活是多么渺茫和无望，不知道你听了这些说法后是什么想法?

最近我精神上不愉快，身体也很不好，想想从小到现在，也没什么高兴的事情，也许等高兴的时候来临了，我也就离开人间了。

真的，因为我的病不得不让我产生这样的悲观情绪。

也许这是我们在上海与生产队之间的最后一次通信，以后信写到哪里要由你告诉我了。

我心里很乱，写得也很乱，内容是多么沉重啊。请原谅!

行李托运的钱如果不够，能不能向生产队预支? 今年我在生产队干了四五个月的活，应该有钱的。尽量不要卖半导体收音机，卖掉不合算，实在没办法的话，你再卖掉它。

1978 年 9 月 5 日　上海

我把 9 月 5 日写的信发出后，心里很后悔，不应该在信上写这些东西的，很多话等你回来再说也来得及。

你看了那封信会很难过吗?

我想解释一下,我写那封信没有什么别的想法,只是想跟你商量,有没有可能做做你父母的工作,让他们同意我们之间的交往。

这些天,各方面的人都来劝我放弃这段恋爱,讲得我头都大了。每天晚上我总是要冷静地思考好久,最后还是放不下你。

再说,我也忧虑我们这样下去,你和你家庭之间的关系会十分难处。

怎么才能跨出这艰难的一步?

1978 年 9 月 8 日　上海

很奇怪,你在 9 月 5 日和 9 月 8 日的两封信是一起到的。

拆开第一封信,看完后只觉得浑身有一种凉飕飕的感觉,不敢再看第二封。

像坠入雾中一样,什么东西也看不清了,连边上几个知青跟我说的话也听不清了。

等我看完第二封,心情才仿佛好了一点。

首先是我们自己不能动摇和怀疑,至于家庭的工作,是一步步来做的,只能在一定的情况下才能有机会做通。如果四年大学期间我们的感情一直保持,我相信金石也会为之裂开,更何况是父母呢?

退一万步来说,即使家庭工作做不通,我们将来也会结婚的,只要我们自己永远相爱就好。

你不要去听别人的七嘴八舌,请相信我。

你说:“从小到现在,也没什么高兴的事情。”今后更长的几十年还没有到来呢!一定会有很多值得高兴的事在等着你。

你还说什么:“等高兴的时候来临了,我也就离开人间了。”这是不可能的,你的病一定会慢慢好起来,过上幸福的生活。

离录取的日子越来越近了,我把你的行李已经全部打好,就等车来拉了。

还有，你和我共余伙食费 54.97 元、粮票 157 斤，已经全部算清领回。加上我自己手头还有的钱，现在有现金 170 多元。

我估计行李托运不会超过 70 元，再给你买两斤木耳，剩下的作为路费也够用了。

现在这里全国粮票不好换，所以我就给你邮回黑龙江粮票 130 斤，看看上海好不好换？

另外，我还去队里算了一下你的工分，估计你到年底还能有一百多元的分红吧。

托回的行李中，除了你的东西，还有我的棉大衣一件，我妈妈说要，就请你麻烦送去，不要怕。如果你实在不敢去，就托别的知青送去吧。

另外，在一个小铁盒中，有我的照片一张。

再有几天我就能知道被录取什么大学了，心里有点忐忑不安。

孤零零的，我刚从江边散步回来。

今天是中秋节，窗外的月儿很圆，金黄色的，她在深蓝色的天空中向我微笑。

她应该知道我们的未来是什么样子，否则，她不会笑得如此温馨和柔和。

1978 年 9 月 17 日　爱辉

十、我会等你

看到你 9 月 4 日的来信，感到苦闷减去了一半。

反复看了好几遍，总觉得看不够。

这天，又有人来探我的想法，先问我关于你高考的事。

我说："考是考得进的，但不知是什么大学，很可能考在本省。我不管他考在什么地方，都要等他的。"

又问："你去过他家里吗?"

我说："他父母不同意,我也无法去,不过他本人是同意的。"

以后,这个人他就再也不来了。

还有一件怪事,有人竟然到我家找我母亲,在我母亲面前人讲特讲她儿子怎么怎么好,在部队就要复员了,如果在上海找女朋友结婚,就可以回来了。

然后,她又要对我讲她这个儿子。我对她说我有事,就走了。

我现在在学日语,你回来时,把那本《青年自学丛书》带回来,我也准备学点数学。病退回来后,不管做什么工作,都要靠自己的本事,所以我准备下功夫学点文化吧。

1978 年 9 月 13 日　上海

今天接到你 13 日写的信,你对我挂念的事作了回答,我很高兴。

不知怎么搞的,我对那些劝你的人都有一种对立的情绪,我对自己说:这种情绪没有必要。但我却抑制不住这种情绪。

当看到你回绝了他们时,我的这种情绪才得到了释放。

想起我们曾经经历过的恋爱过程,从农村工作时的默契,到你傻乎乎地听我讲故事;在听到父母不同意的消息后你哭红的眼睛,到我们因为高考和病退而无奈的分别……在爱情方面我们懂得很少,却彼此得到了很多。

记得有一次乘长途车去西岗子,停在一个叫"革命村"的屯子前时,上来了几个上海女知青。

车上人不多,全是老乡,包括我,穿得像东北人,而且长得也像东北人。

上海女知青毫无顾忌地用上海话在车上聊起天来。

甲:"有一个上海知青看中我了,但伊是个插队的,格奈能好嫁拨伊呀,我格四十多块工钿将来不是要全部贴拨伊啦?"

一听就知道，她们是在农场拿工资的知青。

乙附和道："尽管全是上海人，但是到啥格层次就是啥个层次的眼界，我情愿以后寻一个跷脚麻皮，也不会嫁拨一个拿工分的插队知青。"

如果把下乡知青也分成几个层次的话，像我们这样插队的知青，在她们眼里就是最低的层次。

古人云："后生可畏。"年轻人身份如何并不重要，只要文化和道德的底蕴在，将来的变数是难以估量的。那几个女知青又哪里会懂得？

所以，听说你在上海学习文化，我很支持。你在搞科研时本身就是一个爱学习的人，为我这个当队长的如何种地提供了很多数据，相信你在上海还能学到很多东西。

雨水刚洗过玻璃，我透过水灵灵的玻璃，看到了一片晚霞，火红的。

金黄的太阳落在远处的山背上，万道金光映红了半边天，一朵朵云儿烧红了，像火苗一样，迎着夕阳飞去。

这幅画那么清晰，那么宽阔，竟使我"走"了进去，这是大学生活在召唤我吗？

痴痴地望着，天就渐渐地暗了下来。

男知青的两幢房里，只剩下我一个和谢华民一个。每天晚上，谢华民都会来我的这幢房里，喝一会儿茶、聊一会儿天。然后，他踩着月色回去，用木杠把门顶上睡觉。

他说，人都走光了，寂静得有点可怕。

我却是对"怕"没有了感觉，等他走了后，就一个人静静地躺着看书。

门是虚掩的，在睡梦中，恍恍惚惚地听到门在风中的晃动声，使我还能感觉到这世界的动静和真实。

还有两三天，录取通知书就要下来，那时我就要动身去大学报到了。

我和你在农村的通信从此结束，到大学里我会把新的地址告诉你，你别再往生产队写信了。

1978 年 9 月 20 日　爱辉

十一、四年之约

本想打电报告诉你，但因为怕你感到震惊和难过，我就写信告诉你了。

虽然这样时间长一些，可是比电报的"震动"要小一些，你说对吗？

我在今天早晨接到通知书，被黑龙江大学录取。这是省的一所综合性大学，在这样的学校学习所感到遗憾的是：不能陪你一起度过周末了。

至于其他，我并没有什么大难过的。

唯一让我后悔的是：如果我填报大学志愿时，重点大学的第一志愿如果是中国人民大学，就可以去北京了。很多考生都不懂：大学在录取时，并不是按志愿挨个向下挑选的，而是直接从第一档的第一志愿跳到了第二档的第一志愿。

黑龙江大学是我第二档的第一志愿。

我们中一个考生才考了 350 分，比我要低 20 分，就被他第一档的第一志愿：中国人民大学录取了。

毕竟北京要离上海近好多，而且是重点大学。

从你我分别到现在已经五个月了，特别是我考完试以后的二个多月，时间过得很慢。

接下来还有 15 天我才能去大学报到，这是最令人急躁和寂寞的日子。

想想今后还有四年的学习生活要煎熬，我们只能半年才见一次，真有点不敢想象。

想到这些，我又为自己没能考到上海的大学而遗憾，感到对不起你,给你增添了痛苦。

这些天来,我已经把箱子钉好,该送人的东西也都送掉了,该带走的我都理好了,被子什么的都洗了,该补的衣服也补好了。

明天,我就开始张罗迁移户口的事,这些都请你放心。

我到学校后再给你写信,那时你再回我的信吧。

1978 年 10 月 4 日　爱辉

临行前,又是一个不眠之夜。

我突然想起两年前的那晚,大队党支部支委值班轮到我,你要我在值班时给张志江写信。

张志江是四年前转点去河南老家插队的,她是知青中不多的对我们谈恋爱表示赞成的人之一。

在那封信的结尾我写道:“对谈朋友结婚这件事,我可能与一般人想的不同,有人喜欢对象有很高的政治文化水平,而我则希望是一个善良和会生活的伴侣。”

早晨,我醒来,发觉放在枕边的信不见了,心急的你已经拿去邮走了。

可以肯定,邮走前你看了我写的信。当时我没问,现在也不知道你看了后有什么想法?

在那个年代里,我一想到娶个“很高政治文化水平”的女人做老婆,就害怕;我喜欢普普通通“善良和会生活”的女人。

当时想的就这么简单。

现在想想,这里面其实大有道理。因为“善良和会生活”的你,不知不觉地给我带来了很多观念上的变化,我的“教条式的理想主义”中,慢慢揉进了你“灵活的现实主义”;我清高的“坚持原则”里,也悄悄地融入了你善解人意的群众观念。

我们的恋爱,让我的思想变得更成熟和综合。

突然感悟到这一点,写信与你共同分享。

昨天(12日),我上黑河,在张明义的帮助下,把你和陈民龙的行李全部运走了,挺顺利。

你的行李都是用我的准迁证托运的,我就说是自己用不了的东西,邮往上海。客运站连检查也没做就让运了。

但陈民龙的行李因为没有准迁证,客运站不让托。我只好把他行李上的名字都改成你的名字,客运站也就放行了。

你和陈民龙说一声:取货单只有一张,写的是你的名字。行李到上海后,让陈民龙和你一起去拿。你的行李是110公斤,陈民龙的行李是85公斤,共用了47.37元,钱已经付了。

我这次还买了一些黄豆、香瓜子、窝瓜子之类的东西,因为怕麻烦,不想再打开已经钉死的你的箱子,我就放到自己的行李里,先托运到哈尔滨,等放寒假时带回上海。

我的行李有100公斤,托运费是14.23元,到底路要近好多,托运费也便宜些。

到学校后,我会把剩下的三十多元钱汇给你。

你在上海的病退搞得怎么样?甚念!

再有七天我就在哈尔滨了,来信地址等我到大学后告诉你。

1978年10月13日　爱辉

十二、秋瑟别情

9月20日、10月4日、10月13日的来信都已经收到,行李领取单也收到。

什么时候取行李要等通知,我会办的,望放心。

就在收到信的前一个小时,陈民龙来我家。他告诉我:今天居委会通知他迁户口,病退已经办好了。

不知怎么搞的,我们一起把材料送到区乡办的,他的批下来了,我的却没有,心里急得要命,但毫无办法,只好听天由命。

当我知道你考在黑龙江大学时,心里很难受,几天没睡好觉,想了许多。

我身边有很多人劝我,没有一个人不让我跟你"黄掉"。他们都是一个意思:你父母不同意,你又考在黑龙江,将来难道还能在一起吗?

但是不管别人怎么劝,我自有主张。

自从我了解你是怎样一个人以后,我就一心一意地爱你了。不管你考在哪里,我都会坚持下去,请你相信我。

现在我只有一个希望,希望你在大学一心读书,不要为我们的事分心,这样才能让我放心。

好了,当我写到这里,居委会负责人上门通知我:病退办好了,叫我迁户口。

现在,我心中的一块石头总算落地了!

剩下的钱不要给我寄回来,我不需要用钱,平时学校里生活要花费的,而且寒假回来时还要路费。

1978年10月19日　上海

今天我把自己随身带的东西也都打点好了,明天就要踏上新的路途,心里真有股说不出的滋味。

这几天我都在社员家吃饭,他们对我还是很好的。

昨天晚上,生产队开了欢送会,送我一个日记本和一支钢笔。

所有知青离开农村返沪搞病退时,老乡都表现得很冷淡,知青走得也很伤感。我有时想:这些老乡怎么这样无情无义!

我是唯一被开了欢送会的,在会上,贫协主任上来就说:

"你们知青呼啦一下都走了,可把我们贫下中农闪了个腰呀!"

他的话语中不无埋怨责备之意。

我知道这不是他一个人的看法,我便趁这个机会与老乡沟通了一番,大意如下:

“非常感谢大家为我送行，这让我想起到生产队的第一个夜里，乡亲们敲锣打鼓欢迎我们的场面。

“一晃八九年了，知青和乡亲们一起，光着膀子抡芟刀，裹着棉袄拉水耙；撒籽、收割、盖房、挖沟、伐木、开石。平日里，在田头啃冻馒头、咬冰碴子；过年了，在油灯下喝大碗酒、吃大块肉。在这偏僻乡村里，在这充满火药味的边境线上，流血流汗、站岗放哨，是纯朴的你们给了知青无穷的欢乐和温暖。我们之间以‘爷、娘、叔、婶、兄、弟、姐、妹’相称，洋溢着暖融融的人情味。

“正是在你们的关心照顾下，我们从十六七岁的孩子成长为二十五六岁的青年。同时，知青也把人生最美丽的青春献给了黑土地。

“我想问问大家：谁没有父母兄弟？谁没有思乡之情？今天，当知青终于能够回到父母的身边，回到日夜思念的家乡时，我为他们感到高兴！我相信乡亲们也是为他们感到高兴的！

“所以，我把今天的欢送会看作是对全体知青的欢送，这不仅仅是对一个当了四年队长，然后考上大学的我而举行的个人欢送会。

“我谢谢大家！知青是永远不会忘记这片黑土地的哺育之恩的！”

看到好多老乡流下了泪水，我的眼眶也湿润了。

我在镇上饭馆为老乡定了四桌酒席，这超出了我的经费预算。不过请放心，剩下的钱也够我到大学了。

老乡和知青之间，还是有情有义的，你说对吗？

1978 年 10 月 19 日　爱辉

后记

谁也没想到，我们关于高考和病退的最后一封信，是两个人在同一天写下的。

我接到她的信，是在黑龙江大学报到后；她接到我的信时，户口已经迁回了上海。

信，又在大学里继续写了四年，其中最让我激动和高兴的却并不是她的。

1979 年 5 月，我在大学接到母亲一封信：

在你爸爸去北京开会时，收到小王一封信，她要求父母同意你们的婚事，并希望找她谈谈，给她一个回音。

当时考虑到种种原因，认为还是等你爸爸回来再讲。

你爸爸回来后，我们经过商量，基本上统一了看法，认为小王回上海后对你还是一心无二，这确是难能可贵的情意，这也是组织一个幸福家庭的很好前提。就由我执笔给小王写了一封信，告诉她做父母唯一希望的，就是子女能做一对互帮、互促、互敬、互爱的好夫妻。对于婚姻的选择权，当然是属于你们青年人自己的，并希望她支持你完成大学时期的学习任务。

又告诉她，我将去苏州开会，估计要到 5 月下旬才能回来，以后可以来家里玩，以便增加一些了解。

望你要专心一意的认真读书，不要分心，虽然对你们的事我们在看法上有一些周折，但你要相信，我会把她像自己的孩子一样看待。

这年的寒假，我回上海时与她进行了结婚登记。

1982 年夏，大学毕业，教育部发文规定：为了不造成新的两地分居，知青大学毕业生可以分回配偶所在地。我有幸直接分配回了上海。

三十多年过去，我们已经升级为爷爷奶奶了。

好多年来，每年我俩都会去长途旅行，足迹踏遍了大半个中国。

那次我和她一起去新疆自驾游，在巴音布鲁克的一块陡直的山坡上，开都河展开了“九曲十八弯”的美丽。河流在平阔的草原上绕着大弯西去，泛着西边太阳的逆光。

我们情不自禁地一起坐在山坡前，欣赏这“千曲百折始到头”的景观。

我突然想到了当年高考和病退的曲折，笑着问她：“当年，你会想到我们有车有房的今天吗？”

她也笑了：“有车有房现在又不稀奇的，那时你就是一个农民，谁知道你后来会什么样？”

我点燃一支烟，沉思在人生曲折的回忆之中。

她见我不吱声，又说：“只要两个人能在一起，什么都好。”

2009年夏，和夫人第三次重返爱辉，在黑龙江边的合影

这时，背后响起了“咔嚓咔嚓”的快门声，回头一望，是一位陌生的摄影爱好者。

这位素不相识的年轻人对我们说：“对不起，拍了你们的背影，一直想找这样的情景，真美！”边说还边发出“啧啧”的赞叹。

美吗？我和她相视一笑。

美，是眼前曲折的河流；美，是当年拥有的青春。

现在，我们已经老了，只不过是坐在山坡上，品尝年轻时酿就和窖藏的醇酒。

四

或许是一种执着?

望着大批离去的知青战友,他们选择了留下。可以放弃上学招工,但绝不能放弃爱情,无论何时,他们或伴君或携妻永远在一起。

他们中后来有的陆陆续续回上海,带回的是一家人;有的坚持干到退休,坚守着在黑土地产生的爱情。

甚至还有在大返城后为爱情又回到黑土地的,有大返城干了几十年退休后再回生产队组织农民合作社的。

每一位把一生都献给黑土地的知青,内心都有对爱的执着。

最后十三枪

原张地营子公社大新屯大队
上海知青　王　刚

摄于 1972 年

谨以本文献给曾经生活在那片黑土地上的人，献给仍然生活在那片黑土地上的人，献给已经离开那片黑土地上的人，献给已经永远离开那片黑土地上的人……

冬夜，煤烟笼罩下的爱辉县城，依然是那么的昏暗，那么的呛人！

路上早已没了行人，万籁寂静，只有远处偶尔传来几声凄厉狗叫……

寒冷季节，已经习惯“猫冬”的人们早早钻进温暖的被窝，酣甜入梦了。

我却拎起伴随我十三年的帆布箱，用力推开被风雪挡住的大门，来到路边。打开箱子，浇上汽油，背对寒风，用颤抖的双手点燃了一支香烟，同时也点燃了整个箱子……

面对升腾的火焰，麻木中的我感到了一丝温暖。

漫漫长夜，终于熬到了尽头！

1979 年 2 月，我随哈医大李从仁主任前往珍宝岛附近处理一个案子，乘上那辆来接我们的插着“警备”小旗的警车，风驰电掣，从半夜开到清晨。天刚蒙蒙亮，我看到了一幕至今令我终身难忘的情景：

一列将要驶向南方的列车静静地俯卧在铁轨上。车门边、路基下、山坳里、山坡上，放眼望去，雪白大地，漫山遍野的“绿棉袄”。熙熙攘攘，就像泄了闸的洪水，争先恐后地向列车涌去……

身后满是一片狼藉，地上遗弃着鞋子、手套、围脖，行李、麻袋、木箱，甚至还有大衣柜……

多少年后，当我在电视上看到非洲野牛大迁徙，那气势磅礴的恢宏，那排山倒海的飞扬，那奋不顾身的奔腾，那血流成河的悲壮！伴随着著名男主持低沉、缓慢的解说，就会自然而然地联想起当年的知青大返城！

野牛为什么会如此大规模地长途跋涉？至今仍是千古之谜！

我是从知青大返城中找到答案的。

从茫然到茫然，一定会在原地转圈。

从遥远回到故乡，一定是先有信号，然后开始松动，接下来就是“万牛奔腾”了。

1971 年的招工就是一个信号。接下来是 1972 年的征兵，1973 年的工农兵上学。知青开始了松动和动摇，到了 1978 年 1979 年，全体知青就像洪水决堤一般涌回城里。

我目睹了整列整列挤满了“绿棉袄”的火车向南方驶去……

我也在医院里帮助过不少知青办理病退。

我甚至一次又一次地到长途客车站去送他们。

看着漫山遍野的“野牛们”绝尘而去！

可我却留了下来……

在农村，能干的和不能干的活我都干过了。1973 年的征兵，我的政审和体检都通过了。当体检时，我每到一个科室，就能看到征兵部队的排长坐在那里关注着我，还专门找我谈过话。

没想到老乡家里杀猪把公社武装部长请到了上座，他的儿子把我给顶了。

第二年招生，上海的名额没有了，只有省内的名额。那个犹豫啊！跟谁联系都来不及了，只能自己拿主意，一个小时就抽掉了一盒烟，终于忿忿地扔下了最后半截香烟，上学去了。

在学校毕业典礼上，校党委书记对班级支部书记说他真想把我留下来。可按照当时"哪来哪去"的政策，我又回到了边境城市——黑河。

奔出去的"野牛"又回到了出发地。

在医院，我潜心研究过北纬50度小儿先天性心脏病。为此在国家级杂志上发表过两篇论文。

在公安，为保卫边境安全贡献过力量。

在卫校，为培养合格的医务人才挥洒过汗水，甚至跳进冰冷的黑龙江里救过学生……

我知道有许多领导是真心实意地培养我，提拔我。送我出去进修，帮我介绍对象。当我取得一点点成绩时，他们就会鼓励我，给我荣誉。在生活上无微不至地照顾我。我永远忘不了老校长对我的谆谆教导，忘不了和干妈的彻夜长谈，忘不了冬天窗外那一大包干妈亲手为我包的冻饺子。

当时已经28岁了，经历过艰苦环境磨炼的人容易早熟，根本无须语言，只要从一个眼神就能够明白一切。一种无法压抑的青春萌动也会时常在心头泛起。但是，回家的信念压倒了一切！

很多人不明白，甚至包括我自己！记得当时还流行过这样一句豪言壮语："是七尺男儿生能舍己，作千秋雄鬼死不还家！"

直到今天我仍在思考这个问题：当时野牛大迁徙，没有发令枪，也没有战斗序列；没有单行道，更没有组织纪律。可它们为什么会坚定地朝着一个方向奋不顾身？尽管面临无数沼泽险滩、荆棘陷阱、甚至是鳄鱼的血盆大口、狮群的张牙舞爪……可它们却义无返顾！

答案只有一个：信念！

这种信念就像是听到了母亲千里迢迢的呼唤，看到了广袤无垠的绿洲，听到了上帝冥冥之中的暗示，看到了宇宙星际的银河！

一次偶然的机会，我们生产队的上海知青“小宁波”要从上海调回黑河，因为他和我们生产队的女青年结婚了。当我得知干部和工人按照当时的政策可以对调时，我就开始上蹿下跳。从校长、院长、科长、局长，一直到地区的最高领导——地委书记和行署专员，几乎都让我“擢拢”个遍。足足忙乎了两年，远远不止“过五关，斩六将”！

“小宁波”如愿以偿地回到了黑河，可我却让别人给“掉包”了！批准回上海的不是我！我真的体验到了什么叫“五雷轰顶”！

从来不听邪的我俩第二天就赶回上海，分别到劳动局和人事局去闹了……

皇天终不负有心人！两个月后，“小宁波”留在了上海，我的“调令”发出了。

受伤的“野牛”终于归队。

辛苦了一个白天，我马不停蹄，先到地区人事局办好了“干部调转介绍信”，然后赶到粮管所办理了“粮油关系”，接下来就要到东派出所去办理“户口转移”了。此刻我犹豫了起来，就这一张“要命纸”，困扰了我整整十三年！

这可是最后的最后了！为了这张纸，我从箱子里取出最后一盒牡丹烟，绕到地区公安局，找上哥们凤君，我问他与东派出所的所长熟悉吗？他说很熟。到了东派，看见所长正在门口晒太阳，凤君远远就跟他打起了招呼：“哥们，介绍一下，这是我们地区公安局的王法医，他调回上海了，手续你给办啊？”“没问题！”“拜托啦！”我嘴上说，心里却直打鼓。我恭恭敬敬地递上一盒牡丹烟，所长打开后，只抽出一支，又将烟递还给了我。“自己人，别客气！”

仅仅一支烟，两分钟，户口就这么轻而易举地办好了。可我却为了它苦苦奋斗了十三年！

回到局里，技术科长王功兴（痕迹检查专家）正在默默地擦拭着他那支心爱的勃郎宁。哥们吴凤君（照相专家）郑重地打开抽匣，抽出一支五四式手枪交给我，同时打开了满满一盒子弹，“哗”地洒在桌上。我一看，好家伙！足有六七十发。

“哥们！明天你就要走了，最后一次过过枪瘾吧！”

至今我仍觉得，不同的人有不同的告别方式。

当时在黑河地区最耀眼的车大概就是我们科里的“现场勘察车”了。这可是国家专门配备给各地公安局技术科的。蓝白相间的面包车，顶端装备有大功率照射灯和警报器。车内配有电台、暗室、暗房设备、检验设备、解剖台等。我乘着这辆熟悉的面包车，最后一次来到深山里。

他俩轮流帮我往弹夹里上子弹，枪口朝下递给我。我突然看到科长是在往他的“勃郎宁”里上子弹。这种子弹很稀有，与我们国产手枪的子弹根本不通用。

“科长！那可是您的装备弹！千万别……”科长说：“你这是最后一次了，不知道什么时候才能见面。你放心！家里还有五发。”

我知道那可是科长最心爱的宝贝！小巧玲珑，乌黑铮亮，人见人爱！为了留下我，他曾经跟我说过：“只要你肯留下来，这支枪归你。”

科长是个多面手，什么都会，尤其擅长痕迹检查。平时话语不多，诚恳忠厚，勤于思考。凤君的照相水平一流，不管什么现场，他去得最多。轮到我出现，那一定是死了人了。通常我们三个都会到场，在一起却各忙各的，同时又配合默契。我们一起工作，一起讨论，一起吃饭，有时甚至要一起风餐露宿、通宵达旦。

1981年，我在地区医院做的一例小儿尸检中发现，他的心脏二尖瓣是闭锁的。经查阅文献，这种先天性心脏病在世界上极为罕见。省里通知我写好文章，带好照片出席黑龙江省病理学会。

科长和凤君那个高兴啊！忙着帮我做标尺，选角度，拍照片，装订成册……

开会时可出风头了，医学专家们都说从没见到过这么清晰的照片！他们哪会知道这些都是公安局的摄影专家给照的。

至今回忆起来，科长当天那句“不知道什么时候才能见面”的话，就像是他对未来人生痕迹的一种预测。我离开黑河至今，一直没有回去过，而科长他却已经永远离开了。

值得告慰的是科长和凤君帮我拍的那些照片已经永远留在《中华病理学杂志》上了，也算是个永久的纪念吧！

子弹已经上膛，我知道要作最后告别了。

2009年，回访大新屯

一切的一切，都将成为回忆！

十三年的风风雨雨就像电影一样在我的眼前不断回闪……

沉思中的我朝天举起了手枪。

“砰……砰……砰……”

整整十三枪。

沉闷的枪声在大山里久久回荡……

我放弃了三次返城机会

原四嘉子公社卡伦山大队
上海知青　薛保家

1978年，薛保家（左）参加爱辉县党的基本路线教育工作队

2002年元月，我50岁那年，恋恋不舍地离开生活了33年的黑土地。在上海火车站，爱人小花和两个女儿来接我，我们一家人终于在上海团聚了。上山下乡运动真是造化弄人，33年前的我，离开上海时是个17岁的小哥；今天回来时，50岁老哥身边却多了三个美女。

回家了，终究还是回家了，回到了生我育我的上海，回到了慈祥双亲的身边。走进弄堂望着熟悉的门，我心潮起伏，泪眼朦胧。1969年3月，那时的我还不到17岁，从上海到黑龙江省爱辉县的卡伦山大队插队落户，留守黑土地33年，期间经历了一波三折的"去留"命运之路。有时我在想，我这一生办了一件最成功的事，那就是娶了东北姑娘小花。我要感谢毛主席，是他老人家一挥手"知识青年到农村去"，我才得以与她走到一起。

第一次返城机会

1978年底，全国知青开始大返城。远在上海的父亲得知后，急电命我办理回沪手续，他说人先回来再说。父命难以违抗，但那时我已经与小花结婚了。面对汹涌的返城大潮，面对父命，小花看到了我的为难，她也力劝我返城。

我该怎么办呢？我想到了“缘”，有缘千里来相会，无缘相逢也错过。

刚下乡时当了大半年的马倌，一边放马、一边读书的我被大队书记发现，就让我去当代课老师。小学文化的我如何教初中一年级的数理化？只能现学现卖，付出很多。一学期下来，居然评上了先进，还在知青中第一批入了团。

当了老师有了寒暑假，也就有了1970年暑假去佳木斯兵团看望妹妹的机会。到龙镇坐上了火车，人不多，我占着两个人的座位躺着，有问座的就说有人了。到了北安站时，我正眯着眼睛假寐，忽然听到一位姑娘问座，刚想说有人，但她那银玲般的甜甜的嗓音，使我把话咽了下去。我睁开眼，看到她脚上一双洁白的球鞋，白白的小腿修长，白底带花格的连衣裙裹着阿娜的身姿，青春漂亮的脸蛋，棕色的头发，噢，是一个黄毛丫头。我连忙坐起身来，连声说没人没人请坐。一个情窦初开的小伙子，身旁忽然坐着美丽动人的姑娘，身上不觉得有点躁热，想说什么，却说不出口来。倒是姑娘问我是不是南方人，从哪里来？这样聊了一会儿，她到一个小站下去了。萍水相逢，我不知道她的姓名，只是默默地看着她的身影像一只色彩斑斓的蝴蝶消失在晚霞中。事后我沉浸在与她火车“奇遇”的美好回忆中。

1971年初春，大队推荐我上黑河师范。进了学校，班主任让我当三班的班长，并给我介绍了副班长。我与副班长相视时，真不敢相信自己的眼睛，难道几回回梦里想见到的那只“蝴蝶”

又飞到我的身边？啊，这一定是上天安排我与她在师范“重逢”。这时才知道她叫小花，家在通北。有一次她问我：“你想上海的家吗？”我若有所思地答：“不想，但我没有忘记它。”从她眼神里我看到了好奇和敬仰。运动会上，我班女子接力的一个同学病了，她立即接替上去，看到跑着内八字步的她，我明白了她对我工作的支持；她组织班里女同学为男同学洗衣服，当然，她来收衣服时主要是收我的；她不会铲地，我安排她在我边上，帮她铲掉半边垅。那年秋天，我们从龙镇搬回黑河校址，我善讲故事，每天晚上有三四十个男女同学听我讲“梅花党”“恐怖的脚步声”，她总是坐在我的身边当忠实的听众；学习上我名列前茅，她也紧随其后；她成为第一批入团的学员，而一些经常向我汇报思想的同学反而没有入团。多少年以后，她一直说我“介绍入团，别有用心”。

我俩于 1972 年末谈恋爱了。没有想到毕业后，我俩被小兴安岭隔开，我分在山麓北坡的江畔；她在山麓南坡脚下，我俩翻越这座绵亘千里的兴安岭团聚，用去了七年时光。

1973 年初春，小花回通北任教，我被分配回原大队做公办教师。大队书记要我边教学，边做好夜校、赛诗会、报刊发行这三项工作。我忙得不可开交。然而，长夜难掩相思之苦，我俩鸿雁传书，假期到她家相聚。一年过后，三项工作都被评为县、地两级的先进典型，我也积累了县、地两级宣传、教育、报社、邮电等部门领导的人脉资源。1975 年暑假，小花从通北来大队探望我，看到我的工作干得有声有色，还有人缘、有威信，就说：“等结婚了，我调来大队当老师。”我说：“不急，等我混出人模狗样再结婚。”

1976 年春天，我入党了。夏天，又被调到县文教科做业余教育工作。我跑到空旷的田野上大声呐喊“我混出人样啦！”科领导说明年可分房子给我们，终于有了盼头。1977 年春节，我俩结婚了。婚后我俩还是分居两地。小花到我这探亲，晚上睡在办公室，白天只能逛江边，过得很不舒坦。一年后，我们的女儿出生了。小花租了一间房，白天教学，晚上自己带孩子，受了许多苦。眼看房子快分到了，就在这时，县里把我派到西丰山公社当党委宣传委员。我只好再努力，把小花调来公社当财政助理。我俩终于有了自己的窝，结束了七年两地分居生活之苦。我在心里发誓此生我们再也不分开。

可是命运又给了我一个大考验，是离开小花母女独自回上海呢？还是守在黑土地和她们不分离？思前想后，我决意留下，有违父命，断然放弃了返城的机会。

第二次返城机会

命运弄人啊！我留下了，只为与小花母女厮守。西丰山公社地处小兴安岭密林深处，在这里工作和生活，条件确实很艰苦。小花在工作上很要强，很快入了党，还勤劳，养了一条狗、两头猪、百余只鸡，每年收获四十多袋土豆，野鸡、山跳、狍子肉吃不完，小日子过得挺实惠。我在公社党委班子，公社书记叫我负责写汇报、讲话等材料，下乡包队也冲在一线，取得先进，县长还带全县大队书记前来参观学习。我在仕途上小步快跑，当上了公社副主任、乡党委副书记。到 1983 年，我 31 岁那年，当上了乡党委书记。由于再提拔要有大专以上文凭，1984 年，我报名上了省委党校大专班。这期间，我的大女儿得病被公社卫生院误诊。父亲听到此事后，他托老战友想把我调到徐州铜矿工作，父亲告诉我只能先调一个人，小花和孩子慢慢再说。

面对妻女，我不忍心分离。尤其是小花，调来西丰山公社的那些年，为了我的进步，家里油盐酱醋茶我从不过问，家务事基本不干，整天忙着工作；而她却把什么苦都吃了，什么累都独自一人扛着，为了我，辛勤操劳着这个家。这样贤惠、美丽、能干的妻子，我能舍得离开吗？我对父亲说："如果能调全家就去，调我一个人就算了。”我又一次违抗了父命。

1986年，从省委党校毕业回来，在县里工作了几个月后，就调到黑河地委政研室任农村组组长。在这里，我的文字综合能力和政策水平得到很大提高，还经常陪同地委书记下乡，参与地委书记讲话稿的起草，被列为后备干部培养。父亲对我的情况一直不放心，他来到黑河看我。当看到我工作条件很好，生活也好，他老人家放心了。对我说：“我看你在这里很好，就好好干吧，别调回去了。”

第三次返城机会

机遇，对于人们来说稍纵即逝，抓住了，就是良机；没抓住，就是错失良机。对于我来说，为了与她不分离，我错过了两次回沪机会，而第三次机会来时，我也在痛苦的抉择中失去了。

1990年，我38岁被提拔为副处级调研员，一年后，调任市农委副主任。黑河是农业市，有北安、嫩江、爱辉等七个县市(区)，辖区面积相当于两个台湾省。市农委是市领导与农口十多个办、局的承上启下的枢纽，工作量很大。我还兼农村改革试验办主任、绿色食品办主任，经常到省城、北京开会，到全国各地巡展。小花牺牲自己，主要是照顾家，在单位当上财务科副科长。1995年，我提为正处级，主持市农委工作，兼任市农业开发办主任。

1996年，命运的历程发生了波折。我带高中毕业的大女儿回上海迎考。同来的几个知青，有的在办理回上海的商调，有的在办理退休回上海。受他们的影响，上海一些朋友也帮我联系调回来。某区主要领导听了我的经历很同情，区委组织部门领导找我谈话时表示：不能按处级安排，只能调我一人回来。我考虑多日，实在不愿再分居两地，就放弃了。我的小女儿见姐姐回上海了，又哭又闹，吵着也要回上海。没办法，我又托上海朋友帮忙，最终小花携小女儿调到上海某县一个企业，两人户口也落进上海。后来反思，真是错过了良机，你看有人在外地当县长，回来按科级安排不是也干得很好嘛。我先调回上海，再把小花她们调来也能办到的，可惜错过了。

辞官返回上海

一个仕途顺达的人，怎么会辞官不做呢？对于我来说，只有一种解释，就是为了“她”。小花虽然工作关系调到上海，但在这家企业的驻黑河办事处工作。我们俩与小女儿仍在黑河一起生活。

作为一个上海知青，在黑河干到正处级实属不易。整个黑河，做到处级领导干部的上海知青只有十多人。九十年代后期，我们这群人中出现一个变化，就是子女陆续地回上海了，一些人开始通过商调或者退休的方式回上海。因小女儿在黑河上学，小花在黑河工作，我也没有动回上海的念头。但是，到了1998年，小女儿高中毕业要回上海参加高考。许多事情都是从量变到质变的。两个女儿相继回上海上大学，小花感到空落落的，于是每年寒暑假到上海照顾她们。2001年夏天，她去上海后告诉我：她要在上海照顾女儿们，就不回黑河了。我能理解小花的心情，但还是把我震到了。我苦苦坚守的再不分离的信念，使我放弃了多次回沪或南调的机会，现在，她为了女儿，要去上海落脚，把我一个人孤伶伶地撂在黑土地。

真是三十年河东三十年河西，原本的东北姑娘成了上海大妈，上海小伙却成了东北大爷。那时距离退休的日子还有11年，我无法想象，独自一人在这黑土地上怎样度过漫长的两地分居日子。我失眠了，仿佛又看到了30年前消失在晚霞中的那只色彩斑斓的蝴蝶。打那以后，这只“蝴蝶”落到哪里，哪里就是我的家。无论我走得多远，只要任务一结束，我就会马不停蹄、日夜兼程地向“蝴蝶”落地的方向赶，一直奔到她的身旁。现在这只“蝴蝶”落地上海了，我还犹豫什么？这时，正好赶上政府机构改革，工龄满 30 年可以提前内退（离岗休养）的政策，我向组织提出辞官回沪申请，不久得到了组织批准。

“爸爸，你怎么还不进门？”

女儿的喊声使我意识到，我真的回到了上海，回到了自己的家。

2015 年，回爱辉卡伦山村看望入党介绍人何富亮（右）

蓉蓉和她的东北奶奶

原张地营子公社大新屯

上海知青　李援朝

我女儿蓉蓉和她的东北奶奶这张照片是我家要保存一辈子的珍贵照片。因为，是奶奶一家帮着我和君强度过了一段最难熬的日子,现在我把这段故事写出来和大家一起分享这份感激和爱。

女儿蓉蓉是在上海出生的,出生前我父母找好了保姆,打算把孩子留在上海。可是孩子出生不几天就出问题了,我发现这孩子会吃不会拉。我们抱着孩子去医院,没想到蓉蓉被诊断为"先天性新生儿巨结肠",也就是在孩子出生时肠子没发育好,粗细不匀,排泄物到了细处堵住了过不去,会造成营养不良而影响发育,严重的话可导致肠炎甚至危及生命。医院开出住院单,要手术把肛门移到肚子上。那些日子我是天天以泪洗面,脑子里闪过的镜头全是蓉蓉挂着粪袋的样子。就在排队缴费时我和君强下了个狠心,手术不做了,我们要带着女儿回东北。一旦有危险再乘飞机回来开刀。我俩向医生学习了人工助便方法,并咨询了生活注意事项后,带着两个月大的女儿一起回到了黑河。

经朋友介绍很快找到了一位愿意看护女儿的老人。老人家住在发电厂那儿(我家住向阳小铺那儿),家里老爷子在电厂工作,还有三个女儿,这是非常善良的一家人。我把孩子托付给他们,教给老人如何帮助排便等方法,老人非常用心很快学会了。

蓉蓉的东北奶奶一家把蓉蓉当成了自己家的宝贝,细心呵护着。日子一天天过去,孩子在奶奶的照料下一天天长大。有一天,我去接孩子,奶奶一家正在吃晚饭,只见蓉蓉小手拿着一截白白嫩嫩的大葱在嘴里吮着,我没等奶奶解释,就先说:"没事!我们蓉蓉也是小东北,从小开始学着吃大葱了。"那以后去接时,孩子常常是喝了些小米粥、手拿着玉面发糕、一嘴大葱味。孩子越来越活泼。直到有一天孩子自己拉出了一小段大便!我心里这个开心啊!孩子终于能自行排便了,这意味着孩子的肠子长好了!奶奶全家和我们都一个劲地夸她。孩子好像知道似的,慢慢地会自己用力了。到后来她会拉完便便后指给我们看,向我们报功呢!

一天,我们接到父亲来信,说上海医院里的医生打电话到家里询问,孩子这么长时间没去过医院,不知是死还是活着。我父母为此特意去了趟医院，把孩子的情况讲给医生听，医生分析说应该是北方的葱蒜和粗粮刺激了发育中的肠道，使发育不完整的那段肠子渐渐缩短，最后发育成完全正常的结肠；同时也是喂养得当，使孩子体质增强的结果。医生还说，他要把这个例子写进医学论文。

看着现在健康漂亮的蓉蓉，我们难忘那段日子的煎熬，更难忘奶奶一家的恩情。谢谢东北的奶奶和她的家人！

如今健康漂亮的蓉蓉

黑土地的婆婆

原张地营子公社霍尔沁大队
上海知青　沈利华口述
周路明执笔

沈利华（后左）和她的家人

1988 年一个平常的日子，霍尔沁村我的家门口，一辆装满了家当的老“解放”已经发动，我家的“康康”焦躁地一圈又一圈绕着车子转，最后趴在前轮上试图阻止车子开走。

路边站着许多前来送行的乡亲们，我为他们服务了18年，也得到他们的关爱和帮助18年，望着这些朝夕相处多年的乡亲们，心里很是不舍。

车轮终于转动了，“康康”在后面拼命地追赶，一直追到十里外的邻村西山后终于体力不支停了下来，眼巴巴地望着我们渐渐消失在大山里。这一令人心碎的情景至今仍挥之不去！

在霍尔沁有了自己的家

我于1969年11月29日和上海虹口区武进中学的同学一起被分配到了黑龙江省爱辉县张地营子公社霍尔沁大队插队落户。那一年我还未满16岁，穿着统一发放的军大衣，人显得又瘦又小。

在下乡的第二年，由当时华东师大的插队干部田老师向生产队推荐，我当上了赤脚医生。那时我并不懂医疗知识，队上安排我参加县里组织的中医学习班，讲课的是县里著名中医师金文华老师，让我收获不少，懂得了一些中医知识。

和我一起工作的孟大夫是个非常钻研的好医生，我跟他学会了种植中草药、上山采药、自制中成药、防病治病等。

先于我进卫生所工作的崔福堂大夫是黑河卫校毕业的农村人，他工作认真，爱干净，脾气耿直，心地善良。工作期间为我们讲解人体解剖学等知识，为让我方便出诊他还教会了我骑自行车，无论在生活上和工作上都给了我很大帮助，在工作中我们逐步建立了感情。

1975年，我和崔大夫结婚了，在祖国的北疆有了我自己的家。在农村生活期间，他包揽了一切粗活重活，我们在一起的生活一直是很幸福的。有一次我眼睛得了巩膜炎，他抓了一副清热解毒明目的中药，药到病除，为我治好了眼疾。我在张地营子公社学习，当时食堂伙食条件很艰苦，他给我捎来我爱吃的小菜。

婆婆是个朴实的农村妇女，她长得很矮小，但特别能干，房前一个大园子的菜都是她种的，我偶尔帮一下忙。她菜做得也很好，会做炖酥鱼，饼烙得也好吃。婆婆对我像亲闺女一样无微不至，她知道上海人喜欢吃馄饨，但她不会包，便把下好的饺子放在汤料里端给我。我丈夫会打猎，打到沙半鸡后婆婆用卜留克丝炒好送给我。

1976年，我有了孩子，为了使我能够安心工作，婆婆帮我带孩子，她用上海寄来的麦乳精泡着黑河生产的小梅花饼干喂孩子。家里杀鸡了，婆婆总是把两条鸡腿留给孙子。我在屯子里担任这么多年赤脚医生，全靠她帮我带孩子做家务。

我的公公是土改时期的老干部，是霍尔沁村第一个老党员，由他组建了第一个党支部。婆婆曾告诉过我：你爸是两个肩膀扛个脑袋干革命的，土改时期要躲着土匪，还时常出去开会，那时到县里开会靠两条腿走路，要走几十里地，你爸现在腿不好就是那时落下的毛病。我婆婆自己在家要带五个儿子，还要照顾她的婆婆，很不容易。为支持丈夫的革命工作，她为这个家承担起了全部家务，我很敬重她，现在回想起来，我和婆婆没吵过嘴也没红过一次脸。

公公去世早，临终前对我说："利华，你以后去了任何地方，一定要带着福堂，好好过日子。"

每到年底杀猪了，老乡都要请我们去吃饭。有一次与姚校长在老乡家吃饭，他问我是否也是"飞鸽牌"(因当时知青们都纷纷回沪了)，我告诉他，我不是"飞鸽牌"，即使走也要把我丈夫一起带走。

我因劳累患上了肺结核，在生病住院期间乡亲们都来探望我，尽管那时物资匮乏，还是给我送上鸡蛋、罐头等营养品，乡亲们这种朴实无华的情感,令我终生难忘。

1979 年,实行土地包产到户,我和丈夫、公公、婆婆共分到三垧地。站在山坡上望着无边的农田,心里很茫然,所有知青都已回城,而我却仍留在这里与丈夫耕种这么多土地。多数知青不知道,在他们回城后的多年里,我在黑土地付出的是何等艰辛的劳作!

我当了十几年赤脚医生,种过地,虽然辛苦却无怨无悔,我把一生中最美好的时光留在了霍尔沁。

人到中年遭遇下岗

1986 年,爱辉县有个不错的政策,给在农村与当地人成家的知青分配了一些国营指标,我以爱辉县第四名的成绩通过考试,分配在霍尔沁供销社工作,1988 年又调到黑河繁荣商场工作。在商场里担任营业员期间,经营过小百货、建材等商品。以后做过一段采购工作,后又与俄罗斯做贸易,为便于交流学习了一段时间俄语。尽管在城里工作,我仍保持着“勤劳、钻研、诚信、朴实”的一贯作风,自己觉得表现不差。

1993 年,商场搞人员“优化组合”,可能因为我仍“固执”坚守着那份纯朴而不愿“入流”的缘故,竟落得“优化组合”出局的下场!这就形同宣布我下岗了。面对这样的不公我感到很无助,也很无奈,回到家里大哭了一场。那段日子心情沮丧到了极点,为商场兢兢业业服务了六年,最后却丢了饭碗。接下来该怎么办?这时想到了上海的妈妈,遂给妈妈去了电话,道出了想回上海的愿望。

1994 年,办好了一切迁回上海的手续,带着丈夫离开奋斗、生活了多年的黑土地。在黑河六年婆婆一直跟我们住在一起,婆婆年纪大了需要照顾,临行前我买了一块布料送给婆婆,嘱付在黑河工作的小叔子要好好照顾我的婆婆。分别时,我望着婆婆渐渐远去的身影，不禁潸然泪下，心想很有可能这是见最后一面了，谁料竟一语成谶！

回上海后我托人把我们在黑河住过的房子卖了，留了一半钱给婆婆养老，但婆婆的身体一天不如一天，最终还是离我们而去。此生最让我后悔的是，回到上海后忙于做生意，没把她接到上海来、没回去看她、没为她送终。期间她儿子回去两次、孙子回去一次看望过她。

最近几年连续四次回霍尔沁，一方面有着许多思乡的情结，另一方面也是想去拜祭一下两老。同去的儿子冒着大雪也一定要去拜祭爷爷奶奶。

3 000 元闯上海

回到上海后根本没有我们的立足之地，第一晚是在吴淞路三角地菜场附近的父母家中度过的，那时各家住房都不宽敞，我家尤其拥挤，我们打地铺在亭子间将就了一晚。

第二天，在家人的帮助下，我们被安排在浦东川沙舅舅家姑爷开的小作坊里打工。当晚就睡在作坊里，晚上蚊子多得难以想象，点上蚊香后蚊子成片成片地落下。在那里干了几个月，每月工资两三百元，仅够勉强糊口。

后经阿姨的女儿介绍，在宝山行知中学对面开了一间点心店。我们雇了一个小工，三个人早上四点多就得起来工作，每天供应早点、午餐和晚餐，没想到生意异常火爆！我们的店虽小，却蛮有特色呢！

我有过医务工作的经历，开餐饮店首先要有卫生第一的理念，开店前特地置办了一个大消毒柜；

丈夫是北方人，东北饺子做得很有特色，皮薄馅多，个个站立。

我们还有送货上门的服务，一个电话就行。

早上有学生和工人来吃早点，中午对面中学的学生来用午餐，晚上有宝钢工人在这里就餐，天天顾客盈门！

有一顾客从老远开车过来吃炸酱面，因违章停车被罚款 30 元。我愧疚地对他说："这碗面你吃得太贵了，三十多元啊！"顾客却笑呵呵地答道："我就爱吃这家乡面！"

我们回上海时仅有 3 000 元积蓄，除此一无所有，可以说是 3 000元闯上海。虽然不是什么大生意，但总算有了自己的事业。忙，但快乐着；苦，却很踏实。2004 年，我们贷款买下了属于自己的住房，有了一个像样的家。

沈利华，摄于 2016 年 9 月

如果说这算是事业上的成功，首先要感恩黑土地给我的馈赠：在黑土地的历练培养了我诚信做人的品格，在黑土地的艰苦劳作锤炼了我坚韧进取的奋斗精神。我也永远不会忘记曾经与我生活多年、对我视如己出的婆婆。我心中的那片黑土地，已熔铸进我的生命之中！

“小芳”遇上痴情郎

原爱辉公社三好大队
上海知青　马苏龙

滕顺国和妻子小邹，于2017年11月

滕顺国在我知道的知青朋友中，简直就是一个另类。

他按年龄本该是六七届初中生，大概自小学习成绩不怎么样，混到了六九届知青中，于1970年4月到黑龙江省爱辉县四嘉子公社四嘉子生产队下乡。仗着岁数比别人大，又有些江湖的经历，似乎也不太认真接受贫下中农的再教育。到生产队出工不出力算是太平的了，调皮捣蛋、打架斗殴、偷鸡摸狗、寻滋闹事是经常的。

1973年腊月三十，滕把男知青宿舍的火炕烧得滚烫，就到朋友们家去过年喝酒了。知青宿舍的炕一排溜50米长，男女宿舍各占一半，中间一道土墙隔开。没想到他去喝酒前往灶坑里填满了大木拌子，火炕烧得滚烫，把炕头的铺盖都燃着了。大年初一的凌晨，烟雾熏透屋顶，大火“腾”地窜起，一场大火从年三十烧到初一烧了“两年”啊！把这两个男宿舍的被褥衣服行李全部烧毁了，作孽啊！这事让公社知道了，作为阶级斗争新动向来调查，虽说最后查证不是故意纵火，但也把他折腾得够呛。这帮男知青的一家一当都烧毁了，还能饶了这小子，但也只能一顿猛揍解解心中之气。就这事，滕顺国在知青中就没了人缘。

滕顺国曾想与一女知青交朋友，女知青长得挺漂亮，结果被大家批斗，说他要流氓。有了这经历哪个女同胞敢再来沾边。

还可气的是居然把生产队长家的大黄狗给活活勒死打了牙祭。队长的儿子找了好几天，才知道滕顺国干的。他辩解道："我真的不知道。我再损，打狗也要看看主人！你现在要狗没有，要命有一条。"瞧瞧，简直就是一"滚刀肉"。之后，他不知从何处又淘换到一条小狗给了队长家，才算了事。

1976 年冬天，滕回上海探亲。刚到上海，生产队就发来电报，说滕顺国把知青的伙食款偷着卷走了。让他马上赶回来，公社派出所的警察又是审问又是调查，最后查证是另一个哥们偷去的，钱款也追要了回来。别人干坏事，栽赃给他，派出所就相信。

1977 年的一天，滕顺国正老老实实在生产队干活，爱辉县公安局来了一辆小车把他抓起来要带走，说是他在黑河市里偷了自行车。报案者怀疑是滕某某偷的。反正老滕在公安局挂了号的，他无论如何解释也没用，就是要带走。此时发生了出乎预料的一幕：黑河女知青小邹突然冲到小车前，拦住滕不让警察带走，并且口气坚决地说："滕顺国没有偷车！你们把我也带去，我给你们作证。"公安局哪会信她的话，老滕百般劝说小邹后，只身跟警察到公安局去了。在公安局被盘问了好几天，结果偷车者被抓获，因偷车者的姓名与老滕同音不同字，他又一次被冤枉了。上学、招工等好事轮不着老滕，出了坏事老滕就是第一号被怀疑对象。滕顺国唯一感到欣慰的是，小邹在节骨眼上为了他挺身而出，一个女孩子这是需要相当大的勇气的。

说起拦车的小邹，她是黑河市当地知青，晚几年到四嘉子生产队下乡，长得端端庄庄。在与滕顺国劳动接触中，发现他并没有想象的那么可怕，逐渐与他交上了朋友；而他在与小邹的交往中，也渐渐地改变了自己的不良恶习。1978年，知青大返城前他们确定了恋爱关系。滕不想放弃回上海的机会，与小邹商量“去留”的人生问题。小邹说：“留在这小屯子里确实没什么大指望，但你走了，我怎么办？我又不是上海知青没法到上海，最多也就回黑河市安置。”老滕内心纠结啊，小邹是他在最低谷最孤独时理解他的人，能扔下她不管吗？如要留下来不走，失去回上海的机会，以后的前途不知道会怎样？思考多日，滕顺国撂下一句狠话：“我先回上海，一年后如果不能把你调到上海来，我再从上海回黑河！你等着我！”

当时他们还没有结婚，在法律上对滕没有约束，那样的境况下，小邹只能半信半疑。

1979年初，滕顺国按知青政策回到了上海，被安置在上海第二建筑公司第五建筑队。每天的工作是搬砖递瓦、卸运水泥黄沙石子。繁重的劳动之余，他经常到知青办、劳动局等部门打听有关外地户口回沪的政策，他一心想把小邹调到上海来。那阵安置知青是相当大的社会问题。像小邹这种情况没有政策支持。他腿跑细了，嘴皮子磨破了也没有任何进展，憋得他说粗俗话：这不让大老爷们生孩子——真是没门儿！

一年后，滕顺国决心兑现当初的承诺，回到黑河，回到“小芳”身边！当他把这个决定告诉家人亲友、单位领导后，大伙儿谁也难以接受，直嚷嚷：你傻啊，你二啊，你们又没结婚又没孽债，这种事知青里多了去了。别人忙着要甩掉，你们却往死里靠！再说了，你已在上海安置妥了，想找媳妇我们帮你张罗！大家认为滕顺国是脑子进水了搭错了神经，他们不相信这哥们如此仗义、真诚而痴情！滕顺国就是割不断那份黑土情，忘不了在村头望眼欲穿等他的“小芳”。老滕道：“大老爷们办正经事那必须是——一口吐沫一口钉！”老滕够爷们！

1980年，滕顺国到劳动局正式申请办理商调。那时候，工人编制的异地调动必须经过劳动局，进行两地的人员对换。上海劳动局与黑河市劳动局一联系，黑河那噶达要想调回上海的知青排着一长溜的队，就缺像老滕这样的碴呢。没想到高风格的老滕，商调结果为日后留下了后遗症（他在2009年退休办理回沪手续时，居然说他再次返沪不算知青），滕顺国为这事差点气得吐血！

1980年秋，滕顺国带着上海劳动局职工商调函、户口迁移证明、粮油证等，“二进宫”回到黑河，如同刘欢唱的：“勤勤苦苦已度过半生，今夜又走入风雨。”再次回到黑土地，并不是觉悟高，他只为了一个承诺！他要履行一个男人的承诺！

他到黑河市劳动局报到后，分配在黑河市电动工具厂，先当油漆工，后又从事铸造、锻压等有毒有害高温高热特殊工种。小邹作为当地知青顶替父亲在一家市二轻系统下属工厂工作。

滕顺国工作安置好，接下来就是“再苦再难也要坚强，只为那期待的眼神”，1981年初，他与小邹在黑河登记结婚！当时小邹的姐妹们没有一个相信老滕会回来，其家人也没看好这件事。小邹讲，我是瞒着家人开具结婚证明后，再跟老滕到上海看婆家的！

不要以为他们生活很浪漫，滕顺国在黑河没有根基，小邹在当地只是普通人家。他们结婚后，刚开始生活确实很艰难，没有房子要东搬西挪地借房住，养家糊口为未来的小宝宝攒钱。回上海探亲也需要花不少钱，好在他们“心若在梦就在，天地之间还有真爱”，实实在在地在黑河市生活了近二十年。

1998年底，由于企业不景气和高污染，工厂处于停产状况，滕顺国只得携妻回上海谋生。

初回上海，他们没有户口、没有工作、没有钱，两手揣空拳。唯一欣慰的是滕顺国兄弟姐妹借钱给他们买了一处不到20平方米的小屋，算是有了栖身之地。之后，他们四处找活干。小邹在一单位找到一份保洁工，她非常珍惜并勤奋地干了八年，以致退休回家后该单位执意挽留她。滕顺国也零打碎敲地奔波于各种行业打工。他俩辛苦收入全部用在还房款、养育女儿和两地奔波上。

滕顺国有特殊工种的经历，55周岁在黑龙江原单位办理退休，当时退休金570元/月；小邹到法定退休年龄，退休金600元/月。2009年，两口子户口按相关政策从黑河市迁回上海。

老滕告诉我们："几年前因一居民看上我的底层住房，换置了现在的40平方米的住房，女儿几年前嫁给一位台胞，我们老两口住得不算宽敞还是很乐惠的。目前两口子退休金已调整到近3 000元，上海有政策补贴100元/月，知足了！"

滕顺国生活得有规律，每天早晨四时被小邹按时叫起，然后出门遛遛弯，到小区锻炼锻炼，七时前回家。小邹会把洗漱、早饭打理得舒舒畅畅；一切家庭开支由小邹掌管，是个实实在在的"内掌柜"。滕顺国很珍惜与小邹的感情，在她的规劝下，近几年已戒酒戒烟；要知道老滕原先能一顿喝1斤半的白酒。如今老两口相濡以沫、踏踏实实地过着晚年。

滕顺国满足地告诉我们："我老婆蒸的馒头又暄又劲道，可以说上海滩任何馒头铺做的馒头都不如她做得好吃。我两天吃不上，三天就早早想了，一想吃馒头，就夸她蒸的馒头是上海最好的，她不要拎得忒清爽嗷，下一顿指定就有馒头吃！"我问老滕："她是买鲜酵母发面吗"？老滕说你这句活问得很专业，他答道："好几年前，她回黑龙江带来上海一块老面起子，发面蒸馒头就是一直用这老面起子的!”老面起子——看似不起眼,却孕育连接着深深的黑土情结,这份情造就了另一个滕顺国——一个另类的爷们!

黑土地的“小芳”,她真的遇上了上海痴情郎!

我在黑河当教师

原爱辉公社外二道沟
上海知青　谈　洁

1976年,在黑河市实验小学园里

回忆往事是沉重的,翻开尘封的旧相册,曾经的酸甜苦辣、喜怒哀乐、悲欢离合,五味陈杂在我的心头翻腾,二十多年北大荒的生活,像电影一样重又浮现在我的脑海中,那就写写我当教师的这段经历吧。

入学通知书被调包

1975年初夏,队里推荐我去上海师范大学体育系上学,当时我心里别提多高兴了,我做梦都想回上海读书啊!那时我的初恋男友已经调回南方;再者,当时的我,曾多次代表爱辉县队参加地区级的乒乓球比赛，在黑河地区小有名气，知道我是乒乓球打得不错的“小上海”。当时体育系招生有规定，入学者必须有体育特长。我还会游泳，小学六年级时参加过上海市横渡黄浦江活动；羽毛球也打得不错。这些因素使上海师范大学体育系招生名额自然落到了我的名下。虽然我的内心不太喜欢这个专业，但只要能回上海读书，什么专业我都愿意。自己是六九届初中毕业生，好的专业我也考不上，能凭借体育特长到上海念书已是烧高香了，所以我满心希望地填报了上海师范大学体育系的志愿表格。

时间过去了两个月，其他生产队知青陆续收到了录取通知书，而我却杳无音信。可能是考得不好未被录取？虽然心里很失望，但想想以后还可以努力争取，也就心安了。在我将上学之事渐渐淡忘之时，生产队臧队长从公社拿回了我的录取通知书，我兴冲冲地跑过去，激动地接过通知书，颤抖着手打开一看：竟然是黑河师范学校体育班的录取通知书！我当时一下子懵了，犹如一盆冰水从头浇到脚，怎么回事啊？怎么是黑河师范？我流着眼泪对臧队长说：“我不想去，黑河师范我不去！”臧队长也很同情我，他说：“我给你去打听一下情况吧！”后来他对我说：“公社领导说了，这次放弃的话，以后就不可能被推荐上学了。”其实，我的上师大体育系的名额让人调包了，换成了黑河师范的录取通知书。看来，已经没有回旋的余地。那时，正逢宣扬扎根农村60年的狂热时期，一部分知青又一次积极响应号召，信誓旦旦表态愿意扎根农村一辈子，而我是有条件可以上学读书的呀。如果这次不去黑河师范，那自己这辈子就真的要扎根农村一辈子。命运真的和我开了一个天大的玩笑！

去黑河师范学校报到那天，我借了辆自行车驮着行李，在知青战友的帮忙下，推着从黑河一路走到学校。班主任老师和先来的同学帮我安排了宿舍和床铺，我坐在简陋的上铺床位上，眼泪止不住地往下流，心里的郁闷、沮丧、悲观与失落一古脑儿宣泄出来。那天我没吃一口饭,没喝一口水,就在那里呆坐着流泪。

难忘的校园生活

黑河师范学校的学生中,上海知青还真不少,体育班、中文班、艺术班、数学班等都有好多上海知青。课余时间他们三三两两聚在一起,有的打球,有的练单双杠,艺术班的练琴和学唱样板戏,校园里充满了青春的活力。宿舍里的上海女生经常拉着我,跟她们一起到处凑热闹,慢慢地我走出了阴影,融入到了她们当中。

那时我们学习的内容很丰富,除了体育专业,还要学工、学军。我们到砖厂和工人们一起脱坯、搬砖、运砖;到嫩江部队参加学军活动,和解放军一起出操、练瞄准、练打靶。我们和战士们一样贴着墙根蹲着吃高粱米饭,部队的伙食比学校好,经常有肉或鸡蛋,感觉很香、很好吃。

时间过得飞快,转眼临近毕业了。因为黑河地区缺少体育教师,我们班和上一届体育班一起毕业。那时的分配原则是哪来回哪去,我已经做好了回爱辉公社教学的思想准备。

在教育局会议室,同学们耐心等待着领导宣布自己的分配去向。当我听到"谈洁,到爱辉县实验小学任教"时,我高兴得差点儿叫起来。没想到我能留在县城(那时还没撤县建市)工作,比我想象中要好多了。随即给父母发了一份电报"分配到县城实验小学任教,很好,不用挂念!"

后来才听说,我一开始是被分配到爱辉公社任教的,爱辉实验小学的刘校长听说了我这个打乒乓的"小上海",就亲自到县教育局把我要过去了。原来刘校长不仅治校有方,也喜欢打乒乓球,而且球打得非常好。我此时感到有点幸运,自己的特长总算派到了用处。

十年教师生涯

实验小学是抗战胜利后日本人留下的一幢两层带拐弯的大楼,教室里实木地板,宽敞明亮,楼内有水暖供热,条件非常不错。我很庆幸在这里当上了一名光荣的人民教师。那时我年轻单身,又爱好打乒乓球,我利用晚上休息时间,成立了一支学生乒乓球队。每天晚上陪学生们打球,训练基本功。刘校长很支持我,专门在会议室里摆了四张球台供我们练球用,还时常亲自指导我们的训练。体育组有3名体育老师,他们教我怎样备课、怎样上好课,晚上有时也来一同陪练。不长时间,孩子们的球技有了很大的进步。在生活上刘校长也很关心我,不到两年就给我安排了教师单人宿舍,一些热心的老师给我收拾火墙、火炕,使我有了一个属于自己的温暖的"小天地"。学校只有我一个上海籍老师,老师们对我关爱有加,谁家煮玉米了,带两穗给我;谁家蒸包子了,带两个给我尝尝。我生活在一个温暖的大家庭里,心里总感到暖暖的。

学校有寒暑假,每年我可以享受一次公费探亲假,回上海和家人、男友团聚。当时上海青工每月工资36元,我已经拿到了47元多,感觉日子不错,生活似乎给我翻开了新的一页。

工作三年后的那次寒假,我准备回上海去结婚了,到教导处开了结婚介绍信,喜滋滋地回到上海。父母亲也很高兴,已经给我准备好了嫁妆。谁知,事情发生了变化,男友家人不同意我们结婚。男友家里除了他一个男孩,都是女儿,家人对他百般宠爱,生活方面都是家人照顾他,考虑到婚后我们两地分居的艰难,所以不同意我们结婚。当时我真的欲哭无泪,男友也很尴尬,内心虽然不忍,但又迫于家里的压力,自己也没有这个能力做主,处于两难境地。他说要么我放弃工作,回上海再说。当时确实有些知青拿着袋袋户口,什么都不要了,只身回沪了再说。

而我是很要强的人，再说作为女人，如果失去了自尊、放弃工作，没有了自立的能力，拿着袋袋户口回上海，低三下四地靠别人生活，这种日子我是不敢想象的，也是不愿意要的。男友见我这么坚决，他只能说："那就再等等吧。"天哪！我已经等了这么多年，就是盼望结婚的这一天呀！看着他非常为难的样子，我的心都要碎了！想想回上海前学校老师知道我要回去结婚，都为我高兴向我祝贺，有的还送了礼金。命运又一次给我开了天大的玩笑！

我跌跌撞撞回到家里，倒头就睡，两天没有起床。父母怕我想不开，给了我极大的温暖，加倍地呵护我、开导我。除了给我做好吃的，还拉着我出去散心，陪我逛商店买新衣新鞋，想方设法安慰我。那时我毕竟长大了，为了不让父母担心，我佯装平静，只是默默无语，眼泪悄悄地往肚子里流。

这个假期似乎过得特别慢，总算熬到快要开学了，我忍着极大的痛苦离开了上海。在火车上的三天三夜里，经过了激烈的思想斗争，我作出了痛苦的抉择：放弃！这些年来，男友和他家人对我都很好，男友曾两次去黑河看我，每次探亲回沪都给我送这送那的。站在人家角度换位思考，人家这么做也很正常。那个年代，要解决两地分居，确实比登天还难。既然这样，那就成全人家吧。而我，为了父母和家人，我要坚强地活着！我不能再给父母增添麻烦了。为了自己更好地生存，我要努力工作！我想起了下乡时的豪言壮语："天涯何处无芳草，青山处处埋忠骨！"也许，这就是我的命吧。别人能在北方生存，我为什么不能呢？于是自己默默地、坚强地擦干了眼泪。

回到学校，没等我解释，老师们看到我止不住的眼泪，便明白了一切。她们不停地劝我、安慰我，我由衷地感慨：老师们真是好啊！她们处处为别人着想，为别人分忧，我庆幸遇到了这些善良的、热心肠的好人！

我全身心地投入到工作当中。每天早晨给同学们领操，白天上课、写教案，晚上领着乒乓球队训练。课余时间还给黑河广播电台写点广播稿。我的工作成绩得到了校领导和老师们的赞许。不久，我向刘校长提出了转任别的课程的想法，理由是我身材矮小，又是女同志，上体育课不是长久之计。刘校长是个善解人意的好领导，他同意了我想改行当语文老师的请求。

经过备课、试讲，自己的愿望终于实现了！我深知，教好语文课对我是一个挑战。为此我下了不少功夫。每天晚上，我在灯下仔细地批改学生的每一篇作文，认真写上评语，经常熬至深夜。那时我的师范学校的同学已先后结婚生子，来访的人少了，我独自无聊，每晚有了批改作文的工作，倒也乐在其中。功夫不负有心人，期末考试，我班的语文总成绩果然有了很大的提高，年终全体教职员工总结会上我受到了表扬，自己心里美滋滋的。就这样，我在教师岗位上辛勤耕耘，一干又是五年，分别送走了两个毕业班。

这时我已在黑河成了家，并有了女儿。就在女儿刚刚满月的时候，我母亲因病去世了，时隔两年我父亲也因病离世。我内心的悲伤真是无法形容，父母养育之恩我无以回报，父母没有花过我一分钱，没吃过我做的一顿饭。父母病床前我也没能尽孝，我真是一个不孝之女呀！这些成了我这辈子无法弥补的最大的缺憾啊！

学校推荐我参加了爱辉县“五讲四美”报告团，到各个系统去巡回演讲。因为我在中学里当过播音员，普通话说得不错，又是自己写的稿子，所以读起来抑扬顿挫、朗朗上口，每当我演讲时，台下都是鸦雀无声，讲到动情处还不时获得听众们热烈的掌声。遇到熟人，她们对我说：“你讲得真好！我们都抹眼泪了。”

学校领导班子对我的工作和能力给予了充分的肯定，决定让我担任学校大队辅导员。我只好从头学起。我看到杂志上介绍上海一师附小少先队工作的先进事迹，我立即写信与对方联系，他们给我寄来了一些活动材料。结合我校的实际情况，我们开展了许多丰富多彩的少先队主题中队日、主题大队日活动，寓思想教育于少先队活动之中，多次受到上级领导的表扬和奖励。1984 年 5 月，我光荣地加入了中国共产党。我撰写的《寓思想教育于活动之中》的论文，在全省思想政治工作会议上进行了交流。我被评为黑龙江省少先队优秀大队辅导员，参加了全省少代会。

1985 年，在整党建党活动中，我被抽到了教育党委整建党临时工作组工作，这项工作结束后正式调到教育党委担任宣传委员。从此结束了十年的教师生涯，开始了人生路上新的起点。

1988 年，我参加了哈尔滨工业大学经济管理专业的函授本科班学习，经过三年的刻苦学习，我终于拿到了大学本科毕业的文凭。在此之前我作为拔尖人才，已被破格评上了小学高级教师的职称。后两年，在教育局梁副局长的推荐下(他当时兼任黑河市政协副主席)，我又调到了黑河市政协工作，由于自己工作努力，领导提拔我担任了办公室副主任，直至调回上海工作。

2015 年重返黑河，在黑龙江畔

回首往事，感慨万千：人生啊，总有许多沟坎需要跨越！生命中有多少邂逅，使人念念不忘！在黑河教育界这块沃土我受益匪浅，他们为我的人生道路搭建了美好的舞台，让我在那里施展才华。我感恩那片美丽的黑土地，感恩黑土地上的父老乡亲！

春节在“异乡”

原爱辉县西岗子公社兰旗屯
上海知青　张君强

1970 年，摄于爱辉

在人们的印象中，知青异乡过春节，都会因为思念亲人而抱头痛哭，其实也不然。

也许是下乡年头多的关系，我们一帮通过招工、上学等途径被安排在黑河单位工作的上海知青，各自成家后每年春节都是在一起热闹的。放假五天(节日三天加上两个星期日)，六七家人家，提前约好，一天吃一家(其实就一餐，在东北节假日吃两顿饭，九点起来，吃提前包好的冻饺子。下午二三点钟很正式地再吃一餐)，也就是说，过个春节一家负责一顿饭，节就过完了。去谁家都是空手，不用带礼品。似乎是约定成俗的，都是平辈人，也少了许多客套；没有领导、被领导，有的只是插兄、插妹关系。

正月十五是春节的尾声了。轮到邵建南家，许久峰提议换换花样：每家带两个拿手菜，饭后评奖，并对菜提出三点要求：1. 要亲自制作；2. 要有新意；3. 要价廉物美。每户再出二元钱买奖品，餐后对菜肴无记名投票，评出一、二、三等奖。花十几元钱，提前买妥了奖品：一等奖一套瓷餐具；二等奖四个塑料小方凳；三等奖一个塑料吹气娃娃。

1982年的钱真是值钱！

那天大家迫不及待早早地就赶到了他家（一样的模式：一家一辆自行车，前梁坐着孩子，后座驮着老婆）。他家是带院的小平房，一进门，火墙烧得热热的。听到“上炕上炕”的招呼声，身体和心里顿时暖和起来！毕竟室内外温差要五十多度。二十来人，把他家客厅塞得满满的，大家纷纷拿出用心准备好的成品、半成品，只有大阿哥徐宝根他声明不会做菜，带了许多肉罐头、鱼罐头、水果罐头（当时也是来之不易的），看来他家与奖品是无缘了。每家带来的菜都盛在主人家的餐具里，至于是什么菜主人暂时是保密的。

小孩一桌，用的是炕桌和小板凳。大人一桌，一个方桌肯定不够用，把缝纫机和落地喇叭箱（宽的那种；左边收音机、右边电唱机）都凑上，变成了一个长方型大餐桌。凳子不够？有招，两个方凳中间架块大木板就妥了，挤一点，挺好的。男同胞喝六十度黑河粮食酒，女同胞喝黑河产都柿酒（现在才知道学名叫：蓝莓），酸酸甜甜的，喝的时候不觉咋地，过后才觉酒劲。在酒精的作用下，一个个涨红着脸，似乎忘却了思念家乡、想念亲人的烦恼，女人们仨俩一伙，窃窃私语；男人们有的高谈阔论，有的则不动声色——睡着了；小孩都才三五岁，不会安分守己坐在位子上，玩一会儿吃一口，互相间打一下、追一圈，穷开心！

李援朝心急，提议：好评奖了。每人手执选票，规定选三个自己中意的菜。然后唱票、记票，很认真的，跟选人大代表差不多。结果，陈炬海的汤得第一名。汤端上来，只见面上黄澄澄的一层油，很诱人的，也不冒热气。不记得是谁，抢先喝了一口，烫得他吐也不是，咽也不得。但还是嘣出一个词：真鲜！那是一只野鸡，撕开后才发现鸡肚里有一只“飞龙”。

东北有这一说，天上龙肉，地上驴肉，龙肉就指此飞龙。这可是稀罕物，体态小，仅男人的拳头大小。在早是贡品，只有皇上才能享用。当今也不行，是禁猎的。所以珍贵，一是稀少；二是它专爱吃人参籽，所以大补；三是做汤清澈见底，如吃火锅放几块飞龙肉，汤始终是清澈的，絮状物都被飞龙肉吸附或沉底。肉并不鲜，只是其汤鲜美无比。

吃了飞龙发现有一个小家伙掉了出来，仔细识别，原来是个黄雀。陈炬海给汤起个名叫：野生三禽汤！这是他从张地营子弄来的。一等奖，非陈炬海莫属。

二等奖是房主家的烤野兔。那是整个的兔肉，提前用五香粉、黄酒、酱油、辣椒粉、蒜泥、姜汁腌制。入烤箱前，先在它身上刷红糖水，不断翻，不断烤，烤后表面发红。端上桌撕开，红白相间，香气四溢，色、香、味俱全。不得奖也难！

三等奖是何富强的细作，叫巧克力裹核桃仁。从上海带去的称斤的那种巧克力，入锅化掉，倒入炒熟的核桃仁，然后将锅端到门外降温翻炒，冷却了，巧克力就均匀地挂在核桃肉上了。当时没见过，现在超市卖的琥珀桃仁，也许是跟他学的？此菜有创意，香脆可口，女人、小孩投票居多。

其实，我是很感失落的。我准备的是炒青菜。碧绿生青、油汪汪的一大碗端上去，他们一个个眼珠放光，十几双筷子投向一个目标。等我刷好锅回来，碗已见底。也难怪，零下三十多度的黑河见不到绿叶菜，副食品商店（那时候没有菜市场）只有大葱前端见点绿。青菜是我出差到上海乘飞机抱回来的，自己没舍得动。他们吃完了称：很平常的青菜，谈不上创意。

最后环节是授奖仪式。王汝波端好了120相机，一等奖获得者被推上大方凳，二等奖获得者站上了小凳，拿三等奖的站地板上，一排站好。不知谁吹起了《运动员进行曲》的口哨，大阿哥发奖品。“咔嚓”一声，难忘的时刻，留在相机里、印在脑海中。不知不觉，从上午十点进门，墙上钟的小针已转了一周，大人依然兴奋，但小孩却一个个东倒西歪。该散场了。

远在黑河没有亲戚，但朋友间胜似亲人！有困难的时候、要帮忙的时候、生病的时候，总能见到这些人的身影。同在他乡，备感亲情的重要、友情的珍贵！

张君强和妻子李援朝

献给与我共度青春的朋友

原罕达汽公社罕达汽大队
上海知青　李祖蓓

1970 年夏季，田间劳动时留影，右一
本文作者李祖蓓

要说老友，其实是 17 岁那年到黑龙江中苏边境插队的知青，一晃分别三十多年了，她们竟然从上海找到了我居住的太仓。

一见面，我们相互打量着，瞬间我们都感到岁月催人老，皱纹已不可抗拒地爬上了脸庞，然而我们的友情没有老。从她们的脸上看出了她们生活得都很好：宜芳是一家公司的总经理，事业有成；美菊做过餐饮业经理，现已退休了；国英嫁了黑河知青，现在是两边跑跑……只是她们这次来去匆匆，让我这个东道主感到些许的遗憾。

知青的经历是个老话题，已没有多少人愿意听我们重提当年的生活，然而我们难忘。我们读书的权利被剥夺了，直到现在我们还是知识贫乏的一代。当年有一位姓严的男同学，他学着喝酒，但没有菜，就倒点酱油；袜子破了就学东北人，用又臭又长的裹脚布来御寒；口里没心没肺地哼着《知青之歌》，苦中作乐……

还记得吗？雪英，天寒地冻我与你赶着牛车不慎翻进河里，浑身湿透，大白天我俩披着雨衣进了村，从村东头走到村西头，引来村民们哄笑，但我俩却苦涩地笑不出来，真想找个窟窿钻进去……

还记得吗？美菊，生活艰苦只能男女同住一屋，中间拿块布一挡，就是男女各一间了。女孩家要洗要擦只能偷偷先跑回来，一个"站岗"一个"行动"。我还忘不了赶着发情的老母猪，走十多里路到别的生产队去配种，对于一个女孩子，真是天方夜谭的事，然而我们不得不去做。

还记得吗？我们上山伐木，冰天雪地，找不到厕所，我们就在屋后找地方，为不被男孩子看见，天天像打游击。没有洗脚水，出工前接好一盆雪，在火炉上加热，就可洗涮了。睡在白桦树搭起的床上，靠火炉的这边，头上冒汗，脚跟的被子却与帐篷结了冰，拉也拉不动……

还记得吗？那一年有"敌情"，我们一组的巡逻队，深夜看到流弹从天边划过，听到野狼的嚎叫，我们踏着积雪端着枪，心中装满了神圣。然而人也冻得差不多了，头发眉毛结了白霜，还要挨家挨户的查户口。那时一家几口睡一条炕上，手电筒一照真的难堪又尴尬。周大爷家的被子八年没洗了，黑不溜秋的，屋里有一股说不出的味。

还记得吗？那年村里为迎接我们垒起了新炕，怕潮湿，我们烧了三天三夜的柴火来暖炕。半夜，迷迷糊糊呛得睁不开双眼，我们互相看不见对方，只觉得好像着火了，一看被子都烧焦了，满屋子的焦臭味。我们哪里经过这样的事啊，不禁呜呜地痛哭起来。第二天，生产队补助了些钱，总算买了条被子可以御寒了。

一段刻骨铭心的岁月，常人难以理解的岁月，让我最难忘的是与我共度青春的朋友——

爱哭的你——美芳

插队时你最爱哭。千里之外第一次收到家书，我们都沉浸在喜悦里，而你的哭声浩浩荡荡、畅通无阻地来了。你的那一下子，触及了我们所有人的离愁，二十多个女知青一个个和着你的哭声，一曲杂乱无章的大合奏，空前绝后的命运交响曲！你的哭，那样豪情满怀，带动了心灵所有的积蓄郁闷；你的哭，天地为之动容，挑战我们女生最脆弱的神经。哭吧，哭吧，一切相思，一切乡愁，一切离绪，一切苦笑都被你的泪水冲洗！你干吗不一个人偷偷地轻轻哭泣，你干吗要这样声嘶力竭地哭天喊地？呵，原来你是个胸襟坦荡的人。你的哭要与人共患难，你的泪要与人共升华。

在黑河医院，我脚开刀，你割阑尾炎。疼时我只能轻声哼哼，而你又一次号啕大哭，病房被你震动。你是那种毫不虚伪的人，爱哭的你是最善心善意的人，一点点的感动就会让你柔肠寸断。爱哭的你任何事来得快,去得也快,你没有烦恼,没有忧患。谁做你的朋友都是最幸运的,因为你有一肚子热心肠,你是最可信赖的朋友。

这次去黑龙江你又哭了,虽然我不曾目睹,但我想你一定哭得有理有力。果不其然,你站在那位死去的战友墓前哭泣,哭红了双眼,哭断了柔肠……

美芳,你还是个党员,曾是下岗的女工,然你不弃不离不怨不悔,哭过笑过努力过,现在的你还是那样的爱哭,无论痛苦幸福你都会泪流满面！原来哭也是你的美容秘方啊,怪不得你福态依旧、肌肤嫩美。

信与义的人格——春熙

你是我们知青中最守信用、最富仁义的人。你对人对事的态度让我想起金庸笔下的人物。也许你受着传统的家庭教育,做人的至诚至忠高于一切,我们欣赏你。你天生不向权贵屈服,不向势利低头,你就是你——铁骨柔情的人。在当年一群男知青中,你有着一言九鼎的凝聚力,做人做事决不“剑走偏锋”,而是光明正大、侠士豪气;你是一群知青的主心骨,强不惧怕,弱不欺凌,即便年龄不是最大,身份却是老大哥。人们称你“老干鸡”,以我的理解:一是瘦,如柴禾;二是勇,如好斗的公鸡(其实原委我不清)。这次再去边疆重温旧梦,你铮铮男儿不知淌了多少泪,每次说起那峥嵘岁月你会如姑娘似地热泪盈眶。

你不会阿谀奉承,不会乘人之危,不会溜须拍马,升学招工皆与你擦肩而过。你啊——还是那酒逢知己千杯少、话不投机半句多的个性。

每一个知青都是当代英雄,你付出如此多,你的腿因为冰天雪地里劳作而致残,三十多年后你仍乐呵呵地谈笑风生。你要做严寒里的一抹春熙,你深信自己没有愧对人生。

小精灵——胡龙

你是属龙的，比我们大一岁，矮小的个儿，至今我们还称你小胡龙。矮小的原因是“先天不足”：

你缺少亲情，从小失去父母的疼爱，在凄风苦雨里长大。记得我们第一次结伴从黑龙江回上海过年，只有你刚回家又被赶出了门，大年三十独自拿起行囊，祸不单行的你，路途的劳累你睡熟了，等你醒来东西已被人偷走了，真是屋漏偏遭连夜雨……

你营养不良，原本你可以是伟岸的身材，只因为你时常吃不饱、受着气，所以才骨瘦如柴。尊称“小精灵”，是你常用“偷鸡摸狗”的手段，为我们众多知青带来一顿野餐野味，填补馋的嘴、没有油水的胃。那时你在知青食堂，你会“惹事生非”，就是为了改善我们这一帮知青的伙食。

现在的你，还是那样喜欢开玩笑，还是单位里的“全才”，也是我们这一群知青龙攀凤附的人物；你依然喜欢修修理理，喜欢敲敲打打，你总是闲不住；你的骨子里有一颗最善良的心，因为你生活里少了亲情关爱，你最懂得关爱别人。在我离开黑龙江的时候，是你帮我打行李，送我去搭车，令我永生不忘。有一次，我的脚底被一根铁钉戳得鲜血直流，你二话没话，脱下鞋子还使劲地敲打我受伤的脚底，我边流泪边流血，全然不知是发生了什么事，事后我才知道，那时的环境没办法打破伤风针，一定要把铁锈的毒逼出才能免于发炎。至今想起，你还是我的救命恩人呵。

你已做了外公，你的“小”永远留在了我们的嘴边，因为你的“长不大”，也因为你永远“老顽童”的秉性。

风韵犹在——美菊

你是我中学的同班同学，一起去黑龙江插队，你是我班里的美女。你天性热情，快人快语，所以你是领导式的人物，你走到哪里，哪里的人就被你吸引。你不仅外表胜人一筹，干活也是高人一等。你入团、入党平步青去，在外人眼里你是得天独厚的宠儿，其实你的心里有太多不为人知的苦楚……

你顶替父母职业走进饮食行业，起早贪黑伴星星伴月亮的辛苦是常人难以忍受的，然而你一干就是几十年。年年先进，年年模范。你做的点心“千姿百态”，而你却是千辛万苦，你为商家创造了品牌，赢得了信誉与利润，你双手粗糙，昔日的国色天香已经荡然无存啦！美菊你能自私一点吗？为自己也为这个家你该善待一点自己啊！

你退休了还在拼命打工，为了高高在上的房价，为了给儿子买婚房；老公又有病在家待岗；你自己也是糖尿病、高血压，人到中年疾病缠身。当年的先进，当年的模范，当年的光环带给你了什么？当然，你并不看重物资基础，你觉得精神的力量是无穷的，所以你心甘情愿。你不求虚荣，不求富贵，但我想求你——老同学好好善待自己，毕竟身体是人生的本钱。操劳也要有个度，为你的夜猫子似的生活，我要抗议你！人生多坎坷，岁月多磨炼，你好自为之呀。

你是古道热肠的人，你走街串巷地找，你大海捞针地找，所有失散三十多年，黑龙江插队的兄弟姐妹都被你一一寻觅到。每当我们聚会，你总要精心准备许多你的拿手绝活——美味点心款待我们！重情重意的你——永远风韵犹在。

黑河媳妇——上海知青国英

忘不了你陪我冰天雪地里走了几十里，忘不了我们没有成家时，到你家住了许多日，忘不了你对我的情与义。你的家是我们知青的中转站，有你的热诚接待与无私帮助，我们生命里这一份温馨永存。

自从你与新生结成伉俪，不知你的情感生活是否幸福？外界认为，新生是那种重情重义的“大男人”，他是侠士风度。为什么“大男人”要打个引号呢？因为他只知义，很少用脑分析，只要是哥们，他不分青红皂白就是一阵“冲、冲、冲”；为朋友可以两肋插刀，所以他磨难多多，朋友也多多，其实他对“义”的理解有点肤浅。

国英，他对你是否有着柔情？但总是听到他的吆喝声，不知做他的媳妇可幸福？总觉他有点小孩子的脾气，他也许不明白，女人是水做的，男人的滋养才能让她娇艳无比。“脚手架”是为了出力出汗维护这个家，而不是用来让女人伤心。他有点好胜、有点好斗，你是否心有余悸？害怕他的无情无理，怕他气盛烦躁，怕他闯劲蛮干。国英呵国英，我认为做一个“犟小子”的老婆有点难度，你要有左右逢源的大度，你也要有忍气吞声的量度，你想给儿女一个好的家，就要看你贤慧的程度了。

你懂得爱懂得理解，你爱他就包容了他的所有缺点与优点，你是最无私的，你在默默地奉献，为他为家。时光过去那么久，新生也改了许多少年时的冲动急燥，平心而论，他具有北方男人的直截了当，他也具有强不惧、弱不欺的个性，其实他真的是一个好人，只是不懂表达，不懂如何来应付女人的细腻。

南方的姑娘、北方的汉，这是缘分。虽然我这样说新生，但决没有挑动的意向，我希望他能看到，希望他对你柔情柔意，希望他懂得尊重你，希望他是一个真正的男子汉。国英一路走来你真不易，你为这个家付出了太多太多，希望他有生之年能给你一个惊喜：一个全新的“新生”！

我们的“领导”人物——建一

分别三十多年，见你依然如故，你永远不老也不倒；你平步青云，养尊处优，值得恭贺。当年你是三十六计，走为上策，我们好羡慕好眼红你。

今天我们依然“眼热”你——永远有着军人的威武，举手抬足有着军人的英气，说话还是那样掷地有声，满怀自信。对外，你永远还是那带“长官”的腔调，劳苦功高嘛；对内，我们这批哥们姐们，其实大家半斤八两呵。否则，你也不会随我们东南西北逛，也不会高举酒杯真言狂吐。

你大腹便便，所以你极“内秀”。你是唯一去参军的青年，你说部队比插队还苦，我真有点敬佩你了。我们返城时，你还在部队，革命的大熔炉锻炼人，你不温不火的个性，一如你的胖身材，做人做事，永远那样四平八稳，极有分寸。

你当年就如今天的小胖墩那样优越，做事干活从不越雷池半步，你不会大刀阔斧去参与那些打架斗殴的事，也不会大动肝火做些伤元气的事，更不会逆来顺受。你是精明巧干的，三思而行是你最大的特点。

你是一个得意扬扬的男子汉，我们常常想网上见你一面也很难，你常常一闪而过，没了踪影；有时刚接上头，“情报”来了你又没了踪影；有时才忽悠了两句，“军令”到了，又没了踪影；你一直说忙呵忙，只有休息天我们聚会时，你才会从容坐下来，与我们称兄道弟，平起平坐地说长道短。当然你也会开车带我们上海周边城乡游。想起插队时结下的友情，想起多年来互相的交往，真感慨几十年的岁月稍纵即逝，而我们知青的“革命”情意永远不老！

怀念你——美丽的静英

静静的落英叩地无声，你毅然随风飘去，挽留不住的你，不知魂归何处？你去了哪里？

请你驻进我们心房，让我再看一眼你——当年美丽笑容可掬的你，当年辛酸泪流满面的你，当年苦苦追寻情感慰藉然而千寻万觅却踏错了一个门槛的你。让我们心痛的是，竟然碰到那么“绝情”的你，你渴望美丽留住而不愿我们见到病体缠身的你。

2017 年 10 月，参加老年大学合唱

让我们心疼的是，竟然病魔折磨了七年的你，渴望生命、割舍不了人间情暖意浓的你。你呵你，千呼万唤再也惊不醒的你，千语万言再也呼唤不到的你，只有在寂寞时走累时想起时常到我们梦里走走的你，四十多年兄弟情姐妹意不能唯独少了的你。

静静的落英曾经缤纷的你，静静的心湖曾经漪涟的你，忘不了稍纵即逝生命短促的你，忘不了音容笑貌生气活灵的你。

高岗屯

——留有我们青春的记忆

原爱辉县爱辉公社三好一队
上海知青　陶建义

1972 年 6 月，在知青宿舍旁的小路上，前排左起：陈毓敏、黄林凤、徐林黛、杨华、钱新华、刘红娣；后排左起：杨萍、兰英、徐秀凤、顾冬莲、李龙英、顾秀娣

下乡不久，高岗屯的上海知青已经活跃在生产队的各个领域，担起了队里的各项工作。除了大多在大地忙着春夏秋冬的

农活、名目多繁的公益活外，还承担了农业、副业及其他社会工作。有在大队当民兵干部、小学教师、赤脚医生、拖拉机手的，也有在生产队里当副队长、妇女队长、会计、猪马羊倌、豆腐倌、炊事员的。在热火朝天的生产劳动过程中，既锻炼了我们的体质、磨炼了我们的意志，也增进了我们的友谊。这种友情在男女青年之间则不少历经各种似相同非相同的过程，经历了洗练，发展为纯洁的爱情，而后结成了美满的姻缘。但也有由于受当时政策、环境、个人性格的影响而未果的。一眨眼，已过去四十余年。随着岁月的流逝，一切皆成往事。但在当年高岗屯前往南湖的森林道上却留下了这些男女青年的欢天笑语，在北山一垄垄望不到边的玉米、黄豆地里留下了男女青年播种、铲地、收割时互帮互助的身影，在高耸的麦剁下留下了男女青年的窃窃私语，在担水的轱辘旁留下了男女青年卿卿我我的甜蜜印记。

青春是人生的一段最闪亮的旅程，旅途中既有欢乐也有坎坷；青春是人生的一段最美丽的记忆，记忆中有甜密，也有痛苦。在高岗屯知青的青春躁动中，伴随大家的酸甜苦辣将是我们永远挥之不去的故事……

一封丢失的情书

1970 年的 4 月，上海市虹口区长缨中学的 49 名同学响应党和祖国的号召，一起来到高岗屯插队落户。其中 14 名女生，其余均为男生。一起下乡的同学中有多位曾经是长缨中学文艺宣传小分队的骨干，他们在校时就因经常在一起排练节目和演出，相互熟识和了解。现在他们又一起来到了千里之外的北国，劳动和生活中朝夕相处，渐渐地，其中有几对男女同学悄悄地萌动了爱慕之情。

下乡后不久的一天，听说有个老乡捡到了一封原宣传队男生林写给宣传队女生萍的情书，交给了生产队长。这件事对林来说真是太郁闷了。

那时我们都才十七八岁，无论是组织上还是舆论上都不提倡早恋。知青中的谈情说爱之事只是心照不宣。因此，此事未被传开，信中的具体内容也没被外泄。当遗失情书的男生不久之后离开高岗屯，前往南方另一个省份插队时，好多同学并不知原委。几年以后，该男同学在那儿与原来在上海就熟识的其他学校的一位女同学成了家，以后一起回到了上海。

而此时那位女生萍已心有他属。她的白马王子是知青领队韦，他是家里的独生子，下乡不久已经担任了生产队副队长。1973 年下发了一条政策，"独苗"可以照顾返城。韦按政策离开高岗屯，回到了上海父母身边。1974 年年底，在大队民办小学当代课老师的萍，被作为工农兵学员送到上师大外语系就读，韦、萍双双幸运地回到上海。此后两人喜结连理，并共同到国外发展，目前被外方派往国内某市从事企业管理工作。

落户的两对上海知青

时间如梭，一晃已到了 1977 年。这时，上海知青中上学的上学、当兵的当兵、去煤矿当工人的当工人，生产队里只剩下了十余名知青。离开的以各种方式离开了，留下的还要继续工作、生活。

虹与平、鑫与宾成了留守上海知青中在高岗屯成家的两对青年。生产队为他们解决了住房。他们用自己的双手在高岗屯安顿下了自己的小窝。和当时上海青年在上海结婚一样，他们在队里的帮助下，粉刷了自己的小屋、置办了简单的家具、布置了温馨的新房，挨家挨户发了从上海带来的喜糖，还摆了酒席宴请插兄插弟、老乡邻里。虽然不可能像现在上海年轻人结婚那样隆重、礼数繁多，但还是引入了当时上海人办喜事的那些程序，新郎、新娘在众人的祝福下，充满了幸福和甜蜜。

农村的生活艰苦、贫乏，知青在农村要参与劳动，养活自己，没有时间和精力来抚养他们的孩子。虹和平的孩子在高岗屯诞生后不久，就由宾帮忙从高岗屯历经三天四夜将孩子带到了上海，由上海的爷爷、奶奶、外公、外婆抚养。一路上，米粉是孩子的食粮，旧棉毛衫裤剪成的尿布整整用了一旅行袋。年迈的老人见到孩子又惊又喜，在退休后虽然还要自己节衣缩食帮忙带孩子，但是有辛劳、有苦衷，也有丝丝快乐。

一半以上女生在高岗屯定下终身

我队 14 个女生除两名分别在 1972 年和 1973 年就被送出上学，未来得及在高岗屯袒露心声、寻觅知己外，其余 12 位中有 8 名后来与本队上海知青结了婚。纯洁的爱情、深厚的友情体现在劳作时的互帮互助，生活中的不分你我，以及碰到困难时的共同面对。除在高岗屯办婚事的两对外，其他几位的喜事有的在户口未回上海时在上海就办了，有的则在双双返城后才举办。

兰在 1975 年被上海中医大学录取后，其当时的男朋友星尚在队里。七十年代末，进上海户口是非常难的，许多专家、领导两地分居也无可奈何。根据当时的知青返城政策，星家里两个插队的中间可有一人回沪。星毫不犹豫地将机会留给了哥哥，并决定通过参加高考回到上海。1977 年，星如愿以偿考取了上海交大，并在毕业后直接留学德国读硕士。期间，兰的表现也颇令人感动。回到上海上学后，兰不顾家人的反对、亲友的劝说，毅然决然地与星保持恋爱关系，鼓励和支持他考回上海，并在以后克服生活中两人面临的各种困难，支持他完成学业和以后的创业。目前，星已成了一名职业经理人，受雇于一家外资企业；兰则在家经营安乐窝，做好后勤保障。

秀和年、黛和强、英和斌这三对是谈朋友多年的铁杆对象。他们双双感情专一、目标明确，别人想插也插不进。秀和年在高岗屯定下关系后就吃喝在一起，不分你我。年能干肯干，秀会操持家务，未结婚时就像恩爱小夫妻；黛当时身体不太好，强少不了前后呵护，两人性情相投，林妹妹也似乎有了依靠；英和斌原在校宣传队就相识，京剧《智取威虎山》中一个演杨子荣，一个演小常宝，在演出中配合默契，在广阔天地中感情又得到了升华。返城后他们三对先后结婚生子，在事业上积极上进，在生活中和睦相处，过着比上不足，比下有余的小日子。

凤与赟成为八对青年中最后敲定的一对。

青春留下的遗憾

青春年华，有像上面几对那样直面人生、坚定信念，在恋爱问题上未走弯路的，也有对错眼、看错人或受父母和环境的影响，未能结果而报憾终身的。

谈朋友是双方的事，在一起生活、工作的群男群女中有几个男生同时看上一个女生，也有几个女生同时喜欢上一个男生，这是非常正常的事情，也是无可非议的。关键是被青睐的一方必须及时理清自己的感情，尽快作出明智的选择。若任其发展，最终必将会有人受到伤害。在大学期间我回生产队时，一个女生对我这个局外人进行了恋爱之途的心灵述说，我尽我所能安慰了她。最终她离开了高岗屯，到上海附近的农村插队，并与当地青年成家立业，现一双儿女都已工作，但初恋将会是她永远的痛。

桦和翔的恋情终因翔系独生子女先返城，而桦的父母任凭翔如何表态以至于和我们一起插队的上海干部做工作，仍然坚决反对他俩继续交往而终止。不久桦调到了上海附近的农村插队，待知青大返城时桦回上海进了工厂。

莲与福谈对象已有一阵了，但不久福当兵离开了高岗屯，从此，就像断了线的风筝，再无音信。莲回沪后，历经艰辛和磨砺却始终乐观向，但在高岗屯留有她心酸的泪。

高岗屯上海知青男女比例悬殊，一些同学到了该谈情说爱、谈婚论嫁的时候，虽然青春的火焰不时迸发，青春的激情不时涌现，但终因找不到自己心仪的对象，或自己喜欢的人已心有他人，便纷纷在1978年前后离开了高岗屯。他们各奔东西、投奔亲友，在远离高岗屯的另一片陌生土地上，另一些陌生人群中生活、劳动，忘却伤痛，寻觅新的人生寄托，开始新的人生旅程。

2007年，左起：顾秀娣、李龙英、陈毓敏、钱新华、何招娣、陶建义、徐林黛、刘红娣、杨佩华、蒋兰英

2006年8月，回访外二道沟时在知
前，左起：滕忠英、盛文秀、滕天佑。
由《黑河日报》资深记者张桂馥拍摄

重逢滕二

原爱辉公社外二道沟
上海知青　盛文秀

住在蓝旗屯的那个傍晚，我和芍药在她家窗前的小桌上吃饭，她的丈夫和两个儿子都住在黑河城里，芍药不习惯住在城里“游手好闲”，独自守着农家老宅，悠哉乐哉经营着房前屋后的菜园子，还养了一大群鸡、鸭、鹅。芍药乐在劳动里，她的最大爱好就是种地，劳动致富使她自信满满。吃着饭，芍药说等会带我去见见她的二哥。

芍药的二哥？她不提，我几乎忘了这一茬。算起来，我们和她二哥在生产队一起干活，也有好几年。她的二哥我们叫他滕二。滕二性格内向、沉闷，和他的弟弟滕三迥然相异；滕三性格火爆、耿直，遇事难忍，要向外宣泄；滕二则不惹事，有委屈往肚里咽。当年因富农成分，这哥俩低头做人，受了不少委屈。记得大概1975年前后，车老板队伍里，突然不见了滕二。一个富农的儿子，沉默寡言的年轻人，突然无声无息地不见了。过了一阵子，才听人说起，滕二迁移到蓝旗屯了，那里有他的远房亲戚，介绍了一门亲事，不是倒插门（招女婿）。一个突然消失的人，就留下这么一点模糊的信息。之后几十年，再没有听到有关滕二的消息。当年滕二悄悄离开芍药沟，大概有躲避或者逃离的意思，因为他即使拼命干活，也看不到一点希望和前途。滕二绝望了在芍药沟的处境，他选择了一人到外村自立门户讨生活。

四十多年过去了，滕二他过得还好吗？他，还能认出当年下乡的知青吗？他乡遇故人，该是一种怎样的心情？

太阳下山了，天色渐渐暗了下来。半个世纪过去了，因为上山下乡这场运动，让我结识了原本不可能结识的人群，现在演绎着下半场，我愿意看到一个好的结局。

去滕二家并不远，和出嫁到蓝旗屯的芍药家只隔着十几户人家。已经看到滕二家的三间平房、库房、牲口圈，暮色里的农家小院透着安逸和温暖。水泥铺平的院子，栅栏门虚掩着，大热天，滕二光着膀子，正低头拿着大扫帚扫院子呢。芍药径直走了进去："哥！瞧瞧，我带来了谁？"滕二听到喊声，冷不丁停下了扫帚——我，已经站在了滕二的面前，微笑地瞧着他。滕二，在昏暗的光线里，几乎仅仅迟疑了两秒钟，他激动地脱口而出："你是——盛文秀啊！"他斩钉截铁的语气，分明带着一种骄傲！那个沉闷、忧郁的滕二不见了，取代的是满面兴奋、自信满满的滕二！面对滕二流利地喊出我的名字，我不由讶然：名字是最抽象的，这么多年不联系，怎么就像在嘴边直呼而出？漫长的光阴，仿佛瞬间浓缩——我、滕二，还有许多年轻人，我们同在生产队场院干活，劳动结下的情感，会那样恒久！劳动的场景，仿佛就在昨天！

滕二嫂热情地往院子里搬凳子，进屋切西瓜，娇小的身影忙碌开了。滕二却并没有放下扫帚，仍旧甩着膀子，"唰拉……唰拉……"扫他的院子，有人招待着，他要把院子扫干净。浓重的暮色里，我又看见了年轻时的滕二，穿着一件白背心，"唰拉……唰拉……"扫着场院里的泥地，他哈着腰，甩着结实的大膀子，执着、沉默，仿佛要扫净内心的阴霾。当年老滕家住在芍药沟小学校的东边，两间低矮的草房，窝在一片低洼处，堆满柴禾的院子被几棵大树遮蔽，更被世人的歧视笼罩，是全村最灰暗的角落。

“哥！别扫啦，人家知青大老远来看你！”滕二这才放下了扫帚，抬脚走了过来，我见他的眼眶是潮湿的。我们坐在院子里，东北的夏季昼夜温差大，天已经渐渐凉爽下来。我们东聊西聊，蓝旗屯、芍药沟、上海，话题纵横交错。我仍是纳闷：滕二，这么些年过去了，你又不在芍药沟住，怎么一下子叫得出我的名字？滕二沉沉地笑了：“那咋会忘记！你们上海知青来了，‘阿拉阿拉’地可有意思啦，给村里带来了活力，我们都喜欢！我，虽说不多说话，但在一起干活也有几年。那时我赶车，去西岗子拉沙子、拉煤，去山里拉柴禾，我带着李华荣、王建华、王军华、朱颖，你们第一批来的老青年；我带队干活，但不是负责人，我理解队长的难处。”我还是惊讶，知青的名字记得这么清楚？滕二笑了：“咋不记得？你们头一批来的女知青有沈月芳、王莉莱、朱有光、程少云、余宝敏。第二批来的新青年有张启明、张明龙、陈亮、杨铿。女知青有谈洁、丁翠萍、张晓焱、梅德英。”当年活跃在生产一线的知青们的名字，在滕二嘴里流利而清晰地吐出，如数家珍。我真的无法理解，当年受人歧视的富农儿子，他有什么理由把我们记得这样清楚！我们，却差不多将他淡忘，如不是芍药把我领过来，我几乎是忘记了那个年代悄无声息消失的滕二。一种难言的愧疚在我心里升腾，夜色掩饰了我满眼的泪水。

“那时候批斗你们全家，我们知青都参与了，喊了口号，挺对不住你们的！你的爸爸，给我们知青厕所掏粪，好几年呢。”滕二却摇着头：“那些年，全国上下都这样，我们家遭罪也是难免的。我父亲的富农成分是错划的，1978 年得到了平反，民政局按受冤年数，每年补偿损失 10 元，共领到补偿款 160 元，这不是钱不钱的事，讨回了说法……”这一页翻过去了！滕二又说：“改革开放给农村、农民带来了新希望，家里有五六垧地，每垧地能挣五六千元，头几年种苞米挣钱，到年底净收入四五万呢。”滕二的脸上带着自豪：“农村不像城里出门就花钱，咱吃菜有菜园子，房前屋后有几亩地，种的菜吃不了。自家养的鸡鸭鹅，头几年还养了猪，副食品够吃了,比外面买的安全!”芍药说,她家头几年养了17头牛,二十多头猪,种了五六垧地,靠着勤劳双手,她培养两个孩子成才,成为现在的国家干部。说到这些年农村的变化,兄妹俩的感触更加深沉,脱贫致富的同时,他们找回了“极左”年代丢失的自尊。

滕二,我的农民兄弟,四十年后你们过上了富裕日子,上海老知青们,没有想到啊!你们有房、有车、有地,手里有存款,城里有商品房,你们的日子赶上“大财主”啦!土地还是这片土地,农民还是这些农民,为何农村面貌突飞猛进大大变样?兄妹俩异口同声:“现在农村经济政策好啊,上层为我们农民着想,科学种田,减免税收,党的好政策改变了农民的命运。农村还要大发展,将来会更美好,城里人该羡慕我们啦!”

回家的路上,芍药挽着我,兴奋地向我描述:“前年夏天,芍药沟回来了17位知青,他们退休有时间了,特意回来看望我们。我们老滕家杀猪宰羊摆下了大席,宴请上海知青!八月天气大热,知青们说吃不了肉别杀猪了,我三哥(八十年代起在芍药沟任村支部书记十多年)硬是从邻村花三千多元买了一头大肥猪,三哥说,这猪,必须得杀,要不我夜里睡不着!这个礼节,我们老滕家等了几十年了!那些年,逢年过节,村里这户那户请你们知青吃饭,我们没有资格啊……”芍药哽咽了,松开了挽着我的手,抹着眼泪,瞬间芍药又乐了:“那天我三哥说,与知青有关的家户,都过来陪陪。没有想到啊,大清早,全村人几乎都来啦,男女老少,都过来帮忙,就像自家办喜事,把我们家给乐的!都来吧都来吧,我家在门前搭了大棚子,摆下了17桌席,欢迎我们的上海知青!大家吃啊唠啊敬酒啊,你说这场面,我的眼泪哗哗的,要是我的父亲母亲还活着……”我知道,老滕家,与那个昏暗的年代,已是冰火两重天!芍药、滕二、滕三和他们的后代,在脱贫致富的路上,已经找回了属于家族的尊严,属于他们的幸福生活!

2017.7.17

寻梦

原西岗子公社曹集屯大队
上海知青　方云祥　方晓雪

1970年，在爱辉县929分队

下面一段文章是十多年前，女儿到黑龙江黑河农村去过后，在博客上写的。那年，她高中毕业。

看得出，这次去黑龙江，她的感触很深。

感谢她对于我们这一代的理解。

也以此文，来怀念我敬爱的五叔……

寻梦

方晓雪

在遥远的黑龙江畔，有一个叫西沟的村子，她经常出现在父亲的梦里，现在，又在我的梦里出现。

昨天梦里，我又回到了西沟。

穿过那一片片望不到边的玉米地、绿油油的豆子、高高的向日葵，沿着静静流淌的黑龙江寻去，就是西岗子镇了。再沿着公路，经过那座洋灰桥，就是父亲在东北的“故乡”——西沟。

父亲原是上海光明中学六九届的毕业生。在那场轰轰烈烈的上山下乡运动中，据说他们学校六九届的六百余名学生全部下乡到黑龙江一个叫西岗子的公社。于是，他在东北有了个"家"——他常这样认为。17 岁起，他便与那里结下了不解之缘。从他第一次踏上这片土地至今已有 36 年了。他在那里度过了整整十年。这期间有过无数波折和磨难，经历了多少风风雨雨，也使父亲认为这里是他的第二故乡，另一个"家"。

曾经，我一直梦想着能去那里看看——看看美丽的黑龙江，看看北大荒的壮美景色，看看父亲梦中的故乡，看看这块父亲在此度过人生中最美好的青春年华的地方。

终于，我的梦想实现了。今年夏天，我们一家去了西沟，去寻找父亲的梦，我的梦。

……

我是怀着新奇和兴奋走进五爷爷家的。

五爷爷是父亲下乡时结识的老乡。父亲常说下乡时五爷爷把他当做干儿子一般，他也经常上五爷爷家去串门、蹭饭。临返城那天，五爷爷家还特地起了个早，擀了碗面条，为父亲送行。要知道，在那个粮食紧缺的年代，那碗白面做的面条的分量有多重，包含着多少的感情啊！

"不容易啊，走了二十多年，还能惦记着回来看看。"

"方哥，你来这儿时，才像侄女那么大岁数吧。"

"比她还小咧。"

"那时挺苦的啊。"

……

一家人相聚一堂，说不尽的往事，道不完的感慨。

我理应是个局外人——我没有经历过那个年代，也不熟悉那些往事。可眼前的这些老乡、这些话，我竟没有丝毫的陌生感。那些我并不十分了解的话题，并没有使我厌倦，相反，我觉得很亲切，惬意极了，我毫不犹豫地喜欢上了这里。

这片父亲曾经耕耘过的土地给了我一种亲切感，好像这里不仅仅是父亲的第二故乡，也是我的。这里带给我的是无限的自由和舒畅——没有任何客套和虚伪，不需要任何应酬与做作，所需的只是尽情地体会、感受。

我第一次理解到父亲对这里、对这里的人的感情。

他在这里吃过很多苦——就着发臭的冻白菜汤吃难以咽下的玉米面时，在迫不得已喝令人恶心的泡子水时，当拖着疲惫的身躯一边干活一边想念家人时，他一定也恨过，一定也怨过。但几十年后，他还是对这里怀有一份美好的感情和回忆，也正是这份复杂的感情让他在返城二十多年后，一次又一次地回到这片黑土地来看看。

这份感情是我这样的旁人和没有经历过这些事情的人难以体会的，却是我可以理解的。

我也喜欢上了这片土地，但在这里我感受到了一种淡淡的忧伤。

……

我们马上就要离开了，当天返回黑河，第二天从哈尔滨搭飞机回上海。

上海离黑河路途遥遥，我何时才能再见到这片我已爱上的土地与这里淳朴的老乡？

出乎我意料的是，五爷爷他们一家竟赶了一百多里路，到黑河来为我们送行。

我们特意找了一家颇有特色的饭店——大家坐在“炕”上，墙是用几十年前的报纸糊的，一桌纯正的东北菜——吃一顿临别晚餐。

我终于明白了父亲为什么说他和五爷爷一家人就像亲人一样了。曾经听他这么说时，我认为有些夸张。但现在我知道，父亲一点也没夸张，因为我也有了相似的感觉，和他们似曾相识，觉得这一家人特别亲，仿佛他们真的是我的亲戚一样。

他们真的是我的亲戚。

2005年，黑河某饭店，方云祥之女方晓雪（左三）和同学，其他三个小孩为五叔的孙辈

是我在东北的亲戚。

时间毫不留情地流逝着，催着我们去火车站。一路上，尽管和五爷爷他们有说有笑，我的心里却充满了伤感。

登上火车，父亲去和专程赶来送我们的黑河知青道别，我却又下了火车，在站台上拥抱着五爷爷，紧紧地拥抱他们。

“走吧，”我听见父亲对他们说。我知道他是不愿意让五爷爷看着火车驶开时难受。但我不知道他们是否走了，只知道自己飞奔回车厢，伏在车窗边，再也控制不住自己的眼泪。我是不愿意哭泣的，原来总以为眼泪是软弱的表现，然而我现在懂了，不是所有的眼泪都是软弱的表现，那也代表了一种深厚的感情。

醒来，泪又涌上了眼眶。清晨第一缕曙光照进窗子，我独自坐在半明半暗的寝室里，默默地祝福着西沟和那里的人们。

2005年9月于上海

反哺黑土地的老知青

在爱辉下乡时的杨晓沪，驾驭马匹耙稻田

原爱辉公社三好大队
上海知青　马苏龙

2013 年年初，我遇到久未见面的杨晓沪，关切地问他这几年在黑龙江养病的状况，不料他说他刚在黑河市工商部门注册了“爱辉区三好粮食种植农民专业合作社”，我惊讶了：“你身体刚好，又想去‘插队落户’啦！”

杨晓沪曾在爱辉公社三好四队下乡，这个离黑龙江边境仅六华里的边陲小屯，当时只有五十来户社员、五千多亩地。杨晓沪下乡时表现突出，深得队里社员信赖，1973 年他被选为生产队长，在任期间以身作则和广大社员同甘共苦、战天斗地，粮食增产、社员收入不断提高，集体经济有所壮大，后被队里推荐上学。几十年过去了，他对这片土地依然眷恋，前几年特意到这里疗养身体。他向老乡租借了农舍，种了一亩多地的蔬菜，养了上百只鸡，以一种休闲放松的方式，过上了休养生息的悠闲日子。

2012 年，有一件事改变了杨晓沪悠闲的休养生活。逊克县有三位老知青(其中一位是上海知青)，她们回到当年下乡地，组织社员成立了“逊克县山河现代农业专业合作社”，通过九十多农户、五百来垧地的自愿联合，规模化生产经营农作物，取得了不错的成果。当时媒体作了介绍，肯定了办“合作社”的好处。这件事在杨晓沪所在村引起了很大的反响，有农民提议，逊克县的老知青能回农村成立合作社，杨晓沪曾是我们的生产队长，能不能挑这个头，我们也成立合作社，像当年那样再大干一场？

杨晓沪似乎不想挑这个头，因为各方面条件不成熟，爱辉区已有以农机服务为主的合作社，每个合作社具备耕种五万亩农田的农机具，还有不少租赁农户土地的种粮大户。自己的身子骨也不太好，但是架不住大伙儿的软磨硬泡，更是心里放不下与黑土地父老乡亲的情感，他的内心动摇了。尤其作为老知青的责任感、使命感，使他内心燃起了改革现有生产模式的决心。

三好队实行的是土地承包责任制(社员人均耕地 22.5 亩)，农户个体经营的耕种模式，使得土地肥力退化、耕种效应碎片化，农机高油耗、低效率，畜牧业停滞、秸秆废弃、有机肥无来源等。如果成立了合作社，这些问题可以得到很大改善，也可以大力推广科学种田，提高产量，给农民带来实惠，也将改善土地环境持续恶化的弊端。

2013 年初，在杨晓沪的带领下注册了“三好队农民专业合作社”。这是一个在农村家庭承包经营基础上，自愿联合、民主管理的互助性经济组织，地无一垅的老知青杨晓沪成了法人代表。合作社注册资金为 25 万元。在爱辉区是第一家以农户联合粮食种植的合作社，且由当年的下乡知青当法人代表。他手下的农民员工有的是当年贫下中农的后代，当年来此地接受贫下中农再教育，现在与他们的后代一起重新创业，改变农村落后经营模式，杨晓沪觉得这是一次反哺黑土地的壮举，感觉特别接地气！

美好的愿望往往代替不了现实的不如意：按照事先预测，全村 120 户农户中的 90%应该参加，入社土地 10 000 亩左右，这样才有规模化效益。但是,事与愿违,一些农户土地已承租给种粮大户且承租未到期,还有不少农户等待观望。2013 年初,合作社与 63 户农民、5 000 亩签订了土地合作协议,只占了原计划的 60%。

2013 春节后不久,杨晓沪拖着久病未愈的身子,急急忙忙返回黑龙江,他要为合作社申请农贷、购买种子、化肥等生产资料,农机耕耘播种等一应事等着他去落实。四五月份是播种季节,老天爷不帮忙,连续下大雨,大型的播种机械下不了地。“人误地一时,地误人一季”,这把他急得嘴上直起泡,不得不挨家动员小型拖拉机和播种机下地,能抢种一块地是一块地。一直忙到 5 月 31 日(按农事到 6 月播种也是白搭。5 月 12 日前播种苞米的时机最佳,从 5 月 13 日往后算,每拖延一天,粮食就减产 2%),预测粮食要减产 30%以上。

因春涝没能及时播上种,已经出师不利了,没料到秋收又遇上 80 年难遇的暴雨涝灾,合作社的大片苞米、大豆地浸泡得连垄沟都看不见了,真的是摊上大事了!粮食产量达不到预期那是板上钉钉的了,自然经济收入大为缩水。这辛辛苦苦、风里雨里地忙碌了一年,秋后一算账只达到预期的 60%。杨晓沪办合作社不是来淘金的,他只想在提高社员收入的基础上,得到自己应得的一份,但这一年他为合作社打了一年义工,没有拿一分钱。

这位朴实的老知青,他曾在这片土地上挥洒青春,而今他并没有想要创造惊人的辉煌,第一年的奋斗结果确实有点悲壮。

通过一年来合作社的生产实践,杨晓沪晓认识到,除了不可抗拒的自然灾害,大面积规模化耕种没有自己的农机具,也是生产发展的一个瓶颈。为此,2014 年初他向上级部门申请购置配套农机具。按照国家相关政策,合作社购置农机具有 60%的政策补贴,即每个合作社只要支付 100 万元就可购置到 250 万元的农机具;当然最终落实政策补贴也是要花相当的力气。第一年，农户们虽然没有得到预期的收益，但看到杨晓沪全身心投入合作社，以及国家对合作社的农贷金融支持和种子政策补贴、镇人民政府对合作社农田基本建设的政策倾斜、农业保险公司对受灾农田的理赔等优势，就全力支持他的举措。由于资金还存在短缺，他赶紧飞回上海向朋友求助。

到上海后，杨晓沪马不停蹄地联系知青兄弟姐妹，诉说自己遇到的困难。知青朋友大多是工薪阶层，手里没有几个闲钱，再说他干的活也不托底，大家心存疑虑。杨晓沪为了他的合作社真的是求爷爷、告奶奶：你们有多少能力就借我多少吧！大家看在知青兄弟姐妹的份上，少则一二万元，多则五万十万地凑数。那几天他如坐针毡，等待着朋友们的回应。不瞒大家说，还真有人上门兜售三分利的高利贷。有位朋友与杨晓沪不认识，经过两个小时的交谈，就转了五万元，相当于那位朋友一年的退休金。那位朋友说，我相信你是老红军的后代，不仅因为都是知青愿意帮点小忙，更重要的是这年头难找像你“傻了吧唧”地做着接地气的正经事！还有一位知青哥们闻讯后，将准备给孩子结婚用的钱先“挪用”十万元借给他；还有一位知青的妹妹鼎力出手。真是众人拾柴火焰高，不几天基本上解决了他的困难。那天杨晓沪非常高兴地请我们吃饭，在乍浦路美食街上走过好几家饭店，最后他说，我请你们吃咸肉菜饭吧？大家欣然同意。一人一份咸肉菜饭加碗汤，再点几块大排骨，大家美美地品着，比吃大餐还有滋味，因为杨晓沪的困难解决了，知青们由衷地为他感到高兴。

筹借完资金回黑龙江的前一天，他说托我办点事。我到他住处后，他给了我 20 套盖有合作社公章和他签字的借款协议书以及收据。他说有 20 位知青借钱给我，是对农民合作社的最大支持，必须以合作社的名义出具借款协议，这既是我借大家钱的凭证，也是知青们对合作社支持的见证。每套一式二份，请各位知青签字后自留一份，另一份收集妥交给我，我也好向合作社的董事会有个交代。他还告诉我明天到哈尔滨，去看望一位医生，然后再赶回黑河办理交款事宜。那位医生是哈医大附属医院的血管科专家、留美学者。2013 年 8 月，杨晓沪因劳累过度肝囊肿发作腹部积水，手术中抽出了 5 000 毫升的肝腹水，并对肝脏的血管进行了处理，手术很成功，据说这手术在国内也少见。陪同杨晓沪治病的两位农民朋友出于感谢之情，送给那位医生一小红包，医生得知病人是上海老知青来黑土地办农民合作社的，坚决不肯收，说："这不是要折我寿吗?"晓沪告诉我他遇上了好人，所以路过哈尔滨一定要去看望他。

2014 年，杨晓沪顶着更大的压力，坚韧地在那片黑土地上默默地耕耘。他告诉我们："去年(即 2013 年)合作社没机械，用别人的机械差点误了农时；今年从上海知青那儿集资了近百万元，购置了三台拖拉机：135 马力、70 马力、55 马力，一台旋耕犁、一台四垄播种机、一台六垄播种机、一台收割机。今年运营一年，这套机械满负荷工作可以耕作 300 垧地。"

2014 年 12 月 8 日，杨晓沪发来微信："12 月 7 日，爱辉多云，零下 14°—25°，奋战了 21 天，晚上六时许，三好合作社完成了 2014 年的玉米收割。"字里行间透着杨晓沪内心的喜悦，也就是说，合作社 5 000 亩地的庄稼全部收割完毕，玉米三百多万斤、黄豆 20 万斤，那年丰产丰收啊！

合作社取得了成功，杨晓沪内心很感叹："在上次回上海集资过程中，有一位知青在聚餐时听我介绍了情况后，热血难捺，当场掏出了一万元；晚上有一对月收入不到 2 000 的知青夫妇，捧着多年积蓄的十万元送到我处；一位孩子还在上大学的单身知青拿出三万元，并说：我所有的积蓄不到五万，留下给孩子上大学的费用都给你；朋友介绍了一位我并不相识的知青，我们交谈了两小时，离开后仅仅十分钟，他在回家路上从银行给我转了五万；一位知青的妹妹听说此事后，慷慨道："阿哥，我出 20 万，不够再开口。"返黑上飞机前，一对知青夫妇约我见面说：女儿五一节要结婚，只能出十万帮你。一万、二万、三万、五万、十万、二十万……百万资金就是这样一点一点凑起来的。我接到这笔资金诚惶诚恐啊，万一弄砸了如何面对这些知青的信任和托付?! 所幸老天不负我，配备了拖拉机、播种机、收割机，不误农时，风调雨顺，获得了丰收。今年估计收入 300 万元，一旦资金到位，集资的百万元连本带息先行支付。由于种种原因，我们没有获得 60%的农机补贴(购置了 80 万元农机，只给了 7.1 万元补贴)，但扣除各项费用每垧地可分红利近万元。”

2014 年 12 月 5 日，黑龙江省农村合作经济经管总站公示了全省 150 家优秀农民合作社，杨晓沪的合作社位列其中(爱辉区仅此这一家)。如果说这是一份荣誉，杨晓沪是当之无愧的，是他脚踏实地带领社员苦干出来的。

我曾问他还要干几年？他回答说：“合作社设计了一个五年规划：第一年，管理和规范；第二年，机械化和养殖；第三年，用养殖产生的农家肥生产无污染的绿色食品；第四年，平整土地，生产黑土地大米(七十年代下乡时种植的那种煮熟后大米上有一层油性的)；第五年，建立果蔬采摘、垂钓养生的休闲生态环保村，修建有上下水道、集中供暖的农民别墅。”

人是要有点精神的，我们从杨晓沪身上看到了什么是责任、担当、坚守……我直率地问他：一年你自己能挣多少钱? 他说去年忙活了一年没捞到一个子儿，亏得有退休工资，今年争取分到应得的红利；我自己挣多挣

2013 年 5 月，在合作社成立后的春耕第一播的播种机旁。拍摄者：老知青刘琪

少不重要，重要的是对得起这片黑土地和我们的父老乡亲。我不禁仰视起这位当年的生产队长、如今农民合作社的法人代表！

我做不到但我敬仰

原爱辉公社爱辉大队一队
上海知青　韩自力

2013 年春节，韩自力（右）前往康屯看望杨晓沪。在杨晓沪租住的农舍院子里

杨晓沪去世了。

杨晓沪是在那片黑土地上去世的。40 年前，他在那个生产队当过队长；去世的时候，他是那个农民合作社的法人代表。

他去世的那片黑土地，离他儿时的家、离他自己的家，有六千多里之遥。

2015 年 4 月 13 日，他去世的当天，噩耗传回六千多里之外的上海，那些已经返城几十年，如今正围着自家餐桌含饴弄孙，却仍被人称作“知青”的人，大多为之感动而扼腕叹惜。

当然，也有少数人对杨晓沪的“第二次插队”心存疑惑甚至有些非议。

这并不奇怪，知青这个群体，一开始就没有统一目标，到后来又各自分飞，几十年的纷争，从未停息过。

只不过我相信，此时杨晓沪的灵魂，已经不屑于世俗的纷争，正平静安然地悄悄远去，一如我梦中的他，执着而潇洒。

我相信，他早就想到会这样结束自己的生命，他早就准备好了要这样结束自己的生命！

和杨晓沪的认识，是在我当生产队长的1975年春。

40年之前的那个春天，公社组织生产队长查看备耕情况，在"突突"飞奔的28胶轮拖拉机的拖斗里，一个高大寡言的人与我对视一笑。一车的人，就我们两个上海知青，我知道这就是杨晓沪。那时的知青骨干，大多活跃在团支部、民兵连、宣传队，极少担当起生产队一把手的角色。当生产队长的知青，围着各自的土地转，都特实在，其中甘苦，只这一笑便了然于心。直到杨晓沪被推荐上大学，我们并没有什么私下的来往。

与杨晓沪再次见面，已经是24年之后的1999年。

已经返城20年的黑龙江爱辉县上海知青成立联谊会，杨晓沪出资赞助定制了一批知青徽章；在联谊会建立知青帮困互助金时，他个人又出资了一万元。他的热心和豪爽令人刮目相看。

随后，他屡有惊人之举：驾车万里边疆、孤身非洲矿区……直到他去原来插队的农村长住养病。

当有人私下猜度是什么原因让他浪迹天涯时，我觉得无论什么原因都不重要，因为这世界上大多数人哪怕是面临再大的压力，也不会有他那样的壮举。我羡慕他的天马行空，羡慕他的无拘无束，羡慕他的自由自在。

2012年夏，我去黑河参加"中国首届知青文化节"，顺便去看望已经在村里养病一年多的杨晓沪。

杨晓沪住在每月100元租金的农民砖房里，门前的自留地种了玉米和蔬菜，还养了一百多只鸡和一条小小的狗。杨晓沪告诉我：他现在吃的是自己种的菜和自己养的鸡，喝的是地下200米深处打上的井水，呼吸的是大自然纯净的空气，病症减轻了，一年来连感冒都没得过。他屋里有电脑、有洗衣机、有改造过的坐便马桶和接进屋里的“自来水”。他对自己的生活表示相当满足,只是在想还能做点什么事。

杨晓沪开着他那辆中国造的长城越野车送我们到镇上。途中,我对他说:“知青博物馆刘树新说,很欢迎你去他那儿帮忙呢。”杨晓沪笑笑:“我想要干的话,就自己干点什么。”

不管怎么说,我为他的康复感到高兴,十分羡慕他“采菊东篱下,悠然见南山”的生活状态,甚至盘算自己将来退休后,每年也可以回插队的地方休养半年。

回上海后,我编发了一个视频,标题是“隐居的达扬”(达扬是杨晓沪的网名)。

杨晓沪对这个标题有意见,说自己不是隐居,是养病。

我退休那年的春节,去插队的农村感受一下那里过年的气氛。

年初四,我又去看望杨晓沪。杨晓沪的屋子里堆满了化肥和种子,冰箱里塞满拔了毛的鸡。他告诉我:今年没功夫伺候自留地和鸡了,农民想搞合作社,要他当法人,现在正忙着备耕呢!

我愕然,问他:你不想好好养病啦?你不能只当当顾问吗?你想……?最后一个问题我自己噎了回去,太不吉利。

杨晓沪笑了,拿出一摞盖了许多手印和图章的纸说:“手续都已经办好了。”

我知道再劝也没用,这个天马行空、无拘无束、自由自在的人,是决心在这里寻找生命的最后归宿了。

离开时,在纷飞的雪花中,我回望渐渐模糊的小屋和站立在雪中的杨晓沪,心突然被担忧和悲壮塞得满满的。

那天,我回到原下乡的爱辉村。这时我才知道,逊克上海知青徐桔桔、爱辉上海知青杨晓沪重回插队农村执掌合作社的事,影响极大。以至于爱辉老乡也有人悄悄联络了几十户农户,很庄重地问我:“你退休了,能不能像徐桔桔、杨晓沪一样,回来帮我们搞合作社?”

我委婉地推辞了。

那天,我站在冰封的黑龙江边,觉得真是无颜再面对老乡。

我真的老了,想着怎样过悠闲的晚年生活,想着怎样含饴弄孙享受天伦之乐,想着城里的地铁、医院、超市……甚至有时想在僻静的二三线城市置一套房子时,都会因担心那里没有好的医院而作罢。

我安慰自己:我的这些想法难道不是大多数老知青正常的想法吗?但这种安慰并没有让我心安理得。那晚,我没睡好。梦见年轻的杨晓沪在拖拉机的车斗里与我对视一笑,然后像一只充满激情的雄鹰,跃起在天空,振翅翱翔。我仰视他的勇气、他的力量,他划出的华丽轨迹。

在后来的两年里,我听说了他的筹资、他的抗争、他的小中风……直到今年4月13日,他的终于倒下。这位像雄鹰一样的勇士,在我的视线里猝然消失,与蓝天融为一体,留给我的,只有赞叹。

毫无疑问,生命对任何人都是有限的,结束生命的方式有多种多样。杨晓沪的方式是壮丽的,一般人难以做到。

无论知青这个群体是如何地不成一体,如何各自分飞,如何纷争不已,如果因为自己做不到而去非议勇士,那是一种阴暗和猥琐。

做不成勇士的我们,在勇士用生命搏击的彩虹下,分享着人生的尊严。我敬仰杨晓沪,是因为在这个世界上,有这种敬仰的存在,才能呈现并证明普通人的正常理智和社会的善良公正。

从“一片红”到“大返城”

——浅析广灵中学六九届集体插队爱辉校友的回家路

原爱辉公社拉腰子大队上海知青　黄建华
西三家子大队上海知青　林云普

四十八年前,上海市对因“文革”而滞留学校的1968(初、高中)、1969两届中学生(除了少数病残者),采取“一刀切”的办法,全部被安排“上山下乡”,当时被称为“一片红”。关于“一片红”的说法,我们在《上海劳动志》第一编第五章“城镇知识青年上山下乡”的第一节“宣传动员”中找到了这样的记载:

> “文化大革命”中,1966、1967两届中学毕业生都推迟到1968年分配,统一实行“四个面向”的办法。这两届中学毕业生共44.5万人,经动员上山下乡的22万余人。1968、1969年两届中学毕业生共46万人,除了极少数身体残疾和家庭有特殊困难的外,全部动员上山下乡,称为“一片红”。动员工作中,学校、街道里弄等组织和报刊、电台等舆论宣传工具广泛宣传毛泽东关于知识青年到农村去的号

召，还举办各种类型的“学习班”，开展“革命大批判”，在社会上形成了上山下乡的强烈气氛。

在《上海青年志》第三篇“青年运动专记二”中，对“一片红”的记载：

> 1968年12月22日，《人民日报》发表毛泽东关于“知识青年到农村去，接受贫下中农的再教育，很有必要。”的指示。几十万上海人连夜上街游行，热烈欢呼“毛主席挥手我前进，插队落户干革命，上山下乡当闯将，继续革命立新功”。驻各学校的工宣队也立即行动起来，趁热打铁，为做好上山下乡工作进行宣传和组织准备。中共上海市委、市革命委员会决定：通过上山下乡安排三年来积压下来的数十万大、中学校的毕业生。决定六八、六九两届中学毕业生（共46万人）和前两届（即六六、六七两届）余留下来的符合分配条件的毕业生，除极少数身体残疾和家庭有特殊困难的外，全部动员上山下乡（共50.7万人），即实行“一片红”政策。

在《虹口区志》第二十六编“劳动·人事”第一章“劳动就业”第三节的“知识青年上山下乡”中查到的记载：

> ……1968年12月，毛泽东发出“知识青年到农村去，接受贫下中农的再教育，很有必要。”的指示。1969年起，1968、1969两届中学毕(肄)业生及1967年前历届毕业生全部动员去外地上山下乡……

而关于当年1969届学生“集体插队”的起因和由来，我们在上海市地方志办公室官网上的《虹口区志》第二十九编“教育”第三章“中学教育”第一节“沿革”中看到了寥寥数笔的记录：

> 1966—1969 年，高初中毕业生被动员进工矿或上山下乡，其中 1968 年、1969 年毕业生全部被动员上山下乡。广灵、武进两校 1969 年毕业生作为“干部带队，集体插队”的试点去黑龙江插队落户。

《虹口区志》中把六九届学生表述为毕业生，用词是很不严谨不真实的。实际上所谓六九届学生在校两年多时间，上课没有安静的教室，学习没有相应的课本，更没有测验、考试之类的考评程序，更主要的是学校没有向学生们颁发“毕业证书”，何来“毕业”之说？

为了弄清楚我们当年集体插队试点的背景，前些年我们曾到上海图书馆查找 1969 年 10—12 月份的《解放日报》和《文汇报》。四十多年过去，报纸的纸张已经发黄变脆，在翻动报纸的过程中，不断会有纸屑掉下来，我们轻轻地慢慢地小心翼翼地翻动这些记录着一个时代面孔的报纸。一张张一篇篇地看着有关上山下乡的报道，企图从中发现一些“蛛丝马迹”。但是，报纸上没有关于集体插队试点的内容和信息。仅在 1969 年 10 月 31 日的《文汇报》第二版上，查到了一篇署名为“上海广灵中学赴黑龙江爱辉县插队落户联合兵团”的题为《做工人阶级贫下中农的好后代》的文章。文章作者代表全体报名下乡的同学表态：“一定要向金训华烈士那样，做工人阶级的好儿子，做贫下中农的好后代，在农村这个广阔的天地里，接受贫下中农的再教育，把自己培养成反帝反修的坚强战士。”

虹口区被区政府定为集体插队试点的有两所学校，广灵中学和武进中学。这个试点的方针叫“一个方向、一种形式、一个班级、一个集体”。

“一个方向”是相对于“文革”中“毕业”的大、中学学生的“四个面向”(面向农村,面向工厂、面向边疆、面向基层)分配政策而言的,即“面向农村”。“一种形式”就是插队落户当挣工分的农民,而不是当拿工资的兵团战士或农场、林场职工。后两个“一”就是“一个班级”下乡插队落户在一个生产队。

为了这个试点,当时的上海市革委会从全市 26 所大专院校、部分市属局委办,动员了一批教职员工和机关干部,迁移户口带薪随知青插队落户黑龙江,每个青年点至少安排一名干部,称带队干部。也许是有带队干部的缘故,许多家长在无奈中有了一丝安慰,恋恋不舍地将自己尚未成年的孩子交了出去。事实上,干部带队在插队落户的前几年,非常有积极作用,知青的生活、思想有人照顾关怀。但是,随着岁月的流逝,带队干部本身也有婚姻、家庭、孩子等诸方面的原因,渐渐心生不安。尤其,后来干部们落实政策,纷纷回归南方。对留下的知青不能不说是一种打击,这是后话。

广灵中学六九届共有八个班级 393 名学生。有 317 名同学报名赴黑龙江集体插队。其他有的跟随兄长去了云南、江西、安徽、内蒙、吉林、黑龙江等地插队落户,有的投奔乡下亲属,有的寻找其他门路。总之,绝大多数的同学都离开上海去他乡谋生,只有极少数因病因残的同学留在了上海。

317 名集体插队的同学中,有 290 人于 1969 年 11 月 16 日乘坐从上海到北安的专列奔赴黑龙江,有 27 人于 1970 年 4 月分批从上海出发北上爱辉。

到爱辉县插队落户的 317 名同学基本以班级为单位被安排到各个生产大队。有七个班级的同学分别被安排在爱辉公社的各生产队。其中,一班的 45 名同学分配到松树沟大队;三班的 39 名同学,有 26 人分配在城关二队,有 13 人分配在城关五队;四班的 36 名同学,有 23 人分配在城关三队,有 13 人分配在城关五队;五班的 41 名同学比较分散,有 18 人分配在外二道沟,有 17 人分配在外四道沟,有 3 人去了北三家子,有 2 人去了松树沟,有1人去了前拉腰子;六班的35名同学,有28人分配在后拉腰子,有4人去了前拉腰子,3人去了北三家子;七班的34名同学有33人分配在前拉腰子,有1人去了其他生产队;八班的37名同学被分配到了西三家子。而二班的38位同学则被单独分配到了当时比较偏远贫困的鄂伦春族聚居地爱辉县新生公社新生大队。后期出发的同学中有13人自行组合选择了爱辉县的幸福公社长发屯插队落户。

几年以后,随着国内形势的变化,插队落户政策的松动和改变,企业招工和大专院校招生的恢复,在1969—1979年的十年中,靠挣工分养活自己的317个集体插队的同学,除了六班的女同学金建平,因在下乡期间罹患出血热未得到及时有效的治疗而不幸去世外,其他同学均以各种方式纷纷离开了爱辉的下乡地。

2008年,在广灵中学原1969届八个班的班干部的通力协助下,我们对该校1969届集体插队的同学,离开爱辉的途径和后来接受教育的状况作了一个比较详细的调查统计。数据如下:

1. 招工离开的29人,占9.1%;

2. 推荐上学28人,占8.8%;

3. 1978年高考上学1人,占0.3%;

4. 参军6人,占1.9%;

5. 病退、独生子女政策返城37人,占11.7%;

6. 回城顶替父母工作32人,占10.1%;

7. 投亲转点69人,占21.8%;

8. 病逝的1人,占0.3%;

9. 大返城回沪88人,占27.8%;

10. 失去联系或其他原因,离开情况不详的26人,占8.2%。

从上述的统计数据可以十分清晰看到,从上海下乡到爱辉的317人，最后通过各种途径离开的是316人。316人中，通过大返城途径回城的88人占27.8%，约有四分之一，投亲靠友转点的69人占21.8%。两项相加为157人。由此可见，校友们有将近一半的人数(49.7%)是通过1978年的大返城和投亲靠友转移下乡地离开了爱辉，这是回城的主渠道。

316人中，按照病退、独生子女政策和顶替政策返城的有69人，占21.8%。在农村被选送上学、招工、参军的人数是63人，约占19.9%。仅有1人是在1977年恢复高考后，通过高考在1978年离开爱辉上大学，仅占0.03%，她即是前拉腰屯的七班同学陈璧佩。还有26人因失去联系或其他原因，回城途径不详。

通过招工、招生、征兵、政策返城等方式回城的途径相对简单，而投亲转点的情况却各不相同。有的投亲靠友到父母原籍所在地农村或城镇落脚谋生，有的是通过婚嫁到靠近上海的江浙农村。投亲转点离开集体户的知青到了新的落脚点，和集体户时住有集体宿舍，吃有知青食堂完全不同，他们过起了纯粹的农民生活，除了早出晚归的农耕劳动，还要自己动手解决一日三餐。

在下乡时或回城后，重新回到课堂接受大、中专以上教育获得专业学历的共有75人，占总人数的23.7%。其中，有46人是回城后以自学等方式通过成人教育考试获得了专业学历，占专业学历人员的61.3%。还有不少同学在工作之余拿起课本，努力补习文化，重新获得了初、高中文凭。

这部分重新读书并获得学历证书的同学，工作和生活一般都不错，哪怕是在八十年代经济体制改革，产业结构调整中遭遇下岗的同学，也因为有文凭和职称，使再就业有了"敲门砖"。

离开爱辉回城的316人中，目前居住在上海的约242人，占76.6%。其中，1980年以后才将户口迁回上海的有30人，占回沪人员的12.4%。在外地和国外居住的有36人，占11.4%。

截止2017年初，回城的316人中，已经去世的有17人，占5.4%。还有21人因为失去联系或其他原因，居住地不详，占6.6%。

总之，当年集体插队爱辉的317位同学，316人都离开农村回了城，除了在十九岁花季便因病过世的金建平，316个人有316个回城的故事。生活在上海的也好，生活在他乡的也罢，只是当大家回首往事的时候，往往思绪万千，不知从何说起……

有人说，人生的轨迹好比一个圆，从起点出发回到起点。

我们曾经意气风发地从一个起点出发，奔向理想中的新生活，而当我们经过长途跋涉，两手空空、满面尘土、疲惫不堪地回到当初这个“起点”的时候，发现那已经不是我们走出去时的“起点”，一切须从头再来！

十六七岁，身不由己地被推到上山下乡运动的风口浪尖，抛洒了十年青春后，从浪尖跌落回到家乡，又身不由己地投入改革浪潮。在历史的浪潮中，有的人自强不息努力奋斗跟上了时代的步伐，有的人则在浪潮中随波逐流。也许，是命运注定我们这一辈人是要不断跋涉的。

相对于全国一千七百多万知青，我们的调查也许并不具代表性，但基于“集体插队落户”的特殊性，我们的“回家”调查也许可以是某种程度上的插队落户知青返城的一个缩影。

据称，当年上海市对六九届采取“干部带队，集体插队”形式进行毕业分配试点的学校有20所，分布在上海的10个区县。如果我们的这次调查能对当时同等情况的上山下乡上海知青的历史文化研究提供一个小样本，那就是一个意外的收获。尽管我们的本意是对自己学校的这届同学上山下乡经历有一个“怎么出去，怎么回来”的历史交代。

鸣谢广灵中学1969届八个班级的配合实施这项情况调查的热心同学。他们是：

原插队在爱辉公社松树沟大队的一班的付建明、费铭彪同学；

原插队在新生公社新生大队的二班的管前真同学；
原插队在爱辉公社城关大队的三班的朱川龙同学；
原插队在爱辉公社城关大队的四班的龚秀芬、郁薇同学；
原插队在爱辉公社前拉腰子生产队的五班的丁是玲同学；
原插队在爱辉公社后拉腰子生产队的六班的顾学静同学；
原插队在爱辉公社前拉腰子生产队的七班的胡小芸同学；

原插队在爱辉公社西三家子生产队的八班的徐雯仙、陈友群同学。

因为有你们的辛勤劳动和无私奉献，我们完成了对我校六九届 317 位集体插队的同学的下乡、返城情况的记录。

真诚地感谢你们！

1969 年 11 月 16 日，上海火车站。我们即将出发，身后是送我们北上的专列——绿皮火车

完稿于 2017 年 11 月

1999年11月，在春申江宾馆“爱辉青帮困互助会”正式成立

“不差钱”

原爱辉公社三好大队
上海知青　马苏龙

“不差钱”——这是东北方言中表达的不缺钱或者不欠钱的意思。哪个土豪如“嗷嗷”地扯着嗓子道“咋的，咱，不差钱！”那绝对是个有谱儿的角色。而我今天要讲述的不差钱的故事，则是想说一笔没有差错的钱……

2015年5月23日早上不到八时，已有几位朋友在老知青张刚大哥的高博特保健品公司忙开了；这些人是爱辉上海知青联谊会互助金清退小组的成员，借公司的地方，正在清点发回给近七十个知青点(含部分个人)的互助金本金；这工作已忙了数月，这是最后的“一哆嗦”。

提起这互助金，不得不要唠叨几句。1999年11月，当年到黑龙江爱辉县下乡的上海知青，成立了“爱辉上海知青联谊会”，联谊会联系爱辉县十个公社、农林场的101个生产队(知青点)的五千二百多名知青。当时有相当一部分知青下岗、协保，子女又都处在上学阶段，有不少知青生活困难。在会长韩自力的提议下，联谊会决定建立互助金并拟定了章程，即：将通过知青们的支持和知青实业家的运作，“集腋成裘、互助互利、滚动发展、服务知青”；自愿参加为原则，以原知青点或下乡社队为结算单位，每一结算单位 1 000 元起，上不封顶；参加的互助金三年为期限，之后仍可以续助也可要求退回；互助金管理小组由高云芳、马苏龙、张君强、王晓明、钟德津五名知青组成，并设有理事和监事。互助金由知青实业家运作每年返红利 10%，用途：一是每年返还 5%于结算单位，由其自行安排联谊活动；二是 5%留存于联谊会集中进行帮助慰问病困知青及有困难的知青子女、举办知青公益性联谊性的活动等。

1999 年 11 月 20 日，建立互助金大会召开。当时有 35 个社队参加，每人你出 50 我拿 100，首笔投入资金 14.9 万余元。这第一笔凑齐 15 万元资金交予了上海上下经贸公司的经理陈胜明。陈胜明是原爱辉公社爱辉三队的知青，他仗义不说，经营的公司从事二手设备物资调剂，经济形势兴与衰都离不开“二手货”，这对互助金保本及红利分配心中有底。2000 年底，陈胜明将 10%的红利及时交联谊会，使联谊会由此步入更加有意义的轨道。

自互助金建立以来至 2014 年年底，每年不定期的都有社队知青点参加，远在澳洲、德国、美国、日本及留守爱辉的黑河分会等地的知青朋友闻讯后，都解囊参加。资金不在多少，“革命”不分先后，重在参与。据统计，共有 68 个社队场参加了互助金（未包括近十人以个人名义参加），总数达 242 595 元。

自陈胜明第一个接受互助金的运行后，每隔数年资金转其他“知青大款”运作。先后有陈炬海（张地营子公社知青，从事贸易经营）、陈宜芳（罕达汽公社知青，从事保健品生产经营）、王明宝（西岗子公社知青，从事实体经济生产）几位知青相续接收资金，并按期如约返回红利。据统计，四位知青朋友 15 年来返给联谊会的红利达 33.6 万元，超过了互助金的本金。

联谊会收到红利后，每年除返给各结算单位 5%的红利以增强凝聚力外，通盘考虑慰问帮助病困知青、助学、公益性活动。

如1999—2015年春节共17年慰问病困知青152人次(头两年由陈胜明、陈宜芳及联谊会理事自行出资),每人次500元加上一句“黑土地的兄弟姐妹们还惦记着您”的热情话,深为病困知青感动。后又连续九年反哺黑土地帮困助学,主要是对国家九年制义务教育之外的黑河第一中学高中生,共助学95人次,其中近20名学生考上了大学。另外,出资襄助知青讲述自己故事的《那山·那水·那嘎达》一书(38万字)的正式出版发行,此书被各大图书馆收藏;借款帮助知青子女出国留学、帮助困难知青办饮食店而解决生计,帮困不帮穷地解燃眉之急;用于联谊会大会、网页服务费等公共性支出;如有知青去世送上一花圈表达我们的哀思,等等。

这些事做起来很婆婆妈妈,且都是做志愿者当义工没处领“工分”干的。如果均摊到每年似乎显不出多少量,花出去的钱也比不上土豪,绝对不够气魄,但我们这些普通的知青朋友都接受,感觉到特别接地气。作为互助金管理小组也有义务告知大家,没把小钱办的事办瞎了。

2014年年初,联谊会根据知青们都已退休领取养老金,不再有下岗协保收入特别低的现象,再加上国家医保政策的改善,认为当初互助金章程定为三年参加制,现已完成了五个三年,再沿用原有的运行模式,多有不便。再说当初也没有立下雄心大志,非要整出点名堂来,不就是那些年经济体制改型,知青中不少摊着面临下岗待业的困境,联谊会出面尽力搭个帮手吗?正如韩自力会长当时说的:“今天的互助金,是维系我们感情的一种象征,是促进我们互相关心的一根纽带,而并不是我们帮困的全部内容和所有的依赖。”即使是再想些经营之道、生财之道,这一份责任由谁来承担?!因此决定:趁着绝大多数知青朋友们还健在,将互助金的所有本金退还给参与者。让大家曾经的参与作为一份有意义的印迹留在心坎里。退还的意义还在于留下了相互关心、助人为乐、诚信为人的这份精神财富。

2015年，元宵千人团拜大会上，会长韩自力代表联谊会宣布：运行了15年的帮困互助金，现在已经圆满地完成了她的使命，242 595元本金将一分不少地退还给当年的资助人！

联谊会请陈胜明、陈炬海、陈宜芳、王明宝四位作出贡献的知青企业家上台，为他们送上了鲜花。尤其当为互助金运作六年，身患重病的王明宝坐着轮椅挂着氧气瓶进入会场时，千名知青起立鼓掌向其致敬！韩自力在会上说："我们不仅要感谢四位知青企业家对互助金的成功运作，更要感谢所有资助过互助金的知青，正是因为有了大家的这份爱心，才使我们有可能紧紧地凝聚在一起。同时还要感谢参与互助金管理小组的知青联谊会理事，他们在长达15年的管理中，始终是严谨的、认真的、负责的，这才有了我们今天能将二十四万多本金一分不少完璧归赵的圆满结果。"

元宵千人团拜会后，互助金清退小组就着手清理账目。清退小组由会长韩自力（爱辉公社知青）任组长，张君强（西岗子公社知青）、陈光德（二站公社知青）、林云普（爱辉公社知青）、马苏龙（爱辉公社知青）为小组成员。尽管参加互助金的社队及人数多，跨越15年的年份多，资金笔数零星分散多，且有一些社队联系人有变动，给清退带来一定的困难。但由于互助金管理小组组长高云芳15年来细致记录了每一笔资金收支，使清退小组能在此基础上进行了完整的统计和归纳。剔除了因知青病故、因急需等已退还的互助金，编制了《早期退款表》《清退明细表》《清退一览表》等，进行一周的公示。在得到每一个公社、场的负责人（由该负责人核对其联系的社队或结算单位）的确认后，定于5月23日给各结算单位发回互助金本金。

当天，来领取互助金本金的知青朋友熙熙攘攘，他们在签名领取清点后，除了说"不差钱"外，表达最多的就是：往后更不能差感情！爱辉公社三好一队的蒋兰英来领取互助金时，特意买了两瓶酒送上，因为她知道互助金管理或清退小组的知青们，从未用互助金"蹭"过一口饭，送上两瓶酒来是为了让大家分享这份知青情。

发还互助金本金的工作进行得很顺利，正当大家认为没差错时，有一知青点的朋友拿出一张 2 000 元的收据却兑不上现。在一旁抽着卷烟、当"甩手掌柜"的韩自力挺淡定地安慰大家说，主要工作都做到了，即使有这 0.83%的差错率，也可以想其他办法解决。但具体工作人员不死心，当晚我回家翻老账并仔细核对，原来这笔资金记在同一个公社的另一知青点上，马上通知该公社负责人给予纠正兑现。林云普听了，以她专业会计师的口吻道："科目记差了，调整过来即没问题；这叫做'差账不差钱'。"没想到，林云普还挺能捅词儿的。

242 595 元互助金在经营 15 年后，一分不少地清理发还"不差钱"，这是各知青联谊会中绝无仅有的，它留给爱辉上海知青联谊会的则是一笔——知青文化遗产！

2015 年 5 月 23 日，爱辉上海知青联谊会互助金清退小组的成员，借高博特保健品公司，清点近七十个知青点(含部分个人)的互助金本金

后记

当我们将本书的稿件交给出版社的责任编辑时，距离前集《那山那水那嘎哒》的出版已经14年了。

8年前，在策划续集内容时，编委会就确定《那人那情那命运》必须是一本不同于《那山那水那嘎哒》的书，从而使两本《那》书形成上海知青在爱辉插队有始有终的姊妹篇。

编委会十分清楚：面对那山那水，人们可以毫无顾虑直抒胸臆；面对那人那情，不少人会踌躇再三难以下笔。虽然8年来续集的组稿、催稿、审稿断断续续，但本着对自己和历史负责的态度，编委会从未动摇过最初的定位。现在，终于完成了这个看似容易，实属不易的任务。其中各种滋味，唯有编者自知。

整整8年过去，绝大多数的知青朋友已经退出工作岗位，含饴弄孙、颐养天年成了他们生活的主旋律。中国社会也发生了很多变化，关于知识青年上山下乡的问题在话语上、心态上，产生了很大的差异。如果说《那》书的前集讲的是"从城市去到农村"的故事；那么，《那》书的续集讲的则是"从农村回到城市"的故事。这一"去"一"回"，一"下"一"上"，恰好折射了这一代知青的青春遭遇和命运转折。

五千二百多名爱辉上海知青，在1969年3月到1970年4月，只用了约一年时间，就被集中安置到了小兴安岭南麓与黑龙江之间的一百个村屯里。而他们离开黑土地回家的历程却是漫长的。从1971年国家发布照顾困难家庭子女返城政策开始，直到2013年底，还有留在外地的知青，因到退休年龄，按政策把户口迁回到了上海。四十多年来，招工、招生、参军、转点、病退、困退、大返城……直至退休回沪。当年同道歧路分手，如今殊途同归聚首。不同的返城回家路，会带来怎样不同的情感和命运呢？可能并没有人去好好梳理过。《那人那情那命运》一书，留下了知青不同的人生轨迹，也留下了知青共同的心灵呼唤，这正是编委会编辑出版续集的源动力。

《那人那情那命运》从策划到成书经历8年时间，《那》书上集的编委黄建华、韩自力、林云普、盛文秀、钟德津、费凡平依然参加了本书的编撰工作，新加入的朱怡冰、周路明为编委会的工作带来了新的活力。在新书即将出版的时刻，我们还特别怀念已经永远离去的老编委，曾经一起到爱辉插队的上海带队干部、后任上海少儿出版社编辑的沈碧娟女士。

八年来，编委会虽然克服了许多意想不到的困难，同时，也得到来自各个方面的支持与帮助。

感谢上海远东出版社与我们再续前缘，在《那山那水那嘎哒》出版14年后，又承揽《那人那情那命运》的出版。

感谢爱辉上海知青联谊会，为本书出版给予了资金支持。

感谢爱辉上海知青的兄弟姐妹们，没有你们就没有这本书。

感谢爱辉上海知青的家人和朋友们，没有你们的谅解和支持，就没有这本漫漫回家路，悠悠思乡情的书。

《那人那情那命运》编委会